Ataúd cerrado
Un nuevo caso de Hércules Poirot

T0165977

Biblioteca Agatha Christie

Sophie Hannah
Ataúd cerrado
Un nuevo caso de Hércules Poirot
Agatha Christie

Traducción de Albert Vitó i Godina

ESPASA

Obra editada en colaboración con Editorial Planeta – España

Título original: *Closed casket*

© 2016, Agatha Christie Limited.
AGATHA CHRISTIE®, POIROT® y la firma de Agatha Christie son marcas registradas de Agatha Christie Limited en todo el mundo. Todos los derechos reservados

Agatha Christie®

© 2016, Traducción: Albert Vitó

© 2018, Editorial Planeta S.A.– Barcelona, España

Derechos reservados

© 2023, Editorial Planeta Mexicana, S.A. de C.V.
Bajo el sello editorial BOOKET M.R.
Avenida Presidente Masarik núm. 111,
Piso 2, Polanco V Sección, Miguel Hidalgo
C.P. 11560, Ciudad de México
www.planetadelibros.com.mx

Adaptación de portada: Booket / Área Editorial Grupo Planeta a partir de la idea original de Heike Schuessler © HarperCollins Ltd 2016
Ilustración de portada: © PhoelixDE, © Okillii © Ajay Shrivastava, © Leremy /Shutterstock y © Lonely Planet / Getty Images

Primera edición impresa en España en Booket: abril de 2018
ISBN: 978-84-670-5221-3

Primera edición impresa en México en Booket: mayo de 2023
ISBN: 978-607-39-0039-3

Impreso en los talleres de Impresora Tauro, S.A. de C.V.
Av. Año de Juárez 343, colonia Granjas San Antonio, Ciudad de México
Impreso en México – *Printed in Mexico*

Sophie Hannah es autora de nueve *thrillers* psicológicos que han sido bestsellers internacionales, publicados en veinte países y adaptados para televisión. Su novela *The Carrier* ganó en 2013 el Specsavers National Book Award Crime Book of the Year. Hannah es miembro honorario de la junta del Lucy Cavendish College, en Cambridge, y es también una reconocida poeta, nominada para el T.S. Eliot Prize.

Agatha Christie es conocida en todo el mundo como la Dama del Crimen. Sus libros han vendido más de un billón de ejemplares en inglés y otro billón largo en otros idiomas. Es la autora más publicada de todos los tiempos, sólo superada por la Biblia y Shakespeare. Es autora de ochenta novelas de misterio y colecciones de historias breves, diecinueve obras de teatro y seis novelas escritas con el pseudónimo de Mary Westmacott. En 2014, los albaceas de su legado aprobaron por primera vez la creación de una nueva novela protagonizada por Hércules Poirot, el personaje más querido de la Dama del Crimen. *Los crímenes del monograma* (Espasa, 2014) fue publicada en más de 50 países y traducida a 35 lenguas con gran éxito de ventas en todo el mundo.

www.agathachristie.com

Primera parte

Lillieoak

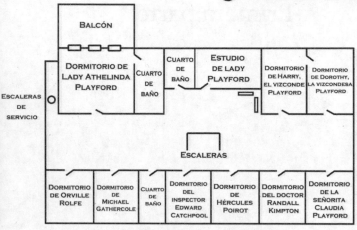

BALCÓN

DORMITORIO DE LADY ATHELINDA PLAYFORD

CUARTO DE BAÑO

CUARTO DE BAÑO

ESTUDIO DE LADY PLAYFORD

DORMITORIO DE HARRY, EL VIZCONDE PLAYFORD

DORMITORIO DE DOROTHY, LA VIZCONDESA PLAYFORD

ESCALERAS DE SERVICIO

ESCALERAS

DORMITORIO DE ORVILLE ROLFE

DORMITORIO DE MICHAEL GATHERCOLE

CUARTO DE BAÑO

DORMITORIO DEL INSPECTOR EDWARD CATCHPOOL

DORMITORIO DE HÉRCULES POIROT

DORMITORIO DEL DOCTOR RANDALL KIMPTON

DORMITORIO DE LA SEÑORITA CLAUDIA PLAYFORD

Primera planta

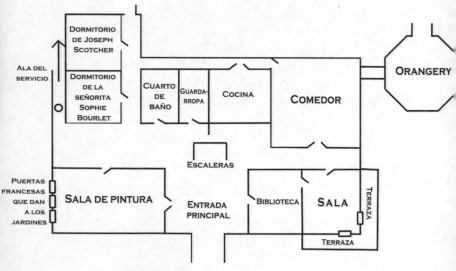

DORMITORIO DE JOSEPH SCOTCHER

DORMITORIO DE LA SEÑORITA SOPHIE BOURLET

ALA DEL SERVICIO

CUARTO DE BAÑO

GUARDA-RROPA

COCINA

COMEDOR

ORANGERY

ESCALERAS

PUERTAS FRANCESAS QUE DAN A LOS JARDINES

SALA DE PINTURA

ENTRADA PRINCIPAL

BIBLIOTECA

SALA

TERRAZA

TERRAZA

Planta principal

Capítulo primero

Un testamento nuevo

Michael Gathercole miró fijamente la puerta cerrada que tenía delante. Intentaba convencerse de que era el momento de llamar, cuando el viejo reloj de pie del vestíbulo empezó a anunciar la hora con un tartamudeo.

A Gathercole le habían dicho que se presentara a las cuatro, y eran las cuatro en punto. No era la primera vez que esperaba en el amplio rellano de Lillieoak. Había estado allí varias veces durante los últimos seis años, pero sólo se había sentido más inquieto que ese día en una ocasión en la que había estado aguardando junto a otro hombre. Todavía recordaba hasta la última palabra de la conversación que ambos habían mantenido, aunque hubiera preferido no recordar ni una sola. Aplicándose la autodisciplina en la que tanto confiaba, ahuyentó el recuerdo de su mente.

Le habían advertido que la reunión de esa tarde sería difícil. La advertencia había formado parte de la convocatoria, algo típico de la anfitriona.

—Tengo que contarle algo que le caerá como un balde de agua fría...

Gathercole no lo dudaba. El aviso previo no le había servido para nada, puesto que no contenía información alguna sobre cómo podía prepararse para el mazazo que le esperaba.

Su inquietud se agravó cuando consultó su reloj de bolsillo y se dio cuenta de que entre las dudas, el gesto de sacar el reloj para consultar la hora, volver a guardárselo en el bolsillo del chaleco y sacarlo otra vez para consultarla de nuevo, al final había conseguido llegar tarde. Ya pasaba un minuto de las cuatro en punto cuando llamó a la puerta.

Sólo llegaba un minuto tarde, pero ella se daría cuenta. ¿Había algo de lo que ella no se diera cuenta? Aunque con un poco de suerte no haría ningún comentario al respecto.

—¡Entra, Michael!

La voz de lady Athelinda Playford sonó igual de animada que siempre. Tenía setenta años y una voz fuerte y clara como una campana bien bruñida. Gathercole nunca la había visto comportarse con seriedad. Siempre encontraba un motivo para el entusiasmo, y a menudo eran asuntos que alarmarían a cualquier persona convencional. Lady Playford tenía un talento natural para divertirse con lo intrascendente y lo controvertido por igual.

Desde que había descubierto sus novelas, cuando no era más que un niño solitario de diez años en un orfelinato londinense, Gathercole había admirado sus historias sobre niños felices que resolvían misterios desconcertantes para la policía local. Seis años atrás, había conocido a su creadora y le había parecido tan encantadora e impredecible como sus libros. Nunca había esperado llegar muy lejos en la profesión que había elegido, pero lo había logrado, y había sido gracias a Athelinda Playford: a los treinta y seis años todavía era un hombre relativamente joven y ya era socio de un próspero bufete de abogados, Gathercole & Rolfe. La idea de que una empresa con beneficios llevara su apellido seguía asombrándole a pesar de los años.

Su lealtad hacia lady Playford superaba cualquier otro apego que pudiera haber sentido a lo largo de su vida. Aun así, el hecho de conocer personalmente a su autora favorita lo había llevado a admitir para sí mismo que prefería que los escándalos y los sorprendentes giros argumentales sucedieran en el mundo distante y seguro de la ficción, y no en la realidad. Ni que decir tiene que lady Playford no compartía esa preferencia.

Empezó a abrir la puerta.

—¿Vas a...? ¡Ah! ¡Por fin! No te quedes ahí. Siéntate, siéntate, por favor. No llegaremos a ninguna parte si no empezamos de una vez.

Gathercole se sentó.

—Hola, Michael. —Ella le sonrió y Gathercole tuvo la misma sensación extraña de siempre: como si los ojos de ella lo hubieran recogido, le hubieran dado la vuelta y lo hubieran soltado de nuevo—. Ahora es cuando te toca decir «Hola, Athie». ¡Vamos, dilo! Después de tanto tiempo, debería salirte solo. Nada de «Buenas tardes, excelencia». Nada de «Buenos días, lady Playford». Un simple «Hola, Athie». ¿Tanto cuesta? ¡Ja! —Juntó las manos con una palmada—. ¡Pareces un espantapájaros! No comprendes por qué te he invitado a quedarte una semana, ¿verdad? Ni por qué he invitado también al señor Rolfe.

¿Los acuerdos que había cerrado Gathercole bastarían para cubrir su propia ausencia y la de Orville Rolfe? La idea de que pasaran cinco días seguidos alejados del despacho resultaba insólita, pero lady Playford era la clienta más ilustre del bufete. No se le podía negar algo así, si lo solicitaba.

—Apuesto a que te estás preguntando si habrá más invitados, Michael. Ya llegaremos a eso, pero todavía estoy esperando que me digas hola.

No tenía elección. El saludo que le pedía cada vez que se veían jamás salía de sus labios con naturalidad. Seguía las reglas con mucho gusto, pero si no había ninguna ley que prohibiera que alguien de su procedencia se dirigiese a la viuda del quinto vizconde Playford de Clonakilty como «Athie», Gathercole creía con fervor que alguien debería instaurarla.

11

Por eso le parecía un despropósito —y así se lo decía a sí mismo a menudo— que lady Playford, por quien estaba dispuesto a hacer cualquier cosa, aprovechara la menor ocasión para burlarse de las reglas y de los que las obedecían, a los que solía llamar «tristes mojigatos».

—Hola, Athie.

—¡Eso es! —Abrió los brazos como lo haría una mujer que invitara a un hombre a envolverse en ellos, aunque Gathercole sabía que ésa no era la intención de lady Playford—. Ya está, ya puedes relajarte. ¡Aunque no demasiado! Tenemos que ocuparnos de asuntos importantes, pero antes quiero hablarte del fardo que tengo entre manos.

Lady Playford solía describir el libro en el que estaba trabajando como «el fardo». El último reposaba en un rincón de su escritorio, y hacia allí dirigió una mirada resentida. Más que una novela en curso, a Gathercole le pareció que era un verdadero torbellino de papel: páginas arrugadas y apiladas de cualquier manera, con las esquinas dobladas, cada una apuntando en una dirección.

La dama se levantó del sillón que estaba junto a la ventana. Gathercole se había dado cuenta de que lady Playford nunca miraba hacia fuera. Si tenía delante un ser humano al que podía prestar atención, no perdía el tiempo con la naturaleza. El ventanal del estudio permitía contemplar unas vistas magníficas: el jardín de rosas y, detrás, un extenso parterre, perfectamente cuadrado, en cuyo centro había una estatua con forma de ángel que su marido Guy, el difunto vizconde Playford, había encargado como regalo de aniversario para celebrar sus treinta años de matrimonio.

Cuando iba a verla, Gathercole siempre se fijaba en la estatua, en el césped y en los rosales, así como en el reloj de pie que tenía en el vestíbulo y en la lámpara de la mesa de la biblioteca, de bronce y con la pantalla de cristal emplomado con forma de caracol. Para él era importante; ese ritual le proporcionaba una cierta sensación de estabilidad. Las cosas, que para Gathercole eran sólo los objetos inanimados y nunca el estado general de los asuntos, apenas cambiaban en Lillieoak. El escrutinio constante y meticuloso con el que lady Playford recibía a cualquiera que se cruzara en su camino implicaba una escasa atención a todo lo que era incapaz de hablar.

En el estudio, la sala en la que se encontraba con Gathercole en ese momento, había dos libros colocados del revés en la gran librería que ocupaba una única pared: *Shrimp Seddon y el collar de perlas* y *Shrimp Seddon y los calcetines de Navidad*. Llevaban boca abajo desde la primera vez que él había entrado en la casa. Seis años después, verlos del derecho le habría parecido desconcertante. Los estantes estaban reservados exclusivamente a los libros de Athelinda Playford. Los lomos aportaban una luminosidad muy necesaria en aquella habitación forrada de paneles de madera —franjas de color rojo, azul, verde, púrpura, naranja; colores diseñados para encajar con los gustos de los niños—, aunque ni siquiera ellos podían competir con la lustrosa nube de cabellos plateados de lady Playford.

La dama se plantó justo delante de Gathercole.

—Quiero hablar contigo acerca de mi testamento, Michael, y pedirte un favor. Pero primero: ¿hasta qué punto crees que un niño, un niño normal, está familiarizado con los procedimientos quirúrgicos para reconstruir una nariz?

—¿Una... nariz? —Gathercole habría preferido oír primero lo del testamento y dejar el favor para después. Las dos cosas parecían importantes, y tal vez guardasen relación. Las disposiciones testamentarias de lady Playford estaban estipuladas desde hacía tiempo. Todo era como tenía que ser. ¿Es posible que quisiera cambiar algo?

—No me saques de quicio, Michael. Es una pregunta de lo más simple. Tras un accidente de automóvil, o bien para corregir una deformidad. Una operación quirúrgica para corregir la forma de una nariz. ¿Qué sabría un niño sobre algo así? ¿Sabría cómo se llama?

—Lo siento, no lo sé.

—¿Y tú? ¿Sabes cómo se llama?

—Yo diría «una operación», tanto si es para la nariz como para cualquier otra parte del cuerpo.

—Supongo que es posible conocer el nombre sin ser consciente de ello. A veces ocurre. —Lady Playford frunció el ceño—. Mmm, déjame que te pregunte otra cosa: llegas al despacho de una empresa que da empleo a diez hombres y a dos mujeres. Sin querer, oyes que algunos de esos hombres hablan sobre una de las mujeres. Se refieren a ella como «la Rinoceronte».

—No es que sea muy galante por su parte.

—Eso no importa. Al cabo de un rato, las dos mujeres vuelven a trabajar después del almuerzo. Una de ellas es de huesos finos, esbelta y de carácter afable, pero tiene un rostro bastante peculiar. Es difícil determinar qué falla en él, aunque de algún modo algo no acaba de encajar. La otra es una verdadera mole, el doble de mi tamaño, digamos. —Lady Playford era de estatura media, algo rolliza y de hombros estrechos, lo que en cierto modo le daba una apariencia tubular—. Además, tiene una mirada furiosa. Bueno pues, ¿cuál de las dos mujeres que te he descrito crees que es la Rinoceronte?

—La grandota, la feroz —respondió Gathercole enseguida.

—¡Excelente! Te has equivocado. En mi historia, la Rinoceronte resulta ser la chica delgada con los rasgos faciales extraños. Porque, verás..., ¡le reconstruyen la nariz después de un accidente mediante una operación quirúrgica llamada «rinoplastia»!

—Ah. Eso no lo sabía —dijo Gathercole.

—Pero temo que los niños no conozcan esa palabra, y escribo para ellos. Si tú no has oído hablar de la rinoplastia... —Lady Playford suspiró—. Estoy dudando. Cuando se me ha ocurrido me ha entusiasmado, pero luego ha empezado a preocuparme que no se entendiera. ¿Resulta demasiado científico que la clave de la historia dependa de un procedimiento médico? Al fin y al cabo, nadie piensa en operaciones quirúrgicas a menos que sea necesario; salvo que tengan que someterse a una. Los niños no piensan en ese tipo de cosas, ¿verdad?

—Me gusta la idea —dijo Gathercole—. Tal vez sería conveniente dejar claro que la chica esbelta no es que tenga una cara extraña, sino una nariz extraña, de modo que los lectores cuenten con más pistas. Al principio de la historia podría usted decir que la chica tiene la nariz nueva gracias a una operación quirúrgica, y podría hacer que Shrimp descubriera de algún modo el nombre de la operación, para que el lector pueda ver cómo se sorprende al saberlo.

Shrimp Seddon era la heroína de diez años de los libros de ficción de lady Playford, la líder de una banda de niños detectives.

—De forma que el lector pueda percibir la sorpresa pero no descubrir la verdad, de momento. ¡Sí! Y tal vez Shrimp podría decirle a Podge: «¿A que no sabes cómo llaman a esa operación?», y que luego la interrumpan. Entonces puedo poner un capítulo sobre otra cosa, en el que la policía arrestará a la persona equivocada; aunque tendría que ser un error más grave que de costumbre, que arresten quizá al padre o a la madre de Shrimp, para que quien lo lea tenga ocasión de consultar lo de la rinoplastia a un médico, o de buscarlo en una enciclopedia, si lo desea. Pero tampoco dejaré mucho tiempo antes de que Shrimp lo revele todo. ¡Sí! Michael, sabía que podía confiar en ti. Eso ya está resuelto, pues. Ya podemos pasar a lo de mi testamento...

Volvió a la butaca que tenía junto a la ventana y se acomodó en ella.

—Quiero que me hagas un testamento nuevo.

Gathercole se quedó de piedra. Según los términos del testamento vigente de lady Playford, cuando falleciera, su cuantioso patrimonio debía dividirse a partes iguales entre los dos hijos que le quedaban: su hija Claudia y su hijo Harry, el sexto vizconde Playford de Clonakilty. Había dado a luz a un tercer hijo, Nicholas, pero había fallecido cuando aún era un niño.

—Quiero dejárselo todo a mi secretario, Joseph Scotcher —anunció con aquella voz clara como un repique de campanilla.

Gathercole se inclinó hacia delante desde su asiento. No tenía sentido intentar apartar de su mente aquellas palabras inoportunas. Las había oído y no podía fingir lo contrario.

¿Qué clase de gamberrada estaba preparando lady Playford? No podía estar hablando en serio. Tenía que ser una trampa. Sí, debía de ser eso. Gathercole se dio cuenta de lo que se proponía: primero, había despachado la parte más frívola —Rinoceronte, rinoplastia, todo muy ingenioso y divertido— para luego presentar una travesura más gorda como si fuera en serio.

—Estoy en mi sano juicio y hablo completamente en serio, Michael. Me gustaría que hicieras lo que te pido. Antes de la cena, por favor. ¿Por qué no te pones ya manos a la obra?

—Lady Playford...

—Athie —lo corrigió.

—Si está relacionado con la historia del rinoceronte, para ver si yo...

—De verdad que no, Michael. Nunca te he mentido y tampoco te estoy mintiendo ahora. Necesito que redactes un testamento nuevo. Para que Joseph Scotcher lo herede todo.

—Pero ¿y sus hijos?

—Claudia está a punto de casarse con una fortuna mucho mayor que la mía y que además tiene forma de hombre: Randall Kimpton. No le faltará nada. Y Harry tiene la cabeza muy bien asentada sobre los hombros y una esposa que es de fiar, por enervante que pueda llegar a ser. El pobre Joseph necesita lo que puedo darle mucho más que Claudia o Harry.

—Me veo obligado a pedirle que se lo piense muy bien antes de...

—Michael, por favor, no seas bobo —exclamó lady Playford—. ¿Crees que la idea se me ha ocurrido cuando has llamado a la puerta, hace unos minutos? ¿No te parece que es más probable que lleve semanas o meses dándole vueltas? Me pides que me lo piense muy bien, y ya lo he hecho, te lo aseguro. Dicho esto, ¿ejercerás de testigo para mi testamento nuevo o tendré que llamar al señor Rolfe?

Así que ése era el motivo por el que Orville Rolfe había sido invitado a Lillieoak: por si él, Gathercole, se negaba a cumplir la orden.

—Hay otra cosa que me gustaría cambiar de mi testamento, al mismo tiempo: éste es el favor que te he pedido, si te acuerdas. En este caso aceptaría que te negaras, aunque espero que no sea así. Actualmente, Claudia y Harry aparecen nombrados como mis albaceas literarios, pero ya no me parece bien. Sería un honor para mí que tú, Michael, te encargaras de ello.

—¿Que sea... su albacea literario? —No daba crédito a lo que estaba oyendo. Durante casi un minuto se sintió demasiado abrumado para hablar. Todo aquello era un gran error. ¿Qué dirían los hijos de lady Playford al respecto? No podía aceptar de ningún modo—. ¿Harry y Claudia están al corriente de sus intenciones? —consiguió preguntar, al fin.

—No. Se enterarán esta noche, durante la cena. Y Joseph también. Por ahora los únicos que lo sabemos somos tú y yo.

—¿Ha tenido lugar algún conflicto en la familia del que yo no esté al tanto?

—¡En absoluto! —dijo lady Playford con una sonrisa—. Harry, Claudia y yo nos llevamos de maravilla. Hasta la cena de hoy, como mínimo.

—Yo... pero... sólo hace seis años que conoce a Joseph Scotcher. Lo conoció el mismo día que me conoció a mí.

—No hace falta que me cuentes lo que ya sé, Michael.

—Mientras que sus hijos... Además, tenía entendido que Joseph Scotcher...

—Dime, querido.

—¿Scotcher no sufre una enfermedad grave? —Para sí mismo, pero sin llegar a decirlo en voz alta, Gathercole añadió: «¿No cree que morirá antes que usted?».

Athelinda Playford no era joven, pero estaba llena de vitalidad. Costaba creer que alguien que disfrutaba de la vida como ella pudiera llegar a perderla.

—Es cierto, Joseph está muy enfermo —dijo—. Cada día se encuentra más débil. Por eso he tomado esta decisión tan inusual. Nunca te lo había dicho, pero seguro que te habrás dado cuenta de lo mucho que adoro a Joseph. Lo quiero como a un hijo, como si fuera sangre de mi sangre.

Gathercole sintió una tensión repentina en el pecho. Sí, se había dado cuenta, pero le parecía que había una diferencia inmensa entre saber algo y que se lo confirmaran. A partir de ahí empezó a pensar en cosas que lo superaban y que se esforzó en alejar de su cabeza.

—Joseph me ha dicho que según los médicos no le quedan más que unas semanas de vida.

—Pero entonces... creo que estoy bastante confundido —dijo Gathercole—. ¿Quiere hacer un testamento nuevo en beneficio de un hombre que sabe que no vivirá lo suficiente para disfrutar de su herencia?

—Nunca se sabe nada con total seguridad en este mundo, Michael.

—Pero ¿qué pasará si Scotcher fallece a causa de su enfermedad al cabo de unas semanas, como está previsto? Entonces ¿qué?

—Bueno, si se da el caso, volveremos al plan original y Harry y Claudia se dividirán la herencia a partes iguales.

—Tengo que preguntarle algo —dijo Gathercole, en quien había empezado a crecer una dolorosa ansiedad—. Perdone la impertinencia. ¿Tiene algún motivo para creer que morirá usted de forma inminente?

—¿Yo? —Lady Playford estalló en una carcajada—. Estoy fuerte como un roble. Espero seguir tirando muchos años más.

—Entonces Scotcher no heredará nada cuando usted fallezca, puesto que ya llevará años muerto, y el testamento nuevo no conseguirá sino crear discordia entre usted y sus hijos.

—Al contrario: mi nuevo testamento podría conseguir que suceda algo maravilloso —exclamó con entusiasmo.

—Siento decirlo, pero sigo confundido —suspiró Gathercole.

—Claro —dijo Athelinda Playford—. Ya sabía que sería así.

Capítulo 2

Una reunión sorpresa

Encubrir y descubrir: qué apropiado resulta que esas dos palabras difieran sólo en el prefijo. Suenan como si fueran antónimos y, sin embargo, como bien saben los buenos narradores, los más mínimos intentos de encubrir algo pueden dejar muchas cosas al descubierto, mientras que los nuevos descubrimientos a menudo ocultan tantas cosas como las que revelan.

Todo esto para presentarme con torpeza como el narrador de esta historia. Todo lo que saben hasta el momento —sobre la reunión de Michael Gathercole con lady Athelinda Playford— se lo he revelado yo, que he empezado a contar el relato sin advertirles de mi presencia.

Me llamo Edward Catchpool, y trabajo como detective para el Scotland Yard de Londres. Los acontecimientos extraordinarios que apenas he comenzado a describir no tuvieron lugar en Londres, sino en Clonakilty, una población del condado de Cork, en el Estado Libre Irlandés. Fue el 14 de octubre de 1929 cuando Michael Gathercole y lady Playford se reunieron en el estudio que ella tenía en Lillieoak, y fue también ese mismo día, tan sólo una hora después de la llegada de Gathercole, cuando yo finalicé en Lillieoak un largo viaje desde Inglaterra.

Seis semanas antes había recibido una enigmática carta de lady Athelinda Playford, en la que me invitaba a pasar una semana en su casa de campo. Me ofrecía varias actividades de ocio, entre las que se contaban la caza, el tiro al blanco y la pesca. Yo no había llegado a practicarlas ni me sentía atraído por esa posibilidad, aunque mi futura anfitriona no tenía por qué saberlo. Lo que no se explicaba en la invitación era el motivo por el que deseaba mi presencia.

Dejé la carta en la mesa del comedor de mi pensión y me planteé si debía ir o no. Pensé en Athelinda Playford —escritora de historias de detectives, probablemente la autora de libros infantiles más famosa que conocía— y luego pensé en mí mismo: soltero, policía, sin esposa y, por consiguiente, sin hijos a los que poder leer esos libros.

No, llegué a la conclusión de que el mundo de lady Playford y el mío no tenían por qué encontrarse jamás. No obstante, me había mandado aquella carta y yo tenía que decidir algo al respecto.

¿Me apetecía ir? No demasiado, no. Y eso significaba que probablemente acabaría yendo. Si de algo me he dado cuenta es de que a los seres humanos nos gusta seguir patrones, y yo no soy ninguna excepción. Puesto que mucho de lo que hago en mi vida cotidiana no puede contarse entre las cosas que haría por gusto, tiendo a asumir que si surge algo que preferiría no hacer, sin duda alguna acabaré haciéndolo.

Unos días más tarde, escribí a lady Playford para aceptar su invitación con entusiasmo. Sospechaba que querría sonsacarme información para utilizarla en sus futuros libros. Tal vez había decidido descubrir algo más acerca del *modus operandi* de la policía. De niño, había leído una o dos de sus historias y me había quedado estupefacto al comprobar lo bobos que llegaban a ser sus policías, incapaces de resolver ni siquiera el más simple de los misterios sin la ayuda de un grupo engreído y vociferante de niños de diez años. La curiosidad que aquello me había despertado fue, de hecho, el inicio de mi fascinación por las fuerzas policiales, un interés que me llevó a elegir esa carrera. Por extraño que pueda parecer, hasta ese momento no se me había ocurrido que tenía que agradecérselo a Athelinda Playford.

Durante el transcurso de mi viaje a Lillieoak, me leí otra de sus novelas para refrescar la memoria y reparé en que la impresión que me había llevado de niño no iba desencaminada: al final el sargento Memo y el inspector Imbécil recibían una buena reprimenda de la precoz Shrimp Seddon por haber pasado por alto un rastro de pistas tan obvio que incluso *Anita*, la rolliza perra de pelo largo de Shrimp, había sabido interpretar correctamente.

El sol estaba a punto de ponerse cuando llegué. Eran las cinco y media de la tarde, pero aún había suficiente luz para poder apreciar la espectacularidad del entorno. Plantado frente a la gran mansión paladiana de lady Playford, a la orilla del río Argideen a su paso por Clonakilty, a mi espalda tenía unos jardines elegantes, campos a mi izquierda y lo que parecía el límite de un bosque a mi derecha. Tomé consciencia de aquel espacio tan inmenso, de los azules y verdes que transcurrían sin interrupción en el mundo natural. Antes de partir de Londres había averiguado que la finca de Lillieoak tenía trescientas veinte hectáreas, pero tuve que llegar hasta allí para comprender lo que eso suponía: no había márgenes compartidos entre ese mundo y el ajeno, a menos que se deseara; en ningún momento se notaba la presión o incluso la presencia cercana de nada ni nadie como sucedía en la gran ciudad. No era de extrañar, pues, que lady Playford no supiera nada acerca de los procedimientos policiales.

Mientras respiraba el aire más fresco que había entrado jamás en mis pulmones, me descubrí albergando la esperanza de haber acertado el motivo por el que había sido invitado. Si surgía la oportunidad, pensaba, le sugeriría a lady Playford que un poco de realismo sin duda mejoraría bastante sus libros. Tal vez Shrimp Seddon y su pandilla, en el siguiente libro, podrían cooperar con una fuerza policial más competente.

La puerta principal de Lillieoak se abrió. Un mayordomo me miró desde el interior. Era de estatura y complexión media, con el pelo canoso y ralo y un montón de arrugas alrededor de los ojos, pero todas concentradas allí. Daba la impresión de que habían metido los ojos de un anciano en el rostro de un hombre mucho más joven.

La expresión del mayordomo añadía singularidad a su mirada. Sugería que sentía la necesidad de compartir información para protegerme de algo desafortunado y, al mismo tiempo, la imposibilidad de hacerlo, puesto que se trataba de un asunto de lo más delicado.

Esperé a que se presentara o me invitara a entrar en la casa, pero no hizo ni una cosa ni la otra.

—Me llamo Edward Catchpool —dije—. Acabo de llegar de Inglaterra. Creo que lady Playford me está esperando.

Tenía las maletas en el suelo. El mayordomo se las quedó mirando y luego echó un vistazo hacia atrás, por encima del hombro. Repitió esa secuencia dos veces sin el más mínimo acompañamiento verbal.

—Haré que le lleven el equipaje a la habitación, señor —dijo al fin.

—Gracias —respondí con el ceño fruncido. La escena me pareció muy peculiar, más de lo que soy capaz de describir, me temo. Aunque la frase del mayordomo resultó perfectamente normal, lo que le dio más sentido fue lo que no dijo: un cierto aire de «En estas circunstancias, me temo que esto es todo cuanto puedo llegar a decir»—. ¿Algo más? —pregunté.

El rostro del mayordomo se volvió más severo.

—Otro de los... invitados de lady Playford le espera en la sala de estar, señor.

—¿Otro? —Había asumido que yo sería el único.

Al parecer, mi pregunta le repelió. No acabé de entender el sentido de esa reacción y empecé a pensar en la necesidad de demostrar mi impaciencia cuando oí que una puerta se abría en el interior de la casa y reconocí una voz en el mismo momento en el que se dirigió a mí.

—¡Catchpool! *Mon cher ami!*

—¿Poirot? —dije antes de preguntárselo al mayordomo—. ¿Es Hércules Poirot?

Empujé la puerta y entré en la casa, cansado de esperar una invitación que me salvara del frío del exterior. Vi un suelo de intrincadas baldosas como los de los palacios, una gran escalera de madera, más puertas y más pasillos de los que puede asumir un recién llegado, un reloj de pie y una cabeza de ciervo colgada en una pared. La pobre bestia parecía estar sonriendo y yo le respondí del mismo modo. Pese a estar muerta y separada del cuerpo, la cabeza de ciervo me pareció más acogedora que el mayordomo.

—¡Catchpool! —dijo de nuevo la misma voz.

—¡Vaya! ¿Qué está haciendo Hércules Poirot en esta casa? —pregunté con más insistencia.

El mayordomo respondió por fin con un gesto de reticencia, y, al cabo de un momento, el belga apareció ante mí con un paso que, tratándose de él, me pareció bastante ágil. No pude evitar sonreír al ver su cabeza ahuevada y sus zapatos diminutos, dos rasgos que tanto lo caracterizaban junto a, por supuesto, su inconfundible bigote.

—¡Catchpool! ¡Es todo un placer verle aquí también!

—Iba a decir lo mismo. ¿Por casualidad no sería usted quien quería verme en la sala de estar?

—Sí, sí. Era yo.

—Lo suponía. Bien, entonces podrá acompañarme hasta allí. ¿Qué diantres sucede? ¿Ha ocurrido algo?

—¿Ocurrido? No. ¿Qué debería haber ocurrido?

—Bueno... —Me di la vuelta. Poirot y yo estábamos solos y mis maletas habían desaparecido—. Dadas las cautelosas formas del mayordomo, me preguntaba si...

—Ah, sí, Hatton. No le haga caso, Catchpool. Sus formas, como usted las llama, no responden a nada. Ése es su carácter.

—¿Está seguro? Pues es un carácter de lo más singular.

—*Oui*. Lady Playford me lo ha explicado esta tarde, poco después de llegar. Le he hecho las mismas preguntas que me hacía usted, al pensar que debía de haber ocurrido algo sobre lo que el mayordomo creía inadecuado hablar teniendo en cuenta su posición. Me ha dicho que Hatton empezó a actuar de ese modo tras pasar mucho tiempo a su servicio. Ha visto muchas cosas y no sería prudente por su parte ir comentándolas. Por lo que me ha contado lady Playford, prefiere hablar tan poco como sea posible. A ella también le parece frustrante. Dice que no es capaz de separar la información más básica, como la hora a la que se servirá la cena o cuándo pasarán a repartir el carbón, sin comportarse como si ella misma estuviese intentando arrancarle un explosivo secreto de familia. Por lo que me ha dicho, su mayordomo ha perdido el sentido común que solía tener y se ha vuelto incapaz de distinguir entre una indiscreción intolerable y no decir nada de nada.

—Entonces ¿por qué no cambia de mayordomo?

—Eso también se lo he preguntado. Pensamos del mismo modo, usted y yo.

—¿Y bien? ¿Le ha respondido?

—Está fascinada por la posibilidad de comprobar el desarrollo de la personalidad de Hatton y quiere ver cómo se refinarán sus costumbres en lo sucesivo.

Hice una mueca de exasperación, preguntándome cuánto tardaría en aparecer alguien para ofrecerme una taza de té, cuando de repente la casa sufrió una sacudida, luego se calmó y luego tembló de nuevo. Estaba a punto de exclamar «¡¿Qué demonios...?!» cuando en lo alto de las escaleras vi al hombre más gigantesco que había visto en mi vida. Estaba bajando. Tenía el pelo de color pajizo y los cachetes caídos, y su cabeza parecía tan diminuta como un guijarro en equilibrio sobre un cuerpo planetario.

Cada vez que movía los pies se oían unos crujidos tan escandalosos que temí que acabara atravesando uno de los escalones de madera de un pisotón.

—¿Oyen ustedes qué ruido tan horrible? —nos preguntó sin siquiera presentarse—. Los escalones no deberían crujir cuando alguien los pisa. ¿No los hacen para eso, para que los pisemos?

—Así es —convino Poirot.

—¿Verdad? —dijo el tipo, de un modo innecesario—. Se lo aseguro, ya no hacen las escaleras como antes. Ya no quedan buenos artesanos.

Poirot sonrió por cortesía y a continuación me agarró por un brazo y me volvió hacia la izquierda.

—Si los escalones se quejan, es por culpa de su apetito —me susurró al oído—. En cualquier caso, es abogado: si yo fuese esa escalera, buscaría asesoramiento legal de inmediato.

Hasta que vi su sonrisa no me di cuenta de que estaba bromeando.

Lo seguí hasta lo que supuse que era la sala de estar, una estancia amplia y con una gran chimenea de piedra que quedaba demasiado cerca de la puerta. El fuego no estaba encendido y hacía más frío que en el pasillo. La habitación era mucho más larga que ancha, y un gran número de sillones creaban una fila desordenada en un extremo y un grupo igualmente caótico en el otro. Esa disposición del mobiliario acentuaba la planta rectangular de la sala y creaba un efecto de división bastante claro. Al fondo había ventanales franceses. Aún no habían corrido las cortinas, a pesar de que ya había oscurecido; en Clonakilty anochecía algo antes que en Londres, por lo que pude observar.

Poirot cerró la puerta de la sala de estar y al fin pude echar un vistazo a mi amigo. Había engordado desde la última vez que nos vimos, y llevaba un bigote más largo y prominente, o al menos eso me pareció desde el otro lado de la habitación. Cuando se acercó más a mí, decidí que en realidad no había cambiado en absoluto y que había sido mi imaginación la que se había encargado de reducirlo en el recuerdo a un tamaño manejable.

—¡Qué placer volver a verlo, *mon ami*! No podía creerlo, cuando he llegado y lady Playford me ha dicho que se encontraría usted entre los invitados que pasaremos aquí una semana.

Su satisfacción era evidente, y me sentí culpable de no sentir lo mismo con tanta intensidad. Me animó verlo de tan buen humor, y también sentí un cierto alivio al comprobar que no estaba ni mucho menos decepcionado conmigo. En presencia de Poirot, no es difícil tener la sensación de estar decepcionando a todo el mundo.

—¿No sabía usted de mi visita hasta que ha llegado hoy? —pregunté.

—*Non*. Se lo preguntaré sin tapujos, Catchpool. ¿Qué hace usted aquí?

—Lo mismo que usted, me temo. Athelinda Playford me escribió para pedirme que viniera. Una invitación para pasar una semana en casa de una escritora famosa no es algo que ocurra todos los días. Había leído algunos libros suyos cuando era pequeño y...

—No, no. No me ha entendido bien. Decía que he venido por el mismo motivo, aunque yo no he leído ninguno de sus libros. Por favor, no se lo diga. Lo que le preguntaba era si conocía el motivo por el que lady Playford quería tenernos aquí a usted y a mí. Había imaginado que tal vez quería invitar a Hércules Poirot porque, igual que ella, es la persona más famosa y admirada en su campo. Pero ahora sé que el motivo no puede ser ése, puesto que también lo ha convocado a usted. Me pregunto si... lady Playford debe de haber leído acerca del caso del hotel Bloxham, en Londres.

Puesto que no me apetecía hablar del asunto en cuestión, opté por cambiar de tercio.

—Antes de saber que le encontraría aquí, imaginé que me había invitado para preguntarme aspectos policiales que tal vez quiere integrar con detalle en sus libros. Sin duda alguna le beneficiará de una visión más realista que...

—*Oui, oui, bien sûr*. Dígame, Catchpool, ¿ha traído la carta de invitación?

—¿Perdone?

—La que le envió lady Playford.

—Ah, sí. La tengo en el bolsillo. —La pesqué y se la tendí para que pudiera observarla.

Le echó un vistazo y me la devolvió poco después.

—Es igual que la que me mandó a mí. No revela nada de nada. Puede que tenga usted razón. Me pregunto si no querrá consultarnos acerca de nuestras capacidades profesionales.

—Pero... usted ha dicho que ya se han visto. ¿No se lo ha preguntado?

—*Mon ami*, qué clase de invitado podría ser tan zafio como para preguntar a su anfitriona, nada más llegar: «¿Qué quiere usted de mí?». Sería de mala educación.

—¿Ella no le ha ofrecido ningún tipo de información? ¿Ni una pista?

—Apenas hemos tenido tiempo. Pocos minutos después de mi llegada se ha encerrado en su estudio para reunirse con su abogado.

—¿El que bajaba por la escalera? ¿El... esto... ese caballero tan robusto?

—¿El señor Orville Rolfe? No, no. Él también es abogado, pero el que se había citado con lady Playford a las cuatro en punto era otro hombre. También lo he visto. Se llama Michael Gathercole. Uno de los hombres más altos que he conocido. Parecía realmente incómodo con la idea de transportarse arriba y abajo.

—¿Qué quiere decir?

—Sólo que me ha dado la impresión de que deseaba poder salir de su propio pellejo.

—Ah, ya le entiendo. —Yo no le entendía en absoluto, pero temía que si le pedía que fuera más concreto conseguiría precisamente el efecto contrario.

Poirot negó con la cabeza.

—Vamos, quítese el abrigo y siéntese —dijo—. Es un misterio. Sobre todo si tenemos en cuenta al resto de asistentes.

—Me pregunto si sería posible pedirle a alguien que nos sirva un té —dije, mirando a mi alrededor—. Esperaba que a estas alturas el mayordomo ya nos habría mandado a una doncella, si lady Playford está ocupada.

—Insistí en que no tuviéramos interrupciones. He tomado un refrigerio nada más llegar, y pronto nos servirán las bebidas aquí mismo, según me han dicho. No tenemos mucho tiempo, Catchpool.

—¿Tiempo? ¿Para qué?

—Si es tan amable de sentarse, enseguida se lo contaré —dijo Poirot con una leve sonrisa. Sus palabras nunca me habían sonado tan razonables.

No sin inquietud, decidí sentarme.

Capítulo 3

Un especial interés en la muerte

—Debo contarle quién más nos acompaña —dijo Poirot—. Usted y yo no somos los únicos invitados, *mon ami*. Entre todos, incluyendo a lady Playford, somos once los que nos hemos reunido en Lillieoak. Si contamos también al servicio, hay tres personas más: Hatton, el mayordomo; una criada llamada Phyllis, y la cocinera, Brigid. La pregunta es: ¿deberíamos contar al servicio?

—¿Contarlos como qué? ¿O para qué? ¿De qué está hablando, Poirot? ¿Se encuentra aquí para llevar a cabo un estudio de la población del condado de Cork? ¿Cuántos habitantes hay en cada casa y ese tipo de cosas?

—Echaba de menos su sentido del humor, Catchpool, pero debemos tomárnoslo en serio. Como ya le he dicho, no disponemos de mucho tiempo. Muy pronto, dentro de media hora a lo sumo, alguien nos interrumpirá para empezar a servir las bebidas. Así pues, escúcheme bien. En Lillieoak, aparte de nosotros dos y del servicio, está nuestra anfitriona, lady Playford; los dos abogados sobre los que hemos estado hablando: Gathercole y Rolfe. También está el secretario de lady Playford, Joseph Scotcher; una enfermera que responde al nombre de Sophie Bourlet...

—¿Una enfermera? —pregunté, colgado del reposabrazos de la silla—. ¿Acaso lady Playford tiene problemas de salud?

—No. Déjeme acabar. También están aquí los dos hijos de lady Playford, la esposa del hijo y el joven amigo de la hija. De hecho, creo que el doctor Randall Kimpton y la señorita Claudia Playford están comprometidos. Ella vive en Lillieoak y él ha venido de visita desde Inglaterra. Americano de nacimiento, pero también un hombre de Oxford, si no recuerdo mal lo que me ha contado lady Playford.

—¿O sea que todo esto se lo ha dicho ella?

—Ya descubrirá cuando la conozca que es capaz de verbalizar muchas cosas en poco tiempo, y con mucho colorido y velocidad, además.

—Ya veo. Suena alarmante. Aun así, es un consuelo saber que en esta casa hay alguien capaz de articular bien un discurso. Lo digo por el mayordomo, claro. ¿Ha terminado usted con su inventario de personas?

—Sí, pero todavía no he nombrado a los dos últimos. El hermano de mademoiselle Claudia, el hijo de lady Playford, se llama Harry y es el sexto vizconde Playford de Clonakilty. A él también lo he conocido. Vive aquí con su esposa Dorothy, a la que todos llaman Dorro.

—Muy bien. ¿Y por qué es tan importante que enumeremos a todas esas personas antes de que nos sirvan una bebida? Resulta que me apetecería saber cuál es mi habitación y lavarme un poco la cara antes de que empiece la velada, así que...

—No se preocupe, tiene la cara limpia —dijo Poirot con autoridad—. Dese la vuelta y fíjese en lo que hay encima de la puerta.

Obedecí y vi unos ojos furiosos, un hocico grande y negro y una boca abierta llena de colmillos.

—Dios santo, ¿qué demonios es eso?

—La cabeza disecada de un cachorro de leopardo: una obra de artesanía de Harry, el vizconde Playford. Practica la taxidermia. —Poirot frunció el ceño y prosiguió—. Un verdadero entusiasta, intenta convencer a todo el mundo de que no hay afición que proporcione una satisfacción comparable.

—O sea, que la cabeza de ciervo del vestíbulo también debe de ser obra suya —dije.

—Le he dicho que yo no tenía ni los instrumentos ni los conocimientos necesarios para disecar animales y me ha respondido que sólo necesitaría algo de alambre, un cortaplumas, aguja e hilo, cáñamo y arsénico. Me ha parecido sensato no comentarle que también era necesario que la idea no me pareciera repulsiva.

—Una afición que implique el uso de arsénico —dije con una sonrisa— a duras penas complacería a un detective que ha resuelto demasiados crímenes provocados por ese veneno.

—Justo por eso quería hablar con usted, *mon ami*. Muerte. La afición del vizconde Playford está directamente relacionada con los muertos. Animales, no personas, pero siguen siendo muertos de todos modos.

—Definitivamente, no veo qué tiene eso de importante.

—¿Recuerda el nombre de Joseph Scotcher? Lo he mencionado hace un momento.

—El secretario de lady Playford, ¿verdad?

—Se está muriendo. De la enfermedad de Bright, una afección renal. Por eso la enfermera, Sophie Bourlet, vive aquí: para atender las necesidades derivadas de su invalidez.

—Ya veo. O sea que el secretario y su enfermera viven en Lillieoak, ¿no?

Poirot asintió antes de proseguir.

—Y resulta que tenemos a tres personas reunidas que, de un modo u otro, mantienen una relación cercana con la muerte. Y luego está usted, Catchpool. Y yo. Los dos hemos visto muchos casos de muerte violenta durante el ejercicio de nuestra profesión. El doctor Randall Kimpton, el que pretende casarse con Claudia Playford, ¿a qué cree que se dedica?

—¿También tiene relación con la muerte? ¿Es enterrador? ¿Cincelador de lápidas?

—Es un patólogo de la policía del condado de Oxford-shire. Su trabajo también guarda relación con la muerte. *Eh bien*, ¿le apetece preguntarme algo acerca de los señores Gathercole y Rolfe?

—No es necesario. Los abogados se enfrentan a asuntos ligados a la muerte cada día.

—Eso es especialmente cierto en el caso de la empresa de Gathercole y Rolfe, célebre por su especialización en bienes y transacciones testamentarias de gente adinerada. Catchpool, seguro que ahora ya lo ve más claro, ¿verdad?

—¿Y qué me dice de Claudia Playford y de Dorro, la esposa del vizconde? ¿Qué conexiones tienen con la muerte? No me lo diga: ¿una de ellas se dedica a sacrificar ganado y la otra a embalsamar cadáveres?

—Puede bromear cuanto quiera —dijo Poirot, muy serio—. ¿No le parece interesante que tantas personas con un interés especial en la muerte, ya sea en su vida personal o profesional, se hayan reunido aquí, en Lillieoak, al mismo tiempo? Lo que me gustaría saber es qué se propone lady Playford. No puedo creer que sea una casualidad.

—Bueno, tal vez ha planeado alguna especie de juego para después de la cena. Siendo como es escritora de misterio, imagino que querrá mantener cierto suspense. Y no ha respondido a mi pregunta acerca de Dorro y Claudia.

—No se me ocurre nada que se adecue a nuestro tema y que se les pueda aplicar —admitió Poirot al cabo de un momento.

—¡Entonces llámelo coincidencia! Y ahora, si me permite, me voy a lavar las manos y la cara antes de cenar.

—¿Por qué me evita, *mon ami*?

Me detuve a pocos centímetros de la puerta. Había sido

un ingenuo al suponer que, puesto que todavía no lo había mencionado, no llegaría a sacar el tema.

—Creía que usted y yo éramos *les bons amis*.

—Lo somos. He estado demasiado ocupado, Poirot.

—¡Ah, ocupado! Ya le gustaría que creyera que ésa es la única razón.

Lancé una mirada hacia la puerta.

—Voy a buscar a ese mayordomo silencioso y lo amenazaré con todo tipo de rebelión posible si no me muestra mi habitación de inmediato —murmuré.

—¡Ingleses! Por muy fuerte que sea el sentimiento, por muy feroz que sea la rabia, seguirá siendo más fuerte el deseo de aplacarla, de fingir que ni siquiera llegó a existir.

En ese mismo instante, la puerta se abrió y una mujer de treinta o treinta y cinco años entró con un vestido de lentejuelas verde y un chal blanco. De hecho, más que entrar lo que hizo fue escabullirse, con un andar provocativo que de inmediato me hizo pensar en un deambular felino. Tenía un cierto aire altanero, como si la posibilidad de entrar en una habitación de un modo normal no estuviese a su altura. Parecía como si utilizara hasta el más mínimo movimiento para dejar clara su superioridad respecto a cualquiera que se encontrase cerca: en ese caso, Poirot y yo.

También era bella hasta un punto casi sobrenatural: un peinado exquisito recogía su pelo castaño para mostrar mejor un rostro perfectamente ovalado, los ojos marrones, de mirada felina, largas pestañas, cejas bien definidas y unos pómulos afilados como cuchillos. Era difícil no quedar impresionado al contemplarla, y resultaba obvio que ella era consciente de sus encantos. También transmitía un aire depredador, antes incluso de articular una sola palabra.

—Oh —exclamó con una mano en la cintura—. Ya veo. Hay invitados pero no hay bebidas. ¡Ya podría ser al revés! Supongo que he llegado demasiado temprano.

Poirot se levantó y procedió a presentarse. Luego me

presentó a mí y me alargó una mano tan elegante como gélida para que se la estrechara. No respondió con un «Encantada de conocerle» ni nada por el estilo.

—Soy Claudia Playford. Hija de la famosa novelista y hermana del vizconde Playford. Hermana mayor, por cierto. El título nobiliario se lo ha quedado mi hermano por el simple hecho de ser varón. ¿Qué sentido tiene eso? Sería mucho mejor si yo fuera vizcondesa. Francamente, incluso una pasta de té llevaría mejor el título de vizconde que mi hermano Harry. ¿No? ¿Consideran que es justo?

—Nunca me había parado a pensarlo —dije con toda sinceridad.

—¿Y usted? —preguntó, dirigiéndose a Poirot.

—Si ahora, de repente, le concedieran el título, ¿podría usted decir «Ya tengo lo que quiero, soy absolutamente feliz, estoy satisfecha»?

Claudia levantó la barbilla con arrogancia.

—Yo no diría algo así, por miedo a sonar como una chiquilla estúpida salida de un cuento de hadas. Además, ¿quién dice que yo sea infeliz? Soy muy feliz y no estaba hablando de satisfacción, sino de justicia. ¿No se supone que tiene usted una mente brillante, monsieur Poirot? Tal vez la ha olvidado en Londres.

—No, ha viajado conmigo, mademoiselle. Y si usted es una de las pocas personas que hay en el mundo capaces de afirmar «Soy muy feliz», entonces le aseguro que la vida le ha tratado con más justicia que a la mayoría de la gente.

—Estaba hablando de mí, de mi hermano y de nadie más —replicó ella con el ceño fruncido—. Si realmente le interesase la justicia, dejaría que fuéramos nosotros dos los que valorásemos la situación y no implicaría a una multitud anónima para apoyar su argumentación. ¡Porque sabe que sólo puede ganar si la distorsiona!

La puerta se abrió de nuevo y entró un hombre de pelo oscuro, vestido elegantemente para la cena. Ella juntó las manos con una palmada y suspiró con embeleso, como si hubiese estado temiendo que aquel tipo no hubiera podido llegar. Pero ahí estaba, listo para salvarla de un destino terrible.

—¡Cariño! —exclamó Claudia.

El contraste entre la conducta que adoptó en ese momento y la grosería con la que nos había tratado a Poirot y a mí no podría haber sido mayor.

El recién llegado era apuesto y pulcro, tenía una sonrisa presta y encantadora y el pelo negro, casi azabache, peinado de lado de forma que le caía sobre la frente.

—¡Por fin te encuentro, queridísima! —dijo mientras Claudia corría a abrazarlo—. Te he estado buscando por todas partes. —Tenía los dientes más perfectos que he visto en mi vida. Costaba creer que hubieran crecido de forma natural dentro de su boca—. Y ustedes, por lo que veo, deben de ser algunos de los invitados de esta noche. ¡Fantástico! Sean bienvenidos.

—No estás en posición de darle la bienvenida a nadie, cariño —bromeó Claudia, impostando un tono severo—. Tú también eres un invitado, recuérdalo.

—Entonces digamos que les he dado la bienvenida de tu parte.

—Imposible. Yo habría dicho algo muy distinto.

—Ya ha sido bastante elocuente a ese respecto, mademoiselle —le recordó Poirot.

—¿Ya has sacado tu divino desaire, queridísima? No le hagan caso, caballeros. —Nos tendió la mano—. Kimpton. Doctor Randall Kimpton. Es un placer conocerles.

Demostraba unos modales exquisitos al hablar; tanto, que reparé en ello de inmediato, y estoy seguro de que Poirot también. Parecía como si el brillo de sus ojos produjera destellos a medida que movía los labios para hablar, y de vez en cuando abría los ojos de un modo que transmitía un énfasis entusiasta. Uno se quedaba con la impresión de que cada vez que pronunciaba tres o cuatro palabras sentía algún tipo de deleite.

Habría jurado que Poirot me había dicho que el novio de Claudia era americano. No tenía ni rastro de acento, o al menos yo no llegué a detectarlo.

—Es un gran placer conocerle, doctor Kimpton —dijo Poirot mientras yo pensaba en todo aquello—. Pero... lady Playford me dijo que usted era norteamericano, de Boston.

—Así es. Supongo que lo que quiere decir es que no tengo acento americano. Bueno, ¡eso espero! Aproveché la oportunidad que me brindaron de estudiar en la Universidad de Oxford para deshacerme de esa idiosincrasia tan desagradable. En Oxford, más vale evitar cualquier acento que no suene a inglés, ¿saben?

—A Randall se le da muy bien deshacerse de idiosincrasias desagradables, ¿verdad, cariño? —dijo Claudia con cierta aspereza.

—¿Qué? ¡Ah! —Kimpton pareció disgustarse de repente, su conducta cambió por completo. Igual que la de ella, de hecho. Claudia se lo quedó mirando como lo haría una maestra con un alumno displicente, a la espera de una respuesta—. Queridísima —dijo al fin en voz baja—, no me rompas el corazón recordándome mi error más deplorable. Caballeros, durante una época, fui tan estúpido que... tras haber recorrido grandes distancias para convencer a esta mujer extraordinaria de que se convirtiera en mi esposa, fui lo suficientemente estúpido para dudar de mis propios deseos y...

—Tus reproches y recriminaciones no le interesan a nadie, Randall —lo interrumpió Claudia—. Aparte de mí, claro. Yo nunca me canso de escucharlos. Te lo advierto, tendrás que reprocharte muchas más cosas en mi presencia antes de que acceda a fijar una fecha para la boda.

—¡Queridísima, no pienso hacer otra cosa que no sea reprocharme, acusarme y vilipendiarme desde este momento y hasta el día en que muera! —dijo Kimpton con mucha seriedad y aquel brillo característico en los ojos. Se diría que los dos habían olvidado por completo que Poirot y yo también estábamos allí.

—Bien. Entonces no siento la necesidad imperiosa de librarme de ti —dijo Claudia, sonriendo de repente, como si sólo le hubiera estado tomando el pelo.

Kimpton pareció llenarse de confianza una vez más. Le tomó una mano y se la besó.

—Fijaremos una fecha para la boda, queridísima. ¡Y muy pronto!

—¿De verdad? —Claudia se echó a reír de alegría—. Eso ya lo veremos. En cualquier caso, admiro la determinación que demuestras. No hay ningún otro hombre en la tierra capaz de ganarse mi corazón dos veces. Es posible que ni siquiera una.

—Ningún otro hombre podría estar tan obsesionado o mostrarse tan devoto como yo, mi amada divina.

—Eso me lo creo —dijo Claudia—. No imaginaba que pudieran llegar a convencerme para volver a llevar esta sortija, pero mira tú por dónde, la llevo puesta. —Se tomó un momento para examinar el enorme diamante que decoraba el dedo anular de su mano izquierda.

Diría que soltó un suspiro en ese momento, pero el sonido quedó enmascarado por el de la puerta, que se abrió por tercera vez. Una joven criada apareció por el umbral. Llevaba el pelo rubio recogido en un moño que se iba tocando con gesto nervioso al hablar.

—Voy a preparar la sala para las bebidas —murmuró.

Claudia Playford se inclinó hacia mí y hacia Poirot.

—Asegúrense de oler la bebida antes de probarla —nos advirtió con un susurro audible—. Phyllis es lo más disperso que hay en el mundo. No entiendo por qué mi madre no la ha echado ya. No sabría diferenciar entre un oporto y el agua de la bañera.

Capítulo 4

Un admirador inesperado

Un fenómeno que he observado una y otra vez a lo largo de mi carrera profesional y de mi vida social es que cuando uno conoce de golpe a un grupo numeroso de personas, de algún modo sabe —como por un instinto sobrenatural— con cuál de ellas disfrutará manteniendo una conversación y a cuáles vale la pena evitar.

Eso fue justo lo que sucedió cuando, después de cambiarme de ropa para la cena, regresé a una sala de estar en la que había mucha más gente: enseguida me di cuenta de que tenía que hacer lo posible para terminar junto al abogado que Poirot me había descrito, Michael Gathercole. Era más alto incluso que la mayoría de gente alta, y andaba un poco encorvado, como si deseara reducir su estatura.

Poirot tenía razón: realmente parecía como si su físico fuera un motivo de incomodidad para Gathercole. Los brazos le colgaban de un modo inquietante a ambos lados del cuerpo, y cada vez que se movía, aunque fuese muy poco, era como si intentara sacudirse con torpeza e impaciencia algo que se le hubiera pegado pero que nadie más podía ver.

No era atractivo en el sentido que solemos dar a esa palabra. Su cara me hacía pensar en uno de esos perros fieles que han recibido demasiadas patadas del dueño y tienen la certeza de que las seguirán recibiendo. Aun así, parecía de lejos la persona más inteligente entre todas las que acababa de conocer.

Los demás que fueron llenando la sala de estar también eran más o menos como Poirot me había anunciado. Lady Playford entró contando una anécdota intrincada, aunque sin dirigirse a nadie en concreto. Me pareció tan imponente como había esperado que fuera, con una voz fuerte y melódica y el pelo recogido en una especie de torre de bucles. Tras ella iban el abogado de tamaño planetario, Orville Rolfe; luego el vizconde Harry Playford, un joven rubio, con el rostro plano y cuadrado y una sonrisa afable pero distante, como si en algún momento se hubiera sentido animado por algo y desde entonces hubiera pasado el tiempo intentando recuperar el motivo de ese buen humor. Su esposa Dorro era una mujer alta con unos rasgos que evocaban a los de un ave de presa, y un cuello largo con un hueco profundo en la base. Habría sido posible dejar una taza de té en ese hueco y habría encajado de forma más que satisfactoria.

Los dos últimos en llegar fueron Joseph Scotcher, el secretario de lady Playford, y una mujer de pelo y ojos oscuros. Deduje que debía de ser la enfermera, Sophie Bourlet, puesto que empujaba la silla de ruedas en la que se movía Scotcher. Tenía un talante modesto y una sonrisa amable y eficiente al mismo tiempo, como si hubiera decidido que ese modelo exacto de sonrisa era el más adecuado para la ocasión. Entre todos los presentes, ella era la persona que uno elegiría para resolver un problema práctico. Me di cuenta de que llevaba un fardo de papeles bajo un brazo y, en cuanto tuvo la ocasión, lo dejó encima de un pequeño escritorio junto a una de las ventanas. Acto seguido, se acercó para decirle algo a lady Playford. Ésta dirigió una mirada a los papeles apilados sobre el escritorio y asintió.

Me pregunté si, ante el evidente declive de Scotcher, Sophie se habría encargado de realizar las funciones propias del secretario de Lillieoak. De hecho, vestía más bien como una secretaria que como una enfermera. El resto de mujeres llevaban trajes de noche, pero se diría que Sophie se había vestido con la elegancia requerida para una reunión de despacho.

La apariencia física de Scotcher era tan liviana como oscura la de su enfermera. El pelo, de un color dorado claro, y la piel, muy pálida. Tenía unos rasgos delicados, casi femeninos, y estaba delgado hasta un extremo que parecía peligroso: era un ángel a punto de desvanecerse. Me pregunté si debía de haber sido un tipo más robusto antes de que le fallara la salud.

Me las arreglé para quedar enseguida delante de Gathercole y tuvieron lugar las presentaciones de rigor. Resultó ser más simpático de lo que me había parecido a distancia. Me contó que había descubierto los libros de Shrimp Seddon de Athelinda Playford en el orfelinato en el que había pasado casi toda la infancia, y que con los años había acabado convirtiéndose en su abogado. Hablaba de ella con una admiración que rayaba en el respeto reverencial.

—Es evidente que le tiene cariño —comenté en algún momento de la charla.

—Como todo el mundo que ha leído su obra —respondió—. Creo que es genial.

Pensé en aquellos personajes tan poco convincentes, en el sargento Memo y el inspector Imbécil, y decidí que tal vez sería insensato por mi parte criticar los esfuerzos creativos de mi anfitriona teniéndola a sólo unos metros de distancia.

—Muchas de las grandes casas que pertenecían a familias inglesas quedaron reducidas a cenizas durante los... desagradables acontecimientos que tuvieron lugar por aquí hace poco.

Asentí. No era un tema de conversación agradable para

ningún inglés a punto de empezar una semana de vacaciones en Clonakilty.

—Sin embargo, nadie se acercó a Lillieoak —prosiguió Gathercole—. Los libros de lady Playford son tan apreciados que las multitudes descontroladas decidieron no atacar su residencia. O eso, o se toparon con la resistencia de personas mejores que el resto, para los que el nombre de Athelinda Playford significa algo.

Aquello me pareció poco probable. ¿Qué muchedumbre incontrolada cancelaría sus planes de sembrar el caos sólo por Shrimp Seddon y sus compinches de ficción? ¿De verdad era tan influyente la joven Shrimp? Y su perro gordo y de pelo largo, *Anita*, ¿podía dibujar una sonrisa en los labios de un insurgente airado y hacerle olvidar la causa por la que luchaba? Lo dudaba mucho.

—No le veo muy convencido —dijo Gathercole—. Lo que olvida es que la gente se enamora de los libros de lady Playford durante la infancia. Es difícil desprenderse de esa clase de apego más adelante, a pesar de la afiliación política que se pueda tener.

Me recordé que hablaba en calidad de huérfano. Shrimp Seddon y su pandilla seguramente eran lo más parecido que había tenido a una familia.

«Un huérfano...»

Me sorprendió descubrir una conexión más entre otro de los invitados de Lillieoak y la muerte. Los padres de Michael Gathercole habían muerto. ¿Lo sabía, Poirot? Aunque, por supuesto, Gathercole ya tenía otra conexión: la especialización de su despacho, la transmisión testamentaria de propiedades de gente adinerada. De pronto me sentí un estúpido: por supuesto, todo el mundo tenía algún pariente muerto. La idea de Poirot de que el motivo común de la reunión era la muerte resultaba simplemente ridícula.

Gathercole fue a rellenar su copa. Detrás de mí, Harry

Playford le hablaba con entusiasmo sobre taxidermia a Orville Rolfe. No me apetecía escuchar una explicación detallada de los procedimientos, por lo que crucé la estancia y escuché la conversación que Randall Kimpton mantenía con Poirot.

—He oído decir que confía usted mucho en la psicología cuando tiene que resolver un caso. ¿Es cierto?

—Así es.

—¡Ah! Entonces, si me lo permite, me gustaría decirle que discrepo de su punto de vista. La psicología es algo demasiado intangible. ¿Quién puede afirmar que sea real, de hecho?

—Lo es, monsieur, se lo aseguro. Es real.

—¿De veras? A ver, no estoy negando que la gente tenga pensamientos, por supuesto, pero la idea de que pueda deducirse algo a partir de las conjeturas que uno realice sobre cuáles son esos pensamientos y por qué los tiene... eso no me convence, lo siento. Hasta cuando un asesino confirma que usted tiene razón, incluso cuando dice: «Exacto, lo hice porque me moría de celos, o porque la anciana a la que golpeé en la cabeza me recordaba a la niñera que me había tratado de forma tan cruel», ¿cómo sabe que el tipo en cuestión está diciendo la verdad?

Mientras hablaba, los ojos de Kimpton emitieron aquellos destellos triunfales en muchas ocasiones, y cada vez parecía como si se deleitara en la superioridad de sus argumentos. Además, al doctor no se le veía nada dispuesto a abandonar o cambiar el tema. Pensé en lo que Claudia había dicho sobre ganarse su corazón dos veces, y me pregunté si había tenido que ver con algún tipo de intimidación. No daba la impresión de ser una de esas mujeres que se dejan coaccionar fácilmente, pero de todos modos... había algo que me asustaba en la determinación implacable y arrogante que demostraba Kimpton para ganar siempre, para imponerse, para tener razón.

A fin de cuentas, tal vez me resultaría más plácido escuchar cómo Harry le había extirpado el cerebro al leopardo muerto.

Me salvó Joseph Scotcher. Sophie Bourlet se encargó de empujar su silla de ruedas hasta donde yo me encontraba.

—Usted debe de ser Catchpool —dijo Scotcher con tono afable—. Tenía muchas ganas de conocerle. —Extendió una mano y se la estreché con la máxima suavidad de la que fui capaz. Su voz era más robusta de lo que su apariencia externa me había llevado a esperar—. Parece sorprendido por el hecho de que sepa quién es. He oído hablar de usted, por supuesto, y sobre los asesinatos del hotel Bloxham, de Londres, en el mes de febrero.

Me sentí como si me hubieran pegado un bofetón en la cara. Pobre Scotcher: no podía saber que sus palabras tendrían ese efecto sobre mí.

—Discúlpeme, ni siquiera me he presentado: soy Joseph Scotcher. Y ésta es la luz de mi vida: mi enfermera, amiga y ángel de la guarda, Sophie Bourlet. Si aún estoy aquí es gracias a ella y sólo a ella. Un paciente cuidado por Sophie apenas necesitará medicación.

Ante tantos cumplidos, la enfermera se vio tan superada por la emoción que tuvo que volverse. «Lo ama —pensé—. Lo ama y no es capaz de ocultarlo.»

—Sophie es muy astuta, me mantiene con vida a base de negarse a convertirse en mi esposa. —Scotcher me guiñó un ojo—. Es que, verá, no me puedo morir hasta que me haya dicho que sí.

Sophie se volvió de nuevo para mirarme con las mejillas sonrosadas, una vez recobrada su sonrisa prudente.

—No le haga caso, señor Catchpool —dijo ella—. En realidad, Joseph nunca me ha pedido que me case con él. Ni una sola vez.

Scotcher soltó una carcajada.

—Pero sólo porque si tuviera que arrodillarme para pedírselo, lo más probable es que no pudiera levantarme de nuevo. No sé cómo lo hace el sol para levantarse cada mañana.

—El sol debe de preguntarse cómo lo haces tú para brillar tanto, Joseph.

—¿Ve lo que le decía, Catchpool? Vale la pena seguir aquí por ella, aunque para ello tenga que lidiar con mis endiablados riñones.

—Discúlpenme, caballeros —dijo Sophie. Se acercó al escritorio, se sentó y se ocupó de los papeles que había dejado allí.

—¡Mire si soy egoísta! —exclamó Scotcher—. Le molesto hablando de mis riñones cuando deberíamos estar hablando de usted, y no de mí. No debe de ser fácil, ¿no? —preguntó con un gesto en dirección a Poirot—. Me supo mal que los periódicos le ridiculizaran a usted de forma tan cruel. Fue casi como si no se dieran cuenta de su papel en la resolución del lamentable caso Bloxham. Espero que no le importe que lo haya mencionado.

—En absoluto —me vi obligado a decir.

—Lo he leído todo al respecto, ¿sabe? La historia completa. Me pareció fascinante, y creo que sin su brillante deducción en el cementerio, el caso quizá no se habría resuelto jamás. Tengo la impresión de que nadie reparó en ese aspecto del caso.

—Así es —murmuré.

Scotcher no me había dejado alternativa: me vi forzado a pensar una vez más en los asesinatos que, en su momento —y sin duda alguna, para siempre—, se conocieron como «Los crímenes del monograma». Poirot acabó resolviendo el misterio de un modo muy ingenioso, aunque eso no evitó que se generara una publicidad negativa. Negativa para mí, en cualquier caso. El desenlace había favorecido a Poirot, pero yo no había tenido tanta suerte. Los periodistas me habían acusado de ser un detective incompetente y de confiar demasiado en que Poirot me sacaría las castañas del fuego. Demostré un exceso de ingenuidad al responder a una entrevista de un modo tal vez demasiado honesto: reconocí que me habría sentido perdido sin la ayuda de Poirot, y ese comentario apareció en los periódicos. Se publicaron unas cuantas cartas preguntándose por qué Edward Catchpool trabajaba para Scotland Yard si a duras penas era capaz de hacer su trabajo sin la ayuda de un amigo que ni siquiera era policía. En pocas palabras, durante unas semanas me convertí en un objeto de mofa, hasta que todo el mundo se olvidó de mí.

Desde entonces —tal como le conté a Joseph Scotcher, que me pareció genuinamente preocupado por mis apuros— mi trabajo me había puesto en contacto con otro caso de asesinato que no había conseguido resolver, aunque en esa ocasión se habían elogiado mis esfuerzos y mi tenacidad para descubrir la verdad por todos los medios. Me sorprendió leer en las páginas de cartas al director que se hablaba de mí como de un héroe intrépido; nadie podría haber sido más valiente o meticuloso que yo: ése era el consenso general.

De todo ello saqué la única conclusión posible: que me salía más a cuenta fracasar solo que triunfar con la ayuda de Hércules Poirot. Ése era el motivo por el que había estado evitándolo (aunque me abstuve de compartir aquella revelación con Joseph Scotcher): porque no podía confiar en que no acabaría pidiendo ayuda para resolver el caso pendiente. Simplemente no encontraba la manera de explicárselo a Poirot sin que él me pidiese que le contara hasta el último detalle al respecto.

—Estoy seguro de que mucha gente se dio cuenta de lo mal que le trataron los periódicos y lo consideraron injusto —dijo Scotcher—. De hecho, me gustaría haber escrito una carta al *Times* a tal efecto. Quise hacerlo, pero...

—Es mejor que se cuide y no se preocupe tanto por mí —le dije.

—Bueno, pero quiero que sepa que lo admiro sin mesura —dijo con una sonrisa—. Yo nunca habría sido capaz de hacer encajar esa pieza en el rompecabezas como lo hizo usted. No se me habría ocurrido jamás, como a la mayoría de la gente. Es evidente que tiene usted una mente extraordinaria. Igual que Poirot, claro está.

Algo avergonzado, se lo agradecí. Sabía que mi cerebro no era nada especial y que Poirot habría resuelto los asesinatos del hotel Bloxham con o sin ese único momento de perspicacia que yo había demostrado, pero de todas maneras las palabras de Scotcher me alentaron mucho. El hecho de que se estuviera muriendo me conmovió todavía más, de algún modo. No me importa admitir que me sentí bastante abrumado.

Un susurro empezó a extenderse por la habitación hasta que ésta quedó inundada de silencio. Me di la vuelta y vi que Hatton, el mayordomo, permanecía de pie ante la puerta. Se diría dispuesto a no contarnos de ninguna manera algo sumamente importante.

—¡Oh! —exclamó lady Playford, que estaba con Sophie junto al escritorio—. Hatton ha venido a anunciarnos que la cena está lista. O a oír cómo lo anuncio yo. Gracias, Hatton.

El mayordomo pareció avergonzado de que le acusaran de haber estado a punto de hablar ante tanta gente. Hizo una leve reverencia y se retiró.

Cuando todos se dirigieron hacia la puerta, yo me rezagué. En cuanto me hube quedado solo en la sala de estar, me acerqué al escritorio. Las hojas de papel que lo cubrían estaban escritas a mano y eran prácticamente ilegibles, pero me pareció leer la palabra *Shrimp* en varios sitios. Había dos tipos de tinta: azul y roja. Círculos rojos que rodeaban palabras azules. Daba la impresión de que, en efecto,

Sophie estaba desempeñando algún tipo de tarea de despacho para lady Playford.

Leí una línea que parecía decir: «Shrimp se abrió paso entre los parasoles». ¿O era «parásitos»?

Decidí dejarlo y acudir a cenar.

Capítulo 5

Lágrimas antes de cenar

Cuando salí de la sala de estar no tenía ni la más ligera idea de adónde tenía que ir, aunque las voces distantes me dieron alguna pista. Estaba a punto de seguir el sonido de risas y charlas cuando oí, procedente del otro lado de la casa, un ruido más inquietante: unos sonoros sollozos.

Me detuve, preguntándome qué debía hacer. Estaba hambriento, había hecho un largo viaje y no me habían ofrecido nada al llegar, pero me costaba ignorar una muestra de aflicción tan cercana. Las palabras amables que Scotcher me había dedicado en la sala de estar —y el hecho de saber que él, un desconocido, me tenía en tan alta estima y que, por tanto, tal vez había más gente a la que no conocía que no tuviera un mal concepto de mí— me había dejado más animado de lo que había estado en mucho tiempo. Estaba decidido a seguir por esa senda y a mostrarme igualmente amable con quienquiera que estuviera llorando de forma tan desconsolada.

Con un suspiro, empecé a buscar el origen de los sollozos hasta que di con la criada, Phyllis: la pobre desdichada que Claudia había descrito como dispersa. Estaba sentada en las escaleras, secándose las lágrimas con la manga.

—Tome —le dije mientras le tendía un pañuelo limpio—. Seguro que a fin de cuentas no es tan grave.

Levantó la mirada hacia mí, dubitativa.

—Dice que es por mi propio bien. Me grita de la mañana a la noche ¡y según ella lo hace por mi bien! ¡Pues ya no puedo más, de tanto bien! ¡Quiero marcharme a casa!

—¿Entonces es usted nueva en la casa? —le pregunté.

—No. Llevo aquí cuatro años. ¡Pero es que cada año es peor! A veces pienso que empeora con cada día que pasa.

—¿De quién está hablando?

—De la cocinera. «¡Sal de mi cocina!», me chilla, sin que yo haya hecho nada malo. No puedo evitarlo, le digo. Lo intento, ¡pero no puedo evitarlo!

—Vamos, no se lo tome tan mal.

—Y luego sale a buscarme, ¡como si fuera yo quien huye corriendo en lugar de ser ella quien me echa! «¿Dónde diantres te has metido, chica? ¡La cena no se servirá sola!» Vendrá a buscarme en cualquier momento, ¡ya lo verá!

¿Entonces se suponía que Phyllis nos iba a servir la cena? No me pareció que estuviera en condiciones de hacerlo. Aquello me alarmó más que sus lágrimas y sus diatribas. Empezaba a marearme de hambre, incluso.

—¡Ya habría salido corriendo de esta casa de no haber sido por Joseph! —exclamó Phyllis.

—¿Joseph Scotcher?

La chica asintió.

—Lo sabe, ¿no? ¿Señor...?

—Catchpool. ¿Si sé qué? ¿Se refiere a su estado de salud?

—No le queda mucho tiempo. Y en mi opinión es una pena.

—Estoy de acuerdo.

—Es el único que se preocupa por mí. ¿No podría morirse otra persona, alguna de las que ni siquiera se dignan a mirarme?

—Vamos, vamos. No debería...

—Tanto Claudia, que es una mocosa estirada, como Dorro, que es una mandona, pasan por mi lado como si no existiera, o me hablan como si fuera el barro que llevan en los zapatos. Se lo juro, cuando Joseph ya no esté, yo también me marcharé. No podría quedarme si él no está. Siempre me dice..., me dice: «Phyllis, por dentro eres muy fuerte y muy bonita. La vieja Brigid no es ni la mitad de mujer que tú». Es la cocinera, ¿sabe? Él la llama por su nombre, Brigid. «No tiene ni punto de comparación contigo, Phyllis», me dice. «Por eso tú no necesitas gritar tanto como ella.» Dice que los más débiles son los que más gritan y los que más hacen sufrir a los demás.

—Supongo que algo de razón lleva.

Phyllis soltó una risa nerviosa.

—¿He dicho algo divertido? —pregunté.

—Usted no. Joseph. Me dice, me dice: «Phyllis, no tengo cocina, pero si alguna vez llego a tener una, si algún día llego a ser el orgulloso propietario de una cocina...». Porque él habla así, ¿sabe? Ay, me hace reír mucho, esa manera de decir las cosas. ¿Y sabe lo que pienso? Que el pedante de Randall Kimpton lo imita, le copia la manera de decir las cosas, aunque le falta el encanto de Joseph y nunca llegará a tenerlo, por mucho que lo intente. «Si algún día llego a ser el orgulloso propietario de una cocina», me dice Joseph, me dice «juro solemnemente que jamás te expulsaré de ella. Al contrario, me gustaría que te encargaras de ella todo el tiempo, ¡y no es porque yo sea incapaz de pochar un huevo siquiera!». ¿Ve lo que quiero decir? Joseph es tan atento... Si me quedo, es por él.

Al parecer, Joseph Scotcher sabía lo que tenía que decir en cada momento para hacer que los demás se sintiesen mejor. Pensé que era muy gentil por su parte tomarse esa molestia no sólo con un desconocido como yo, que sólo estaba de visita, sino también con el servicio.

Lo que había dicho Phyllis de que Randall Kimpton intentaba imitar a Scotcher me dejó desconcertado. Kimpton me sorprendió precisamente por su carácter singular, me pareció uno de esos tipos con tanta formación como determinación que siempre se han mantenido fieles a sí mismos. Por lo poco que había visto de él, me costaba imaginarlo cambiando de rumbo por otra persona. Bueno, tal vez por su amada Claudia, pero sin duda no por Joseph Scotcher. Aun así, tenía que admitir que Phyllis debía de conocer a aquellos dos hombres mucho mejor que yo.

Me pregunté cuántas oleadas de desasosiego debía de haber apaciguado Scotcher en Lillieoak desde su llegada. ¿Cómo se las arreglarían los otros residentes de la casa cuando muriera?

Había personas más virtuosas y sacrificadas que otras, de eso no cabía ninguna duda. Claudia Playford, por ejemplo, me sorprendió por su poca predisposición a hacer o decir nada que no fuera en beneficio propio.

En ese momento, el suelo empezó a temblar y Phyllis se puso de pie enseguida.

—¡Ya viene! —suspiró, agitada—. ¡No le diga nada sobre lo que le he contado o me sacará las tripas para hacerse un liguero!

De repente, apareció una mujer de corta estatura y cuerpo de barril que se nos acercó pisando fuerte. Tenía la cara roja y un pelo rizado y del color grisáceo del hierro que formaba una especie de círculo rígido alrededor de su cabeza, como si fuera una corona de alambre.

—¡Aquí estás! —exclamó, frotándose las manos gruesas y rojas en el delantal—. ¡Tengo cosas mejores que hacer que ir buscándote por todas partes! ¿Crees que a la cena le saldrán patas y caminará sola hasta la mesa del comedor? ¿De verdad?

—No, cocinera.

—¡No, cocinera! ¡Pues tira para allá y sírvela de una vez!

Phyllis salió corriendo. Yo intenté aprovechar la ocasión y marcharme al mismo tiempo, pero Brigid se movió para cerrarme el paso. Me miró de arriba abajo durante unos segundos.

—Conocer a gente como usted, en las escaleras, cuando no hay nadie más... ¡Es justo lo que esa chica necesita! No me importa que hable de Scotcher, aunque es una pérdida de tiempo, se vea como se vea, pero la próxima vez, si no le importa, ¡que no sea mientras yo intento preparar la cena!

Creo que debí de quedarme con la boca abierta.

Antes de que pudiera protestar siquiera, Brigid se alejó a toda prisa, haciendo temblar el suelo con cada paso.

Capítulo 6

La noticia

Creí que sería el último en entrar en el comedor, pero al llegar me encontré a todo el mundo especulando acerca de lo que había pasado con Athelinda Playford. Su lugar en la cabecera de la mesa estaba libre.

—¿No estaba usted con ella? —me preguntó Dorro Playford, dando por supuesto que ésa había sido la circunstancia que explicaba la ausencia. Le dije que había estado hablando con Phyllis y que no había visto a lady Playford.

—Dorro, no seas tan bruja —le dijo Randall Kimpton mientras yo ocupaba mi lugar entre Orville Rolfe y Sophie Bourlet—. Le daré un consejo, Catchpool: no responda jamás a una pregunta de Dorro: enseguida le saldrá con otras diecinueve, al menos. Es mejor silbar y mirar hacia otro lado. Es la estrategia más razonable.

Tomé un sorbo de agua para evitar tener que responder. Habría preferido una copa de vino, pero aún no nos lo habían servido.

—¡Bueno, lo que me gustaría saber es adónde ha ido! —En las mejillas de Dorro se había extendido el rubor—. ¿No estaba con nosotros? Estábamos todos en la sala de estar. Ella también. ¡Todos la hemos visto! Y si en algún momento se ha marchado, yo no me he dado cuenta. ¿Alguien sí?

—No responda, se lo advierto —dijo Kimpton en voz

alta, todavía mirándome a mí y torciendo la boca con un disimulo fingido.

La puerta se abrió y lady Playford entró con el pelo arreglado de un modo distinto, un peinado que no conseguiría describir aunque lo intentara durante cien años. Su aspecto era tan elegante como la estancia que ocupábamos: perfectamente cuadrada, con un techo muy alto, cortinas rojas y doradas, y llena de candelabros. El comedor era considerablemente más atractivo desde el punto de vista estético que la sala de estar. Pensé que el arquitecto seguramente había concebido esa habitación como la sala principal de la casa, y me pregunté si lady Playford compartía ese mismo criterio.

Antes de hablar, Harry esperó hasta que su madre hubo dado unos pasos hacia la mesa.

—¡Ahí está! Ya era hora.

—Sí, aquí está —dijo Claudia—. ¿No es una suerte que no haya cundido el pánico?

—¿Pánico? —rio lady Playford—. ¿Por qué tendría que cundir el pánico?

—Yo sólo quería saber dónde estabas —dijo Dorro con severidad—. Se está retrasando la cena y no teníamos ninguna explicación.

—Bueno, pues es muy sencillo —dijo lady Playford—. El motivo del retraso es el de siempre: Brigid y Phyllis han reñido una vez más. He oído a lo lejos el gimoteo tristemente familiar de la criada y, puesto que sabía que eso significaba que no habría comida en un futuro próximo, he aprovechado para hacerme algo distinto en el pelo. Tal como lo llevaba recogido antes, lo notaba demasiado tirante.

—¿Entonces por qué te lo habías peinado de ese modo al principio?

—¿Otra pregunta, Dorro? —dijo Kimpton—. ¿Sabes? Creo que esta noche las contaré. Bueno, ésta no: cada noche. Es la única manera de saber si has conseguido romper tu propio récord.

—Un día, Randall —dijo Dorro en voz baja—, aprenderás la diferencia entre ser divertido y ser un imbécil.

—Vamos, no empecemos con las críticas —dijo Joseph Scotcher—. Al fin y al cabo tenemos invitados. Y para algunos es su primera visita a Lillieoak. Monsieur Poirot, señor Catchpool, espero que estén disfrutando de la estancia hasta el momento.

Respondí con corrección. No cabía duda de que no había tenido tiempo para aburrirme en Lillieoak, y que me hacía ilusión compartir mesa con Poirot, una vez superado el impacto inicial. Pero ¿estaba disfrutando? Me sentía como si hubiera tenido que salir de mí mismo para encontrar pistas que me permitieran contestar de un modo adecuado.

Poirot respondió que lo estaba pasando de maravilla y que no se recibía una invitación de una escritora famosa todos los días.

—No soporto la palabra *famosa* —dijo lady Playford.

—Prefiere *popular*, *reconocida* o *aclamada* —respondió Kimpton—. ¿Verdad, Athie?

—Estoy seguro de que todos esos adjetivos son adecuados —dijo Poirot con una sonrisa.

—Yo prefiero uno más simple —dijo Scotcher.

—¿Porque utilizar palabras largas es malo para los riñones? —le preguntó Claudia.

«¡Qué comentario tan desagradable!», pensé. Realmente mezquino. Para mi gran sorpresa, ninguno de los presentes reaccionó ante aquel exabrupto.

—Prefiero un superlativo: *la mejor* —prosiguió Scotcher como si nadie hubiera dicho nada, mirando a lady Playford.

—¡Oh, Joseph! —exclamó ella, con un tono de fingida reprimenda. Sin embargo, quedó muy claro que había quedado encantada con el cumplido.

Me sobresalté cuando sorprendí a Claudia mirándome

fijamente. Cuanto más rato pasaba, más me sentía como si hubiera caído sin querer en una maquinaria peligrosa de la que tal vez jamás podría salir.

—Joseph nos dice siempre que no quiere que lo tratemos como a un inválido —explicó—. Así que lo trato como al resto del mundo.

—Es decir, fatal —dijo Kimpton con una sonrisa—. Disculpa, queridísima. Ya sabes que no lo digo en serio. Además, a mí me tratas de un modo ejemplar, o sea que ¿quién soy yo para quejarse?

Claudia le dedicó una sonrisa coqueta.

Decidí que no, no me estaba divirtiendo en absoluto.

Mientras Scotcher le explicaba a Poirot que era un honor para un hombre tan humilde como él trabajar como secretario de la gran Athelinda Playford, Claudia puso especial énfasis en iniciar una conversación con Kimpton. Dorro aprovechó la oportunidad para reprender a Harry por no haber salido en su defensa cuando Kimpton se había ensañado con ella —¡Tranquila, señorita! Que casi no te he atacado, ¿eh? ¡Sólo bromeaba un poco!—, y pronto dejamos de ser un grupo numeroso para convertirnos en varios más pequeños que mantenían conversaciones separadas.

Gracias a Dios, el primer plato no tardó mucho en llegar. Lo sirvió sin mucha maña una Phyllis con los ojos enrojecidos. Me di cuenta de que Scotcher se esmeró en distanciarse de la conversación que mantenía con Poirot para agradecer de forma exagerada a la doncella la ración que le sirvió de lo que lady Playford describió como «un buen caldo de carnero inglés de toda la vida». Por la manera en que lo dijo, tuve la impresión de que debía de ser su plato preferido. El olor era delicioso, y me lo zampé en el mínimo tiempo que dictaba la decencia.

Las conversaciones se extinguieron en cuanto nos pusimos a comer. A mi lado, la silla de Orville Rolfe soltó un sonoro crujido en cuanto su ocupante se movió un poco para cambiar de posición.

—¿Su silla está bien, Catchpool? —me preguntó—. La mía se tambalea. En otros tiempos, cuando alguien fabricaba una silla lo hacía para que durara, ¡pero ya no! Todo lo que se hace hoy en día es endeble y desechable.

—Mucha gente lo dice —respondí con discreción.

—¿Verdad? —preguntó Rolfe. Era evidente que debía de tener por costumbre pedir la confirmación de las respuestas que recibía.

—Estoy de acuerdo con usted —dije, esperando que eso zanjara la cuestión. Me sentí tan incómodo como si hubiéramos estado hablando de su volumen, y me irritó pensar que no debería sentirme avergonzado cuando él parecía estar tan pancho.

Fue el primero en terminarse la sopa.

—¿Hay más? —preguntó después de mirar a su alrededor—. No entiendo por qué hacen los platos tan pequeños hoy en día. ¿Usted sí, Catchpool? Éste apenas es hondo, casi parece un plato de postre.

—Es probable que sean de una medida estándar.

—¿Verdad? —Rolfe se movió en la silla de nuevo, produciendo otro sonoro crujido. Recé para que la silla durase toda la cena.

Joseph Scotcher seguía hablando con Poirot sobre los libros de lady Playford.

—Como detective, usted debe de disfrutarlos más que la mayoría de la gente —dijo.

—Espero poder leer muchos durante mi estancia aquí —le dijo Poirot—. Tenía intención de leer uno o dos antes de llegar, pero por desgracia no ha sido posible.

De repente, Scotcher pareció preocupado.

—Espero que no haya sido a causa de una indisposición —dijo.

—No. Nada de eso. He estado ocupado ofreciendo mi

opinión sobre un caso de asesinato en Hampshire y... bueno, digamos que resultó ser un poco complicado y frustrante.

—Confío en que este trabajo acabase por dar su fruto —dijo Scotcher—. No creo que un tipo como usted haya tenido que enfrentarse a muchos fracasos.

—¿Qué novela de lady Playford me recomendaría que leyera en primer lugar? —preguntó Poirot.

Aquello me pareció interesante. Igual que Scotcher, no podía imaginar a Poirot incapaz de resolver un caso y esperaba que dijese algo acerca de la conclusión satisfactoria del que lo había mantenido ocupado en Hampshire. Sin embargo, en lugar de eso había optado por cambiar de tema.

—Oh, sin duda alguna debe empezar por *Shrimp Seddon y la dama del pino* —dijo Scotcher—. No es el primero de todos, pero es el más claro y, en mi humilde opinión, la mejor manera de conocer a Shrimp. También es el primero que leí yo, por lo que me une a él algo sentimental.

—No —dijo Michael Gathercole. Había estado hablando con lady Playford y Sophie Bourlet, pero de repente se dirigió a Poirot—. Debe leerlos en orden cronológico.

—*Oui*, creo que preferiré hacerlo de ese modo —convino Poirot.

—Entonces, igual que Michael, debe de ser un hombre tremendamente convencional —dijo lady Playford con un brillo especial en la mirada—. La acertada teoría de Joseph es que es mejor leer los libros alterando su orden, si forman parte de una serie. Dice que...

—Dejemos que nos lo cuente él mismo, puesto que tenemos el placer de que nos acompañe esta noche —dijo Claudia—. Tendremos mucho tiempo para recordar sus sabias palabras cuando haya muerto, al fin y al cabo.

—¡Claudia! —exclamó su madre—. ¡Ya es suficiente!

Sophie Bourlet se había cubierto la boca con la servilleta y luchaba por reprimir las lágrimas.

Scotcher, en cambio, reaccionó riendo.

—Sinceramente, no me importa. En mi opinión, reírse de algo contribuye a quitarle hierro. Claudia y yo nos entendemos bien.

—Oh, claro que sí. —Claudia le dedicó una sonrisa que de algún modo me llamó la atención. No fue una sonrisa cargada de coquetería, sino más bien de... complicidad. Ése fue el único modo que encontré de describirla para mí mismo.

—De hecho, los médicos y los enfermos terminales se pasan el día bromeando acerca de la muerte —dijo Scotcher—. ¿No es cierto, Kimpton?

—Así es —respondió Kimpton con frialdad—. Sin embargo, yo prefiero no participar en ello. Creo que la muerte debería tomarse en serio.

¿Estaba reprendiendo a Scotcher por bromear sobre su propio fallecimiento? ¿O por excederse con la familiaridad con la que trataba a Claudia? Difícil saberlo.

—Mi teoría —le dijo Scotcher a Poirot— es muy sencilla: cuando los libros de Shrimp se leen en el orden incorrecto, el lector no conoce a Shrimp, a Podge y al resto de la pandilla desde el principio, sino que ya les han ocurrido ciertas cosas. Si le apetece saber más acerca de sus vidas, tiene que leer los primeros libros. Para mí, eso es mucho más fiel a la vida real. Por ejemplo, ¡aquí he conocido al gran Hércules Poirot! Sólo sé lo que veo en él y lo que me cuenta en el momento presente. Pero si me interesa lo suficiente, como no podría ser de otra manera, intentaré que me cuente aventuras pasadas. Así es como me sentí respecto a Shrimp Seddon después de leer *La dama del pino*. Es terriblemente ingenioso, Poirot, y contiene el mejor momento de Shrimp: cuando descubre que *supino* significa «tendido sobre la espalda» ¡y se da cuenta de que en el jardín de la dama no hay ningún pino! ¡Que nunca lo hubo!

—Acaba de revelar la resolución del misterio —dijo Gathercole, indignado—. ¿Por qué debería leerlo monsieur Poirot, si usted ya le ha arruinado la historia?

—No seas tonto, Michael —dijo lady Playford para rechazar aquella objeción—. La historia contiene muchas complejidades sobre las que Joseph no ha dicho nada. Espero que nadie lea mis libros sólo para descubrir la respuesta al misterio. Estoy segura de que monsieur Poirot no es ningún ignorante. Es el desarrollo y la psicología lo que cuenta.

—No, ¿tú también, Athie? —gruñó Kimpton—. ¡Psicología! Pero si no es más que un pasatiempo para degenerados.

Scotcher parecía arrepentido de lo que había dicho.

—Gathercole tiene razón. Ha sido necio por mi parte haber revelado un momento tan crucial. Mira que llego a ser estúpido. Me he dejado llevar por la devoción que siento por la obra de lady Playford y me he olvidado de mí mismo.

Gathercole, al otro lado de la mesa, negaba con la cabeza para mostrar su indignación a las claras.

—No soy un ignorante —dijo Poirot—, pero me gustan los misterios y prefiero intentar descubrir la solución yo mismo. ¿Cree que hago mal, lady Playford? Para eso están los misterios, ¿no cree?

—Sí, sí, claro. Quiero decir que tiene razón, pero... —Parecía dubitativa—. Espero que el pollo no tarde en llegar —dijo, mirando hacia la puerta.

—Joseph nunca se equivoca —dijo Dorro en voz muy baja e inexpresiva—. En cambio a mí me ocurre todo lo contrario. —Tal como lo dijo, no quedó claro si se estaba criticando a sí misma o a su suegra.

—Es normal que prefiera que un bobo como yo no le

64

arruine un misterio —dijo Scotcher—. Ha sido una desconsideración por mi parte. Mil disculpas, monsieur Poirot. Aunque debo insistir en que no me perdone, para algunos pecados no cabe disculpa posible.

Claudia echó la cabeza hacia atrás, riendo.

—¡Vamos, Joseph, eres la monda!

—A ver si Phyllis retira los platos y nos sirve los entrantes —dijo lady Playford—. Tengo que anunciar algo, pero quiero tener la cena en la mesa, primero.

—Vaya, ¿la noticia requiere que tengamos el estómago bien lleno? —bromeó Kimpton.

En cuanto Phyllis hubo servido lo que nos dijo que era el mejor plato de Brigid, pollo *à la Rose*, lady Playford se puso de pie.

—Adelante, por favor —dijo—. Tengo que contaros algo. A muchos de vosotros no os gustará lo más mínimo, y no hay nada que se encaje mejor con el estómago vacío.

—Bien dicho —dijo Orville Rolfe—. ¿Verdad? —Acto seguido, atacó el pollo con un entusiasmo feroz.

Lady Playford esperó hasta que unos cuantos cuchillos y tenedores empezaran a moverse antes de retomar la palabra.

—Esta tarde he redactado un testamento nuevo.

Dorro a punto estuvo de atragantarse.

—¿Qué? ¿Un testamento nuevo? ¿Por qué? ¿En qué ha cambiado respecto al anterior?

—Supongo que estamos a punto de oírlo —dijo Claudia—. ¡Vamos, cuéntanoslo, mamá!

—¿Tú ya sabes de qué va esto, Claudia? —preguntó Dorro con impaciencia—. ¡Parece como si ya lo supieras!

—A la mayoría de vosotros os sorprenderá lo que estoy a punto de decir. —El discurso de lady Playford sonaba ensayado—. Debo pediros que confiéis en mí. Estoy segura de que todo irá bien.

—Cuéntanoslo de una vez, Athie —dijo Kimpton.

En los aproximadamente diez segundos de silencio que siguieron —quizá fueron menos, pero sin duda alguna se hicieron muy largos—, me fijé en la respiración agitada de todos los comensales. Dorro tenía el cuello crispado y tragó saliva varias veces. Parecía incapaz de seguir sentada mucho más tiempo.

—Según lo estipulado en el testamento nuevo que he redactado esta tarde con Michael Gathercole y Hatton como testigos, todo cuanto poseo pasará a manos de Joseph Scotcher cuando yo muera.

—¿Qué? —exclamó Dorro con la voz temblorosa. Tenía los labios retorcidos en una mueca de terror, como si se hubiera encontrado frente a frente con un espectro siniestro, invisible para el resto de nosotros.

—Cuando dices todo, ¿te refieres a...? —apuntó Claudia. Su aspecto era sereno, igual que el de Kimpton. Parecía que estuvieran asistiendo a una pantomima y que incluso les estuviera divirtiendo.

—Me refiero a todo —dijo lady Playford—. La finca de Lillieoak, mis casas de Londres, todo. Todo cuanto poseo.

Capítulo 7

La reacción

Scotcher se puso de pie de un modo tan súbito que su silla cayó al suelo. De repente parecía pálido, como si acabaran de darle una mala noticia.

—No —dijo—. Yo jamás pedí o esperé... Por favor... No hay ninguna necesidad de...

—Joseph, ¿estás bien? —Sophie se levantó enseguida para ayudarlo.

—Tome, dele esto —Kimpton, a la izquierda de ella, le tendió su copa de agua—. Parece que lo necesita.

La enfermera ya estaba junto a Scotcher. Le puso una mano bajo el codo, como si intentara ayudarlo a levantarlo para beber.

—Siempre resulta terrible descubrir que algún día una gran fortuna será tuya —comentó Kimpton con ironía.

—¿Es que os habéis vuelto locos? —dijo Dorro—. Joseph se está muriendo. ¡Estará muerto y enterrado antes de poder heredar nada! ¿Es una broma de mal gusto o qué?

—Lo digo muy en serio —dijo lady Playford—. Michael os lo puede confirmar.

Gathercole asintió.

—Es cierto.

Claudia sonrió.

—Debería de haberlo supuesto. Imagino que hacía tiempo que querías hacerlo, mamá. Aunque me sorprende que hayas dejado de lado a Harry. Al fin y al cabo es tu hijo preferido.

—No tengo ningún preferido, Claudia. Lo sabes muy bien.

—No, en la familia no —murmuró su hija.

—Caramba, esto sí que es una sorpresa —dijo Harry, con los ojos muy abiertos. Hasta entonces no había dicho nada.

Me di cuenta de que Poirot se había quedado quieto como una estatua.

Orville Rolfe aprovechó la oportunidad para clavarme un codazo en las costillas, si es que un codo tan amplio como el suyo podía llegar a clavarse.

—Este pollo es excelente, Catchpool. Soberbio. Hay que felicitar a Brigid. ¿Verdad? Creo que le daré un abrazo y todo.

Me vi incapaz de responder.

—¿No es un sinsentido dejarle el dinero a alguien que está a punto de morir cuando esperas seguir viviendo muchos años más? —preguntó Kimpton a lady Playford.

—Randall tiene razón —dijo Scotcher—. Ya sabéis lo que pienso al respecto. Por favor, Athie, has sido tan... De verdad, no hay ninguna necesidad de... —Completar una frase parecía un verdadero reto para él en esos momentos. Se le veía desolado.

Sophie recogió la silla que Scotcher había hecho caer al suelo. Lo ayudó a sentarse y le tendió la copa de agua.

—Bebe tanto como puedas —le dijo—. Te sentirás mejor.

Scotcher apenas podía sostener la copa. Sophie tuvo que ayudarlo para que se la acercara a la boca.

Me pareció un espectáculo curioso. Por supuesto, la noticia de lady Playford causó un verdadero impacto, pero ¿por qué Scotcher se había quedado tan afligido? ¿No habría sido más normal recibir la noticia con un «Qué tontería, si todos sabemos muy bien que no viviré para heredarlo»?

Dorro se levantó de la mesa. Abrió la boca y la cerró de nuevo, sin llegar a articular ni una sola palabra. Se agarró el vestido antes de intentarlo de nuevo.

—¿Por qué me odias, Athie? Debes saber que Harry y yo somos los únicos que sufriremos, ¡y no puedo creer que odies tanto a tu propio hijo! ¿Es un castigo porque no he sido capaz de darte nietos? Claudia no necesita tu dinero: cuando se case pasará a formar parte de una de las familias más ricas del mundo.

Me quedé mirando a Kimpton, y cuando se dio cuenta me dedicó una sonrisa, como diciendo: «No lo sabía, ¿verdad? Pues es cierto: soy tan rico como dice».

—¡O sea que debe de ser *a mí* a quien intentas hacer daño! —prosiguió Dorro—. A Harry y a mí. ¿Acaso no nos has negado ya de forma cruel lo que era nuestro de pleno derecho? Sé perfectamente que ha sido cosa tuya, y no el deseo del difunto padre de Harry, Dios lo tenga en su gloria.

—¿Qué tonterías dices? —exclamó lady Playford—. Que te odio... ¡pamplinas! Y respecto al testamento de mi difunto esposo, lamento decirte que estás confundiendo la decepción que sientes por un acto de crueldad por mi parte.

—Dorro —intervino Kimpton—, si Scotcher muere antes que Athie, todo será para ti y para Harry, igual que antes. ¿Por qué preocuparse, pues?

—Señor Gathercole, ¿es cierto lo que ha dicho Randall? —preguntó Dorro.

Yo seguía reflexionando sobre la mención que se había hecho al testamento del difunto vizconde Playford. Me preguntaba cuál sería la historia que lo rodeaba. Incluso en medio de esa escena tan poco habitual y mientras se aireaban todos aquellos agravios familiares, no me vi capaz de preguntarle a Dorro qué había querido decir con lo del testamento del padre de Harry.

—Sí —confirmó Michael Gathercole—. Si Scotcher fallece antes que lady Playford, se aplicarán exactamente todas las condiciones del testamento anterior.

—¿Lo ves, Dorro? —dijo Kimpton—. No hay de qué preocuparse.

—Sólo querría entender el porqué de este cambio —insistió Dorro, sin dejar de agarrarse el vestido. Acabaría arrancándose la falda, si seguía tirando de ese modo—. ¿Qué motivo hay para dejárselo todo a un hombre que no tardará en pudrirse bajo tierra?

—¡Oh, qué amargo! —dijo Scotcher.

—¡Bueno, es que estoy amargada! —exclamó Dorro. A continuación, se dirigió a lady Playford—. ¿Qué haremos Harry y yo? ¿Cómo nos las arreglaremos? ¡Has de cambiarlo de nuevo enseguida!

—Yo por mi parte me alegro de disponer de pruebas, al fin —dijo Claudia.

—Estoy de acuerdo en lo importante que es demostrar las cosas con pruebas —dijo Kimpton—. Pero ¿pruebas de qué, queridísima?

—De lo poco que le importamos a mi madre.

—Aparte de él. —Dorro señalaba con un dedo acusador a Scotcher—. ¡Y eso que ni siquiera es de la familia!

En ese momento, se me ocurrió mirar a Gathercole y lo que vi casi me hizo caer de la silla. Tenía la cara moteada con manchas de un rojo profundo y le temblaban los labios. Era evidente que luchaba por contener una ira poderosa, aunque también podría haber sido una gran angustia. Jamás había visto a un hombre tan a punto de explotar. Sin embargo, parecía que nadie más se había dado cuenta.

—Soy una anciana y tú, Joseph, eres un hombre joven —dijo lady Playford—. Ni deseo ni pretendo vivir más tiempo que tú. Y que conste que estoy acostumbrada a conseguir lo que me propongo. Por eso he tomado esta decisión. Los mejores médicos saben que el aspecto psicológico tiene una profunda influencia en la parte física, así que ya te he dado algo por lo que vivir. Algo por lo que muchos matarían.

—¡Otra vez la psicología! —gruñó Kimpton—. ¡Ahora resultará que tener buen ánimo puede curar unos riñones ajados y resecos! Los médicos sobramos.

—Eres asqueroso, Randall —dijo Dorro—. ¿Qué pensarán nuestros invitados?

—¿Ha sido lo de «ajados y resecos» lo que te ha parecido mal? —le preguntó Kimpton—. ¿Te importaría explicarnos por qué esas palabras te parecen más ofensivas que «pudrirse bajo tierra»?

—¡Silencio! —gritó Sophie Bourlet—. ¡Deberían oírse! ¡Son unos monstruos!

—Lo monstruoso es la naturaleza humana, y no los que estamos en esta mesa —dijo lady Playford—. Mañana vendrás conmigo a ver a mi médico, Joseph. No conozco ninguno mejor. Si alguien puede curarte, será él. ¡Y no protestes! Está todo previsto.

—Pero si no hay cura para mi dolencia. Ya lo sabes, querida Athie. Te lo he explicado muchas veces.

—No lo creeré hasta que se lo haya oído decir a mi médico. No todos los médicos son igual de inteligentes y capaces, Joseph. Es una profesión que implica el riesgo de atraer a aquellos a quienes les parece que la enfermedad y la debilidad son atractivas.

—Ya sé qué hay que hacer. —Dorro juntó las manos con una palmada—. Joseph tiene que hacer un testamento que nombre como beneficiarios a Harry y a Claudia. Señor Gathercole, señor Rolfe, ustedes podrían ayudarnos con esto, ¿no? Seguro que pueden resolverlo en un segundo. ¡No veo motivos para no hacerlo! Es evidente que no deseas robar a la familia, Joseph, y creo que se podría considerar un robo quedarse lo que es legítimamente nuestro sin establecer...

—Ya es suficiente, Dorro —dijo lady Playford con firmeza—. Joseph, te ruego que no le hagas caso. ¡Un robo! De ninguna manera. No lo es.

—¿Y qué pasa con Harry y conmigo? ¡Nos moriremos de hambre! ¡No tendremos donde vivir! ¿Adónde iremos? ¿No nos has reservado nada de nada? ¡Oh, no te molestes en responder! Qué placer, ¿no?, verme sufrir y suplicar.

—Qué comentario tan extraordinario —dijo lady Playford con voz serena.

—¡Se trata de Nicholas! —siguió balbuceando Dorro, con los ojos abiertos como platos—. ¡Tu imaginación ha transformado a Joseph en Nicholas, como si hubieras devuelto la vida al hijo que perdiste! El parecido es bastante evidente: los dos con el pelo rubio y los ojos azules, los dos débiles y enfermizos. ¡Pero no recuperarás a Nicholas con ese testamento nuevo! Lo siento, pero Nicholas está muerto y criando malvas. ¡No hay nada que hacer!

De repente todos nos quedamos inmóviles. Al cabo de unos segundos y sin mediar palabra, lady Playford salió del comedor y cerró la puerta tras ella con cuidado.

—¿Sabes todos esos hijos que no has llegado a tener, Dorro? —dijo Kimpton—. Tipos con suerte, en mi opinión.

—Sin lugar a dudas —dijo Claudia—. Imagínate.

—Señor Gathercole, señor Rolfe, vayan a verla, por favor. —Dorro gesticulaba como una loca en dirección a la puerta—. ¡Hagan algo para que entre en razón!

—Lo siento, pero no puedo hacer lo que me pide —dijo Gathercole con un tono de voz monótono. Fuera lo que fuera lo que había estado mortificándolo por dentro un rato antes, al parecer se había esfumado; había recuperado la compostura. Evitó mirar a Dorro cuando se dirigió a ella, como si la considerara un espectáculo horripilante capaz de hechizar para siempre a quien lo viera—. Lady

Playford está convencida de lo que quiere respecto a este asunto y me he asegurado de que está en plenas facultades mentales.

—Señor Rolfe, vaya usted y enfréntese a ella, si el señor Gathercole es demasiado pusilánime para intentarlo.

—No molesten a lady Playford, por favor —dijo Poirot—. Querrá estar sola durante un rato.

Claudia se echó a reír.

—¿Habéis oído eso? Ha llegado esta misma tarde y ya se atreve a hablar con esa autoridad sobre mi madre.

Harry Playford se inclinó hacia delante y se dirigió a Scotcher.

—¿Cómo te sientes al respecto, viejo? Debe de ser un poco raro, ¿no?

—Harry, tienes que creerme. Ni se lo he pedido ni esperaba algo semejante. ¡Jamás! ¡Si es que no lo quiero! Aunque me conmueve en lo más hondo saber que Athie se preocupa por mí hasta ese punto, por supuesto, nunca había imaginado que... —Hizo una mueca y cambió de rumbo—. Me gustaría mucho comprender qué hay detrás de esto, simplemente. No acabo de creer que lo conciba como un remedio para mi enfermedad.

—Dices que no lo quieres, ¿no? ¡Pues ponlo por escrito! —dijo Dorro—. ¡Es lo único que tienes que hacer! Escribe que quieres que Harry y yo lo heredemos todo y firmaremos como testigos.

—¿Todo para Harry y para ti? —preguntó Claudia—. No hace mucho eras tú quien decía que Joseph ni siquiera era de la familia, ¿no?

—Quise decir Harry y tú —dijo Dorro, ruborizada—. Perdóname, ¡ya no sé ni lo que digo! ¡Lo único que quiero es arreglar todo esto!

—Has hablado de lo que quiero y de lo que no quiero, Dorro —dijo Scotcher—. Pero yo sólo tengo un deseo. Sophie..., me arrodillaría si pudiera, pero me encuentro especialmente mal después de todo este escándalo. Sophie, ¿me concederías el grandísimo honor de convertirte en mi esposa? Eso es lo único que quiero.

—¡Oh! —exclamó Sophie, dando un paso atrás—. ¡Oh, Joseph! ¿Estás seguro de que quieres? Acabas de sufrir un golpe emocional, tal vez deberías esperar antes de...

—Jamás en la vida había estado tan seguro de nada, queridísima.

—Así es como llamo yo mismo a Claudia —murmuró Kimpton—. Al menos podrías inventarte tus propias palabras de cariño, Scotcher.

—¿Qué sabe usted sobre el cariño? —preguntó Sophie, volviéndose contra él—. ¿Qué sabe cualquiera de ustedes?

—Creo que deberíamos dejarlos solos a usted y al señor Scotcher, mademoiselle —dijo Poirot—. Vámonos, se merecen un poco de intimidad.

¡Intimidad! Todo un lujo, viniendo de Poirot, el mayor entrometido del mundo cuando se trataba de asuntos amorosos ajenos.

—Entonces ¿se toma usted en serio esta propuesta de matrimonio, monsieur Poirot? —preguntó Claudia—. ¿No se pregunta qué sentido tiene, si a Joseph no le quedan más que unas semanas de vida? No hay duda de que cualquier inválido con dos dedos de frente preferiría no tener que preocuparse de los arduos preparativos que comporta una boda.

—¡Es usted tan mala como Randall! ¡Ustedes dos son unos sádicos sin corazón! —El odio era patente en los ojos de Sophie cuando miró a Kimpton y a Claudia.

—¿Sin corazón? —dijo Kimpton—. Incorrecto. Tengo las válvulas, las cavidades y las arterias que forman un corazón. Y bombea la sangre por todo el cuerpo, como cualquier otro. —Se volvió hacia Poirot—. Eso es lo que consigue su psicología, amigo mío: consigue que estemos hablando como si un tejido muscular fuese capaz de albergar sentimientos elevados. Créame, Sophie, cuando haya abierto tantos cuerpos como yo y haya visto los corazones que hay en el interior...

—¿Podrías dejar de hablar sobre órganos asquerosos y llenos de sangre cuando todavía tenemos carne en los platos? —le espetó Dorro—. No soporto verla, ni siquiera olerla —añadió, apartando el plato.

Ninguno de nosotros había llegado a comer gran cosa, aparte de Orville Rolfe, que ya había devorado la cena pocos segundos después de que la hubieran dejado sobre la mesa.

—Queridísima Sophie —dijo Scotcher—. Randall y Claudia tienen razón: no me queda mucho tiempo. Pero el poco que me quede me gustaría pasarlo siendo tu marido. Si es que tú lo deseas, claro.

El sonido de un grito estrangulado, cortado a medias, nos hizo levantar la vista a todos. No lo había proferido ninguno de los presentes en la sala.

—¿Qué entrometido tiene la oreja llena de cera pegada a la puerta? —dijo Kimpton, levantando la voz.

Todos oímos los pasos apresurados del fisgón alejándose.

—Joseph, ya sabes que te amo más que a nada en el mundo —dijo Sophie. Me pareció de lo más extraño su tono de voz, sonaba como si le estuviera suplicando—. Sabes que haría cualquier cosa por ti.

—¡Muy bien, pues! —exclamó Scotcher con una sonrisa. Al menos creo que fue una sonrisa. Aunque también parecía una mueca de dolor.

—Monsieur Poirot tiene razón —dijo Sophie—. Deberíamos ser sensatos y hablarlo en privado.

De dos en dos, los que quedábamos fuimos saliendo del comedor. Claudia y Kimpton fueron los primeros; luego, Harry y Dorro. Por delante de Poirot y de mí salieron Gathercole y Rolfe. Oí que este último se quejaba de que le habían prometido una tarta de limón de postre, que cómo se la iban a servir si nos levantábamos de la mesa y que Scotcher podría haber sido un poco más considerado y dejar la propuesta de matrimonio para el final, cuando hubieran terminado de cenar.

Por lo que a mí respecta, había perdido el apetito por completo.

—Necesito aire fresco —le murmuré a Poirot—. Lo siento. Ya sé que le parece incomprensible.

—*Non*, *mon ami* —respondió—. Esta noche lo comprendo perfectamente.

Capítulo 8

Un paseo por los jardines

En cuanto Poirot y yo salimos al exterior, lo primero que hice fue respirar hondo, como si hasta entonces me hubiera estado faltando el aire. Lillieoak tenía algo que me abrumaba, algo que despertaba en mí el deseo de escapar de allí.

—Es el mejor momento del día para pasear por un jardín —dijo Poirot—. Cuando está a oscuras y no se ven ni las plantas ni las flores.

—Lo dice en broma, ¿no? —me reí—. Ningún jardinero estaría de acuerdo con usted.

—Me gusta disfrutar de los aromas de un jardín que no puedo ver. ¿Lo huele? El pino y la lavanda... Desde luego que sí, se nota mucho el olor a lavanda. La nariz es tan importante como los ojos. Pregúnteselo a cualquier horticultor. —Poirot se rio por lo bajo—. Creo que si usted y yo conociéramos al creador de este jardín, yo le causaría una impresión más favorable que usted.

—Supongo que eso lo piensa de cualquiera a quien conozcamos, ya sea un jardinero o un cartero —dije con brusquedad.

—¿Quién estaba detrás de la puerta?

—¿Perdón?

—Alguien estaba escuchando detrás de la puerta. Alguien que ha soltado una exclamación afligida justo después de que Joseph Scotcher le pidiese a la enfermera Sophie que se casara con él.

—Sí, y luego ha salido corriendo.

—¿Quién cree que era?

—Bueno, sabemos que no era ninguno de los que estábamos en el comedor. Así que eso nos descarta a usted y a mí, a Harry, Dorro, Claudia y Kimpton. Tampoco ha sido ninguno de los dos abogados, ni Gathercole ni Rolfe. No ha sido Joseph Scotcher, que el pobre no está para echar a correr, ni tampoco su enfermera, Sophie. Eso deja como posibilidad a lady Playford, que ya había salido del comedor; a Brigid, la cocinera; Hatton, el mayordomo; y Phyllis, la criada. Puede haber sido cualquiera de ellos. Me inclino a pensar que ha sido Phyllis: está prendada por Scotcher. Me lo ha dicho ella misma, antes de la cena.

—¿Por eso ha llegado más tarde al comedor?

—Exacto.

Poirot asintió.

—¿Le parece bien si paseamos un poco? —sugirió—. Ahora ya veo el sendero. Podemos rodear el parterre y volver a la casa.

—No tengo ningún interés especial en regresar —le dije. No me apetecía caminar por un sendero de grava rectangular. Hubiera preferido corretear por el césped, sin pensar en cómo o cuándo volvería.

—Se equivoca —me dijo Poirot nada más empezar la ruta segura que él había elegido.

—¿Sobre qué?

—El fisgón de la puerta que ha salido corriendo: es cierto, puede haber sido lady Playford, la criada Phyllis o Hatton, pero no puede haber sido Brigid, la cocinera. La he visto un momento, al llegar. Dudo que sea capaz de moverse tan rápido, y sus pasos deben de sonar más pesados.

—Sí. Ahora que lo pienso, los pasos han sonado ligeros y ágiles.

—*Ágil* es una palabra interesante. Sugiere juventud.

—Lo sé. Lo que me hace pensar que... debe de haber sido Phyllis. Ya se lo he dicho: sabemos que está enamorada de Scotcher. Y es una chica joven y llena de energía, ¿no es cierto? Es la única: los demás que podrían haber estado escuchando tras la puerta, Hatton o lady Playford, son mayores y se mueven con más lentitud.

—O sea que era Phyllis —convino Poirot, aparentemente satisfecho—. Pasemos a la siguiente cuestión. ¿Por qué lady Playford ha decidido cambiar su testamento de ese modo tan peculiar?

—Ya nos ha contado el motivo. Lo ha hecho con la esperanza de que el inconsciente de Scotcher ejerza su poderosa influencia...

—Eso no tiene sentido. —Poirot descartó mi respuesta incluso antes de que pudiera terminar de expresarla—. Una insuficiencia renal es una insuficiencia renal. Ni siquiera la perspectiva de obtener todas las riquezas del mundo podría evitar una enfermedad terminal que ya casi ha llegado al fin de su proceso. Lady Playford es una mujer de una inteligencia considerable, y por tanto es consciente de ello. No creo que fuera ése el motivo.

Dejó de caminar para discrepar de sí mismo.

—Aunque la capacidad que tiene la gente de creerse lo que esperan que sea cierto no conoce límites, *mon ami*. Si lady Playford quiere mucho a Joseph Scotcher, tal vez...

Esperé a ver si terminaba la frase, pero enseguida me di cuenta de que no tenía intención de hacerlo.

—Creo que estaba usted en lo cierto la primera vez. Si algo sé sobre Athelinda Playford a partir de sus libros, es que piensa en toda clase de motivos y argucias peculiares que no se le ocurrirían a nadie más ni en sueños. Creo que ha estado jugando con nosotros en la mesa del comedor. Me parece que es de esa clase de personas que disfrutan especialmente con los juegos.

—¿Cree que no es real ese testamento por el que le deja

todas sus propiedades a Scotcher? —Habíamos retomado la marcha.

—No es eso. Creo que es real —respondí. ¿Qué quise decir, pues? Tuve que pensar en ello con detenimiento—. Convertirlo en real forma parte de su juego. Es una mujer seria, de acuerdo, pero eso no significa que no esté jugando con todos nosotros.

—¿Por qué motivo, *mon ami*? ¿Para vengarse, quizá? ¿El deseo de castigar a alguien, aunque no de forma tan severa como podría? Hizo una alusión de lo más interesante al testamento del difunto vizconde Playford. Me pregunto si...

—Sí, yo también me lo he preguntado.

—Me veo capaz de adivinar lo ocurrido. Normalmente, las propiedades pasan al hijo, el nuevo vizconde. Sin embargo, es evidente que en este caso no sucedió así. Lady Playford, como hemos oído esta noche, es la propietaria de Lillieoak y de varias casas de Londres. Por tanto..., el difunto vizconde Playford debió de arreglarlo de algún modo. Es posible que ni él ni lady Playford consideraran que el joven Harry fuera capaz de aceptar tanta responsabilidad...

—Si eso les preocupaba, no se les puede culpar de nada —intercedí—. Parece como si Harry tuviera un flan de sebo entre las orejas, ¿no cree?

Poirot murmuró unas palabras para darme la razón mientras pensaba en la siguiente hipótesis.

—O tal vez la reticencia de lady Playford y de su difunto esposo tenía algo que ver con su nuera, que en el poco tiempo que hace que la conocemos ya nos ha demostrado con claridad lo mezquina que puede llegar a ser.

—¿Qué ha querido decir con eso de que lady Playford podía tener en mente un castigo que no fuera muy severo?

—Digamos que no quiere desheredar a sus hijos: eso sería demasiado extremo. Sin embargo, le enfurece pensar que dan por sentada la herencia. Quizá no se preocupan todo lo que deberían. Por eso decide rehacer el testamento y dejárselo todo a Joseph Scotcher. Sabe que él no vivirá más que ella: el cambio no supondrá ninguna diferencia para él, más allá del propio gesto. Pero de este modo sus hijos y su nuera se pondrán nerviosos durante el resto de la vida de Scotcher, por si ella llegase a morir antes que él. Al fin y al cabo, cualquiera puede sufrir un accidente. Cuando Scotcher muera a causa de su enfermedad, todos respirarán aliviados y no volverán a dar por supuesto que algún día se quedarán con todo el patrimonio de lady Playford. Tal vez de ese modo la traten con más consideración.

—No me gusta nada esa teoría —dije—. En efecto, cualquiera puede sufrir un accidente, y no puedo creer que lady Playford haya urdido un plan tan impreciso. Si quisiera que sus propiedades se las quedasen sus hijos, no correría ni el más mínimo riesgo. Como usted mismo ha dicho, podría caerse por las escaleras y romperse el cuello mañana mismo y todo acabaría en manos de Scotcher.

Esperaba que Poirot discrepase, pero en lugar de eso seguimos caminando un rato en silencio. Las piernas empezaban a dolerme por el esfuerzo de adaptar mi ritmo al suyo. Alguien debería idear un deporte de competición que consistiera en intentar caminar lo más despacio posible; ese ejercicio pone a prueba ciertos músculos de los que previamente no se es consciente.

—Tengo una hipótesis disparatada —dije—. Imagine la posibilidad de que lady Playford tenga algún motivo para creer que alguno de sus hijos intenta asesinarla.

—¡Ajá!

—Supongo que ya había pensado usted en eso, ¿no?

—*Non, mon ami*. Continúe.

—Está preocupada por su secretario moribundo, Joseph Scotcher. Siente una especie de instinto maternal respecto a él, recordemos que él es huérfano y ella perdió un hijo. Y no quiere morir mientras él siga vivo y la necesite. Espera vivir lo suficiente para ayudarlo y consolarlo durante la última fase de la enfermedad. Al mismo tiempo, sabe que su poder está limitado: si Harry o Claudia, o Dorro o Randall Kimpton, incluso, piensan seriamente en matarla, tal vez ella no se vea capaz de evitarlo.

—¿Así que cambia su testamento para asegurarse de que quien desea asesinarla esperará hasta que Scotcher haya muerto para matarla a ella? —preguntó Poirot.

—Sí. Calcula que esperarán para asegurarse de que no perderán el dinero, las casas y las tierras. Exacto. Y cuando Scotcher haya muerto, ¿qué le importará a ella vivir o morir? Su marido ya ha fallecido y perder a Scotcher sería como perder a otro hijo.

—¿Y por qué lady Playford no acude a la policía, si cree que su vida está en peligro?

—Ésa es una buena pregunta. Sí, seguramente lo haría. Y eso convierte mi teoría en una verdadera memez.

Oí una risita a mi lado. A Poirot, igual que a Athelinda Playford, le gustaba jugar con la gente.

—Se rinde demasiado pronto, Catchpool. Lady Playford no es una jovenzuela, ya lo hemos comentado. A muchas personas de su edad no les gusta nada moverse de casa. Por eso no acudió a la policía. En lugar de eso, decidió que fuera la policía la que viniera a su casa. Me refiero a usted, *mon ami;* y lo que es más: ha conseguido que vaya a su casa el gran detective Hércules Poirot.

—¿Entonces cree que puede haber algo cierto en mi hipótesis?

—Es posible. Debe de ser duro para una madre confesar que uno de sus hijos planea asesinarla, sobre todo a un desconocido. Puede que en lugar de eso haya intentado apartar una verdad que le resulta insoportable para abordar la cuestión de un modo menos directo. Además, quizá no esté del todo segura, tal vez le falten pruebas. ¿Ha detectado alguna reacción interesante a la noticia del testamento modificado?

—Se han quedado todos hechos polvo, ¿verdad? Ha provocado un gran escándalo, y dudo que haya terminado, además.

—No todo el mundo parecía tan hecho polvo —dijo Poirot.

—¿Se refiere a Harry Playford? Sí, tiene razón. Al parecer lo ha encajado con la misma indiferencia que ha demostrado ante el disgusto de su esposa, ese comentario tan cruel sobre el hermano muerto, Nicholas, y el hecho de que lady Playford se haya marchado angustiada a continuación. Me atrevería a decir que Harry Playford es un tipo tan impertérrito que ni siquiera en el epicentro de un terremoto perdería la calma. No me ha parecido especialmente brillante ni sensible. Quiero decir que... ¡cielos, eso ha sonado más severo de lo que me habría gustado!

—Estoy de acuerdo con usted, *mon ami*. O sea que por ahora podemos dejar a un lado la inusitada reacción de Harry Playford y afirmar que en su caso es probable que no sea inusitada, sino normal. Sospecho que ha llegado a depender tanto de su esposa que delega en ella la responsabilidad de expresar sus emociones.

—Sí, las preocupaciones de Dorro dan para doce personas —convine—. Me preguntaba usted por reacciones inusuales, y no sé si se habrá fijado en la de Gathercole: parecía estar luchando por contener algún tipo de aflicción o de furia terrible que amenazaba con estallar en cualquier momento. Confieso que ha llegado un punto en el que he temido que sus esfuerzos serían en vano y acabaría saliendo todo, fuera lo que fuera.

—Lo ha descrito muy bien —dijo Poirot—. Sin embargo, no ha sido la noticia del testamento nuevo lo que ha inquietado al señor Gathercole. Recuerde que él lo sabía desde hacía varias horas y mantenía una perfecta compostura cuando nos hemos sentado a la mesa. Me pregunto qué debe de haberlo alterado de ese modo.

—Le he estado dando vueltas a eso —dije—. ¿Qué habrá pasado que lo ha pillado desprevenido? Supongo que no esperaba la reacción de Scotcher: no parecía precisamente encantado con los nuevos acuerdos, ¿no es cierto?

—Es comprensible. Scotcher está a punto de morir. ¿Qué conseguirá con ese testamento nuevo? Nada de nada. No vivirá lo suficiente para ver el dinero, así que no será más que una fuente de problemas para él: la animadversión de Dorro, de Claudia... Por eso me lo pregunto.

—¿Qué se pregunta?

—La intención de lady Playford. Quizá no pretendía beneficiar a Scotcher, sino incomodarlo. Provocarle angustia y aflicción. Al fin y al cabo, ése es el efecto que hemos observado, y lady Playford parece una de esas personas que no suelen fallar cuando se proponen algo.

—¿Y si ella y Joseph Scotcher han urdido juntos una especie de complot? —pregunté.

—¿Por qué lo sugiere? —preguntó Poirot. Ya habíamos llegado al otro extremo del parterre, el lugar que permitía gozar de las mejores vistas de Lillieoak. Se suponía que la gente se detenía ahí para admirar la casa.

—Ah, no lo sé. Es sólo que me ha sorprendido que su comportamiento fuera tal, en cierto modo. Lady Playford se lo deja todo a un moribundo que no llegará a beneficiarse de su generosidad. Joseph Scotcher le propone matrimonio a una chica que, en caso de aceptar, se encontrará junto al lecho de muerte de su esposo en lugar de gozar de una romántica noche de bodas, antes de convertirse en viuda. En ambos casos, ven cómo sus sueños se convertirán en realidad, pero de un modo distinto y más desolador que el que habían imaginado.

—Ésa ha sido una observación interesante —dijo Poirot mientras seguíamos caminando—. Sin embargo, puedo imaginar que el deseo de casarse con la persona amada es cada vez más urgente a medida que se escapa la vida. Puede haber un gran consuelo en esa unión simbólica.

—¿Y si la enfermera Sophie se lo queda todo? —pregunté.

—Mientras yo pienso en grandes gestos románticos, va usted y piensa en los aspectos más prácticos, *n'est-ce pas*?

—¿Usted no lo ha pensado? Si se casase con ella y lady Playford muriera antes que él, ¿a quién iría a parar toda su fortuna? A Sophie, en tanto que esposa de Scotcher.

—Catchpool. ¿Qué es ese ruido?

Nos detuvimos de golpe. Parecía como si procediera de los arbustos que teníamos a nuestra derecha: era el sonido inconfundible de una persona sollozando y que enseguida dio paso a un siseo intermitente.

—¿Qué demonios es eso? —le pregunté a Poirot.

—Susurros frenéticos. Baje la voz o nos oirán, si no nos han oído ya.

En el mismo instante en que lo dijo, me pareció evidente que el siseo que había oído era el de alguien asustado que intentaba comunicarse sin hacer mucho ruido, pero también con cierta urgencia.

—Tienen que ser dos personas —murmuré—. ¿Vamos a buscarlas?

—¿En estos jardines? —Poirot hizo un ruidito desdeñoso—. Sería más productivo buscar una hoja concreta, la primera que haya visto al llegar.

—Es más fácil encontrar personas que hojas —respondí.

—A no ser que nosotros no conozcamos estos caminos y las personas a las que buscamos, sí. No, será mejor que regresemos a la casa. Tenemos trabajo, debemos ponernos manos a la obra. Cuando entremos, podremos ver quién está dentro de la casa y quién no. Eso será más productivo que buscar una aguja en un pajar.

—¿Qué ha querido decir con eso de que tenemos trabajo? —pregunté—. ¿Qué tipo de trabajo?

—Ahora sé por qué nos han invitado a usted y a mí. No era porque congeniemos. *Non, pas du tout*. Estamos aquí para utilizar nuestras células grises. Debe de formar parte del plan de lady Playford.

Antes de que tuviera la oportunidad de preguntar «¿Qué plan?», Poirot añadió en voz baja, como si se le hubiera ocurrido sobre la marcha:

—Estamos aquí para evitar un asesinato.

Capítulo 9

La vida y muerte del rey Juan

Hatton nos abrió la puerta de la casa. Como era de prever, no dijo nada, aunque su comportamiento sugería que a los tres nos beneficiaría fingir que Poirot y yo ni nos habíamos aventurado a salir, ni luego habíamos tenido la necesidad de que nos dejaran entrar de nuevo.

Primero fuimos al comedor, que estaba vacío, y de allí pasamos a la sala de estar, donde encontramos a Harry, Dorro, Claudia y Randall Kimpton. La chimenea se hallaba encendida, pero la estancia continuaba fría. Todos permanecían sentados y bebían algo que se diría brandy, menos Kimpton: se había estado preparando una bebida, pero después de llenar el vaso se lo pasó a Poirot, quien se lo acercó a la nariz. Fuera lo que fuera, no obtuvo su aprobación. Dejó el vaso en la mesa más cercana, sin haber tomado ni un sorbo. Kimpton estaba preparando otra copa para mí, por lo que ni siquiera se dio cuenta.

—¿Tienen novedades? —preguntó Dorro, inclinándose hacia delante. Sus ojos angustiados nos buscaban a Poirot y a mí alternativamente.

—¿Novedades sobre qué, madame?

—Sobre la propuesta de matrimonio que Joseph Scotcher le ha hecho a Sophie Bourlet. Los hemos dejado solos en el comedor para respetar su intimidad, pero no los hemos visto ni oído desde entonces. Asumíamos que nos reencontraríamos aquí. Me gustaría saber qué le ha respondido ella.

—Qué detalle por tu parte tanta preocupación, Dorro —dijo Kimpton, encendiendo un cigarrillo. Harry Playford se sacó una pitillera plateada del bolsillo y también se encendió uno.

—Habrá dicho que sí, claro —dijo Claudia, bostezando—. No veo motivos para dudar de ello. Seguro que se casarán, siempre que la parca les conceda el tiempo suficiente. Parece *El Mikado*, ¿no? ¿Conoce usted la obra, monsieur Poirot? ¿La opereta de Gilbert y Sullivan? La música es maravillosa, y la obra es muy divertida, además. Nanki-Poo quiere casarse con Yum-Yum, pero sólo podrá hacerlo si accede a que Ko-Ko, el Lord Gran Ejecutor, lo decapite al cabo de un mes exacto. Él accede a ello, por supuesto, porque adora a Yum-Yum.

—Bien hecho —dijo Kimpton—. Yo también me casaría contigo aunque eso implicara que me decapitasen al cabo de un mes, queridísima.

—Y luego yo tendría un dilema: si me quedo con la cabeza o con el cuerpo —dijo Claudia—. Creo que, pensándolo bien, me quedaría con la cabeza.

Qué comentario tan alarmante y tan falto de lógica, pensé. Kimpton, en cambio, que es a quien iba dirigido, parecía encantado.

—¿Y por qué no te quedas con las dos partes, divina mía? —preguntó—. ¿Hay alguna ley que lo impida?

—Creo que sí, que debería haberla. De lo contrario no sería tan divertido —respondió Claudia—. ¡Sí! Y si me negara a elegir entre la cabeza sin vida y el cuerpo sin sangre, se llevarían las dos partes, las incinerarían y me quedaría sin nada. ¡Elijo la cabeza!

—Mi mente se siente halagada, pero al mismo tiempo manda señales a mis extremidades para que se ofendan. No me importa reconocer que es un complejo acto de equilibrismo, incluso para un cerebro tan sofisticado como el mío.

Claudia echó la cabeza atrás y se rio.

Todo ese intercambio me pareció increíble y, para ser sincero, bastante repugnante.

Al parecer, Dorro compartía mi opinión.

—¿Podríais parar de una vez? —Se cubrió la cara con las manos—. ¿Siempre tenéis que estar igual, vosotros dos? Ha ocurrido algo terrible. No es un buen momento para frivolidades de ese tipo.

—No estoy de acuerdo —dijo Kimpton—. Al fin y al cabo, las frivolidades no cuestan dinero. Pueden disfrutar de ellas tanto los herederos como los desposeídos.

—Eres un bruto, Randall. —Dorro lo miró con los ojos llenos de ira—. Harry, ¿es que no tienes nada que decir?

—Que nos sentiremos mejor cuando nos hayamos tomado un trago o dos —dijo Harry sin inmutarse, mirando el contenido de su vaso.

Kimpton cogió su copa y atravesó la estancia para ponerse detrás de la silla de Claudia. Se inclinó hacia delante y le besó la frente.

—«Él es la mitad de un hombre perfecto destinado a completarse por una mujer como ella; y ella es una bella perfección dividida, cuya plenitud suprema reside en él.»*

Claudia soltó un gemido.

—La infernal *Vida y muerte del rey Juan*, de Shakespeare. Me parece de lo más agotador. Prefiero tus ideas a las de Shakespeare, cariño: son más originales.

—¿Dónde están los demás? —preguntó Poirot.

—En la cama, supongo —dijo Claudia—. El señor Gathercole y el señor Rolfe ya se han retirado. Aunque no se me ocurre por qué deberían querer dormir cuando apenas había empezado la diversión en la familia Playford.

—Al señor Rolfe le he oído decir que no se encontraba bien —dijo Dorro.

* Para ésta y las siguientes citas del Rey Juan se ha recurrido a *Vida y muerte del rey Juan*, trad. Luis Astrana Marin, Ed. Aguilar, 1950.

—El pobre Scotcher también se encontraba para el arrastre —dijo Harry.

—Estoy segura de que Sophie ya lo habrá acunado en el lecho de muerte —dijo Claudia.

—¡Basta! Para de una vez, no lo soporto —dijo Dorro con la voz temblorosa.

—Diré lo que me dé la gana —le dijo Claudia—. A diferencia de ti, Dorro, yo sé cuándo las cosas tienen un lado divertido y cuándo no. Harry, ¿piensas embalsamar el cadáver de Joseph y colgarlo en la pared?

Me fijé en que Poirot reaccionaba asqueado ante el comentario, y la verdad es que no podía culparlo. ¿De verdad Randall Kimpton, un médico, tenía serias intenciones de casarse con una mujer que consideraba que la trágica muerte de un hombre era motivo de burla?

Dorro dejó el vaso en la mesita que tenía al lado con contundencia. Cerró las manos para convertirlas en puños, pero ni así fue capaz de mantener los dedos quietos, que se meneaban como gusanos.

—Nadie se preocupa de mí, nadie —exclamó—. Ni siquiera tú, Harry.

—¿Eh? —Su marido la inspeccionó unos segundos—. Alegra esa cara, señorita. Ya encontraremos la manera de salir adelante de un modo u otro.

—Eres demasiado susceptible, si te ofendes por una bromita como ésa, Dorro. —Claudia entrecerró los ojos para mirar a su cuñada—. Estoy segura de que mi madre está llorando en su habitación por culpa de tus crueles palabras. La has acusado de intentar convertir a Joseph en Nicholas para sustituir a su hijo. Y eso no es cierto.

—¡Oh, no! ¡Se me ha calentado la lengua! —Dorro quedó abatida. Dejó de rezumar indignación y empezó a llorar—. Estaba fuera de mis casillas, y... me ha salido así. No quise decirlo.

—Y sin embargo lo has dicho —dijo Kimpton con aire jovial—. «Muerto y criando malvas», creo que era.

—¡Por favor, no hablemos de esto! —suplicó Dorro.

—¿De qué? ¿De tu comentario sobre que Nicholas está «muerto y criando malvas»? Cuando lo has dicho me he dado cuenta de que alargabas cada sílaba como si fueran dos. Era como si quisieras que la frase durara más de lo normal, tanto como fuese posible. Lo que más nos interesa es esto: si hubieras dicho «muerto», sin añadir «criando malvas», ¿Athie se habría marchado de esa forma? Lo dudo. En mi opinión, han sido las malvas las que han provocado esa reacción.

—Eres un desalmado, Randall Kimpton —sollozó Dorro.

Harry Playford al fin se incorporó en su asiento y se dio cuenta de lo que sucedía.

—Oye, Randall, ¿son necesarias tantas pullas?

Kimpton sonrió.

—Si creyera que en realidad esperas una respuesta, Harry, te la daría con mucho gusto.

—Bueno..., muy bien, pues —dijo Harry, dubitativo.

—Muy, muy bien —dijo Kimpton.

Claudia volvió a soltar una risita irritable.

Sin temor a equivocarme, puedo afirmar que en ninguna de las reuniones familiares a las que he asistido, incluidas las de mi familia, he percibido una atmósfera más fétida que la de la sala de estar de Lillieoak esa noche. Yo todavía no me había sentado y no tenía ninguna intención de hacerlo. Poirot, quien prefería sentarse siempre que era posible, también seguía de pie a mi lado.

—¿Por qué permitimos que las palabras tengan tanto poder sobre nosotros? —preguntó Kimpton sin dirigirse a nadie en concreto. Había empezado a caminar a paso lento por la habitación—. Se pierden en el aire en el mismo instante en el que salen de nuestras bocas, y sin embargo se quedan con nosotros para siempre si se ordenan de un modo memorable. ¿Cómo es posible que dos palabras, «criando malvas», sean mucho más desagradables que el recuerdo silencioso de un hijo muerto?

Dorro se levantó de la silla.

—¿Y qué hay de la manera en que Athie ha tratado a sus dos hijos vivos esta noche? ¿Por qué no decís nada a ese respecto? ¿Cómo os atrevéis a retratarme a mí como la agresora y a Athie como la víctima, como si fuera una frágil viejecita? ¡Es más fuerte que cualquiera de nosotros!

Kimpton se había detenido junto al ventanal.

—«El dolor llena el aposento de mi hijo ausente, duerme en su lecho, se levanta y se acuesta conmigo, cobra sus lindas miradas, repite sus vocablos, me recuerda todas sus graciosas cualidades, cubre con sus formas sus vacías vestiduras; luego tengo motivo para amar mi dolor.» ¿Conoce usted *La vida y muerte del rey Juan*, de Shakespeare, Poirot?

—Lo siento pero no, monsieur. Es una de las pocas obras que no he leído.

—Es sublime. Rebosa amor por el rey y el país, y sin el sombrío corsé estructural que Shakespeare tanto insistía en imponerse. ¿Cuál es su obra preferida?

—Sin duda tiene muchas que son excelentes, pero si tuviera que elegir sólo una... *Julio César* me gusta especialmente —dijo Poirot.

—Una elección interesante e inusual. Estoy impresionado. ¿Sabe? El hecho de que el *Rey Juan* sea mi preferida fue lo que me motivó a estudiar Medicina. De no haber sido por Shakespeare, sería un hombre de letras y no un médico. A los pacientes insatisfechos siempre les digo que tienen que culpar a Shakespeare y no a mí.

—Pobres. Me dan pena esos cadáveres aburridos que tiendes en la mesa de autopsias, cariño —dijo Claudia.

Kimpton soltó una carcajada.

—Olvidas que me enfrento a vivos, además de muertos, queridísima.

—Nadie a quien le palpite el corazón quedaría descontento contigo en ningún sentido. Asumía que esos pacientes insatisfechos que decías eran los cadáveres. Es decir, insatisfechos con su desenlace personal. Por suerte, no están en posición de quejarse al respecto.

—¡No quiero ni pensar ni oír hablar sobre la muerte! —dijo Dorro—. Por favor.

—¿Cómo es posible que le deba usted su carrera como médico al *Rey Juan*? —preguntó Poirot.

—¿Eh? Ah, eso. Sí, claro. Seguramente podría haberme conformado con *Julio César*. Sí, supongo que sí. Es una elección respetable. Y aunque también es algo inusual, no tendría que haber sufrido la condena de los demás ni participar en incesantes discusiones que nunca pueden tener un claro ganador. Cuando estudiaba a Shakespeare, cada día tenía que oír decir que *Hamlet, El rey Lear* y *Macbeth* eran inmensamente superiores al *Rey Juan*. Yo discrepaba, pero ¿cómo iba a demostrar de un modo concluyente que tenía razón? ¡Imposible! Mis enemigos podían citar a muchos eruditos que coincidían con ellos, como si el hecho de tener un ejército de acólitos sin criterio fuese capaz de probar algo. Sólo hay que fijarse en la situación política para ver que las cosas no pueden funcionar de ese modo. Sin ir más lejos, una inmensa cantidad de personas de esta isla diminuta creen que vivirían mejor si fueran un país distinto...

—Por favor, ¿podríamos dejar la política, después de todo lo que ha ocurrido esta noche?

—Claro, pobrecita Dorro —dijo Kimpton—. Pásame una lista con los temas que se me permite mencionar, firmada por la autoridad con la que intentas imponer tus restricciones, ya sea moral o legal, pienso obedecer a ambas. Cuando la lista esté en mi poder, me comprometo a tenerla en cuenta. Mientras tanto, terminaré la explicación que le estaba dando al señor Poirot. Mucha gente en el Estado Libre Irlandés no ve a los ingleses como aliados, sino como antagonistas, lo que en mi opinión revela que mucha gente es idiota. Sin embargo, eso no sirve para zanjar el asunto en discordia. Lo que intento decir, si bien debo admitir que de forma algo enrevesada, es que hay cuestiones subjetivas que jamás podrán probarse de un modo absoluto. Si el *Rey Juan* es o no la mejor obra de William Shakespeare es una de esas cuestiones.

—Mientras que la medicina no admite discusión —dijo Poirot.

—Exacto —dijo Kimpton con una sonrisa—. Como alguien a quien le gusta ganar y que prefiere las victorias sin ambigüedades, me di cuenta de que me convenía un tipo de trabajo distinto. Y me complace afirmar que tomé la decisión adecuada. Ahora mi vida es mucho más sencilla. Digo: «Si no le amputamos la pierna a este tipo, morirá» o «Esta mujer falleció a causa de un tumor cerebral: ahí está, mírenlo, es grande como un melón» y nadie lo discute, porque no se puede. Todos ven el tumor del tamaño de un melón, o la gangrena en el cadáver; eso sí, un cadáver con las dos piernas unidas al cuerpo, y hay que agradecérselo a un idiota optimista que se equivocó optando por la esperanza en lugar de la prudencia.

—Eligió una profesión que le permite demostrar que tiene razón —resumió Poirot.

—Sí, eso es. El estudio de la literatura es adecuado para los que disfrutan especulando. Yo prefiero saber. Dígame, todos esos asesinos que usted ha atrapado..., ¿en cuántos casos dispuso de las pruebas necesarias que podría haber presentado ante el tribunal si el mendigo en cuestión no hubiera confesado? Porque una confesión no prueba nada de nada. Se lo demostraré: yo, Randall Kimpton, asesiné a Abraham Lincoln. De acuerdo, no había nacido todavía cuando ocurrió, pero soy un joven ambicioso y no dejé que eso me detuviera. ¡Yo maté al presidente Lincoln!

Claudia soltó una risotada de reconocimiento ante las palabras de su amado. Fue un sonido alarmante, pero al parecer a Kimpton le complació oírlo.

—También hay misterios en medicina, y muchas cosas que no pueden demostrarse —dijo Poirot—. El tumor en el cerebro, la pierna amputada... ha elegido ejemplos que confirman su convicción. Pero no menciona a los pacientes que llegan con un dolor para el que no es posible determinar un motivo.

—Ha habido unos cuantos, lo admito. Pero, en general, si un tipo estornuda, moquea y tiene la nariz enrojecida, puedo afirmar que está resfriado y nadie perderá horas intentando demostrar que me equivoco. Por eso prefiero con mucho mi trabajo al suyo, señor.

—Y yo, *mon ami,* prefiero el mío. Si cualquiera puede ver que el paciente moquea y comprobar que tiene fiebre después de tomarle la temperatura con un termómetro, ¿dónde está el desafío?

Kimpton empezó con una carcajada ahogada, pero poco después ya estaba riendo con tantas ganas que le temblaba todo el cuerpo.

—¡Hércules Poirot! —exclamó, al fin, cuando logró recomponerse—. ¡Cómo me alegro de que exista y de poder gozar de su presencia aquí! Es maravilloso que, después de todo lo que ha llegado a hacer, siga asumiendo con gusto el desafío que supone la incertidumbre. Es usted mejor que yo. Para mí, la incertidumbre es una plaga perniciosa. Pero me alegro de que usted discrepe.

Noté que Poirot se estaba esforzando en mantener la compostura. Por mi parte, con mucho gusto le habría aplastado la nariz de un puñetazo a ese engreído insufrible. Había conseguido que Poirot pareciera un hombre tímido y humilde, a su lado.

—¿Le importa que cambie de tema, monsieur?

—¡Uy! No soy yo el encargado de decidir los temas de conversación permitidos —dijo Kimpton—. Dorro, ¿te falta mucho para terminar ese documento oficial? Es que necesitamos ayuda.

—Desde que han salido del comedor, ¿han estado los cuatro juntos en todo momento? —preguntó Poirot—. ¿Y han venido directamente desde allí?

—Sí —dijo Claudia—. ¿Por qué?

—¿Ninguno de ustedes estaba en el jardín hace diez o quince minutos?

—No —respondió Dorro—. Hemos salido juntos del comedor y hemos venido aquí. Nadie se ha marchado solo a ninguna parte.

Todos confirmaron esa versión.

Eso excluía a Harry, Dorro, Claudia y Kimpton. A menos que mintieran, ninguno de ellos era la persona que habíamos oído llorar en el jardín. Ni la que habíamos oído susurrar.

—Me gustaría pedirles un favor —dijo Poirot—. Quédense aquí juntos en esta sala hasta que regrese y les diga que pueden salir.

—Puesto que aquí es donde están las bebidas, imagino que obedeceremos con mucho gusto. —Claudia tendió el vaso vacío hacia Kimpton—. ¿Me lo rellenas, cariño?

—¿Por qué quiere aislarnos aquí? —preguntó Dorro con la voz llorosa—. ¿De qué va todo esto? ¡Yo no he hecho nada malo!

—Todavía no sé de qué se trata, madame, pero espero descubrirlo pronto. Gracias a todos por cooperar —dijo Poirot—. Venga conmigo, Catchpool.

Lo seguí hasta el vestíbulo. Cuando llegamos al pie de las escaleras, susurró:

—Busque al mayordomo, el señor Hatton. Pídale que le muestre en qué dormitorio pasará la noche cada uno.

Llame a la puerta de cada una de las personas que se quedarán hoy en Lillieoak y asegúrese de que todos están bien.

—Pero... ¿eso no implicará despertarlos? Puede que lady Playford ya esté durmiendo. Cualquiera de ellos podría estarlo.

—Le perdonarán que los haya despertado cuando les cuente que es necesario. En cuanto se haya asegurado de que todo el mundo está bien, lo siguiente que deberá hacer será quedarse cerca de la habitación de lady Playford, en el pasillo. Permanezca ahí toda la noche, montando guardia, hasta que ella baje a la planta inferior por la mañana.

—¿Qué? ¿Y cuándo dormiré?

—Mañana. Lo relevaré a primera hora. —Al ver mi expresión atónita, Poirot añadió—: Es que yo no sería capaz de pasar toda la noche en vela.

—¡Yo tampoco!

—Me he levantado muy temprano esta mañana...

—¡Y yo! Yo también he llegado desde Inglaterra hoy mismo, ¿recuerda?

—Usted es, como mínimo, veinte años más joven que yo, *mon ami*. Confíe en Poirot. El sistema que he concebido es el que más probabilidades tiene de garantizar la seguridad de lady Playford.

—O sea que se trata de ella, ¿no? Cuando me ha dicho que nos habían invitado para evitar un asesinato... ¿Usted cree que lady Playford es la posible víctima?

—Es posible.

—No parece muy seguro de sí mismo.

Poirot frunció el ceño.

—Según el doctor Kimpton, no es posible que alguien como yo, que desempeña una profesión subjetiva, pueda estar seguro de nada.

Capítulo 10

La caja abierta

Para Hatton, no podría haber habido una tarea más embarazosa que tener que indicarme quién había ocupado cada dormitorio. Por ese motivo, el proceso duró más de lo necesario. Me las arreglé para sonsacarle la mayor parte de la información que necesitaba, aunque parecía tan reacio a contarme dónde encontraría a Sophie Bourlet que empecé a impacientarme. Después de casi dos minutos, por fin fui recompensado con una confesión apenas audible: «En el dormitorio contiguo al otro que tampoco está en el piso de arriba, señor».

Enseguida supe a qué habitación se refería: el dormitorio de Sophie se hallaba al lado del de Scotcher, lo que tenía bastante sentido, puesto que debía ser ella la encargada de empujar la silla de ruedas hasta el desayuno cada mañana. No había motivos para sospechar que entre ellos hubiera algún tipo de comportamiento impropio; de hecho, esa posibilidad ni siquiera se me habría pasado por la cabeza si Hatton no hubiera abierto y cerrado la boca tantas veces antes de constatarlo en voz alta, como si tuviera que encubrir un escándalo bochornoso. ¡Qué tipo tan estúpido!

Primero pasé por el ala del servicio, y enseguida me di cuenta de que molestar a la gente que desea descansar no es lo que se dice divertido. Brigid Marsh, con una redecilla en el pelo y un salto de cama con grandes botones de color

99

rosa, aprovechó la oportunidad para atacarme verbalmente como represalia. Por un motivo que me pareció insondable, para ello fue necesario gritarme a la cara los menús provisionales del almuerzo y la cena del día siguiente hasta que opté por batirme en retirada.

Phyllis estaba en su habitación. Tardó un poco en responder, y cuando por fin abrió la puerta me llevé un buen susto al verla aparecer con el rostro cubierto con una gruesa capa de un mejunje blanco. Inocuo e inútil, pensé. Además, aquello no bastaba para ocultar que tenía los ojos enrojecidos y llorosos.

—Me estaba haciendo el cutis —dijo, apuntándose a la barbilla.

Asentí. El motivo por el que una persona con la piel inmaculada pudiera querer untarse con una sustancia como aquélla —no hablemos ya de, habiéndolo hecho, abrir la puerta para que los demás pudieran verla— era todo un misterio para mí. No me cabía ninguna duda de que la tez de aquella pobre ingenua tendría al día siguiente el mismo aspecto que antes de aplicarse el tratamiento. Si esperaba que aquella poción mágica para la piel conseguiría que Joseph Scotcher decidiera casarse con ella en lugar de hacerlo con Sophie Bourlet, el desengaño estaba asegurado.

Me disculpé por haberla molestado y me retiré.

Acababa de hablar con Hatton, por lo que decidí volver a la parte principal de la casa y llamar primero a la puerta de Joseph Scotcher. No obtuve respuesta. Volví a llamar. Nada de nada.

Me había parecido algo consternado durante la cena, y sin duda alguna necesitaba descansar. Me pregunté hasta qué punto Poirot habría querido que lo despertara y, de hecho, pensé en la posibilidad de ir a buscarlo para preguntárselo.

Decidí que sería mejor dejar en paz a Scotcher. No me pareció que fuera la persona que más inquietaba a Poirot.

Aunque cuanto más lo pensaba, más me preguntaba si no sería conveniente que nos preocupáramos por su seguridad. Si Poirot estaba en lo cierto y lady Playford nos había invitado a su casa para evitar que se produjera un asesinato, no cabía duda de que una de las víctimas posibles era el beneficiario de la nueva versión del testamento.

Volví a llamar a la puerta y esa vez abrió de inmediato.

—¿Sí? —dijo Scotcher con un hilo de voz. Llevaba puesto un pijama de color azul marino con rayas doradas y una bata a juego. Tenía muy mal aspecto, todavía peor que durante la cena.

—Vaya, lo siento —dije—. ¿Le he despertado?

—No. He oído cuando ha llamado la primera vez, pero por desgracia no puedo acudir a abrir tan rápido como antes. Ni siquiera cuando estoy de pie... —Dejó la frase a medias con una mueca de dolor.

—Permítame que le ayude.

—No es necesario, de verdad —dijo Scotcher, apoyándose en mí—. Estoy mejor solo. Me sentiré más fuerte por la mañana. Es sólo que la sorpresa me ha afectado negativamente. ¿Por qué lo ha hecho?

—¿Lady Playford? Me temo que no puedo ayudarle. No la conozco de nada.

—No, claro que no.

Lo ayudé a acostarse de nuevo en la cama y me lo agradeció de forma exagerada: al parecer, consideraba que mi amabilidad era extraordinaria y que demostraba una gran generosidad. Los elogios fueron excesivos, pero no pude evitar que ese hombre me cayera bien. Es difícil encontrar a una persona tan agradecida.

—Buenas noches, Catchpool. —Cerró los ojos—. Usted también debería dormir un poco. El viaje desde Londres seguro que ha sido muy largo.

Le aseguré que estaba bien. Fui a la habitación de Sophie Bourlet maldiciendo a Poirot por la tarea que me había asignado y lamentándome por la debilidad que yo había demostrado al acceder a realizarla.

Cuando llamé a la puerta de Sophie, mis golpes la entreabrieron enseguida. No debía de estar bien cerrada.

—¿Señorita Bourlet? —la llamé. El papel pintado era de un color azul pálido con espirales rosas y había un lavamanos en el rincón. Las cortinas se hallaban medio corridas.

Al ver que nadie respondía, decidí entrar. Sophie no estaba, tan sólo encontré sus posesiones apiladas de forma ordenada, meticulosamente dispuestas como si alguien tuviera que inspeccionarlas.

Una vez más, me pregunté qué debía hacer. ¿Tenía que localizar a Poirot para decirle que la enfermera no estaba en su dormitorio? ¿Tenía que buscarla por toda la casa? Si no estaba descansando en su dormitorio ni asistiendo a Scotcher, ¿dónde debía de estar?

Al final, decidí pasar a ver a los que se alojaban en el primer piso antes de recurrir a Poirot, ya que no sabía cuántos dormitorios descubriría vacíos. Incluso era posible que encontrara a Sophie Bourlet, Michael Gathercole y Athelinda Playford jugando una partida de cartas; pensé que sería mejor averiguar dónde estaban todos antes de pasar el parte.

Lady Playford abrió la puerta de inmediato.

—¿Sí? —dijo. Le pregunté si estaba bien y me respondió con frialdad—: Sí, Edward, gracias. Estoy bien. —Me pareció que a continuación soltaría algo como «Y si por algún motivo no lo estuviera, usted es la última persona que podría ayudarme», aunque tal vez sólo lo imaginé.

Pero no, no había sido producto de mi imaginación. Había sonado despreocupada e impaciente. No era en absoluto el tono de voz que habría utilizado si hubiera temido que alguien estuviera a punto de atentar contra su vida.

Llamé a la puerta de Gathercole, pero no obtuve respuesta. Solté un suspiro y llamé de nuevo. Intenté girar el picaporte para ver si la puerta estaba cerrada con llave y resultó que no. Entré en la habitación, que estaba a oscuras. Conseguí llegar a tientas hasta la ventana. Corrí las cortinas para dejar entrar algo de luz, lo justo para comprobar que la cama de Gathercole estaba impecable y que no había ni rastro del abogado.

Salí de la habitación, cerré la puerta tras de mí y seguí por la habitación de Orville Rolfe, junto a la de Gathercole. Era la última persona a la que tenía que controlar, gracias a Dios. Harry, Dorro, Claudia y Kimpton se hallaban todos en la sala de estar del piso de abajo.

Orville Rolfe abrió la puerta de su dormitorio vestido con un pijama de franela a rayas. Tenía una pátina de sudor en la frente. Para mi gran sorpresa, enseguida me agarró el antebrazo con su robusta mano.

—¡Oh, Catchpool, qué dolor! ¡Es una agonía! Por más que cambio de posición no consigo que deje de dolerme. ¿Dónde está el doctor Kimpton? Vaya a buscarlo, ¿quiere? Dígale que me han envenenado.

—¡Cielo santo! Estoy seguro de que no le han envenenado, señor Rolfe, pero...

—¿Verdad? ¡Me han envenenado, se lo aseguro! ¿Qué podría ser, si no? ¿Irá a buscar a Kimpton antes de que sea demasiado tarde?

¿Nos habían invitado a Poirot y a mí a Lillieoak para evitar que envenenaran a Orville Rolfe? En esos momentos, cualquier cosa me parecía posible.

—Sí, sí, de acuerdo. Espere aquí. No se mueva.

—¿Adónde quiere que vaya? ¡Si estoy retorciéndome de dolor! ¡Míreme! ¡Y si no encuentra a Kimpton, haga venir a esa enfermera! Mejor eso que nada.

Bajé las escaleras con la esperanza de que Kimpton no se habría esfumado como Sophie Bourlet y Gathercole.

¿Estarían juntos? ¿Por qué Gathercole parecía tan angustiado en la mesa, como si lo estuvieran despedazando por dentro? ¿Tenía algo que ver con Sophie? ¿Tal vez con la propuesta de matrimonio que le había hecho Scotcher? No, aquello no había ocurrido hasta más tarde. No podía ser eso.

Por suerte, Kimpton continuaba en la sala de estar con Poirot, Claudia, Harry y Dorro.

—¡Orville Rolfe se encuentra muy mal! —Las palabras salieron de mi boca en tropel—. ¡Dice que le han envenenado!

Claudia soltó un suspiro de cansancio y Kimpton se echó a reír con vehemencia.

—¿Eso dice? Bueno, supongo que la velada ha sido lo bastante inusual como para no dar nada por sentado, pero creo que no hace falta que se preocupe tanto, Catchpool. ¿No ha visto la rapidez con la que se ha zampado el pollo? No son más que gases: debe de parecerle que mil diablos le están arrancando las tripas, pero apuesto a que puedo curarlo en unos segundos, con sólo hincar el dedo en el lugar apropiado de su anatomía.

—Pues asegúrate de mantener ese dedo alejado de la mía, cuando hayas terminado —dijo Claudia.

Dorro no tardó nada en criticar la vulgaridad del comentario.

—Doctor Kimpton, por favor, vaya a ver al señor Rolfe enseguida —dijo Poirot—. Catchpool, acompáñelo.

—Sí, pero eso no es todo: ni Gathercole ni Sophie Bourlet están en sus respectivas habitaciones. No sé dónde se han metido.

—El vizconde Playford y yo iremos a buscarlos —dijo Poirot—. Y ustedes, señoras, quédense las dos en esta sala, ¿de acuerdo?

—Si insiste —dijo Claudia—. Pero ¿no creen que se lo toman demasiado a pecho? En realidad, no ha ocurrido nada, aparte de que el señor Rolfe ha comido demasiado. ¿Hay algún motivo para suponer que a Gathercole y a Sophie pueda haberles sucedido algo malo?

—Sólo espero que tenga usted razón —dijo Poirot.

Mientras seguía a Kimpton hacia el piso superior, oí cómo Claudia le decía a Dorro: «¡Debería encargarme yo de buscar a esos dos por el jardín mientras ese belga demente espera en la sala de estar, preocupándose como una niña!».

En cuanto Kimpton y yo nos plantamos frente a Orville Rolfe, me di cuenta de que el abogado tenía la piel amarillenta. Estaba tendido en la cama, de espaldas, y una pierna le colgaba hasta el suelo. Me alarmé tanto que llegué a decirle a Kimpton:

—¿Es posible que lo hayan envenenado?

—¿Qué otra cosa podría ser, si no? —gimió Rolfe—. ¡Estoy en las últimas! ¿No puedo ni respirar!

—¿Envenenado? ¡Qué va! —respondió Kimpton enseguida mientras le tomaba el pulso a Rolfe—. Se encontrará mucho mejor en menos de una hora, ése es mi pronóstico. ¿Puede darse la vuelta y tenderse de lado? ¿Y flexionar las rodillas para acercarlas al pecho? Cuanto más pueda alterar su posición, mejor.

—¡No puedo moverme! ¡Se lo aseguro!

Kimpton se frotó la barbilla con aire pensativo.

—Supongo que no permitirá que me siente sobre su barriga, ¿no?

Rolfe aulló como un animal herido y abrió mucho los ojos mientras intentaba incorporarse hasta quedar sentado. El intento fracasó y volvió a caer de espaldas sobre la cama.

—¡Los he oído! —dijo.

—¿A quién ha oído? —Kimpton flexionó los dedos de las dos manos a la vez que se acercaba al abogado como si estuviera a punto de sentarse frente a un piano para dar un concierto. Se dirigió a mí cuando dijo—: El problema consiste en saber dónde aplicar la presión que tanto necesita. En un paciente de tamaño normal, la piel no queda tan alejada de los órganos.

—He oído cómo hablaban de ello —murmuró Rolfe mientras el sudor empezaba a impregnar la funda de almohada en la que apoyaba la frente—. Él ha dicho que yo tenía que morir, que era inevitable. ¡Y han hablado de mi funeral!

—Si se planteara la posibilidad de comer menos y más despacio, nadie tendría motivos para hablar de su funeral hasta dentro de muchos años —dijo Kimpton, inclinándose para examinar el costado derecho de Rolfe mientras flexionaba los dedos de nuevo.

—Espere —dije—. Señor Rolfe, ¿qué ha oído exactamente y quién lo ha dicho?

—¿Verdad? —me gritó Rolfe—. Que la caja tenía que estar abierta, han dicho. «Abrir la caja, es la única manera.» Veneno, ¿lo ven? Por eso lo sé. Si se envenena a alguien... ¡Ay, qué agonía! ¡Haga algo, Kimpton! ¿Es usted médico o no?

—¡Pues claro que sí!

Dicho esto, Kimpton hundió su dedo índice con un gesto veloz en el hemisferio sur de la barriga de Rolfe. El abogado soltó un aullido espantoso y yo retrocedí, asustado. Oí unas voces procedentes del exterior: el sonido de dos personas hablando.

—¡Ja! —exclamó Kimpton con aire triunfal—. Creo que hemos tenido suerte a la primera. Pronto debería encontrarse usted mucho mejor, amigo.

Abrí la ventana.

—¿Poirot? ¿Es usted? —grité hacia la noche.

—*Oui, mon ami.* Estoy con el vizconde.

—¡Hola! ¿Qué tal? —gritó Harry Playford con aire jovial, como si hubiera olvidado por completo que esa misma noche lo habían desheredado.

—Suban, rápido. Es posible que hayan envenenado a Rolfe.

El abogado no había terminado la frase, pero me pareció adivinar lo que había intentado contarme: que si se deseaba o requería un funeral con la caja abierta, el veneno impediría que el rostro de la víctima del asesinato quedara intacto.

—Tonterías, Catchpool —dijo Kimpton, aparentemente decepcionado conmigo—. Mi diagnóstico era correcto: son gases retenidos. Fíjese, ha dejado de sudar. Pronto habrá desaparecido el dolor. No es usted muy observador, ¿verdad?

—Yo creo que sí —dije, sin inmutarme.

—Bueno, pues de esto no se ha percatado: Orville Rolfe nunca tiene responsabilidad alguna de lo que le ocurre. Su silla cruje porque está mal hecha; le duelen los pies porque las técnicas modernas de fabricación de calzado son deficientes; el dolor de estómago lo ha provocado un misterioso envenenamiento y, en cambio, no tiene nada que ver con la descerebrada determinación que ha demostrado para devorar un pollo entero en una fracción de segundo. ¡Mírelo ahora!

Sobre la cama, Rolfe había empezado a roncar.

Dorro y Claudia Playford aparecieron por la puerta.

—¿Qué es ese olor nauseabundo? —preguntó Dorro—. ¿Es cianuro? ¿No huele así de mal, el cianuro?

—No, no es cianuro —dijo Kimpton—. El señor Rolfe se encuentra perfectamente, y mi dedo índice es el héroe del momento, aunque es demasiado modesto para llamar la atención sobre su actuación estelar. —Agitó el dedo al aire.

De repente apareció también Harry Playford, casi sin aliento.

—¡Veneno! —le dijo a su esposa—. Rolfe ha sido envenenado. Lo ha dicho Catchpool.

—¿Qué? Pero si está durmiendo plácidamente —dijo Dorro.

—Ha dicho algo extraño —comenté.

Al parecer, el diagnóstico de Kimpton había sido acertado. Sin embargo, me costaba comprender que se jactara de haber liberado unos gases con ese aire triunfal y que, al mismo tiempo, ignorara la peculiar historia que había empezado a contar Rolfe acerca de la gente que había estado hablando sobre su muerte.

Nadie me pidió que desarrollara lo que acababa de mencionar. Estaban todos demasiado ocupados burlándose del dedo de Randall Kimpton, apartándose de él con un asco fingido, o (en el caso de Harry) contemplándolo con gran admiración, como si fuera un poeta laureado. Y no porque Harry tuviese un interés especial en los poetas laureados, a menos que tuviera alguna posibilidad de embalsamar la cabeza de uno de ellos para colgarla en la pared.

¿Dónde demonios estaba Poirot?

Capítulo 11

Una discusión furtiva

Cuando por fin apareció Poirot, su cara era todo un poema. No había visto una expresión tan llena de preguntas urgentes. Antes de que pudiera interrogarme, empecé a contarle lo que necesitaba saber.

—Se está recuperando deprisa. Al principio se quejaba de que lo habían envenenado y eso me ha alarmado un poco. ¿Por qué querría alguien causarle daño a Orville Rolfe? Al final resulta que quizá no era cierto. Mire, ya ha recuperado algo de color en las mejillas. Kimpton dice que todo va bien, y al fin y al cabo es médico.

—Aunque el paciente ha puesto en duda mi solvencia —dijo Kimpton—. ¡Bellaco desagradecido!

Me acerqué a Poirot y le susurré al oído, para que no pudiera oírme nadie más:

—Rolfe ha dicho algo que me ha dejado preocupado. —Estaba decidido a contarle la historia a alguien que se la tomara en serio.

—Espere, *mon ami*. ¿Ha visto ya a lady Playford?

—Sí, y estaba perfectamente. Su habitación está al otro lado del rellano. Mientras estábamos aquí todos pendientes de Rolfe nadie se habrá atrevido a acercarse a lady Playford con la intención de asesinarla y huir inadvertido. Además, no creo que ninguno de nosotros se haya quedado solo ni un momento.

—Algunos asesinos actúan en pareja, ¿no? —dijo

Kimpton, quien parecía contento de haber conseguido oír nuestra conversación privada. ¡Maldito entrometido!—. Aunque, lo admito, cuesta imaginar tanta cooperación y una motivación tan compartida en Lillicoak añadió.

—Continúe, Catchpool. —Poirot desestimó la frivolidad del médico con una mirada gélida.

No tenía sentido intentar dejarlo al margen, puesto que Kimpton también había oído las palabras del abogado.

—Rolfe ha dicho algo extraño sobre un funeral con la caja abierta —le dije a Poirot—. Ha dicho que...

—Espere un momento. Vizconde Playford, doctor Kimpton: por favor, busquen a Michael Gathercole y a Sophie Bourlet. No sabemos dónde está ninguno de los dos.

—Claro, amigo —dijo Harry, y salió de la habitación enseguida.

—Yo me voy a la cama —dijo Dorro—. Ha sido una noche horrible y agotadora.

—Tal vez no sepamos dónde están Gathercole y Sophie —le dijo Kimpton a Poirot—, pero ya son mayorcitos, pueden hacer lo que les apetezca. Igual que yo, ahora que ya he resuelto los problemas digestivos del señor Rolfe. Y lo que más me apetece es poder pasar un rato con mi queridísima Claudia y charlar un poco sobre cualquier cosa antes de acostarme. ¿Nos lo permitirá, Poirot? No comprendo por qué usted y Catchpool han decidido proceder como si estuviera a punto de cometerse un asesinato, pero lo que no puede esperar es que todos participemos en esta farsa, si me permite que le diga la verdad sin tapujos como acabo de hacer.

—Haga usted lo que crea conveniente, monsieur.

—¡Bien! ¡Buenas noches, pues! —exclamó mientras agarraba a Claudia por un brazo y se la llevaba de la habitación.

Poirot y yo nos quedamos solos con Rolfe, quien siguió

roncando en pequeños intervalos regulares y con una gran agitación tras los párpados.

Al fin pude contarle a Poirot lo que Rolfe había dicho sobre la conversación de la caja abierta. Poirot me escuchó con atención. Acto seguido y sin mediar respuesta, se agachó junto a la cama y le pegó un sonoro bofetón en una mejilla al abogado.

Los ojos de Rolfe se abrieron de golpe.

—Eh, tranquilo, amigo —dijo.

—Despiértese ahora mismo —le dijo Poirot.

La frase fue recibida con una mirada de confusión.

—¿Es que no estoy despierto, ya?

—Claro, monsieur. Pero no vuelva a dormirse, por favor. Catchpool me ha dicho que ha oído cómo alguien decía que tenía que morir y que la caja tendría que estar abierta en el funeral. ¿Es eso cierto? ¿Lo ha oído?

—Así es. Por eso pensaba que me habían envenenado... pero las molestias casi han desaparecido, hay que reconocer que el doctor Kimpton es un buen médico. Al final resulta que no era veneno.

—Por favor, repítame las palabras exactas que oyó sobre la caja abierta —dijo Poirot.

—Dijo que yo tenía que morir, que no había alternativa. Y luego hablaron de mi funeral: que era necesario abrir la caja, eso dijeron.

—¿Quién?

—No lo sé. No pude oírlo con claridad. Pero era un hombre, eso sí. Un hombre fue el que dijo que yo tenía que morir. Y una mujer... —Rolfe se detuvo, frunció el ceño y prosiguió—. Sí, sí, una mujer intentaba quitarle la idea de la cabeza. Creo que el tipo era el único que quería verme muerto.

—¿Ha reconocido la voz de la mujer? —preguntó Poirot.

—No, lo siento pero no.

—¿Cuándo ha oído esa conversación?

Rolfe parecía lamentar no poder ofrecer una respuesta más satisfactoria.

—No se lo sabría decir. En algún momento, esta tarde. Estaban hablando en el salón, en voz baja. No sabían que mientras tanto yo estaba leyendo el periódico en la biblioteca.

—¿La biblioteca queda cerca del salón? —preguntó Poirot.

—Es la sala contigua. Hay una puerta entre las dos estancias y estaba ligeramente entreabierta. Y no ha sido una conversación, sino una discusión acalorada. La mujer no estaba de acuerdo, no creía necesario abrir la caja. Estaba enfadada y ha conseguido enojarlo también a él. Ha dicho: «¿Eras igual de severo con *ella* o la amabas demasiado para eso?», y él ha respondido... bueno...

—¿Por qué «bueno», monsieur?

—No, hombre. Estaba pensando —dijo Rolfe—. Él le ha asegurado que nada podía ser menos cierto, que ella era su único amor de verdad.

Yo tenía la cabeza llena de nombres, de posibles emparejamientos, y estoy seguro de que a Poirot le pasó lo mismo. Harry y Dorro, Claudia y Randall, Joseph Scotcher y Sophie Bourlet. La cuarta pareja que se me ocurrió era más forzada: Michael Gathercole y Sophie Bourlet. No tenía ningún motivo para sospechar que pudiera existir un vínculo romántico entre ellos. Simplemente eran las dos personas que no sabíamos dónde estaban.

—Recuerdo esa frase a la perfección: «Mi único amor de verdad» —dijo Rolfe—. Pero me pregunto... Cuanto más pienso en ello, más me pregunto si no lo habré imaginado.

Temí que Poirot le pegara otro bofetón; y esa vez, con más fuerza.

—¿Imaginado? —se limitó a preguntar.

—Sí. Mire, recuerdo haberlo oído, pero no recuerdo haber pensado en lo que había oído. No recuerdo haberme dicho a mí mismo: «¿Quién será? Me pregunto si podría echar un vistazo para salir de dudas». Como es evidente, me habría gustado saberlo, tras haber oído hablar de un asesinato. Pero supongo que todas esas sandeces románticas me parecieron tan estúpidas que le resté credibilidad a lo demás. —dijo Rolfe, con una expresión de perplejidad—. ¿Y si el dolor me ha provocado un delirio que me ha hecho imaginar la charla?

—¿Cree que ha sido fruto de su imaginación? —le pregunté.

—¿Verdad? ¡No lo sé! Tiendo a pensar que más bien algo me distrajo. Me pregunto si... Sí, ahora recuerdo que a primera hora me dolía muchísimo el pie derecho y eso me hizo pensar que los fabricantes de zapatos hoy en día son unos ineptos... Me acuerdo de cuando los zapatos te sostenían el pie. ¡Ya no se encuentran zapatos como ésos!

Poirot parecía contrariado.

—Supongo que no le habrá contado a nadie más lo que ha oído.

—No.

—¿Y qué le ha hecho pensar que ese hombre y esa mujer hablaban sobre usted cuando se han referido al funeral con la caja abierta? —preguntó Poirot—. ¿Alguno de ellos ha dicho «el señor Orville Rolfe»?

El abogado abrió unos ojos como platos al pensar en ello.

—No, me parece que no. Simplemente he asumido que se referían a mí porque era a mí a quien habían envenenado; o eso creía yo. No, no han mencionado ningún nombre. Supongo que podrían estar hablando de cualquiera. De un hombre, eso sí —precisó Rolfe con un bostezo—. Estoy en las últimas, caballeros. No por culpa de ningún veneno, sino del cansancio. ¿Creen que...? ¿Qué les parece?

—Lo dejaremos tranquilo enseguida —dijo Poirot—. Sólo dos preguntas más, si me lo permite: aparte del dolor que notaba en el estómago, ¿tenía algún motivo para pensar que alguien pudiera querer envenenarlo?

—No. ¿Por qué? ¿Usted sí cree que alguien quiere envenenarme?

—No lo sé, no conozco al resto de gente de la casa. Ni ellos a mí.

—Supongo que alguien podría querer matarme —dijo Rolfe con aire flemático.

—¿Por qué?

—No se me ocurre ningún motivo en concreto. Pero nunca se sabe si caes bien o no. La gente suele comportarse de forma educada, especialmente delante de personas con cierta influencia, como yo.

Poirot asintió.

—Señor Rolfe, me gustaría preguntarle por el testamento del difunto vizconde. Dorro Playford lo mencionó durante la cena.

—Sí, y no era la primera vez. Oh, no, ni mucho menos. Ya es una historia larga y enredada. ¿Podría preguntárselo a Gathercole? No recuerdo haberme sentido tan cansado en toda mi vida...

Los ojos se le cerraron de nuevo.

—Deberíamos dejarlo dormir —dije.

Poirot y yo salimos del dormitorio y cerramos la puerta. Sugerí que saliéramos fuera y ayudáramos a Harry a buscar a Gathercole y a Sophie Bourlet.

—Primero tráigame una silla. Con reposabrazos y un respaldo cómodo —dijo Poirot—. Me quedaré aquí sentado hasta que usted vuelva, justo delante de la puerta del señor Rolfe. Luego le cederé el sitio y me acostaré. No tengo ninguna duda de que me quedaré dormido, pero no importa. Si alguien quiere entrar, tendrá que apartarme a mí primero.

—¿Entrar en el dormitorio de Rolfe? O sea que ha cambiado de opinión respecto a la posible víctima, ¿no? ¿Cree que intentarán asesinar a Orville Rolfe y no a lady Playford?

—Ya ha oído lo que ha dicho el señor Rolfe, Catchpool. La persona de la que quieren librarse es un hombre. ¿Y por qué han hablado de envenenamiento, si no ha llegado a suceder? Es posible que Orville Rolfe esté en peligro, pero no lo sé. Sé bastante menos de lo que necesito para actuar con efectividad. Y eso me frustra mucho.

—Supongo que existe alguna posibilidad —dije, algo dubitativo— de que Kimpton tenga razón y ninguno de los presentes en Lillieoak tenga intención alguna de causarle daño a nadie. Rolfe podría haber soñado que recordaba lo de la caja abierta mientras estaba indispuesto: un delirio, como él mismo ha dicho. Y lady Playford podría habernos invitado por un motivo distinto y del todo inocente. Tal vez mañana nos acabe contando que quiere consultarnos alguna idea para un libro.

—Sí, es posible que la situación sea menos peligrosa de lo que imagino —admitió Poirot—. Mañana insistiré para que lady Playford revele el verdadero propósito que justifica nuestra presencia aquí. Pero recuerde que también es posible que el peligro no vaya dirigido a una persona, sino a dos.

Me gustó que me dijera «recuerde...», como si fuese algo que ya supiera.

—Si Orville Rolfe ha sido víctima de un envenenamiento chapucero, una posibilidad que aún no he descartado, entonces sigue en peligro, teniendo en cuenta lo que ha oído cuando estaba en la biblioteca. Y si el hombre de la discusión sobre la caja abierta no era el señor Rolfe, entonces es otro el que corre peligro.

Yo sabía lo que significaba que hubiera dos víctimas potenciales: que de momento no podría dormir. La perspectiva añadió más peso a mis párpados mientras me dirigía hacia el jardín para buscar a Michael Gathercole y a Sophie Bourlet.

Capítulo 12

La acusación de Sophie

No conseguí encontrar ni un alma por el jardín, y mi búsqueda podría haber parecido una pérdida de tiempo de no haber sido porque el viento fresco y la llovizna eliminaron cualquier rastro de la somnolencia que sentía antes de salir.

Si Harry seguía ahí fuera, no había ni rastro de él. Había gritado su nombre, el de Gathercole y el de Sophie hasta quedarme casi sin voz, pero no obtuve respuesta alguna.

Al final decidí rendirme y regresar a la casa. Subí al piso de arriba y vi que Poirot había acertado bastante con su predicción: se había quedado dormido en la silla que le había colocado frente al dormitorio. Al principio parecía como si roncara en dos tiempos, alternando un estruendo grave con un zumbido agudo, aunque no era más que una ilusión: el origen de los ruidos más fuertes y graves estaba tras la puerta del dormitorio de Orville Rolfe.

Me recreé un poco sacudiendo a Poirot para despertarlo, y nada más abrir los ojos se llevó la mano al bigote en un gesto automático.

—¿Y bien? —preguntó.

—Lo siento, pero no he encontrado ni a Gathercole ni a Sophie Bourlet —dije—. Tampoco he visto al vizconde Harry, ahí fuera. ¿Por casualidad sabe si ha vuelto a entrar?

—No sabría decirle —dijo Poirot sin precisar más, por lo que llegué a la conclusión de que se había quedado dormido poco después de que lo hubiera dejado allí.

Se dio la vuelta y miró la puerta cerrada que tenía detrás.

—¿Qué es ese ruido tan horrible que hace el señor Rolfe? Es digno de una pesadilla.

—Diría que ese estruendo significa que no es necesario que nadie monte guardia frente a su puerta. Si en algún momento dejara de respirar, dejaría también de roncar y lo sabríamos enseguida. Tendríamos tiempo de llegar en un santiamén y sorprender a su asesino con las manos en la masa.

Poirot se puso de pie y empujó la silla para apartarla del paso. Abrió la puerta y entró en el dormitorio de Rolfe.

—¿Qué hace? —susurré, alarmado—. ¡Salga de ahí!

—No, mejor entre usted también —respondió.

—No podemos meternos en el dormitorio de alguien que está...

—Ya estoy dentro. No se queje tanto y entre ya.

Lo seguí a regañadientes. Una vez dentro, cerró la puerta.

—Allí fuera, podría oírnos alguien —me dijo—. Al señor Rolfe no le importará que hablemos junto a su cama. No creo que tenga el sueño ligero.

—Poirot, simplemente no podemos...

—O sea que Gathercole y la enfermera Sophie se han esfumado. Interesante. Supongo que cabe la posibilidad de que sean amantes. A veces los amantes traman conspiraciones juntos...

—No, lo dudo mucho —dije con más firmeza de la que pretendía.

—¿Por qué? No sabe nada sobre ninguno de los dos.

—No digo que no puedan haber tramado algo juntos. Lo que quería decir es que no creo que sean amantes. No sabría decirle exactamente por qué, pero... ¿a veces no tiene presentimientos acerca de la gente? En cualquier caso, Sophie no puede apartarse de Joseph Scotcher.

—¿Por qué tendría que ser tan importante abrir la caja durante el funeral? ¿Qué cambiaría el hecho de que estuviera abierta o cerrada?

—Sólo se me ocurre un motivo: para que los asistentes al funeral puedan ver el cuerpo y comprobar que la persona está realmente muerta, o que se trata de la persona en cuestión y no ha sido suplantada. Si la caja está cerrada, eso no es posible.

—Quizá alguien haya dicho «Te daré tanto dinero si lo matas, pero necesito comprobar con mis propios ojos que está muerto» —dijo Poirot.

—Estoy seguro de que todo se aclarará cuando hable usted con lady Playford por la...

Me interrumpió un aullido agudo, procedente del piso inferior. Enseguida se convirtió en un grito desgarrador, a pleno pulmón. Era la voz de una mujer.

Fui corriendo hacia la puerta y la abrí enseguida.

—¡Abajo! —dijo Poirot, detrás de mí—. ¡Deprisa! No me espere, usted irá más rápido.

Eché a correr sin pensar, a punto estuve de tropezar y caer al suelo. Los alaridos cesaron unos instantes y luego se reanudaron. Era un sonido insoportable, parecía como si le estuvieran arrancando el corazón de cuajo a un animal. Durante la pausa entre los dos gritos, había oído exclamaciones de asombro y puertas que se abrían en el piso superior.

Una vez abajo, fui corriendo hacia la sala de estar y vi que estaba vacía. Luego me di cuenta de que los gritos sonaban más cercanos desde el rellano. Venía del otro lado de la casa.

Regresé corriendo al vestíbulo y vi a Poirot y a Dorro Playford bajando las escaleras a toda prisa. Oí cómo Poirot murmuraba «En el salón» mientras los dos se apresuraban hacia el comedor. Los seguí y enseguida localicé el origen de los gritos. Era Sophie Bourlet. Llevaba puesto el abrigo y el sombrero. No miraba hacia el comedor, sino hacia la estancia que quedaba delante. Asumí que ése debía de ser el salón en cuestión, la habitación en la que había tenido lugar la polémica conversación entre un hombre y una mujer sobre si debía abrirse o no la caja, a tenor de lo que nos había contado Orville Rolfe.

Sophie no paraba de llorar mientras chillaba, como si estuviera presenciando un horror inimaginable. Estaba fuera del salón, pero miraba hacia el interior. Yo no podía ver lo que estaba presenciando ella, pero a juzgar por su expresión y por el ruido que hacía me pareció que tenía que ser una visión horrenda.

Poirot no tardó en ponerse a su lado.

—*Mon Dieu* —murmuró mientras intentaba apartar a la enfermera del umbral—. No mire, mademoiselle. No mire.

—Pero... ¡es horrible! No comprendo por qué... Y además, ¿quién...? —Dorro miró a su alrededor—. ¡Harry! ¡Harry! ¿Dónde estás? ¡Ha ocurrido algo horrible en el salón!

Entonces fue cuando yo también llegué a la puerta y miré hacia dentro, incapaz de imaginar lo que iba a encontrar. Prefiero ahorrarle al lector los detalles escabrosos que requeriría una descripción exhaustiva. Bastará con decir que Joseph Scotcher estaba tendido en la alfombra junto a la silla de ruedas, con el cuerpo retorcido en una postura extraña. Estaba muerto, de eso no cabía duda; había sido asesinado de un modo atroz. Había un garrote de madera oscura junto a su cadáver, con un extremo lleno de sangre y de sesos desparramados. La alfombra estaba empapada de sangre y a Scotcher apenas le quedaba cabeza: poco más que la mandíbula inferior, que revelaba una boca retorcida en un gesto agónico.

Harry apareció detrás de mí.

—Ya estoy aquí, señorita —le dijo a Dorro—. ¿A qué diablos venían todos esos gritos?

—Exacto, diablos —dijo Poirot en voz baja—. Tiene toda la razón, vizconde Playford. Esto es obra de un diablo.

Enseguida me di cuenta de que ya estábamos todos allí. Cerca de mí se hallaban Claudia, Harry y lady Playford, con un salto de cama de seda amarilla. Tras ella, Randall Kimpton y, a su lado, Orville Rolfe. Era como si Kimpton intentara decir algo, tal vez para hacerse cargo de la situación, pero era imposible oír sus instrucciones entre tanto caos. Brigid, Hatton y Phyllis estaban también detrás de lady Playford. Al fondo de todo se encontraba Michael Gathercole. Me di cuenta de que él también llevaba el abrigo puesto. ¿Había estado con Sophie en el jardín todo ese tiempo? ¿Serían amantes?

Lady Playford se tapó la boca con la mano, pero la única que gritaba era Sophie.

—¡Joseph! —se lamentaba—. ¡Oh, no, no, mi querido Joseph! —Se liberó de las manos de Poirot, que la mantenían agarrada, y fue corriendo hacia el cuerpo de Scotcher para tenderse a su lado—. ¡No, no! ¡No es posible! ¡No es posible!

Lady Playford puso una mano sobre el brazo de Poirot.

—¿Es él, Poirot? —preguntó—. ¿Seguro que es él? La cabeza... quiero decir, ¿cómo podemos estar seguros?

—Es el señor Scotcher, madame —dijo Poirot—. Se le reconoce por la cara, lo que queda de ella, y por la delgadez del cuerpo. Nadie más en Lillieoak tiene una constitución tan delgada.

—¡Maldita sea! —gruñó lady Playford, aunque enseguida se disculpó—. Perdóneme, Poirot. No es culpa suya.

Randall Kimpton murmuró algo, aunque el principio no pude oírlo: «... de la cual una mano endemoniada había arrancado y robado la joya». De *La vida y muerte del rey Juan*, de Shakespeare, sin duda.

Busqué a Gathercole con la mirada. Estaba serio, pero mantenía la compostura, parecía casi tranquilo. Su estado no me pareció especialmente afligido.

—¡Lo ha matado ella! ¡Lo he visto!

Al oír aquellas palabras tan inesperadas, me di la vuelta hacia el salón. Sophie, que era quien había proferido la acusación, estaba arrodillada junto al cadáver de Scotcher, mirándonos con rabia.

Poirot dio un paso adelante.

—Mademoiselle, conteste la pregunta con mucha atención —dijo—. Es comprensible su angustia, pero debe decir la verdad y concentrarse por un momento en los hechos que puedan probarse. ¿Está diciendo que vio cómo asesinaban al señor Scotcher?

—¡He visto cómo lo hacía! ¡Ha sido ella! Tenía el garrote en la mano y... le ha golpeado la cabeza una y otra vez. ¡No paraba! Él se lo suplicaba, pero ella no paraba. ¡Lo ha asesinado!

—¿A quién se refiere, mademoiselle? ¿A quién está usted acusando de asesinato?

Poco a poco, Sophie Bourlet se puso de pie. Levantó un brazo tembloroso y señaló.

Segunda parte

Capítulo 13

Llegan los *gardai*

A la mañana siguiente, llegaron los verdaderos detectives de homicidios. Cuando digo «verdaderos», me refiero a los que tenían autorización para llevar a cabo arrestos en el condado de Cork, y no a los procedentes de Inglaterra —y, con pretensiones más pedantes, de Bélgica— que por casualidades de la vida rondaban cerca del asesinato como invitados de la casa.

En el Estado Libre Irlandés, a la policía se la conoce como Garda. Es la abreviación de Garda Síochána, que podría traducirse literalmente como «guardianes de la paz». Uno de los dos policías que el comisario mandó para que se encargaran de investigar la sospechosa muerte de Joseph Scotcher encajaba perfectamente en esa descripción. El sargento Daniel O'Dwyer, con la cara redonda como la esfera de un reloj y unas gafas que le quedaban torcidas sobre el puente de la nariz, contribuyó a la armonía de las relaciones accediendo a cualquier sugerencia. Parecía como si todo su repertorio se limitara a un asentimiento incondicional.

En todo caso, él era el oficial subalterno. El hombre que estaba al mando, el inspector Arthur Conree, era un tipo más complicado. De cincuenta y tantos años y con un corte de pelo fijado que asomaba sobre su frente como una gran roca gris, tenía la peculiar costumbre de presionar la parte inferior de la barbilla contra el pecho mientras escuchaba, y sólo la levantaba ligeramente para hablar.

Lo primero que hizo Conree nada más llegar a Lillieoak fue dar una pequeña conferencia que creo que intentaba ser una especie de introducción, aunque acabó siendo más bien una severa regañina.

—Yo no he pedido que me manden aquí —nos dijo—. Se me ha pedido que venga. «Tienes que ir tú, Arthur», me han dicho. «No encontraremos a nadie más adecuado que tú. Es un caso importante.» Por eso he hablado con mi esposa. Les aseguro que ni ella quería que yo viniera desde Clonakilty, ni a mí me apetecía aceptar este viaje y esta responsabilidad, teniendo en cuenta el montón de cosas de las que tengo que ocuparme al margen de esto.

—Entonces resulta extraño que haya acabado viniendo, inspector —apuntó Poirot con tono amable.

El sargento O'Dwyer asintió ante el comentario.

—Es extraño, sí. En eso tiene razón, señor Poirot.

El inspector no había terminado.

—Sin embargo, mi esposa me ha dicho: «Arthur, quieren que te encargues tú y, si eso es lo que quieren, por algún motivo debe de ser. Tenemos que asumirlo: ¿quién podría hacerlo mejor? ¡No encontrarán a nadie!». Como comprenderán, yo nunca he realizado ese tipo de afirmaciones sobre mí mismo, puesto que soy un hombre modesto. Simplemente reflejo la opinión de mi esposa. O sea, que se lo hemos explicado a nuestros tres hijos, que ya son mayores...

Acto seguido nos contó lo que ocurrió cuando los hijos del inspector Conree intervinieron en la disputa, todo con una extensión y solemnidad dignos del funeral de un rey. En resumen: a los hijos de Conree, igual que a la señora Conree, les preocupaba que el apreciado cabeza de familia pudiera sucumbir a la presión de tener que desempeñar su trabajo, pero todos convinieron en que sin su liderazgo experto, el caso no se resolvería ni se impartiría justicia.

—Así pues —concluyó Conree al cabo de un buen

rato—, aquí me tienen. Me quedaré hasta que este asunto tan desagradable se haya resuelto, y debo insistir en que todos los que se encuentran en la casa en estos momentos deberán permanecer aquí. ¡Si alguien tiene responsabilidades laborales, ya las puede ir cancelando! Se quedarán todos bajo este techo tanto tiempo como sea necesario. Insisto. Y aún debo insistir en otra cosa antes de continuar.

Levantó la mano derecha, formando una pistola con los dedos: el índice hacia arriba y el pulgar hacia atrás. Pronto descubriríamos que utilizaba aquel gesto para añadir énfasis a sus palabras.

—Debo insistir en que se ha acordado lo siguiente: yo estoy al cargo de la investigación. Seré yo quien asigne las tareas y las funciones. Yo y solamente yo.

El sargento O'Dwyer empezó a asentir más deprisa.

—Así, no ocurrirá nada de lo que yo no sea informado —prosiguió Conree—. Nada podrá ocurrir sin mi consentimiento expreso. Sin mi permiso, nadie llevará a cabo ninguna investigación basada en las ideas brillantes que pueda tener. —Cuando dijo «ideas brillantes» hizo un gesto de lo más extraño con las manos cerca de la cabeza: pareció como si intentara esparcir un confeti imaginario dentro de sus orejas—. Su reputación le precede, señor Poirot, y estaré encantado de ver cómo coopera en la resolución del asunto. Pero debe usted seguir mis instrucciones al pie de la letra. ¿Queda claro?

—Por supuesto, inspector.

Poirot presentó su cara más amable y obediente ante la provocación de Conree (lo llamo *provocación*, aunque también es posible que ésa fuera su manera natural de expresarse). Aquello me sorprendió. ¿Qué se proponía?

—Bien. Como ya he dicho, no tengo ningún interés especial en estar aquí. Si hubieran encontrado a otra persona capaz de encargarse de este caso tan desagradable... Pero por desgracia no había nadie más.

—¿Se me permite plantear una sola pregunta, inspector? —preguntó Poirot, cuyas palabras y gestos rezumaban una deferencia tan poco convincente que tuve que esforzarme para no echarme a reír ante su actuación—. ¿Sí? ¿Puedo? Gracias. Me gustaría saber si pretende empezar arrestando a mademoiselle Claudia Playford. Creo que ya le han informado de que la enfermera Sophie Bourlet...

El inspector rechazó las palabras de Poirot como si se tratara de un olor desagradable.

—No tengo intención alguna de arrestar a la hija del vizconde Guy Playford sólo porque una enfermera cualquiera haya proferido una disparatada acusación contra ella —dijo.

Poirot aceptó la respuesta a su pregunta sin más comentarios.

Conree no tardó nada en decirnos a todos lo que debíamos hacer. O'Dwyer se quedaría en Lillieoak y supervisaría a los *gardai* locales, que se disponían a peinar la casa en busca de huellas y de cualquier otro indicio que pudieran encontrar y sirviese de prueba. El forense también acudiría para echarle un vistazo al cuerpo de Scotcher.

Mi papel, puesto que yo también tenía que quedarme en Lillieoak, consistía en asegurarme de que la familia Playford y sus invitados no molestaran a la policía y, al mismo tiempo, de sonsacarles tanta información como fuera posible.

De repente me encontré asintiendo mientras me gritaban todas aquellas órdenes. Más tarde me pregunté cómo debía de haber sido el sargento Daniel O'Dwyer antes de su primer día de trabajo. Temí que a cualquiera que pasara tanto tiempo cerca de Conree pudiera contagiársele el gesto de asentir de forma compulsiva.

—Señor Poirot, usted y yo nos llevaremos a esa enfermera, esa tal Sophie, a la comisaría de la Garda de Ballygurteen, donde *usted* se encargará de interrogarla y hará todo lo posible para llegar al fondo de ese cuento de que ha visto a Claudia Playford golpeando a Scotcher en la cabeza con el garrote. Debemos descubrir qué hay detrás de ello.

—Tal vez detrás esté el hecho de que la enfermera Sophie haya dicho la verdad —afirmó Poirot con su expresión más inocente—. Al menos, debemos tener en cuenta esa posibilidad, aunque ella no pertenezca a la nobleza. Si me lo permite, inspector..., mademoiselle Claudia niega rotundamente ese cargo, tal y como haría tanto si fuera culpable como si fuera inocente, pero lo que me importa es el... ¿cómo se dice? Ah, sí: el *condimento* de su negación. No está asustada ni enfurecida. No muestra ni el más mínimo signo de confusión. Se limita a negarlo con una sonrisa traviesa: «No he sido yo». Habla como si estuviera segura de que saldrá de rositas, ¡y eso es lo que desconcierta! No creo que sea culpable de ese crimen. No, no lo creo. Tiene la seguridad para hacerlo, *bien sûr*, pero... —Poirot negó con la cabeza.

—No debemos especular de ese modo —dijo Conree con vehemencia—. No conseguiremos nada. Veamos qué tiene que decir la enfermera. Le permitiré que le haga las preguntas que considere usted pertinentes, Poirot. Yo me limitaré a escuchar.

O sea que no se permitían especulaciones, pensé con aire sombrío. Qué mala suerte, con la de cosas que había a las que dar vueltas. Tras señalar con un dedo tembloroso a Claudia, Sophie no había dicho ni una palabra más, y se había negado a repetir o retirar la acusación de asesinato. Sólo se la veía capaz de derramar lágrimas, y en grandes cantidades.

Si se me permite hacer un salto adelante en el tiempo, diré que Poirot regresó de la comisaría de la Garda de Ballygurteen bastante abatido.

—El inspector no ha preguntado nada de nada, Catchpool —me dijo más tarde, esa misma noche—. No ha contribuido en nada, he tenido que hacer todas las preguntas yo.

—¿Y no le ha parecido bien? —me atreví a decir—. Normalmente usted prefiere hacer todas las preguntas. Además, ya sabía de antemano que ése era el plan.

—No me ha importado tener que hacer las preguntas. Lo que me ha parecido mal es lo que ha sucedido luego, cuando Conree me ha dicho que la parte más importante consistía en escuchar. ¡Su parte! En ocasiones, las palabras no lo son todo, me ha dicho. ¡Menuda estupidez! ¡Las palabras son importantísimas! ¡No sabe reconocer la falta de lógica! ¿Qué se escucha, cuando no se escuchan las palabras? Si para uno es importante, ¡también ha de serlo para el otro! Además, ¡yo también tengo orejas! ¿Acaso cree que Hércules Poirot no escucha como es debido tan sólo porque de vez en cuando también hable?

—Vamos, Poirot.

—¿Qué quiere decir con ese «vamos»?

—Por muy exasperante y pomposo que sea, tendremos que aguantarlo, así que más vale que se calme. Aprenda a asentir, como O'Dwyer y como yo. Y ahora deje de quejarse y cuénteme lo que ha sucedido en Ballygurteen.

Poirot me dijo que había empezado el interrogatorio con una serie de preguntas inofensivas para que Sophie no se asustara:

—Mademoiselle, ¿cree que seguirá usted ejerciendo de secretaria particular de lady Playford?

Sophie lo había mirado con sorpresa al oír la pregunta.

—No..., no lo sé —había respondido, dubitativa.

La enfermera, Poirot y Conree se encontraban en una sala de pequeñas dimensiones y techo bajo, con unas ventanas que tintineaban cuando soplaba el viento. («Hemos experimentado la ilusión de estar dentro de un edificio y no a la intemperie, pero no era más que eso: una mera ilusión —se quejó Poirot más tarde—. Hacía el mismo tiempo fuera que dentro.»)

—Es sólo que me he dado cuenta de que ha estado realizando tareas... de despacho, como si fuera la secretaria de lady Playford. ¡Oh! Lo que quiero decir es que llevaba a cabo esas tareas antes de la muerte del señor Scotcher. Por supuesto, desde entonces usted no ha trabajado, ni se esperaba que lo hiciera.

Sophie respondió de un modo casi inaudible:

—Ya he comprendido lo que quería decir.

Había dejado de llorar en el mismo momento en el que el coche había salido en dirección a Ballygurteen, y desde entonces se había comportado como un fantasma atrapado entre los vivos, desprovista de esperanza y de vitalidad, resignada a su destino. Parecía como si hubiera dormido con la ropa puesta y llevaba el cabello despeinado en torno a la cara. Era la única persona de la casa cuyo aspecto exterior había quedado alterado de un modo radical.

—¿Hago bien en asumir que usted desempeñaba el trabajo para lady Playford que le correspondía hacer al señor Scotcher cuando la enfermedad de éste llegó a un punto avanzado? —le preguntó Poirot.

—Sí.

—¿Y a la vez se encargaba de cuidar al señor Scotcher? ¿Era usted enfermera y secretaria al mismo tiempo?

—Podía encargarme de ambas cosas, sí.

—¿Entonces lady Playford había hablado con usted para que siguiera siendo su secretaria?

—No. —Sophie pronunció la negativa casi medio minuto después de la pregunta, y al parecer le supuso un gran esfuerzo—. Ni lo hará. He acusado a su hija de asesinato.

—¿Mantiene usted la acusación que hizo contra mademoiselle Claudia?

—Sí.

—Por favor, describa exactamente lo que vio.

—¿Qué sentido tiene? Todos dirán que no lo vi, que no sucedió. Le dirán que debo de haber sido yo quien asesinó a Joseph. Incluso Athie lo dirá, porque es la madre de Claudia y, comparada con su hija, no soy nada para ella.

—De todos modos me gustaría oír su versión —le aseguró Poirot—. Si me lo permite, ¿cómo iba vestida Claudia?

—¿Cómo vestía? Llevaba... Iba en camisón y salto de cama. Usted también la vio, ¿no?

—Así es. Por eso se lo pregunto. La última vez que la vi antes de que usted empezara a gritar, debían de ser las nueve y veinte, o y veinticinco. A esas horas llevaba el mismo vestido verde que durante toda la velada. Sus gritos no nos reunieron a todos en el salón hasta las diez y diez. Por lo que Claudia había tenido tiempo de cambiarse, por supuesto. Tiempo de sobra. Sin embargo, el salto de cama que llevaba cuando bajamos todos al salón era blanco. Un blanco impoluto. No vi ni la más mínima mancha de sangre, ni siquiera una gota. Si una persona vestida de blanco ataca a alguien con un garrote, le golpea la cabeza y deja toda la alfombra ensangrentada, estoy seguro de que alguna mancha de sangre en la ropa se llevaría.

—No puedo explicar lo que no tiene sentido —dijo Sophie en voz baja—. Le he contado lo que vi.

—¿Vio si mademoiselle Claudia llevaba guantes?

—No. Llevaba las manos desnudas.

—¿Y de quién era el garrote?

—Era de Guy, el difunto esposo de lady Playford. Lo trajo como recuerdo a la vuelta de uno de sus viajes a África. Ya estaba en el armario del salón la primera vez que entré en Lillieoak.

—Retrocedamos —dijo Poirot—. Me gustaría saber qué ocurrió después de la cena. Empiece en el momento en el que se quedó sola con el señor Scotcher en el salón. Por favor, incluya todos los detalles que sea capaz de recordar. Debemos intentar reconstruir la secuencia completa de acontecimientos que tuvieron lugar.

—Joseph y yo estuvimos hablando. Nos resultó extraño encontrarnos a solas después de proponerme matrimonio en público. Estaba impaciente por saber qué respondería.

—¿Y le dijo usted que sí?

—Sí, acepté sin dudarlo. Pero luego Joseph quiso hablar acerca de la boda, los preparativos, y de cómo pronto podríamos hacer esto y aquello, y yo sólo podía pensar en el mal aspecto que tenía, en lo enfermo que parecía y lo débil que estaba. El asunto del testamento de Athie le había causado un gran impacto. Necesitaba descansar. Me di cuenta de que lo necesitaba incluso si no podía dormir. Le dije que lo comentaríamos al día siguiente, sin saber...

—Paró de hablar de pronto.

—¿Sin saber que no llegaría a vivir hasta el día siguiente? —sugirió Poirot con tono amable.

—Sí.

—¿O sea que usted lo convenció para que se retirara al dormitorio?

—Sí. Lo preparé todo para que pasara la noche y luego salí al jardín.

—¿Por qué motivo?

—Para alejarme de todo el mundo. Quería huir, lejos de Lillieoak: pero sólo para apartarme del dolor, no de Joseph. No lo habría abandonado jamás. Y, sin embargo, me resultaba insoportable.

—¿Se refiere a la enfermedad de Joseph?

—No —suspiró Sophie—. No importa.

—Mademoiselle, por favor, continúe —le pidió Poirot.

—Incluso si Joseph y yo hubiésemos llegado al altar, ¿después qué? La alegría no habría tardado en desaparecer. Era imposible que la felicidad durara mucho.

Desde su rincón de la habitación, parecía como si el inspector Conree estuviera intentando apretarse el nudo de la corbata con la parte inferior de la barbilla.

—Perdone la impertinencia, pero ¿lloró usted cuando estaba en el jardín? —le preguntó Poirot a Sophie—. Quiero decir en voz alta. ¿Podría haberla oído alguien?

Ella lo miró, sorprendida.

—No. Me limité a pasear.

—¿Se encontró con alguien más por el jardín?

—No.

—¿No habló con nadie?

—No.

—Yo también estaba en el jardín, con Catchpool. Estuvimos hablando mucho rato.

—No oí nada —dijo Sophie—. Sólo el susurro de las hojas y el viento.

—¿A qué hora salió fuera y a qué hora volvió a entrar en la casa? ¿Se acuerda?

—Salí no mucho después de que todos se marcharan del comedor. Todos menos Joseph y yo, claro. No sé qué hora era, lo siento.

—Eran las ocho menos cinco —le dijo Poirot.

—Entonces Joseph y yo debimos de salir de la habitación más o menos a las ocho y diez. Lo ayudé a prepararse para acostarse durante unos quince o veinte minutos más y luego salí fuera. Debían de ser más o menos las ocho y media cuando salí.

—Entonces salió usted de la casa cuando Catchpool y yo regresábamos de nuestro paseo por el jardín. No la vimos.

—No estaba pendiente del tiempo. Tal vez fue cinco minutos antes, o después.

—¿Y a qué hora regresó a la casa?

Sophie reaccionó airada.

—¿Por qué me hace preguntas si ya sabe las respuestas? Todos me oyeron chillar. Vinieron corriendo.

—Pero no sé cuánto tiempo llevaba dentro de la casa cuando chilló, mademoiselle. Empezó a chillar a las diez y diez, que yo sepa.

—No debía de hacer ni cinco minutos que había vuelto del jardín cuando oí unos gritos. En el piso de arriba no los oyó nadie, pero yo sí, con claridad, en cuanto hube cerrado la puerta trasera y se acalló el sonido del viento. Oí cómo Joseph gritaba para intentar salvar la vida.

—¿Qué dijo exactamente? —preguntó Poirot.

—¡Me resulta insoportable pensar en ello! Pero debo hacerlo, ya lo sé. Dijo: «¡Para, para! ¡Por favor, Claudia! No tienes que...». Él sabía que lo mataría. Debería haberme lanzado sobre ella en cuanto vi que tenía el garrote en la mano, pero no me pareció posible... Y luego, ¡quedé conmocionada! Me quedé paralizada, monsieur Poirot. Joseph está muerto por mi culpa. Si me hubiera lanzado encima de Claudia, tal vez habría podido detenerla. Podría haberle salvado la vida.

—¿Sólo oyó hablar a monsieur Scotcher? ¿Claudia Playford no dijo nada?

Sophie frunció el ceño. Luego abrió mucho los ojos, de repente.

—¡Sí! Sí, ella mencionó a una mujer llamada Iris. «Esto es lo que debería haber hecho Iris» o algo así. Lo dijo mientras atacaba a Joseph.

—Por favor, sea tan precisa como pueda —le pidió Poirot—. Es importante saber con exactitud qué palabras dijo.

—«Esto es lo que debería haber hecho Iris.» De esa parte estoy segura. Y luego, creo que dijo: «Pero era demasiado débil, te dejó vivir y fuiste tú quien la mató a ella». O quizá fue «y ella dejó que la mataras». Yo estaba paralizada. Lo único que pude hacer fue gritar y gritar. No...

—A Sophie se le quebró la voz—. No intenté salvarle la vida a Joseph.

—¿Quién es Iris?

—No tengo ni idea. Joseph nunca la mencionó en mi presencia.

—Pero Claudia Playford cree que él la mató —dijo Poirot.

—Joseph no le haría daño ni a una mosca. Claudia es un demonio.

—¿Por qué pasó tanto rato en el jardín en una noche tan fría?

—Estaba demasiado avergonzada para regresar a la casa. No era yo misma. La Sophie competente, la Sophie fuerte, como todos me ven. Siempre dispuesta a cuidar de Joseph, de lady Playford y de todo el mundo. Necesitaba un respiro y dejar de ser durante un rato aquella persona que todos confunden conmigo.

—Lo comprendo —dijo Poirot—. ¿Y qué hizo Claudia Playford en cuanto hubo terminado de golpear al señor Scotcher en la cabeza?

—Dejó caer el garrote sobre el suelo y salió corriendo de la habitación.

El inspector Conree levantó la barbilla antes de hablar:

—Claudia Playford y Randall Kimpton cuentan una versión diferente. Dicen que estuvieron juntos en la habitación del doctor Kimpton desde que salieron del dormitorio de Orville Rolfe hasta que usted empezó a chillar en la planta baja.

—Entonces le han contado una mentira —se limitó a responder Sophie.

Capítulo 14

Las dos listas de lady Playford

Mientras Poirot y el inspector Conree interrogaban a Sophie Bourlet en Ballygurteen, el sargento O'Dwyer y yo estuvimos en el estudio de lady Playford, en Lillieoak. Desde la muerte de Scotcher, ella no había querido bajar del primer piso. Me di cuenta de que la bandeja del almuerzo que estaba sobre el escritorio seguía intacta, y su rostro parecía considerablemente más delgado, aunque no habían pasado ni veinticuatro horas desde la tragedia.

—Salí del comedor y fui directa a mi dormitorio —le contó al sargento O'Dwyer.

Su actitud sugería que esa pregunta y cualquiera de las que pudiéramos hacerle a continuación no eran más que molestias. Tuve la clara impresión de que intentaba resolver algo por su cuenta y que consideraba que las intervenciones ajenas no eran más que un estorbo.

—No cené —prosiguió—. Lo descubrirían de todos modos, o sea que prefiero que lo sepan por mí. El señor Catchpool seguramente ya se lo ha contado.

Le indiqué con un gesto que no había sido así.

—Mi nuera, Dorro, hizo un comentario que me disgustó. No piense mal de ella. Es buena chica, es sólo que se preocupa demasiado por las cosas, nada más. En esta casa no hay nadie desagradable o malvado, sargento. Incluso mi hija, Claudia, aunque a veces tenga la lengua igual de afilada que de envenenada... —Lady Playford enderezó la espalda como preparación para lo que estaba a punto de decir—. Claudia tiene de asesina lo que yo tengo de pirata de alta mar. Es absurdo.

—Así pues, ¿considera usted que Sophie Bourlet miente? —dije.

—No —respondió lady Playford—. Sophie no mentiría para acusar a alguien de asesinato. Tiene buen corazón.

—¿Entonces...?

—¡No lo sé! ¡Créanme, me doy cuenta de cuál es el problema! Insisto en dos cosas: en que mi hija no es una asesina y en que Sophie Bourlet no proferiría una acusación falsa de asesinato; y esas dos cosas son irreconciliables.

—Si es tan amable de permitirme que se lo pregunte, excelencia —el sargento O'Dwyer al parecer introducía todas sus preguntas con esas palabras—, regresó a su dormitorio y ¿volvió a salir o se quedó dentro? ¿Qué hizo, a continuación?

—Me quedé en mi habitación, sola, hasta que oí los gritos lejanos de Sophie y los correteos por el rellano. Hasta entonces el único que me había molestado fue el señor Catchpool, cuando llamó a la puerta para comprobar que no me había sucedido nada malo.

—Poirot me pidió que me asegurara de que todo estaba en orden —le expliqué a O'Dwyer—. Concluí que todos estaban bien excepto Sophie Bourlet y Michael Gathercole, puesto que no pude encontrarlos por ninguna parte, y Joseph Scotcher y Orville Rolfe, que se hallaban en sus respectivos dormitorios, pero indispuestos.

—Si es tan amable de permitirme que se lo pregunte, excelencia, Scotcher se estaba muriendo a causa de la enfermedad de Bright, una dolencia renal, ¿es correcto?

—Así es.

—Y el comentario de su nuera que tanto la disgustó. Me gustaría saber cuál fue, si no le importa.

—Dijo que yo me engañaba pensando que Joseph Scotcher era mi hijo Nicholas, quien murió siendo un niño. Dijo que Nicholas estaba «muerto y criando malvas». Y por supuesto, es cierto. Lo sé perfectamente. Lo que me disgustó no fue esa realidad tan desagradable, la acepté hace ya muchos años, sino que Dorro me dijera algo así.

—No tardó en arrepentirse —dije, sin poder evitarlo—. Al cabo de un rato estaba derrotada en la sala de estar, deseando poder retirar lo dicho.

—Sí —dijo lady Playford con aire pensativo—. No deberíamos usar las palabras de cualquier manera. Ni siquiera con espontaneidad. En cuanto las soltamos, ya no hay vuelta atrás. He sido infeliz en muchas ocasiones, pero nunca he utilizado una o varias palabras sin elegir antes con cuidado lo que quería decir.

—En eso estaríamos de acuerdo —dijo O'Dwyer—. Si alguien tiene talento para elegir las palabras justas, es usted, excelencia.

—Y sin embargo, gracias a mí el pobre Joseph está muerto. —Unas lágrimas empezaron a brillar en sus ojos.

—No se culpe de lo sucedido —le dije.

—En ese punto el inspector Catchpool y yo coincidimos —dijo O'Dwyer—. El único culpable de la defunción del señor Scotcher es quien le golpeó la cabeza con el garrote.

—Son muy amables por intentarlo, caballeros, pero jamás me convencerán de que no ha sido culpa mía. Cambié mi testamento con la clara intención de provocar. Preparé un espectáculo melodramático para anunciarlo durante la cena.

—Pero no esperaba que asesinaran a Joseph Scotcher unas horas después —dije.

—No. De haber pensado en esa posibilidad, habría descartado la idea de inmediato. ¿Quieren saber por qué? Porque las únicas personas con motivos razonables para cometer ese asesinato son justo las que jamás lo perpetrarían. Mi hijo Harry, ¡impensable! Y en cuanto a mi hija,

Claudia... Tal vez no lo crea, Edward, no le importa que le llame Edward, ¿verdad?, pero la psicología se equivoca por completo. No puede haber sido Claudia.

—¿Cómo puede estar tan segura de ello?

—Un asesinato violento es el último recurso para quien ha albergado una ira apasionada o un resentimiento candente durante demasiado tiempo, ¡durante toda la vida!, y sin posibilidad de escapatoria —dijo lady Playford—. Al final, el corcho sale disparado. ¡El cristal estalla en pedazos! La ira que se ha ido cociendo a fuego lento en la mente de mi hija desde la infancia, aun sin causa discernible, ha tenido un público considerable en el día a día. Lejos de reprimirla durante toda la vida, se ha dedicado a propagarla a lo largo y ancho, ante cualquiera que se cruzara en su camino. Desprende amargura mientras va pisando fuerte por la casa, sintiéndose agraviada, y se desahoga sin tapujos. Estoy segura de que ya lo habrá notado, Edward.

—Bueno...

—Es usted demasiado educado para reconocerlo abiertamente. Claudia podría devastar un ejército entero con sólo abrir la boca y decir lo que piensa. Para que agarrara un garrote y le reventara la cabeza a un hombre... primero tendrían que haberle fallado las palabras. Y le aseguro que eso no ha sucedido.

—¿Y Dorro? —pregunté.

—¿Me está preguntando si Dorro podría haber asesinado a Joseph? ¡Qué idea tan ridícula! Se puso furiosa ante la perspectiva de no heredar nada, pero Dorro es una mujer temerosa. Y lo más importante: es pesimista. No podría cometer un asesinato sin estar segura de que la descubrirían, la encarcelarían y la ejecutarían, y ese trío de infaustas consecuencias la disuadiría. Y además, ¿por qué tendría que fingir Sophie que vio a Claudia cometiendo el asesinato en caso de haber visto a Dorro?

—¿Y el prometido de su hija? ¿Randall Kimpton? —pregunté.

Lady Playford pareció sorprendida.

—¿Por qué podría haber querido asesinar a Joseph? El único motivo que se me ocurre sería el dinero, y Randall ya posee una gran fortuna.

Estaba muy bien la insistencia de que éste, aquél y el otro no podían haber asesinado a Scotcher, pero alguien lo había hecho. De eso no había duda.

—¿De quién sospecha? —pregunté.

—De nadie. *Sospechar* implica una convicción, y yo no tengo ninguna. Tengo dos listas en la cabeza, eso es todo.

—¿Dos listas?

—La de los que son inocentes sin lugar a dudas y la del resto.

—Cuando usted dice «sin lugar a dudas»...

—A partir de lo que sé sobre el carácter de cada uno de ellos.

—¿Podríamos oír esas dos listas, excelencia? —preguntó O'Dwyer.

—Como quieran. Los inocentes son Harry, Claudia, Dorro, Michael Gathercole y Sophie Bourlet. Los otros son, ya me perdonará, Edward Catchpool, Hércules Poirot...

—¿Perdone? ¿Poirot y yo estamos en su lista de asesinos potenciales?

—Confío en que ninguno de ustedes dos asesinó a Joseph; pero saberlo, no lo sé —dijo lady Playford con impaciencia—. No puedo afirmar que usted o Poirot jamás cometerían un asesinato. Si esto le hace sentir mejor, tampoco podría decirlo de mí misma. En según qué circunstancias... Por ejemplo, si supiera quién mató a Joseph, quizá buscaría el cuchillo más largo y afilado de la casa y se lo clavaría. ¡Y con mucho gusto, además!

Alguien llamó a la puerta.

—No quiero hablar con nadie más —se apresuró a decir lady Playford, como si el hecho de hablar conmigo y con el sargento O'Dwyer ya supusiera un sacrificio para ella—. Les agradecería que alguno de ustedes se encargara de evitarlo, sea quien sea.

Era Hatton, el mayordomo. Parecía como si la situación de crisis en Lillieoak le hubiera restituido la capacidad de hablar cuando era necesario.

—Traigo un mensaje de monsieur Poirot para usted, señor Catchpool —me susurró con eficiencia, inclinándose hacia mí para dirigir las palabras directamente a mi oído—. Ha llamado por teléfono. Quiere que averigüe si alguien conoce a una mujer llamada Iris.

Me pregunté si el inspector Conree compartía ese deseo de Poirot.

—Hatton, Brigid, Orville Rolfe y Randall Kimpton podrían haberlo hecho en determinadas circunstancias, aunque jamás por dinero —prosiguió lady Playford cuando el mayordomo se hubo marchado de nuevo—. Todos están en mi lista de posibles asesinos. Quien plantea el problema más grave es Phyllis: adoraba a Joseph, estaba prendada de él. No creo que hubiera podido hacerle daño, pero tiene pocas luces, y no cuesta mucho convencer a alguien así para que cometa una atrocidad.

—Si me lo permite, me gustaría que respondiera una pregunta más, excelencia —dijo O'Dwyer—. Es acerca de su testamento nuevo.

—Ya me lo imaginaba.

—¿Por qué decidió cambiarlo como lo hizo, sabiendo que el señor Scotcher estaba a las puertas de la muerte? ¿No creía que iba a morir antes que usted?

—Ya he respondido a esa pregunta —dijo lady Playford con aire cansado—. Y no me apetece repetirla una vez más. Edward se la podrá contestar.

Asentí, recordando su impresionante actuación en el comedor. La psicología afecta a la salud física, y por consiguiente Scotcher tal vez viviría más tiempo si sabía que algún día podía llegar a heredar una fortuna. La explicación no me había convencido, y en esos momentos tampoco me había persuadido lo más mínimo.

—Me pregunto si le importaría contarnos algo acerca del testamento de su difunto esposo, lady Playford —dije, titubeante. Temía que me respondiera a gritos, instándome a atenerme al asunto que nos ocupaba.

—¿Guy? Ah, por lo que mencionó Dorro durante la cena, ¿verdad? No, no me importa en absoluto. No fue una decisión sencilla, pero mi esposo y yo sabíamos que era la correcta. Ya ha visto cómo es Harry. Si Lillieoak y el resto de posesiones de Guy hubiera pasado a sus manos, como reza la costumbre, no habría sido él quien hubiera tomado las decisiones y dirigido las cosas, sino Dorro, y...

Lady Playford se quedó callada de golpe. Emitió un sonido de impaciencia antes de continuar.

—Creo que será mejor terminar, ya he hablado suficiente. Me da igual lo que puedan ustedes pensar de mí. Aprecio bastante a Dorro, pero no confío en ella. Claudia tampoco, y al fin y al cabo Lillieoak es su casa igual que lo es para Harry. La verdad es que el hecho de que las cosas siempre se hayan hecho de un modo determinado no significa que deban seguir haciéndose de esa manera. Soy la viuda de Guy; la verdad es que no sé por qué debería quedar a un lado, y lo mismo en el caso de Claudia. ¿Por qué debería marcharme de esta casa que tanto quiero y dejar que Dorro ocupe mi lugar? Además, Harry y Claudia reciben unas asignaciones más que generosas que cubren todas sus necesidades, me da igual lo que piense Dorro. Y Guy estuvo de acuerdo —añadió como colofón.

Me alegré de las pocas posibilidades que tenía de que ese tipo de problemas llegara a afectarme algún día.

—¿Conoce a una mujer llamada Iris? —le pregunté a lady Playford.

—¿Iris? No. ¿A quién se refiere?

Ojalá lo supiera.

—No. No conozco a ninguna Iris.

Su negativa sonó convincente. De todos modos, no pude evitar pensar que si alguien podía contar una mentira capaz de engañar al mundo entero, ésa era sin duda alguna Athelinda Playford.

Capítulo 15

Ver, escuchar y mirar

Mientras el sargento O'Dwyer deliberaba con el forense y organizaba a los *gardai* locales encargados de registrar Lillieoak, yo fui a buscar a Gathercole. Quería hablar con él en privado y supuse que no me perdería nada importante si dejaba a O'Dwyer solo durante un rato. Orville Rolfe era el siguiente nombre en la lista del oficial de la Garda y, desde mi punto de vista, era la única persona que no podría haber matado a Joseph Scotcher. Entre el momento en el que yo había llamado a la puerta de un Scotcher todavía vivo, y cuando llamé a la puerta de Rolfe y lo encontré indispuesto, no había manera posible de que este último hubiera podido bajar por las escaleras sin cruzarse conmigo. Y aun si lo hubiese hecho, yo lo habría visto con toda seguridad.

No, él no había sido. Y después de eso, o Poirot o yo habíamos estado con él. Cuando menos, lo habíamos confinado a su habitación con la silla que yo mismo había colocado frente a la puerta de su dormitorio hasta que Sophie empezó a chillar. Aquello parecía excluir de forma definitiva a Orville Rolfe.

Registré la casa en busca de Gathercole pero no conseguí encontrarlo y decidí salir a pasear por los jardines. Cuando llevaba unos diez minutos andando sin rumbo fijo, lo vi a lo lejos. Estaba contemplando una hilera de rosales con las manos en los bolsillos. Me acerqué a él poco a poco, para no asustarlo.

Levantó la vista y casi me sonrió, aunque luego se volvió enseguida para mirar hacia la casa. ¿Se fijó en alguna ventana en especial, o lanzó una mirada general? No habría sabido decirlo.

Se quedó contemplando el edificio durante unos segundos antes de volverse hacia mí de nuevo. En ese momento me pasó por la cabeza una idea interesante, nada más ver a Gathercole.

—¿Se encuentra bien? —me preguntó.

—¿Le importa si pongo a prueba una idea con usted? —pregunté—. Se me acaba de ocurrir y difícilmente podré pensar en nada más hasta que la haya comentado con alguien.

—En absoluto, adelante.

—Cuando ha mirado usted hacia la casa, hace un momento, me he acordado de algo que ha dicho lady Playford mientras el sargento O'Dwyer y yo hablábamos con ella.

—Dígame.

—Ha sido una pregunta: ¿por qué tendría que fingir Sophie Bourlet que vio cómo Claudia Playford asesinaba a Scotcher, si en realidad hubiera visto a Dorro?

—¿Dorro? No le entiendo. ¿Insinúa que Dorro...?

—No. Al contrario —le aseguré—. Lady Playford nos estaba contando que Dorro está en su lista de las personas a las que considera inocentes sin lugar a dudas. Para apoyar el argumento, ha planteado esta pregunta: ¿por qué iba Sophie a afirmar que había visto cómo Claudia aporreaba a Scotcher, si en realidad hubiera visto a Dorro? Lady Playford lo ha preguntado como si la respuesta fuera obvia, hasta el punto de no requerir su enunciación: «¡Es evidente que no la vio a ella!». Eso es lo que se suponía que teníamos que pensar el sargento O'Dwyer y yo. Y de hecho, eso es lo que yo creía. Hasta hace un instante.

—¿Y qué piensa usted ahora? —preguntó Gathercole.

—¿Le importa si paseamos? —sugerí.

Él se encogió de hombros, pero me siguió en cuanto empecé a moverme.

Decidí que no había nada malo en compartir mis ideas con él. Tal vez incluso le contaría a Poirot que lo había hecho.

—Asumamos que Sophie vio cómo *alguien*, no sabemos quién, levantaba el garrote y descargaba uno, dos, tres golpes, tal vez más, sobre la cabeza del pobre Scotcher. Quedó tan horrorizada por lo que acababa de presenciar que no pudo más que chillar, de manera que todos bajamos por las escaleras para ver qué ocurría.

—Según ella, eso es lo que sucedió —convino Gathercole mientras caminábamos entre dos hileras de limeros.

—Imagine el horror que supone presenciar algo semejante cuando la víctima es, además, la persona amada. Cualquiera se echaría a gritar sin control.

—Por supuesto.

—Imagine también lo siguiente: en ese estado de conmoción, provoca un escándalo espectacular. No puede evitarlo. Enseguida oye pasos y gritos de «¿Qué demonios es eso?». Pronto habrá atraído a todo el mundo y tendrá que explicar que ha sido testigo de un asesinato... ¡y entonces es cuando se da cuenta!

—¿De qué?

—De que no puede nombrar como asesino a la persona a la que vio aporreando a Scotcher hasta la muerte —comenté—. De que es alguien a quien desea proteger, da igual el crimen que haya podido cometer. ¿Qué haría, entonces? Podría decir la verdad en la medida de lo posible y sustituir el nombre del criminal por el de alguien que le cae mal y que, además, le parece prescindible. Como Claudia Playford. ¡Ésa es la idea genial que se me ha ocurrido cuando he visto cómo usted contemplaba la ventana del estudio de lady Playford! Lo he visto. No tiene sentido que me diga que no estaba mirando, porque sé que lo hacía.

¿Y por qué lo había hecho?, me pregunté. ¿Quería asegurarse de que lady Playford no miraba antes de embarcarse en una conversación conmigo?

—Del mismo modo, todos oímos que Sophie Bourlet había sido testigo del asesinato de Joseph Scotcher —proseguí—. Gritó porque no pudo evitarlo, pero una vez que lo hizo no podía fingir que no había visto cómo alguien mataba a Scotcher. ¡Estaba allí, petrificada junto a la puerta, frente al cadáver! Y si no estaba dispuesta a nombrar al verdadero culpable, si decidía mentir y afirmar que había sido Claudia..., bueno, en ese caso podría haber sido cualquiera. Y la respuesta a la pregunta de lady Playford, ¿por qué acusar a Claudia si vio que había sido Dorro?, es de lo más simple: porque Sophie quería ahorrarle la horca al verdadero asesino.

Gathercole se detuvo de repente.

—¿Me permite que señale un error en su razonamiento?

—Por favor.

—Si Sophie quisiera proteger al asesino de Scotcher, no tenía ningún motivo para admitir que había presenciado el asesinato. Podría haber justificado sus chillidos por el simple hecho de haber descubierto el cadáver apaleado del hombre al que amaba. Todos lo habríamos aceptado sin discusión.

—En efecto. Pero es posible que, en el estado de conmoción y angustia extremas en el que se encontraba, no se le ocurriera.

—Tal vez no —admitió Gathercole, aunque con poco entusiasmo.

—¿Bajó usted por las escaleras? —le pregunté en cuanto empezamos a caminar de nuevo.

—¿Perdone?

—Cuando Sophie comenzó a chillar. ¿Bajó usted por las escaleras como todos los demás? De repente lo vi allí, pero recuerdo que iba usted vestido como si hubiera estado fuera. Y antes de eso me había resultado imposible encontrarle.

—Había salido. Fui a dar un paseo hasta el río, el agua me relaja. Y tal como había transcurrido la velada hasta el momento, me pareció conveniente.

—Si no le importa que se lo pregunte, ¿dónde estaba usted cuando oyó los chillidos de Sophie?

—En la puerta principal. Había vuelto a la casa apenas unos segundos antes. Me dirigí hacia el lugar del que me pareció que procedían los gritos y los encontré a todos allí. Creo que fui el último en llegar.

Nervioso por lo que tenía que decir a continuación, hice lo posible para que la frase sonara despreocupada.

—Veamos, ¿le importa si le pregunto algo más? La idea lleva rondándome la cabeza desde que nos sentamos a la mesa para cenar.

—¿Qué le gustaría saber?

—Cuando lady Playford se marchó del comedor, hubo un instante en el que usted parecía..., bueno, fuera de sí. Absolutamente desolado. Era como si algo le hubiera disgustado o enfurecido. Tan sólo me preguntaba...

—Estaba preocupado por lady Playford —dijo Gathercole—. Se marchó a su habitación en respuesta a la crueldad de Dorro. Lo que dijo fue imperdonable.

No me lo creí. Su voz había cambiado, había perdido cierta naturalidad.

—¿Imperdonable? Dorro se arrepintió de haberlo dicho poco después, ¿sabe? Ella también sufrió una conmoción y estaba asustada por su futuro y por el de Harry.

—Sí —dijo Gathercole con brusquedad—. Tal vez la he juzgado con demasiada dureza.

Escondía algo importante. Cuanto más rápido andaba y más tiempo mantenía la mirada apartada de mí, más seguro estaba de ello.

Decidí arriesgarme.

—Oiga, trabajo para Scotland Yard. Mi cometido, sea cual sea el delito, consiste en sospechar de todo el mundo. Siendo así, soy culpable de negligencia: sospecho de todo el mundo menos de usted.

—Entonces es usted un necio —dijo—. No me conoce de nada.

—Yo creo que sí. Y también creo que esconde algo. Algo relacionado con la expresión desesperada que observé en su rostro en el comedor...

—¡Expresión desesperada! Es usted demasiado fantasioso. Por favor, ¿podríamos cambiar de tema?

Decidí que no era una mala idea, puesto que tampoco estábamos llegando a ninguna parte.

—¿Conoce usted a una mujer llamada Iris? ¿Le suena ese nombre? —le pregunté.

Se sacó un pañuelo del bolsillo y lo utilizó para secarse la cara.

—No —dijo—. No sé quién es.

Capítulo 16

Con el ánimo por el suelo

Era un verdadero fastidio tener que preguntarle a todo el mundo acerca de esa tal Iris, como me había pedido Poirot, sobre todo sin saber quién era o por qué le parecía tan importante. Cuando el sargento O'Dwyer y yo nos sentamos con Harry y Dorro Playford en la biblioteca, decidí empezar quitándome ese asunto de encima.

—Iris es un nombre bonito —dijo Harry Playford—. Pero creo que no conozco a nadie que se llame así. ¿Tú sí, Dorro? Aunque, ¡un momento! ¿Y la señora que confeccionó aquel sombrero para mi madre? Ya sabes, el del lazo rosa. Tenía un pequeño terrier blanco... Lo llamaba *Príncipe*, ¿no? Era muy escandaloso.

Harry se comportaba de un modo relajado y jovial. El asesinato que se había cometido en su casa no le había afectado lo más mínimo. No sé si temía caer bajo sospecha o si estaba apenado por la defunción de Joseph Scotcher, pero en cualquier caso no demostraba ninguna de las dos cosas.

Su esposa, en cambio, se retorcía como un ratoncillo asustado. Era incapaz de mantener la mirada fija. Con sólo verla, ya me mareaba.

—La señora que le hizo el sombrero se llamaba Agnes —dijo Dorro—. ¿Se refería usted a Agnes, señor Catchpool? ¿O es una Iris la que le interesa? ¿Quién es? No se me ocurre nadie con ese nombre. ¿Athie ha hablado sobre una tal Iris? ¿Es alguien a quien conocía Joseph Scotcher?

—Me temo que sé tan poco como ustedes —le dije.

Era cierto que Agnes sonaba parecido a Iris. ¿Podía ser que Hatton no hubiera oído bien a Poirot, o que le hubiera ocurrido eso mismo a Poirot con otra persona? Lo más seguro era asumir que no.

—Pero el perro se llamaba *Príncipe*, ¿no? —dijo Harry—. ¿O era *Duque*?

En vez de responder a su marido, Dorro me lanzó una verdadera estampida de preguntas a mí.

—¿Es cierto lo que dijo Sophie, que vio cómo Claudia mataba a Joseph Scotcher? Debo decir que no veo a Claudia capaz de hacer algo así, en absoluto. Si tuviera que matar a alguien, no lo haría en un lugar en el que pudiese entrar cualquiera por casualidad y sorprenderla con las manos en la masa. ¿Verdad, Harry?

—¿Verdad qué, cariño?

—¡Que Claudia es inocente! ¡Que Sophie tiene que estar mintiendo!

—Que yo sepa, Sophie no dice mentiras —dijo Harry, pensativo—. Y mi hermana tampoco ha matado a ningún hombre, que yo sepa. Ninguna de las dos cosas encaja con ellas —concluyó.

—Hay algo que al parecer no se le ha ocurrido a nadie excepto a mí —dijo Dorro.

—Cuéntenos —dije.

—Si acaban colgando a Claudia por asesinato, entonces Harry heredaría todo el patrimonio de Athie. ¡En ese caso, me temo que lo más probable es que sufra un accidente! Se convertiría en el próximo objetivo del asesino. Caballeros, ¿de verdad no se dan cuenta de lo que está ocurriendo?

O'Dwyer abrió la boca para responder, pero lo interrumpió el balbuceo de Dorro, que se volvió todavía más frenético.

—Joseph Scotcher iba a ser el único beneficiario, ¡pero lo asesinaron pocas horas después de que Athie cambiara el testamento a su favor! Lo siguiente que sabemos es que a Claudia, de entre todas las personas posibles, la han sorprendido con las manos en la masa, aporreando a Scotcher hasta la muerte. ¡Eso equivale a intentar asesinarla en la horca! Y si lo consiguen, ¿quién quedará? ¡Harry! No tengo ninguna duda de que el asesino encontrará enseguida la manera de deshacerse de él. Y lo que me gustaría saber es por qué no investigan quién heredaría los bienes si además de Joseph Scotcher murieran también Claudia y Harry.

—Cálmate, cariño. —Harry parecía aturdido.

—Pregúnteselo a Michael Gathercole, a ver qué opina. —Dorro parecía cualquier cosa menos dispuesta a calmarse—. Ese tipo no me gusta nada. No me sorprendería que él fuera el siguiente en la sucesión de herederos. Athie lo aprecia mucho, aunque no comprendo por qué. En cualquier caso, así es como encontrarán ustedes al asesino. No me sorprendería si acabara siendo Gathercole, o el gordo de Orville Rolfe. Los gordos demuestran la misma codicia con el dinero que con la comida, la mayor parte de las veces. Seguro que fue uno de esos dos abogados quien lo hizo, y ustedes deben demostrarlo. Yo no puedo hacerlo, ¿de qué recursos dispongo? Mientras tanto, Claudia debería ser considerada inocente. En cuanto el asesino se dé cuenta de que no queda nadie más que Harry entre él y una inmensa fortuna... —Dorro se tapó la cara con las manos y rompió a llorar, lo que por fin nos concedió un respiro de su interminable parloteo.

La determinación que mostró por mantener a Claudia con vida para proteger a Harry significaba, por supuesto, que proclamaría la inocencia de Claudia tanto si creía en ella como si no. Me pareció que su teoría dejaba mucho que desear. Yo no aspiraba a convertirme en asesino, pero en caso contrario sin duda alguna habría ido antes a por Harry que a por Claudia. Ella parecía mucho más despierta que su hermano, mientras que era fácil imaginar que si alguien se acercara a él diciendo: «¿Le importa que lo asesine, amigo?», sería recibido con una carcajada de admiración.

Harry puso una mano sobre el brazo de su mujer.

—Recordar al viejo *Príncipe* me ha hecho pensar algo —dijo—. ¿No te parece que estaría muy bien tener un perrito corriendo por casa? Yo creo que sí.

Dorro lo apartó con un gesto resentido.

—¿Dónde estaban ustedes la noche en la que asesinaron a Scotcher? —pregunté—. Quiero decir, entre el momento en el que salimos del comedor y cuando encontramos su cuerpo.

—¡Estábamos con usted! —respondió Dorro, indignada.

—No todo el tiempo —le recordé.

—Veamos —dijo Harry—. Bueno, primero mi madre nos dejó a todos conmocionados con esa noticia que nadie acertó a comprender del todo. Luego hubo un cierto escándalo, como era de esperar, y a continuación Scotcher acabó de descolocarnos pidiéndole a Sophie que se casara con él. ¡Eso sí que fue inesperado! Al tipo no le quedan más que unos meses de vida y se le ocurre buscarse una esposa. Eso es amor, supongo.

—¿Unos meses? —pregunté—. Yo había oído que era cuestión de semanas.

—Puede que tenga usted razón —dijo Harry—. Nunca se sabe, con una enfermedad como ésa.

—¿Podría describirme ese escándalo, vizconde Playford? —preguntó O'Dwyer.

—Tal vez... déjeme ver... Scotcher se quedó muy abatido.

—Fingía que lo estaba —dijo Dorro—. ¿Quiere saber por qué se esforzaba siempre tanto en fingir una gran preocupación por el bienestar de los demás? Por egoísmo. Athie no se daba cuenta, ¡pero yo sí!

—Vamos, cariño. No estoy seguro de que...

—Yo lo veía, Harry. ¡Y tú eres mi marido, deberías creerme! Joseph Scotcher era el tipo más astuto que he conocido. Lo tenía todo planeado, ¿saben? Fingía no querer nada para que la gente se lo diera todo. Funcionó en el caso de Athie, como si se tratara de un hechizo. Por supuesto que parecía conmocionado y abatido al oír anunciar el testamento nuevo. ¿Qué podía decir si no? ¿«Vaya, genial. Justo lo que pretendía conseguir con mi plan»? Y hay otro que ha salido del mismo molde que Scotcher: ¡Michael Gathercole! Todos esos solícitos servicios a lo largo de los años... Si lo hacía, era por interés propio, se lo aseguro.

—Dorro, no deberías pensar tan mal de todo el mundo —dijo Harry con firmeza.

—Todo el mundo no, Harry. Mira a Brigid Marsh. Pondría mi vida en sus manos. Hatton, el mayordomo, y esa criada malsana, Phyllis, son otra historia, pero Brigid es única. Y ya he dicho que Claudia es inocente. No podría decir lo mismo de Randall Kimpton con la misma seguridad. ¿Sabemos qué parte de la fortuna de la familia Kimpton le pertenece? No me importa admitir que soy capaz de imaginar a Randall cometiendo un asesinato. Mi familia, los Sawbridge, fuimos prósperos terratenientes en otros tiempos. ¿Lo sabía, sargento? ¿Y usted, señor Catchpool?

Nos limitamos a negar con la cabeza en silencio.

—Mi padre se las arregló para perder gran parte de las propiedades, el muy idiota. Harry podría haber roto su compromiso conmigo. Si hubiera tenido un poco de sentido común...

—¡No quería ni oír hablar de ello! —dijo Harry. Se dirigió a O'Dwyer y a mí para continuar—. Randall Kimpton no podría haber matado a Scotcher. Estuvo todo el tiempo conmigo, Dorro y Claudia. Salimos del comedor con él y estuvimos los cuatro en la sala de estar. Sólo nos dejó cuando lo llamó usted, Catchpool, para atender al señor Rolfe.

—Pero ¿quién sabe qué sucedió después de que él y Claudia se retiraran para acostarse? —dijo Dorro—. Podría haber bajado al piso de abajo sin problemas para asesinar a Joseph Scotcher.

—Igual que tú, cariño —dijo Harry con una sonrisa, como si hubiera ganado un punto en un juego en el que estuviéramos participando todos.

—Harry, ¿te has vuelto loco? No puedes creer realmente que yo sea...

—¿... capaz de aporrear a un tipo hasta la muerte? ¡Ja! ¡Ni mucho menos! Sólo quería decir que cuando te fuiste a la cama, yo salí un rato. Poirot me lo pidió. Podrías haber bajado sin que nadie se diera cuenta para cargarte al pobre Joseph. No creo que lo hicieras, pero tuviste la misma oportunidad de hacerlo que Randall.

El rostro de Dorro se desmoronó.

—¿Cómo lo soportaremos? —murmuró—. Sospechando los unos de los otros... como... —Empezó a frotarse las manos como si intentara arrancarse la piel—. ¡Ojalá pudiera retirar cada una de las palabras que he dicho! No me hagan caso, sargento, señor Catchpool. Ni caso. Por supuesto, Harry tiene razón. Randall, ¡mi querido Randall! Ay, me siento fatal. He acusado de asesinato a la mitad de los miembros de la casa cuando en realidad no creo que lo haya hecho ninguno de ellos. El señor Gathercole, con lo agradable y considerado que es... Debo de haber perdido el juicio, al dudar de él. Lo que ocurre es que tengo tanto miedo que no soy yo misma. ¡No tienen ni idea de lo que es esto! Athie es la única lady Playford que ha recibido ese tratamiento. Yo también soy lady Playford, aunque nadie me llame de ese modo. No, ¡por aquí no soy más que la Dorro de siempre! No tengo hijos, por lo que no se me considera digna de respeto ni de consideración alguna. Li-

156

llieoak debería ser nuestro: mío y de Harry. ¡Ella lo ha arreglado todo para impedirlo! A Guy no se le habría ocurrido ni en cien años hacer algo semejante... ¡humillarnos de ese modo! Athie subestima a Harry, siempre lo ha hecho. Y manejaba al pobre ingenuo de Guy a su antojo. Pero no pienso decir nada malo contra nadie más. Tengo demasiado buen corazón para pensar mal de gente a la que quiero desde hace tanto tiempo, ¿saben? Por favor, olviden todo lo que me hayan oído decir. Por favor.

—Es impensable que entre los miembros de la casa se oculte un asesino —dijo Harry.

—Y, sin embargo, Joseph Scotcher fue asesinado, vizconde Playford —dijo O'Dwyer—. Alguien tiene que haberlo hecho. Alguien que estaba en Lillieoak esa noche.

Una sombra, que podría haber sido de ira, angustia o muchas cosas más, cruzó el rostro de Harry Playford.

—Sí —dijo finalmente, con un suspiro—. Porque, al fin y al cabo, Scotcher estaba vivo cuando nos sentamos todos juntos a la mesa para cenar. —Asintió, como si estuviera sometiendo ese dato a un proceso de verificación interna—. Y luego, tan sólo unas horas más tarde, ya estaba..., bueno, estaba muerto.

—Exacto —dije—. Lo que significa que alguien de esta casa lo mató.

—En efecto —convino Harry—. Visto de ese modo, resulta difícil no tener el ánimo por los suelos. Sin duda necesitaremos levantar la moral después de esto. —Se volvió hacia Dorro antes de proseguir—: ¿Qué te parece la idea del perro, cariño? Un perro como *Príncipe*... ¿O se llamaba *Duque*? Una casa como ésta necesita una mascota, para que no parezca tan vacía. No sé por qué mamá no... Ah, bueno, supongo que se encuentra demasiado ocupada, ahora. Pero cuando yo era pequeño siempre había algún perro correteando por aquí, ¡a ver si volvemos a tener uno!

Capítulo 17

El reloj de pie

El sargento O'Dwyer y yo no encontramos ni rastro de esa tal Iris durante las dos horas siguientes. Poirot aún no había regresado de Ballygurteen para explicarnos por qué se suponía que debíamos preguntar por ella. Orville Rolfe no conocía a ninguna chica o mujer que respondiera a ese nombre, y Brigid y Hatton, tampoco.

Sin embargo, las conversaciones con los dos miembros del servicio que llevaban más tiempo trabajando en Lillieoak fueron las más prolíficas que habíamos mantenido hasta ahora. Coincidí con el sargento O'Dwyer cuando dijo que preferiría haber hablado con Hatton y la señora Marsh en primer lugar.

—Entre ellos —afirmó— han ilustrado una imagen clara de los movimientos que se produjeron durante la noche en cuestión.

—Así es. Asumiendo que podamos confiar en su testimonio —dije.

—Me ha sorprendido el carácter tan imponente que tiene Brigid Marsh. —O'Dwyer se dio unas palmaditas en la barriga—. Y si su palabra vale tanto como su sopa de carnero, me inclino por confiar en ella.

Yo no dije nada. Tal vez era una sopa de carnero casi perfecta, pero respecto a su credibilidad... Ese mismo día Brigid me había dicho algo que me había parecido inexplicable. Me la había encontrado en el vestíbulo, ella había entrecerrado los ojos para mirarme y luego me había comentado:

—Sabía que tenía razón: ¡se lo he visto a usted en la mirada!

Yo le hice la pregunta evidente que le habría hecho cualquiera en esa situación, a lo que respondió:

—¡La mirada de un hombre que se pasa la noche bebiendo agua!

Lo había soltado con un tono de voz feroz, como si me acusara de regentar un orfelinato victoriano o de un delito igual de horrendo. Después se había señalado la boca.

—Tiene los labios secos, ¡lo veo desde aquí!

Por si aquello no había resultado suficientemente irritante, había tenido que escuchar también una historia larga y confusa acerca de su sobrino, quien había robado unos caramelos de menta de un cuenco que era una reliquia de la familia y había acabado rompiendo el valioso recipiente en el intento. Se había visto obligado a mentir acerca del accidente, porque había sido un accidente, ya que en el caso de haber confesado, se habría sabido que él había pretendido robar los caramelos, y eso sí había sido deliberado y pernicioso.

Yo nunca bebía agua durante la noche y no comprendí la analogía que intentaba establecer. Sin embargo, antes de que pudiera decir nada al respecto, ella ya se había marchado con sus pasos de paquidermo hacia la cocina.

—¿Qué le ha parecido el mayordomo? —le pregunté a O'Dwyer—. ¿También se siente inclinado a confiar en él?

Preguntando era como se le sacaba el mejor partido a O'Dwyer. Ante una afirmación se limitaba a asentir, pero si se le planteaba una pregunta se mostraba bien dispuesto a dar su opinión.

—Bueno, tal y como yo lo veo, inspector Catchpool...

—Edward, por favor.

—Tal como yo lo veo, Edward, el mayordomo no nos

ha dicho nada que nos pueda hacer pensar en alguien como culpable. Y si el asesino fuera él mismo, sin duda se beneficiaría de la neblina de sospecha que envuelve a todos los demás.

—Observó mucho movimiento esa noche —dije—. Casi parece que su trabajo consistiera en supervisar las actividades que tenían lugar en la casa.

Empecé a enumerar todo cuanto Hatton afirmaba haber presenciado durante la noche del asesinato. Trabajando con Poirot en Londres ese mismo año me había aficionado a elaborar listas y me había dado cuenta de que era un buen método para aclarar las ideas.

Cosas que Hatton vio durante la noche del asesinato:

1. Lady Playford abandonó el comedor en plena cena. Parecía muy afectada. Subió corriendo a su dormitorio, cerró la puerta y, por lo que Hatton sabía, se quedó dentro.
2. Los siguientes en abandonar el comedor fueron Claudia Playford y Randall Kimpton, seguidos de cerca por Harry y Dorro Playford. Los cuatro se dirigieron directamente a la sala de estar.
3. A continuación, los siguientes en salir del comedor, también juntos, fueron Michael Gathercole y Orville Rolfe. El último se quejaba de que no se encontraba muy bien. Gathercole dijo algo como que se sentiría mejor cuando hubiera descansado. Los dos hombres entraron en la sala de estar un momento para desear buenas noches a los demás y luego subieron las escaleras. Cada uno se metió en su habitación.
4. Acto seguido, abandonaron el comedor Hércules Poirot y Edward Catchpool, quienes salieron juntos al jardín.
5. Gathercole salió de su dormitorio diez minutos más tarde. Bajó al piso inferior, se puso el abrigo y salió de la casa por la puerta trasera.

6. Más o menos cinco minutos después de que Gathercole se hubiera marchado, Joseph Scotcher y Sophie Bourlet salieron del comedor. Parecía como si Scotcher no se encontrara bien y Sophie lo acompañó hasta el dormitorio empujando la silla de ruedas. En cuanto lo hubo dejado listo para pasar la noche, ella fue a su habitación, se puso el abrigo y salió al jardín.

7. Aproximadamente quince minutos más tarde, Poirot y Catchpool regresaron a la casa y entraron en la sala de estar.

8. Cuando faltaban unos veinte minutos para las diez, Hatton se retiró a dormir. Cuando sonaron las diez en el reloj de pie del vestíbulo, en el momento justo en el que Hatton se estaba metiendo en la cama, el mayordomo miró por la ventana de su dormitorio y vio a Sophie Bourlet caminando por el jardín en dirección a la casa.

9. Diez minutos más tarde, empezaron a oírse los chillidos. Hatton se puso una bata, salió de su dormitorio y fue a comprobar el motivo de aquel escándalo. Cuando llegó al vestíbulo, se encontró con Michael Gathercole, que en aquel instante entraba por la puerta principal. Juntos fueron hacia el salón para ver qué había sido ese ruido.

—No podemos excluir a Sophie Bourlet y Michael Gathercole como sospechosos —dijo O'Dwyer—. Podrían haber cometido el crimen y haber salido fuera para asegurarse de que los veían entrar de nuevo.

—¿Y qué hay de Claudia Playford? —pregunté—. Brigid Marsh jura que en su camino de las dependencias del servicio al salón vio a Claudia y a Randall Kimpton en lo alto de las escaleras, frente al estudio de lady Playford, cuando se disponían a bajar igual que los demás. Es desconcertante.

—¿A qué se refiere? —preguntó O'Dwyer.

—Cuando Hatton ha mencionado el reloj de pie del vestíbulo me ha hecho pensar en la cronología de los hechos, y no tiene ningún sentido. Fíjese: Sophie Bourlet está fuera. Regresa a la casa; Hatton vio cómo regresaba. Justo después de entrar, ella ve cómo Claudia Playford mata a golpes a Joseph Scotcher con un garrote. Empieza a chillar. Claudia suelta el garrote y sube las escaleras hasta el rellano, que es donde la verá Brigid Marsh. ¿Cómo puede haber llegado Claudia desde el salón a ese rellano sin subir por las escaleras? No hay otro modo de llegar hasta el rellano que se encuentra frente al estudio de lady Playford.

—Tiene razón, no lo hay —dijo O'Dwyer.

—Recuerde que, mientras tanto, Sophie está chillando. En el piso de arriba, Poirot, yo y todos los demás abrimos las puertas de los dormitorios y bajamos por esas mismas escaleras. Creo que yo fui el primero en llegar: no vi a Claudia Playford subiendo ni a nadie en el rellano. Mi pregunta es la siguiente: ¿Claudia Playford podría haber llegado a refugiarse en la seguridad del dormitorio de Randall Kimpton o en el suyo propio, entre el momento en el que Sophie empezó a chillar y el instante en que yo abrí la puerta del dormitorio de Orville Rolfe y salí al rellano?

—Bueno, no lo sé —dijo O'Dwyer—. Sólo usted puede responder a esa pregunta. ¿Intenta decirme que el recorrido es imposible y que por consiguiente no podría haber estado en la planta inferior asesinando al señor Scotcher?

—A menos que mi memoria haya distorsionado el recuerdo de los acontecimientos... Sí, yo diría que es imposible. Lo que significa que o bien Brigid se equivoca al afirmar haber visto a Claudia en el rellano mientras Sophie chillaba, o...

—O bien Sophie está mintiendo —dijo O'Dwyer.

—Tal vez fue ella quien mató a Scotcher y luego salió al jardín, para esconder la ropa que llevaba puesta mientras cometía el asesinato, puesto que debió de quedar cubierta de sangre; y después se aseguró de que la veían regresando a la casa, lista para chillar debido a una conmoción fingida, como lo habría hecho de haber sido inocente, al descubrir el cuerpo maltrecho del hombre al que amaba.

—¿Y qué me dice de Phyllis, la criada? —preguntó O'Dwyer—. ¿Sabía usted que también estaba enamorada del señor Scotcher? Brigid cree que fue Phyllis quien lo mató. Me lo dijo sin rodeos. Debo decir que lo que me contó sobre la pasión que Phyllis sentía por el joven difunto fue tan convincente como sus magdalenas, que, todo sea dicho de paso, son deliciosas. Brigid me dijo que si Phyllis se hubiera enterado de que Scotcher no la amaba a ella, sino a Sophie, quién sabe lo que podría haber hecho. ¡La cocinera tenía unas cuantas cosas guardadas en el buche y aprovechó para vaciarlo! «¿Qué clase de estúpida va y se enamora perdidamente de un hombre más muerto que vivo, cuando Clonakilty está lleno de tipos altos y fuertes?» ¡Y no le falta razón! Lo que quiero saber es que, si Phyllis no estaba en la cocina cuando debería haber estado ayudando a Brigid, ¿dónde estaba, entonces? El señor Hatton no mencionó haberla visto por ninguna parte.

—Vamos a buscarla y se lo preguntamos —dije.

Capítulo 18

No correspondido

Esperamos en el vestíbulo hasta que apareció Phyllis, acompañada por Hatton. Su postura recordaba a la de un gladiador reticente al que tenían que obligar a salir a la arena, estaba aterrorizada. Se sorbió la nariz mientras se nos acercaba, arrastrando los pies.

—No lo hice yo —respondió—. ¡No he hecho nada malo! Jamás le habría hecho daño a Joseph, ¡por nada del mundo!

—No estamos aquí para acusarla de haber hecho nada malo, señorita —dijo O'Dwyer—. Necesitamos hablar con usted, eso es todo.

—Soy inocente —protestó Phyllis—. ¿Creen que soy una asesina? ¿Es eso lo que les ha contado la cocinera? Pregunten a cualquiera que me conozca, les jurarán que jamás sería capaz de hacerlo.

—¿Quiere que hablemos en un sitio más privado en el que podamos sentarnos? —sugerí.

—No. —Phyllis retrocedió como si le hubiéramos tendido una trampa—. Tengo trabajo por hacer. Como siempre, ¿no? Díganme lo que quieren saber y les responderé. Cuanto antes terminemos, mejor.

—¿Conoce a alguien que responda al nombre de Iris?

—¿Iris? —Phyllis miró a su alrededor con una inquietud frenética—. ¿Iris? No conozco a ninguna Iris. Conocía a una Eileen, era de Tipperary, y a una Mavis que solía trabajar aquí, en Lillieoak. ¿De quién está hablando? ¿A qué Iris se refiere?

—No importa —dije.

—No se inquiete, señorita —dijo O'Dwyer—. Sólo necesitamos saber qué hizo exactamente durante la noche en la que el pobre señor Scotcher perdió la vida.

El rostro de Phyllis quedó deformado en una mueca. Empezó a sollozar y se derrumbó en el suelo, hecha un ovillo. O'Dwyer se agachó junto a ella.

—Tranquila, señorita. Apreciaba usted mucho al señor Scotcher, ¿cierto?

—¡Era el único que me importaba! Ojalá hubiera muerto yo en su lugar. De verdad se lo digo, ¡ojalá! ¡Pueden enterrarme con él!

—Vamos, vamos, señorita. Es usted joven y bonita. Seguro que hay un montón de hombres que...

—¡No lo diga! ¡No! —gimió Phyllis—. No me hable de nadie más. ¡Como si tener la voz de la cocinera en la oreja todo el día no fuera suficiente! Fui una estúpida, ella siempre me lo dice. Joseph se portó muy bien conmigo, simplemente fue amable, como lo era con todo el mundo, no había nadie más cariñoso que él. Y yo lo malinterpreté. Debería haberlo sabido. Yo no era más que una sirvienta y él, un caballero con estudios. Quise creer que me amaba tanto como yo a él. Y luego oí cómo le pedía a Sophie que se casara con él, y... y... —Dejó de hablar y se deshizo en lágrimas.

O'Dwyer intentó consolarla con palabras y palmaditas en la espalda. Supuse que era un hombre casado. Mi padre siempre le daba palmaditas en la espalda a mi madre del mismo modo.

—¿Ha dicho que oyó cómo Scotcher le pedía a Sophie que se casara con él? —le pregunté a Phyllis.

La chica estaba demasiado fuera de sí para responder en voz alta, pero asintió con fervor para darme una respuesta sin ambigüedades.

—Usted no estaba en el comedor cuando Scotcher le propuso matrimonio, Phyllis. Yo sí. Estaba sentado a la mesa. Usted se había retirado un rato antes de que se lo pidieran. Si no le importa que se lo pregunte, pues, ¿cómo oyó lo que afirma haber oído?

—¡Lo escuché desde detrás de la puerta, nada más! ¡Eso no significa que asesinara a nadie! Es normal que prefiriera casarse con una chica bonita como Sophie que con alguien como yo, una esclava sin un céntimo.

—Si me permite que se lo pregunte, señorita... —empezó a decir O'Dwyer—. Cuando estuvo escuchando desde el otro lado de la puerta, ¿por casualidad oyó también comentar los cambios del testamento de lady Playford?

Phyllis negó con la cabeza.

—Oí todo lo que hablaron a continuación, pero eso no. Me puse a escuchar junto a la puerta después de oír el portazo que dio lady Athie antes de subir a toda prisa escaleras arriba. Estaba al borde del llanto, y eso que suele ser una mujer inalterable.

—¿Por eso se preguntó qué debía de haber ocurrido para que abandonara la cena y a los invitados? —dije.

—Eso es. Y cuando los oí hablar, apenas podía creerlo. ¡Joseph iba a heredar todas las propiedades de lady Athie! A nadie le gustó el cambio, a él al que menos. Pero ¿qué sentido tenía dejárselo todo a un moribundo?

—Ningún sentido en absoluto —convine.

—Luego oí cómo Joseph hacía la pregunta que me rompió el corazón. Sabía que apreciaba mucho a Sophie, pero nunca pensé que la viera de ese modo. Creí que yo era la más especial para él. Me veía pasar por el pasillo y me decía: «Ahí está, Phyllis, la luz de mi vida». —Se había quitado el delantal y se secaba las lágrimas de los ojos con él.

—No todos los hombres son tan responsables como deberían cuando tratan con mujeres —comentó O'Dwyer con sobriedad.

—Phyllis, ¿puedo preguntarle algo? —dije—. Después de oír todo eso, ¿se marchó enseguida?

—¡Claro! No quería que me sorprendieran en el suelo hecha un mar de lágrimas, y el doctor Kimpton empezó a burlarse diciendo que alguien estaba escuchando tras la puerta, así que salí corriendo.

Eso explicaba los sollozos ahogados que habíamos oído, y los pasos acelerados.

—¿Adónde fue?

—A la cocina, pero sabía que la cocinera no pararía de hablar y no me sentía lo bastante fuerte para escucharla. Se habría burlado de mí y habría intentado convencerme para que saliera con su sobrino Dennis. Ésos son los planes que tiene para mí, ¡pero a mí Dennis no me gusta! Le huele muy mal el aliento. Por eso decidí no entrar en la cocina y seguir hasta la puerta trasera, hasta el río. Llevaba la idea de lanzarme al agua, me da igual contárselo. De haber sido más valiente, eso es lo que habría hecho. ¡Ojalá lo hubiera hecho!

—¿Y qué hizo, en lugar de eso? —pregunté.

—Estuve paseando un rato y luego volví al jardín. Me senté en el césped junto al estanque, con la esperanza de agarrar un mal resfriado que acabara conmigo.

—Mientras estaba en el jardín, ¿oyó a dos hombres hablando?

—¿Se refiere a usted y al señor Poirot? —dijo Phyllis—. Ah, pues sí.

—Bueno, al menos hemos resuelto un misterio —dije, aliviado—. ¿Y... estaba usted llorando, en esos momentos?

—Creí que no conseguiría parar nunca —me confirmó Phyllis.

—¿Estaba sola? Es que, del mismo modo que usted nos oyó a nosotros, nosotros también la oímos a usted. Y luego oímos un susurro o algo parecido.

—Era yo, hablaba sola. «Tranquila, Phyllis, mira que

eres tonta», me decía, pero no me sirvió de nada. No había manera de parar de llorar. Les oí decir que vendrían a por mí, por lo que regresé enseguida a casa. Fui directa a mi dormitorio. Cerré la puerta con llave, me tendí en la cama y seguí llorando. Y lo peor fue que... —A Phyllis empezaron a temblarle los labios mientras derramaba todavía más lágrimas—. ¡Joseph ni siquiera había muerto, a aquellas horas! Seguía vivo y yo estaba enfadada con él porque quería casarse con otra persona y ahora..., bueno, ahora haría lo que fuera por recuperarlo y que las cosas volviesen a ser como antes, aunque eso significara que se casara con ella y no conmigo.

Tuve la impresión de que lo lamentaba de verdad y así lo constaté en cuanto se hubo marchado. O'Dwyer coincidió conmigo enseguida.

—O sea que es partidario de tachar su nombre de la lista, ¿no?

—En absoluto —dije.

—¿No? Juraría que hace un momento ha dicho que...

—Nada se lamenta más que las desgracias que no se pueden deshacer. ¿No cree?

Al instante, me sentí como si hubiera acusado a Phyllis de asesinato, cuando me había limitado a no eliminarla de mi lista mental de sospechosos.

—Aunque estoy seguro de que Phyllis no es la asesina —dije, casi por obligación. Sin embargo, la verdad era que no estaba seguro en absoluto.

Capítulo 19

Dos Iris

Una hora más tarde, incapaz de encontrar a Claudia Playford por la casa o las inmediaciones del jardín, llegué hasta el punto más elevado que pude localizar en la finca de Lillieoak, que también era el más expuesto a los elementos. Allí arriba el viento golpeaba la piel como si fuera sólido y duro. Por algún motivo, me descubrí pensando una vez más en lo que había dicho Phyllis, sobre que Randall Kimpton se dedicaba a copiar a Scotcher. Me debatía entre concluir que esa imitación debía de haber sido evidente para que Phyllis la hubiera percibido y entre pensar que si Kimpton se hubiera propuesto copiar a alguien, lo habría hecho mejor.

En realidad, él y Scotcher no se asemejaban en absoluto. Más bien eran antagónicos. La característica que definía a Scotcher, en mi opinión, era que siempre se esforzaba mucho en intentar que los demás se sintieran mejor consigo mismos y con la vida en general; Kimpton, por su parte, sólo buscaba la manera de sentirse mejor él mismo y de parecer superior a los demás.

No sé cuánto tiempo pasé allí pensando en ello, pero en un determinado momento oí una voz detrás de mí: la de Claudia.

—¿Me ha estado buscando? —preguntó.

—¡Oh! —exclamé, sorprendido. ¿Cómo diablos había llegado hasta allí arriba sin que la hubiera visto? ¿Es que ya estaba en lo más alto cuando yo había llegado?—. El sargento O'Dwyer y yo queríamos hablar con usted, sí.

—Entonces ¿por qué se esconde tan lejos, donde se lo podría llevar el viento? Supongo que les gustaría saber si Sophie Bourlet dice la verdad sobre lo que afirma haberme visto hacer, ¿no? Deben de haber oído lo que les he contado a los demás, pero quieren hacerme las preguntas en persona para poder ver mi expresión mientras respondo.

—Sí.

Claudia sonrió. Parecía como si disfrutara haciéndome esperar para obtener su respuesta.

—Sophie no dice la verdad —contestó, al fin—. Es mentira. A menos que viera a alguien vestido con mi ropa y una peluca; al ver a esa persona de espaldas, atacando a Scotcher, Sophie podría haber asumido que era yo. ¿Han pensado en eso?

—No. ¿Le caía bien Joseph Scotcher, señorita Playford?

—¿Si me caía bien? —Claudia respondió con una carcajada—. En absoluto. Sin embargo, disfrutaba mucho con él. Su presencia en Lillieoak me parecía de lo más entretenida. A la casa le faltará color, sin su presencia.

—¿Quiere decir que tenía talento para contar anécdotas?

—Tenía una manera singular de utilizar las palabras. Pero no, lo que quería decir era que todo el mundo estaba enamorado de él y resultaba bastante divertido observarlo. Phyllis babeaba como una criatura indefensa al verlo, y Sophie se desmayaba de deseo cada vez que él la miraba. Y luego estaba mi madre, claro. Me parecía fascinante observar cómo Joseph se las arreglaba para atraerlas y conseguir que lo adoraran cuando en realidad él no sentía nada por ninguna de ellas. Le encantaba que todo el mundo se enamorara de Joseph Scotcher; adoraba esa idea más de lo que adoraba a nadie de carne y hueso.

—Ha contado a su madre entre las admiradoras de

Scotcher —dije—. Supongo que se refiere a que ella sentía un amor maternal por él, ¿no?

—¡Oh, cielos! ¡Usted también no! No haga caso a Dorro y a su ridícula teoría sobre la sustitución del hijo muerto. Para Dorro, todo tiene que estar relacionado con los bebés desde que se demostró que era incapaz de ser madre. ¡Si le hace caso, acabará viendo bebés incluso en los huevos pasados por agua! Puede que mi madre sea un fósil, pero sigue teniendo mucha vitalidad. Le gustaba Joseph del mismo modo que les gustaba a Phyllis y a Sophie. Pero bueno, preferiría morir antes que admitirlo. Sabía que lo que sentía por él debería haber sido maternal, por eso fingía en esa dirección. No para guardar las apariencias, entiéndame, a mi madre le encanta no ser convencional; si fingía, era para evitar convertirse en objeto de burlas si él la rechazaba. Es una mujer muy orgullosa. —Claudia entrecerró los ojos—. No le veo muy convencido.

—Bueno...

—Ya se habrá dado cuenta de que no siento por ella lo que debería sentir una hija por su madre, por lo que debe de estar usted preguntándose si no estaré siendo simplemente cruel. Yo en su lugar pensaría lo mismo. Se lo aseguro, ésta es mi perspicaz valoración de los hechos. Ya seré cruel con mi madre un poco más adelante, tal vez. Me encanta serlo y además se lo merece, pero ahora estoy intentando ayudarle para que usted lo entienda. Mi madre estaba desesperadamente enamorada de Joseph. ¿Por qué si no cree que cambió el testamento para dejarle hasta el último penique? Estaba previsto que no tardara en morir de la enfermedad de Bright.

—Scotcher no respondió bien a la noticia del cambio en el testamento —dije—. Se angustió mucho al saberlo.

Claudia resopló con impaciencia.

—Fingió horrorizarse, pero ya está, no fue más que eso:

una farsa. ¿Qué esperaba que hiciera? ¿Pegar un brinco y gritar «¡Hip hip, hurra! ¡Voy a ser divinamente rico!»?

—No iba a ser rico a menos que lady Playford muriera antes que él. Y, aun en tal caso, sólo habría podido disfrutar de la fortuna heredada durante unas semanas o unos meses.

Claudia se rio.

—¿Qué era? ¿Semanas o meses? Supongo que es usted un experto en la enfermedad de Bright, ¿no?

—Nada más lejos.

—Muy bien, pues.

—La aflicción de Scotcher que usted cree fingida era tan convincente como cualquier aflicción verdadera de las que he sido testigo —dije.

—Pues claro que sí —dijo Claudia—. Por eso me sabe mal que ya no esté entre nosotros. ¡Joseph era todo un mago!

—¿Quiere decir que mentía de forma habitual?

—Ah, no. No era tan ordinario. Todo el mundo miente de forma habitual. Mire, monsieur Poirot ya está aquí.

A través de las ramas de un grupo de espinos blancos, barrí con la mirada el camino de acceso a Lillieoak. Claudia tenía razón: Poirot, el inspector Conree y Sophie Bourlet habían vuelto de Ballygurteen.

—Joseph era una verdadera maravilla —prosiguió Claudia—. Conseguía hechizar a la gente sólo con palabras. Si ahora estuviera aquí, en menos de cinco minutos sería capaz de convencerlo de que no es un policía de Scotland Yard, sino un domador de leones que ha huido de un circo ambulante. Ay, mi madre se enamoró de él enseguida. Ella también es una maestra de las palabras, ¿sabe? Hasta que llegó Joseph, no había conocido a nadie tan hábil con las palabras como ella.

—¿Le suena una mujer llamada Iris? —pregunté.

—¿Iris Gillow? —dijo Claudia enseguida—. ¿Iris Morphet?

Tuve que parpadear varias veces.

—¡Conoce a dos Iris! Nadie más ha sido capaz de nombrarme ni siquiera a una.

—Entonces no debe de habérselo preguntado a Randall, ¿no? —dijo Claudia.

—No, todavía no.

—Ya veo. Iris Morphet e Iris Gillow son la misma persona. Eran, vaya, porque murió. Randall podrá contarle lo que quiera sobre ella. También podría contárselo yo, pero la historia es suya, debería contársela él. ¡Mire, ya viene!

Por la súbita alegría de su voz, cualquiera hubiera dicho que acababa de bajar un salvador del cielo. Kimpton todavía estaba lejos, pero el mero hecho de divisarlo al parecer fue suficiente para que Claudia quedara embelesada.

—¿Qué impresión se ha llevado de mí? —me dijo, mirándome con recelo—. Quizá le costará creer que amo a Randall tanto como parece, al ver que lo único que hago es criticar a todos los demás y burlarme de ellos.

—No resulta difícil creer que lo ama tanto como dice. Es evidente que lo quiere mucho. Supongo que...

Claudia ladeó la cabeza, casi sonriendo.

—¿Hay algo que le gustaría preguntarme?

—Cuando la conocí, mencionó que el doctor Kimpton se había ganado su afecto dos veces.

—Sí. Y no es algo fácil de conseguir.

—Me lo imagino.

—Le llevó *años*, la primera vez. Yo sabía que al final acabaría aceptándolo, lo adoro desde la primera conversación que mantuvimos, pero si sucumbía demasiado pronto, temía que dejara de esforzarse. Y ver a Randall esforzarse por mí, un hombre tan inteligente y tan decidido como él..., bueno, no hay nada más satisfactorio que ver cómo hace lo posible por complacerme. —Su sonrisa se desvaneció y quedó sustituida por una expresión más mundana—. Pero, por supuesto, tenía que dejar que se saliera con la suya a su debido tiempo y así lo hice. Y luego, hace cinco años, casi seis, de repente empezó a tratarme de otro modo. Parecía como si hubiera perdido la seguridad en sí mismo. ¡Era repugnante! Ese tipo de seguridad es algo natural en un hombre como Randall. Es su esencia. Sin ella, no quería saber nada de él, me parecía que ya no era la misma persona, por lo que le pedí que volviera a ser él mismo.

—¿Qué sucedió?

—Me confesó que no tenía muy claro si quería casarse conmigo. ¡Dudaba! —Claudia agitó frente a mi cara la mano en la que llevaba una sortija de diamantes—. Me quité esto y se lo lancé. Como es natural, le dije que no quería volver a verlo mientras viviera. Sin embargo, al día siguiente ahí estaba él, frente a mi ventana. Aquí en Lillieoak no, claro, por aquel entonces yo vivía en Oxford. Fui una de las primeras mujeres en matricularse allí, pero supongo que nadie se habrá molestado en contárselo, ¿verdad? Soy la única que reconoce mis logros. Me mudé aquí de nuevo para huir de Randall, que estaba muy arrepentido y lamentaba haber tenido aquellos momentos de duda. «Bueno —pensé—, pues lo lamentarás cien veces más de lo que creas posible.» Entonces regresé a Lillieoak, pero eso no consiguió disuadirlo. Siempre me llenaba la sala de estar de regalos y me suplicaba perdón, blandiendo su diamante con la esperanza de que le sirviera de talismán.

Claudia le echó un vistazo a la sortija.

—Qué patético. *Él* era patético y yo se lo hacía ver. Fui muy cruel, y él demostraba su enfado y una insistencia casi tiránica afirmando que yo me marchitaría sin su amor. Dijo que tenía que elegir entre él y nadie, porque estaba dispuesto a estrangular a cualquier otro hombre al que yo eligiera. Empezó a gustarme un poco más cuando dejó de llorar y de babear encima de mí e intentó poner las cosas claras. Insistió en que me acabaría casando con él lo quisiera o no. De hecho, lo que más me sorprendió era que yo seguramente lo deseaba. Randall es adorable cuando se muestra feroz, y nunca lo fue tanto como entonces.

A mí, esa especie de enfado mutuo que me estaba describiendo no me pareció que fuera amor, pero tampoco cometí la tontería de decírselo.

—¿O sea que lo perdonó y se comprometió con él por segunda vez?

—Después de haber superado la condena de varios años de tormentos, sí. Y sigue sufriendo, cada día. Aún no he accedido a fijar una fecha para la boda. Y tal vez nunca lo haga. Tampoco es que sea absolutamente necesario, ¿sabe? —Claudia se echó a reír al ver mi asombro, puesto que no debí de conseguir ocultarlo muy bien.

Sin preocuparse lo más mínimo por si me apetecía oírlo o no, prosiguió con el relato.

—Podemos continuar pasándolo bien y seguir profundamente enamorados sin peligro de desgaste. Además, Randall y yo no nos podemos casar hasta que hayamos decidido dónde viviremos. Quiero decir durante la mayor parte del tiempo: tendríamos más de una casa, por supuesto. Randall no ve el momento de marcharse de Oxford. Insiste en que encontrará un nuevo empleo en el condado de Cork y vendrá a vivir conmigo a Lillieoak, aunque a mí lo que me gusta es Oxford. En Oxford hay cosas que hacer, más allá de contemplar los árboles y las ovejas. O podríamos intentar vivir en Londres: ¡eso sería emocionante! ¿A usted le gusta vivir en Londres? ¡Cariño! ¡Por fin estás aquí!

—Hola, criatura divina —dijo Kimpton mientras se nos acercaba—. Ojalá pudiera quedarme y pasar el resto del día cubriendo de besos tu precioso rostro, pero no puedo. Catchpool, dese prisa. Le necesitan.

—¿Quién? —pregunté. Algo en el tono de su voz me decía que era importante.

—Yo, aunque supongo que debería decir: Joseph Scotcher, sobre todo. Poirot, Conree y O'Dwyer nos esperan en el salón. O nos estarán esperando cuando lleguemos.

—¿En el salón? —repetí.

—Sí.

Kimpton dio media vuelta y yo me apresuré a seguirlo hacia la casa.

—Considérese afortunado de haber sido invitado —me dijo por encima del hombro—. Esa alimaña engreída de Conree ha intentado convencerme para excluirlos a Poirot y a usted. Quería que hablara sólo con él y con su imbécil lamebotas. Le he dicho que si quiere escuchar lo que tengo que decir será mejor que no impida que Poirot y usted estén presentes. Puestos a actuar, prefiero que al menos haya un par de cerebros decentes entre el público.

—¿Actuar? Kimpton, ¿de qué va todo esto?

—¿De qué? Vamos, hombre. Del asesinato de Joseph Scotcher, claro —respondió—. Están todos muy equivocados, por mucha experiencia que tengan resolviendo crímenes. Muy muy equivocados, y ahora se lo demostraré.

Capítulo 20

La causa de la muerte

Habían retirado el cuerpo de Scotcher del salón. Asumí que se lo habían llevado a una morgue cercana, aunque lo único que Conree estaba dispuesto a contarnos al respecto era que habían procedido al levantamiento del cadáver. Tras verse obligado a incluirnos a Poirot y a mí en esa pequeña reunión, había decidido tomar represalias reteniendo la máxima cantidad de información trivial posible, por lo que se convirtió en una versión más despiadada de Hatton, el mayordomo.

Aunque habían retirado el cuerpo de Scotcher, su silla de ruedas seguía en el mismo lugar, abandonada en ausencia de su antiguo ocupante. La mancha de sangre sobre la alfombra oriental marcaba el lugar en el que había quedado su cabeza, o lo que restaba de ella.

Poirot, el inspector Conree y el sargento O'Dwyer estaban sentados en las sillas más alejadas de la mancha. Eran un público en tensión que esperaba el inicio de un espectáculo.

—Estoy seguro de que sé lo que ocurre —dijo Conree cuando Kimpton y yo entramos en la habitación—. Tiene mi permiso para abordar el asunto, doctor Kimpton. Poirot, Catchpool, supongo que puedo contar con su discreción.

Pisando la mancha de sangre sin tapujos, Kimpton se acercó a la silla de ruedas de Scotcher y posó una mano sobre ella.

—«Aquí nos sentamos, yo y mis dolores» —murmuró—. «He aquí mi trono; manda a los reyes que vengan a inclinarse ante él.»

—¿Una cita del *Rey Juan*, de Shakespeare? —le preguntó Poirot.

—En un momento como éste, amigo, no recurriría a ninguna otra obra.

—¿Veía usted la silla de ruedas de Scotcher como un trono?

—En realidad, no. ¡No se pegue a la letra! —Los ojos de Kimpton brillaron para subrayar la ironía—. Mira quién fue a hablar, ¿verdad?

—Pero ¿veía usted a Joseph Scotcher como a un rey? ¿El rey de Lillieoak? —insistió Poirot.

Kimpton sonrió levemente.

—El sucesor al trono de Athie, sí. El príncipe heredero. ¡Eso me gusta! Tiene razón, Poirot. Este crimen en realidad es un regicidio, aunque en ningún periódico aparezca como tal.

—Me pregunto si usted le habría sido leal al rey Joseph —reflexionó Poirot en voz alta.

—Fantasee tanto como quiera, diviértase con sus confabulaciones psicológicas. ¿Qué hay de malo en ello? Aunque me temo que los he reunido aquí para hablar de una realidad más mundana.

—Al grano —ordenó el inspector Conree.

—De acuerdo. La mancha de sangre: mírenla. ¿No les sorprende nada?

—Bueno, quizá me acusará de tremendista —dijo O'Dwyer—, pero no creo que sea posible limpiarla. Lady Playford tendrá que comprarse una alfombra nueva.

—Silencio, O'Dwyer —gruñó Conree.

—Ah, sí —convino el sargento, como si quedarse callado fuera lo siguiente que tenía anotado en su lista de tareas.

—¿Algo más? —Kimpton nos miró a Poirot y a mí—. ¿Se lo cuento yo? Muy bien, pues. Juraría que no hay la cantidad de sangre suficiente para un asesinato cometido de la forma que todos han dado por sentada. Todos menos yo, mejor dicho. Me lo pregunté en cuanto vi a Scotcher tendido en el suelo. Pero no estuve seguro hasta que se hubieron llevado el cadáver.

—¿Seguro de qué? —preguntó Poirot.

—De que Scotcher no murió aporreado. Sí, alguien le machacó el cráneo con un garrote, pero no fue eso lo que lo mató. Ya debía de estar muerto cuando sucedió.

—¡No lo puedo creer! —exclamó O'Dwyer en voz baja.

—Si tuviera que hacer una estimación, diría que llevaba muerto más o menos una hora cuando recibió los garrotazos —dijo Kimpton—. Sargento O'Dwyer, ¿el forense de la policía le ha dicho algo parecido? Le vi hablar con él. Francamente, me cuesta creer que a un médico pudiera pasarle por alto algo así.

—Habría sido inapropiado que el doctor Clouder dijese algo antes de realizar la autopsia —resopló el inspector Conree. Se estaba poniendo de mal humor por momentos al ver que Kimpton procuraba tomar las riendas de la situación—. Lo convencí de que era mejor no especular al respecto. Se llevará a cabo una investigación judicial, y puesto que no podemos anticipar el veredicto, sería indecoroso que alguno de nosotros lo intentara.

—¿Indecoroso? —exclamó Kimpton justo antes de soltar una carcajada ante tan absurdo dictamen—. Paparruchas. A menos que se proponga boicotear su propia investigación, inspector.

Rodeó la silla de ruedas y se plantó frente a Poirot.

—Si Scotcher hubiera muerto a causa de los golpes asestados con el garrote —le dijo—, habría el doble de sangre en la alfombra.

—¿Está usted diciendo que el señor Scotcher murió de

su enfermedad y que su asesino no era consciente de que ya estaba muerto? —preguntó O'Dwyer—. En caso de que sea eso, yo sería el primero en reconocer que los acontecimientos extraños son más frecuentes de lo que la gente cree, pero dicho esto...

—No creo que Scotcher muriera víctima de ninguna enfermedad —lo interrumpió Kimpton, con impaciencia—. Poirot, ¿recuerda bien este salón tal como lo vimos en la noche del asesinato? Bajamos corriendo las escaleras y nos topamos con una escena monstruosa. La cabeza de Scotcher había recibido una paliza brutal. No quedaba gran cosa de ella, pero tampoco quedó destruida del todo, si lo recuerda.

—La parte inferior de su rostro seguía intacta —dije—. Tenía la boca retorcida en una mueca de dolor terrible.

—Un diez para Catchpool —dijo Kimpton—. Gracias por mencionar la mueca.

—*Mon Dieu* —murmuró Poirot de forma casi inaudible—. ¡Qué tonto he sido! Tonto y ciego.

—Ésta, caballeros, es mi hipótesis —dijo Kimpton—. Se fundamenta en varias observaciones que he realizado a lo largo del ejercicio de mi profesión como patólogo. A petición de la policía, he llevado a cabo numerosas autopsias en casos de muertes sospechosas. En uno de esos casos, un asesinato, la causa de la muerte fue un envenenamiento. Con estricnina.

El inspector Conree se incorporó de golpe, con la cara enrojecida.

—Ya es suficiente. Soy yo quien está al cargo de...

—Las víctimas de la estricnina mueren con lo que parece una sonrisa espantosa —dijo Poirot, como si Conree no hubiera abierto la boca—. Y, sin embargo, no se me ocurrió esa posibilidad. *Je suis imbecile!*

—En efecto, los músculos faciales sufren un espasmo —dijo Kimpton—. Eso es lo que provoca esa mueca que parece una sonrisa extraña. También se dice de las muertes provocadas por la estricnina que la espalda queda tan arqueada que tanto la cabeza como los pies tocan el suelo. Es una exageración, pero algo de cierto hay en ello.

—El cuerpo de Scotcher estaba tendido en una posición muy poco natural —dijo Poirot—. Presentaba los dos síntomas: la espalda arqueada y la mueca. Me avergüenza no haberme dado cuenta enseguida de lo que debía de haber ocurrido.

—Bueno, yo tampoco pensé en ello y soy médico —dijo Kimpton—. No estuve seguro hasta que levantaron el cadáver y pude ver la cantidad de sangre que había dejado en el suelo.

—Vámonos, O'Dwyer —dijo Conree—. Usted y yo no participaremos en este ejercicio de mal gusto.

El inspector pegó la barbilla al pecho una vez más y salió de la habitación. O'Dwyer se encogió de hombros, un gesto de impotencia, antes de seguirlo.

— Analicen todos los líquidos que puedan encontrar en el dormitorio de Scotcher —les gritó Kimpton mientras se marchaban. Luego se dirigió a Poirot y a mí—. ¡Menudo patán insufrible! A ver si el sargento O'Dwyer acaba harto de él y le corta la cabeza con un hacha. Ojalá. Volviendo a Scotcher, ahora que podemos hablar con libertad. La investigación revelará que murió debido a un envenenamiento por estricnina, pero eso no explicará por qué alguien le machacó la cabeza *post mortem*. Además de ser una pérdida de tiempo, intentar asesinar a alguien que ya está muerto requiere mucha energía. ¿Tiene alguna teoría, Poirot? Si es que no, yo sí tengo una.

—Me interesa oírla, monsieur.

Kimpton sonrió.

—Debe prometer no utilizarla como argumento contra mí en caso de que me equivoque.

—Por supuesto. En ocasiones muy excepcionales, incluso Hércules Poirot se equivoca.

Kimpton se acercó a la ventana y miró hacia fuera.

—Creo que quien blandió el garrote fue Sophie Bourlet —dijo—. Eso explicaría la necesidad de echarle las culpas a Claudia. Debió de creerse capaz de burlar al forense de la Garda. Se equivocó al dar por supuesto que no vería más que un amasijo de sangre y cerebro y que concluiría que la causa de la muerte era obvia, que no hacía falta una autopsia o una investigación. Una estupidez imperdonable por su parte. Como enfermera con unos mínimos conocimientos médicos, debería haber tenido la precaución de no dejar intacta la parte inferior del rostro de Scotcher. La mueca de la estricnina es un fenómeno muy conocido.

—¿Por qué tendría que querer desorientarnos acerca de la causa de la muerte? —pregunté.

Kimpton suspiró antes de responder, como si mi pregunta fuera idiota y la respuesta, más clara que el agua.

—Porque era bien sabido que Sophie se encargaba de administrar todas las medicinas y bálsamos que tomaba Scotcher. De haber querido matarlo, habría sido de lo más sencillo meter algo en uno de sus frascos. Si lo hubiéramos encontrado muerto y hubiera sido un caso claro de envenenamiento, el primer nombre que le habría venido a la cabeza a todo el mundo habría sido el de Sophie. Tenía la oportunidad de hacerlo varias veces al día.

—O sea que, si usted tiene razón, Sophie Bourlet lo mató de dos maneras para evitar que las sospechas recayeran en ella —dijo Poirot—. Si golpeó a Scotcher con un garrote después de matarlo con veneno, fue para ocultar de este modo el método que la situaría como la principal sospechosa del asesinato. Luego tuvo la precaución añadida de fingir que había presenciado cómo mademoiselle Claudia lo atacaba con el garrote.

—Exacto —dijo Kimpton.

—Sophie afirma haber oído ciertas cosas, aparte de lo que vio —le dijo Poirot.

—¿Oído?

—*Oui.* Una conversación entre mademoiselle Claudia y el señor Scotcher, justo antes de que lo atacara con el garrote.

Kimpton soltó un largo suspiro.

—Tiene que ser mentira. Scotcher ya estaba muerto cuando tuvo lugar el ataque. Pero continúe, Poirot.

—Sophie jura haber oído suplicar al señor Scotcher y que, como respuesta, mademoiselle Claudia dijo: «Esto es lo que debería haber hecho Iris».

—¿Iris? —Kimpton dio media vuelta de repente para mirarnos—. ¿Iris Gillow?

El mismo nombre que le había oído mencionar a Claudia Playford. ¿Quién sería?

—No sé a qué Iris se refería, y Sophie Bourlet me ha dicho que ella tampoco —respondió Poirot.

—¿Qué más oyó? —preguntó Kimpton.

—No recuerda las palabras exactas. «Esto es lo que debería haber hecho Iris», y luego: «Pero era demasiado débil. Te dejó vivir y fuiste tú quien la mató a ella». O algo parecido. ¿Le dice algo todo esto, doctor Kimpton? ¿Quién es Iris Gillow?

Kimpton se había sentado en un sillón y tenía la cabeza entre las manos.

—Se lo diré, pero..., por favor, déjenme un momento para que piense en ello —murmuró—. Iris, después de tantos años... ¡No tiene sentido! —Por primera vez desde que lo conocía, lo vi inseguro y confundido—. Claudia estaba conmigo en el piso de arriba. Sea quien sea la persona a la que Sophie Bourlet oyó hablando acerca de Iris no puede ser ella. Tiene que haber sido otra.

Poirot se alisó el bigote con los dedos índice y pulgar de la mano derecha.

—¿Entonces no cree que Sophie mintiera acerca de lo que oyó? Si es capaz de administrar un veneno letal y de mentir al afirmar que ha visto cómo Claudia asesinaba a Joseph Scotcher, también podría mentir sobre otras cosas, ¿no?

—Las palabras que afirma haber oído suenan muy creíbles —dijo Kimpton con un tono de voz sombrío. Se recompuso un poco antes de proseguir—. Aunque eso no significa nada, por supuesto. Las mejores mentiras siempre se confunden con la verdad.

Yo llevaba un rato esperando para sacar un tema que me reconcomía, y ese momento me pareció perfecto.

—Doctor Kimpton, si sus sospechas sobre Sophie Bourlet son correctas, ¿no le parece muy temerario que haya dejado intacta la parte inferior del rostro de Scotcher?

—Puede que intentara destruir cualquier rastro de la mueca de estricnina pero que algo hubiera evitado que lo consiguiera —respondió Kimpton—. ¿Y si oyó pasos y de repente se dio cuenta de que tenía menos tiempo del que había previsto para preparar la escena?

—Es posible —convino Poirot—. Ése es el problema, que todo sigue siendo posible. Doctor Kimpton, si usted cree que Sophie Bourlet asesinó a Joseph Scotcher, dígame una cosa: ¿cuál cree que fue el móvil?

—¿El móvil? —preguntó Kimpton con desdén, como si ese punto no mereciera su atención.

—Sí, el móvil. Scotcher le había propuesto matrimonio esa misma noche. ¿Por qué iba a matar al hombre al que amaba, quien además estaba a punto de morir por culpa de una enfermedad?

—Ni lo sé ni me importa mucho —dijo Kimpton—. Consigan que admita que lo hizo ella y luego pregúntenle el porqué. ¡Móvil! ¿Insiste en el disparate de imaginar que puede encontrarle un sentido a los seres humanos, Poirot?

—Así es, monsieur.

—Pues no existe tal sentido. No existe la coherencia, y yo soy la prueba viviente de ello: acuso a Sophie Bourlet de mentir, pero estoy convencido, sin motivo alguno, de que oyó las palabras que afirma haber oído, las que mencionaban a Iris. Y soy mucho más racional que la media, se lo aseguro.

—¿Quién es Iris Gillow? —pregunté.

La boca de Kimpton se transformó en una mera línea recta.

—Me gustaría mucho poder contarle cosas acerca de ella. Y le aseguro que lo haré. Justo después de la investigación judicial.

—¿Y por qué no ahora? —preguntó Poirot.

—Es más sencillo esperar —dijo Kimpton. Se dispuso a marcharse del salón, pero se detuvo frente a la puerta—. Prepárense para recibir una sorpresa, caballeros. Y de las grandes.

—¿Se refiere a la sorpresa de descubrir que la causa de la muerte fue el veneno? —pregunté.

—No. Algo muy distinto. No les diré nada más, puede que me equivoque. Aunque no lo creo.

Dicho esto, Randall Kimpton salió de la habitación.

Capítulo 21

La cuestión de la caja

A la mañana siguiente, tras el desayuno, Poirot me dijo que quería hablar conmigo a solas y sugirió que diésemos un paseo junto al río. Cometí la ingenuidad de asumir que primero iríamos andando hasta el río, pero enseguida descubrí que él tenía una idea distinta en la cabeza. Un automóvil nos llevaría hasta la orilla del Argideen; Hatton ya lo había preparado y estaba previsto que llegáramos al cabo de una hora.

En su debido momento, se presentó un chófer y nos pusimos en marcha. Mientras nos dirigíamos hacia allí, después de haber rodeado la casa y de tomar lo que me pareció que era la dirección equivocada —puesto que podríamos haber andado en línea recta desde la puerta principal de la mansión de lady Playford hasta el río—, hablé con Poirot.

—El asesinato de Joseph Scotcher no puede estar relacionado con el testamento nuevo. Aquello se anunció durante la cena. Sin duda alguna le administraron el veneno mezclado con la medicina que tomó antes de cenar.

—La estricnina no tenía por qué estar dentro del medicamento, *mon ami*. Podrían habérsela echado en la sopa de carnero. No lo sabemos.

—Incluso si tuviera usted razón, tomamos la sopa antes de que lady Playford nos contara lo del testamento. El móvil tiene que haber sido otro. A menos que el asesino sea

Gathercole o lady Playford. Eran los únicos que conocían los términos del testamento nuevo antes de la cena. Y algo más que debemos tener en cuenta: no podemos estar seguros de que Orville Rolfe esté libre de sospecha. Podría haber sido el envenenador tanto como cualquier otro. Además, tal vez le parezca exagerado, pero Orville Rolfe fue quien sacó el tema del veneno, y eso me parece interesante.

Poirot sonrió.

—Todo lo que me comenta lo he pensado yo también —dijo, y me pareció que fue una especie de cumplido—. Pero se olvida de mencionar lo más desconcertante de todo.

—¿A qué se refiere?

Poirot me dijo que no quería extenderse hasta que estuviéramos solos, por lo que pasamos el resto del trayecto en silencio.

Al final llegamos a nuestro destino.

—Ahí está el Argideen, caballeros —dijo el chófer con un codo apoyado en el respaldo de su asiento—. Andando habría sido un cuarto de hora. ¿Me quedo aquí aparcado para cuando quieran volver?

Se lo agradecimos y salimos del coche para enfrentarnos al viento que soplaba con fuerza. El río era de un gris acerado y el agua bajaba sonoramente revuelta. Empecé a caminar, pero pronto tuve que volver atrás. Poirot se había quedado plantado, mirando sin parpadear el agua. Por lo visto, aquélla era su idea de dar un paseo.

—Piense en lo que nos ha contado Orville Rolfe, Catchpool, la discusión que oyó acerca de un funeral y sobre si la caja debía estar abierta o cerrada. Es cierto que podría haber sucedido en su imaginación mientras el dolor le provocaba delirios, o que también podría habernos mentido, pero no lo creo. Sería demasiada coincidencia.

—No le entiendo. ¿A qué coincidencia se refiere?

En ese momento, Poirot parecía tan contento de que yo no acertara a comprender lo que decía como antes me había parecido satisfecho de que hubiéramos coincidido. Deseé que decidiera de una vez si me consideraba tonto o listo.

—Joseph Scotcher ya estaba muerto, envenenado —dijo—. Así que ¿por qué era necesario golpearle la cabeza hasta que casi no quedara ni rastro de ella? Por un motivo: el que ha propuesto Randall Kimpton: un envenenamiento evidente levantaría sospechas sobre Sophie Bourlet, la responsable de administrarle los medicamentos al señor Scotcher. *Bien sûr, c'est possible, mais...* Me inclino más bien por otra posibilidad.

—Creo que sé lo que está a punto de decir. Si le envenenan, la cara y la cabeza permanecen intactos. Es posible abrir la caja en el funeral. Orville Rolfe casi lo dijo mientras se retorcía de agonía, cuando creía que lo habían envenenado. En cambio, si la cabeza ha quedado reducida a puré a golpes de garrote, la única opción sería mantener la caja cerrada.

—*Précisément!* Y Orville Rolfe nos dijo que había oído cómo un hombre decía que debía abrirse la caja, que era la única manera. Una mujer discutía con él. ¿Ve cómo encajan las piezas?

—Sí, sí. Lo veo. Por eso la mujer, tal vez Claudia Playford, aporrearía la cabeza de un hombre que ya había muerto envenenado. Porque no quería que pudiera abrirse la caja en el funeral.

La expresión de Poirot era distante y contemplativa.

—¿Recuerda cuando estuvimos paseando por el jardín después de la cena? —me preguntó—. Cuando imaginamos qué ocurriría si lady Playford creyera que uno de sus hijos estaba planeando matarla.

—Lo recuerdo muy bien —le dije.

—Consideremos una variación de esa hipótesis. ¿Qué

ocurriría si lady Playford se hubiera enterado hace un tiempo de que su hijo o su hija, o tal vez los dos juntos, estaban conspirando para asesinar a Joseph Scotcher, o querían verlo muerto? Eso explicaría el testamento nuevo, ¿no? Ella orquesta un espectáculo elaborado que consiste en dejárselo todo a Scotcher y privar a sus dos hijos de la herencia. Lo hace en presencia de dos abogados, de un policía de Scotland Yard ¡y del famoso Hércules Poirot! —exclamó, levantando las manos.

Sonreí mientras imaginaba que el río Argideen dejaba de fluir revuelto y espumoso de golpe, en deferencia por su grandeza.

—Esto explicaría a la perfección lo que hizo lady Playford, que de otro modo resultaría incomprensible.

Poirot empezó a andar arriba y abajo, con pasos cortos, adelante y atrás. Intenté caminar a su lado, pero me pareció muy difícil, por lo que al final me detuve.

—Joseph Scotcher no vivirá para heredar la fortuna de lady Playford, y ésta lo sabe —prosiguió—. Entonces ¿por qué cambia el testamento? ¿Es posible que quisiera ofrecer a sus dos hijos un buen motivo para cometer el asesinato? Frente a la ley, la policía, el experto en resolver crímenes. De repente, Harry y Claudia Playford se encuentran en una posición de lo más alarmante. Si llevan a cabo sus planes para matar a Scotcher, serán los principales sospechosos debido al móvil que su madre acaba de facilitarles ¡y que resulta flagrante para todos! Lo mismo es aplicable a Dorro Playford y, hasta cierto punto, a Randall Kimpton.

—¿No habría resultado más sencillo que lady Playford convocara a la Garda y les dijera: «Creo que mis hijos podrían estar tramando una conspiración para asesinar a mi secretario»?

—No lo creo, no. Sin una prueba irrefutable, ¿se arriesgaría a acusarlos? Resulta más sutil, creo, envolver los cuellos de Harry y Claudia con ese móvil tan manifiesto frente a mucha gente. Como elemento disuasorio.

—Un elemento disuasorio poco efectivo —señalé—. Joseph Scotcher está muerto: no lo olvide. Además, ¿por qué Harry, o Claudia, o cualquier otra persona, tendría que llegar al punto de arriesgar el cuello para asesinar a un hombre que está a punto de morir por una enfermedad renal? ¿Y por qué debería importarle a nadie si la caja en la que meterán a Joseph Scotcher está abierta o cerrada?

Poirot volvió la mirada al río y empezó a caminar hasta el lugar en el que nos esperaba el automóvil. Se estaba acomodando en el asiento cuando subí yo, casi un minuto más tarde. Una vez que nos pusimos en marcha hacia Lillieoak, volvió a hablar, en voz muy baja, casi inaudible.

—En cuanto sepamos la respuesta a la cuestión de la caja, lo sabremos todo.

Capítulo 22

En el invernadero de naranjos

De vuelta en la casa, Hatton me estaba esperando con un mensaje.

—El señor Gathercole le espera en el invernadero de naranjos, señor —dijo.

Me pregunté si conservaría esa capacidad para hablar con libertad en cuanto se hubiera resuelto el asesinato de Scotcher. Luego me preocupó que nunca llegara a resolverse y me pregunté si Poirot compartía mi ansiedad en ese sentido.

—¿El invernadero de naranjos? —pregunté. Aún no había visto ningún invernadero en Lillieoak. Si existía, no sabía dónde estaba, y así se lo dije. Me pareció que Gathercole había elegido un lugar de lo más extraño.

—Sígame —dijo Hatton, antes de demostrar que las trágicas circunstancias no sólo habían mejorado con mucho su capacidad de discurso, sino también la de mostrarme dónde estaba un lugar determinado, a juzgar por lo que le había costado enseñarme las habitaciones.

El invernadero de naranjos resultó ser una gran estructura de madera, adjunta a la parte posterior de la casa y repleta de naranjos y limoneros. A pesar del frío y del viento que reinaban fuera, en el interior todo era exuberante y florido. Al principio el calor me pareció agradable, aunque al cabo de unos segundos me incomodó. Encontré a Gathercole secándose la frente con un pañuelo.

—¿Ha oído que la investigación judicial al respecto de la muerte de Scotcher tendrá lugar el miércoles que viene? —me preguntó.

—No. ¿Quién se lo ha dicho?

—O'Dwyer.

—¿Y la noticia le inquieta? —Era evidente que sí, lo estaba viendo con mis propios ojos. Gathercole parecía bastante más incómodo que yo, y me pareció obvio que no era sólo el calor lo que lo afectaba.

—El inspector Conree sigue insistiendo en que nadie salga de Lillieoak —dijo—. No tiene sentido que nos tenga a todos aquí encarcelados bajo el mismo techo, después de lo que ha ocurrido. No es seguro. Me preocupa que... —Se detuvo y negó con la cabeza.

Decidí mostrarme atrevido.

—¿Le preocupa que la verdad salga a la luz a raíz de la investigación? ¿Lo del envenenamiento? Tal vez no contaba con que sucedería tan pronto.

Fui atrevido e indiscreto. Si Conree me hubiera oído, se habría puesto furioso.

Gathercole parecía confuso. De hecho, se diría que la confusión cortó en seco su inquietud. Me dije a mí mismo que si el veneno había sido el método utilizado en el asesinato, Michael Gathercole no había matado a Joseph Scotcher.

—¿Qué quiere decir? —preguntó—. ¿Está sugiriendo que a Scotcher lo envenenaron, además de destrozarle la cabeza con un garrote? ¡Eso es de lo más improbable!

—Sí. A la gente no suelen asesinarla dos veces —dije, con una sonrisa—. No tenemos nada claro, por el momento. Deberíamos esperar a que la investigación judicial nos aclare cómo murió Scotcher. ¿Quería hablar conmigo sobre algo? Hatton me ha dado a entender que...

—Sí, sí. Así es. Debo contarle algo tan pronto como sea posible.

—¿Puedo preguntarle por qué me lo quiere contar a mí? Sin duda habría sido mejor elegir al inspector Conree o al sargento O'Dwyer, ¿no cree?

Gathercole me lanzó una mirada penetrante.

—Para mí, no. No soportaría que me considerara un mentiroso, Catchpool. Hay cosas, cosas importantes, que pueden ser cruciales en este asunto. ¿Ha acudido alguien más a hablar con usted?

—¿En quién está pensando? ¿Para hablar sobre qué?

Fue como si no hubiera oído mis preguntas.

—Tal vez sería mejor que habláramos después de la investigación en los juzgados —me dijo—. No sé nada con seguridad. No puedo saberlo, por muy seguro que me sienta al respecto.

—Por favor, cuénteme lo que le preocupa —lo insté—. Le ayudaré, si está en mi mano.

Ya había dos personas que habían prometido dar más explicaciones tras la investigación: Gathercole y Randall Kimpton. Aquello me pareció destacable. Sin duda tenía más sentido escupir todo cuanto habían estado reteniendo antes de que se vieran obligados a ello a raíz de una revelación pública.

Gathercole no hacía más que moverse, incapaz de quedarse quieto.

—Me preguntó si algo me había disgustado en el comedor, la noche en la que murió Scotcher. Yo esquivé la pregunta por miedo a que usted me viera como a un estúpido por preocuparme tanto por una familia a la que no pertenezco. Athelinda Playford y yo no compartimos ningún parentesco. Soy su abogado, eso es todo. Bueno, todo no —se corrigió—. Según los nuevos acuerdos que ha formalizado, también soy su albacea literario.

—No le habría tomado por tonto —le dije—. Somos muchos los que sentimos el máximo apego posible por personas que no son de nuestra sangre.

—Como ya sabe, yo no tengo familia —dijo con brusquedad—. En cualquier caso, lo que me enervó en la mesa, lo que alimentó mis ganas de coger un cuchillo y utilizarlo contra la mayoría de los presentes, fue que nadie pensó en preguntar a lady Playford sobre su estado de salud.

—Creo que no le sigo.

En cuanto hube dicho esto, algo crujió bajo mi pie. Había dado un paso atrás y con el talón derecho había pisado una pala que estaba en el suelo del invernadero, llena de fragmentos de cristal. A su lado, los restos orgullosos de un tarro de mermelada roto. En ese momento me di cuenta del motivo por el que no me gustaban ni los invernaderos ni los porches techados y lugares similares: tras esos nombres rimbombantes que sugerían una atractiva extensión de la casa, lo que en realidad se ocultaba eran vertederos para la basura que nadie se molestaba en tirar. En una habitación de verdad, si alguien rompía un tarro de mermelada, tiraba los restos y no los dejaba en el suelo de cualquier manera, donde un desafortunado visitante pudiera pisarlos por accidente.

—¿Por qué una mujer que no está enferma se lo dejaría todo a un hombre que sabe que morirá en cuestión de semanas? —dijo Gathercole—. El motivo más probable, en mi opinión, es que se ha enterado hace poco de que le queda todavía menos tiempo que a él. Eso era lo que yo temía cuando lady Playford me citó en su estudio, esa misma tarde, para pedirme que redactara un testamento nuevo. No podía contener mi ansiedad y le pregunté de forma bastante impertinente si esperaba morir antes que Scotcher. Me aseguró que gozaba de la buena salud que aparentaba y yo la creí. Fue un gran alivio. ¡Pero ninguno de los demás pensaron en ello!

Las palabras de Gathercole sonaron duras y potentes.

—¡Ninguno de ellos se lo preguntó! No podía soportarlo, Catchpool: ante mis ojos se demostraba de forma irrefutable el egoísmo y el desmerecimiento de todos ellos. No son dignos de la hospitalidad o la generosidad de lady Playford. Y Scotcher... —Gathercole pronunció su nombre con un deje envenenado—. En ese instante habría disfrutado mucho asesinándolo, sin duda.

—Disfrutó de la fantasía —le dije—. La realidad de cometer el asesinato le habría repugnado.

—No esperaba nada mejor de Claudia, con lo mezquina que es; ni de Harry, que no podría ser más obtuso. Pero Scotcher era un tipo listo, lo bastante para hacernos creer a todos que era leal a lady Playford. Sin embargo, él tampoco se preocupó ni lo más mínimo por la salud de su benefactora. Suelo ser muy mesurado, pero se lo digo en serio: en ese momento creí que explotaría de rabia. Ninguno de ellos la merecen. —Se detuvo un segundo antes de añadir una precisión—. *Merecía*, en el caso de Scotcher.

—Gracias por contármelo —dije.

—Sí, bueno. —Mi gratitud lo incomodó—. El único motivo por el que no se lo conté enseguida es que deja al descubierto mi... envidia, supongo que debe ser.

—Pensó que si usted hubiera sido el hijo de lady Playford, se habría preocupado más por ella que por la herencia que pudiera llegar a dejarle.

—¡Sé que sería así! Si yo fuera hijo suyo o, es más, su secretario. El único motivo por el que no soy su secretario es Joseph Scotcher.

—¿Perdone? —reí, pensando que lo había oído mal—. ¿El secretario de lady Playford? ¿Usted? Pero si es socio de un bufete de abogados.

—Sí. No haga caso de lo que he dicho, por favor.

—Un minuto. ¿Me está diciendo...?

—¡Tenemos que hablar de cosas más importantes que sobre lo que yo pueda sentir por mi profesión! Les he dicho una mentira. A usted, a Poirot y a la Garda.

—¿Qué mentira?

Gathercole se volvió hacia mí, y se echó a reír.

—No ponga esa cara. ¿Está esperando que confiese el asesinato? No se preocupe, yo no maté a Scotcher. La mentira que les he dicho tiene relación con mi coartada.

—¿El paseo por el jardín, a solas, sin nadie que pueda atestiguarlo?

—Ni estuve en el jardín ni estuve solo, y alguien puede atestiguarlo: Athelinda Playford. Estuve en su dormitorio.

—¿En su dormitorio? ¿Cuándo, exactamente?

—Después de que Rolfe y yo subiéramos al primer piso. Le di las buenas noches frente a su puerta y, cuando se hubo encerrado en su habitación, fui al dormitorio de lady Playford.

—¿Para comprobar que estuviera bien? ¿Que no se hubiera tomado demasiado a pecho las crueldades que le había dicho Dorro? —pregunté, consciente de que no debería haber puesto palabras en su boca.

—No. Acudí a su dormitorio porque así lo habíamos convenido. Antes de que Dorro dijera todo aquello.

Gathercole había cerrado la mano alrededor de una naranja. La tenía agarrada como si estuviera pensando en arrancarla y luego la soltó. El fuerte olor cítrico combinado con el calor empezaba a marearme.

—Fue lo último que me pidió en la reunión que habíamos mantenido esa misma tarde —dijo Gathercole—. Me dijo que, más tarde por la noche, alguien podría atentar contra su vida. Su plan, que me implicaba a pesar de haberlo orquestado sin mi participación, consistía en retirarse a la cama para ir a dormir como de costumbre. Mientras tanto, yo tenía que ocultarme tras las gruesas cortinas, preparado para saltar en cualquier momento si alguien entraba en la habitación. De lo contrario, tenía que mantenerme despierto y alerta toda la noche.

—Eso es imposible —dije, temiendo que me estuviera tomando el pelo—. Hatton le vio salir al jardín diez minutos después de que Orville Rolfe se retirara a su cuarto.

—No me vio —dijo Gathercole—. Lady Playford le explicó que yo estaba con ella durante ese tiempo, y le ordenó que dijera que me había visto salir al jardín, si le preguntaban al respecto. Todo estaba acordado.

No sabía qué pensar. Quería creer lo que me contaba.

—Supongo que me será útil saber que no puedo confiar en la palabra del mayordomo —dije.

—Oh, claro que puede fiarse de Hatton. A menos que lady Playford le ordene lo contrario, le dirá la verdad. Es... —Gathercole se detuvo y sonrió—. Es extraño, pero no he pensado en él, cuando he hablado del egoísmo que reina en Lillieoak. Creo que Hatton se preocupa más por lady Playford que cualquiera de sus dos hijos, aunque lo haga a su manera, guardando silencio.

—Eso es encomiable, pero espero encontrar al menos una persona preocupada por resolver el brutal asesinato de Joseph Scotcher.

—Sé que no tengo derecho a pedírselo, pero si pudiera evitar mencionar el testimonio... desorientador de Hatton al inspector Conree o al sargento O'Dwyer, se lo agradecería mucho, y sé que lady Playford también.

Me alegré de que no me pidiera lo mismo respecto a Poirot.

—¿Y qué hay de su abrigo? —pregunté—. Cuando nos reunimos todos y presenciamos aquella escena horrible en el salón, usted llevaba abrigo.

—Así es —reconoció Gathercole.

—Pero ¿insiste en que no puso los pies en el jardín?

Resopló levemente con impaciencia y empezó a caminar en círculos a mi alrededor.

—¿Tiene alguna idea del frío que hace junto a la ventana de la habitación de lady Playford?

Tuve que reconocer mi ignorancia al respecto.

—No es que invite a todas sus visitas a ocultarse tras las cortinas mientras duerme —añadí con sequedad.

—Considérese afortunado, pues —dijo Gathercole con sentimiento—. No es agradable verse atrapado en un verdadero vórtice de aire frío, con el repiqueteo de los cristales en los oídos. Yo no había pensado en el inclemente tiempo de octubre, pero lady Playford sí, cuando tramó su plan. Me dijo que podía coger una neumonía si no me ponía el abrigo, por lo que le hice caso, y la verdad es que lo agradecí.

—Ya veo. ¿Y acudió alguien a la puerta de lady Playford mientras usted estaba tras la cortina?

Gathercole sonrió con tristeza.

—Supongo que era de esperar que quisiera ponerme a prueba. A fin de cuentas, acabo de admitir que le mentí, ¿por qué tendría que creerme ahora? Sí, alguien acudió a la puerta de lady Playford: usted.

—Entonces no lo comprendo. Usted estaba allí, listo para saltar en cualquier momento para salvar a lady Playford, pero cuando ella abrió la puerta, usted no hizo nada. ¿Cómo sabía que no estaba a punto de atravesarle el corazón con un pincho de asar pollos?

Gathercole desvió la mirada.

—¡Ah, ya lo entiendo! —dije—. Usted sabía que yo no era sospechoso de querer matarla. Lo que significa que ella esperaba que una persona concreta atentara contra su vida. Y, además, sabe el nombre de esa persona, ¿cierto?

El rostro de Gathercole adquirió un aspecto sombrío.

—Por favor, dígamelo de una vez —lo insté.

—Debería hablar usted con lady Playford —me dijo. Repitió la orden varias veces y no me dijo nada más.

Capítulo 23

La investigación judicial

La investigación tuvo lugar en el juzgado de Clonakilty, tal vez el edificio más soso que había visto en mi vida, y su interior estaba impregnado del olor de todas las cosas oscuras que llevaban demasiado tiempo allí encerradas. Las ventanas eran estrechas y el agua empañaba los cristales. Me quedé fuera tanto tiempo como pude, pensando en el contraste entre ese edificio y Lillieoak, donde tendría que residir temporalmente a pesar de que se había cometido un asesinato en su interior. En ese juzgado, en cambio, no accedería a pasar ni una sola noche.

No había sillas, sólo unos largos bancos de madera que llenaban la amplia sala. Al entrar, Harry y Dorro Playford se interpusieron entre Poirot y yo. El belga, en lugar de esperarme, aprovechó la ocasión para dejarme atrás, lo que me fastidió hasta que me di cuenta de lo que se proponía. Corría detrás de lady Playford y... ¡santo cielo, incluso apartó a Randall Kimpton a codazos para situarse al lado de ella! No estaba acostumbrado a verlo moviéndose a esa velocidad.

Sonreí, conocedor de sus intenciones. Le había contado todo lo que Gathercole me había explicado, incluyendo la recomendación de que hablara con lady Playford si quería saber más, aunque había sido imposible porque ella se las había arreglado a las mil maravillas para escabullirse durante los días siguientes. En esos momentos estaba entre nosotros, por fin podríamos acceder a ella. Me pregunté hasta qué punto sería capaz de interrogarla Poirot antes de que empezara la investigación del caso.

Un hombre que asumí que era el juez de instrucción, con la cabeza pequeña y abultada como un cacahuete, había entrado un momento antes acompañado por el inspector Conree. El sargento O'Dwyer los seguía de cerca, charlando con un hombre cuyo pelo ralo y rubio parecía formar estratos sobre su azotea, mientras que el labio inferior le colgaba cuando estaba en reposo, como si acabase de decir «Mire qué úlcera tengo en la encía» e intentara dejarla al descubierto.

Kimpton apenas advirtió que Poirot había conseguido colocarse junto a lady Playford. El automóvil en el que llegó Claudia había aparcado hacía unos segundos y la estaba mirando por encima del hombro con el brazo extendido.

—Ah, aquí estás, queridísima —dijo él al verla correr hacia él como si llevaran semanas enteras sin verse, en lugar de haber permanecido separados apenas media hora.

Yo me senté en el banco que quedaba detrás de Poirot, con la esperanza de que podría oír la conversación si se decidía a abordarla.

No perdió ni un momento en intentarlo.

—Lady Playford...

—¡Lady Playford, lady Playford! ¡No hay manera! ¿Le importaría llamarme Athie, por favor?

—Por supuesto, madame. Por favor, acepte mis disculpas.

—¿Qué quería decirme?

—¿Es cierto lo que he oído acerca del señor Gathercole, en la noche del asesinato de Joseph Scotcher?

—¿Qué ha oído usted y quién se lo ha dicho?

—El mismo señor Gathercole, aunque no fui yo quien

escuchó sus palabras. Digamos que han llegado hasta mis oídos dando una vuelta.

—Dando un rodeo. Y tampoco sería la expresión adecuada, en cualquier caso. Podría decir que «han seguido una ruta enrevesada», pero sólo se dice «dando un rodeo» si se quiere dejar implícito que la comunicación ha sido ineficiente. Como esta conversación. ¿Qué es lo que le gustaría saber?

—El señor Gathercole afirma haber pasado buena parte de la noche del asesinato de Joseph Scotcher escondido tras las cortinas de su dormitorio por si alguien entraba para atentar contra su vida. Insiste en que permaneció escondido tras una cortina entre el momento en el que se marchó del comedor con Orville Rolfe y los chillidos de Sophie Bourlet en la planta baja. También dice que usted le pidió al mayordomo que mintiera y afirmara que había visto al señor Gathercole entrando desde el jardín.

—Sí. Todo es cierto. No culpe al pobre Hatton, ha demostrado más lealtad de la que le conviene. Quería proteger a Michael, que no había hecho nada malo. Sabía que tenía una coartada y decidí que no importaba si no coincidía al completo con la que declaraba a la policía. Lo más importante, en realidad, es que todos sabemos que no podría haber asesinado a Joseph. —Lady Playford sonrió, aunque sin entusiasmo. Parecía cansada, como si le incomodara tener que dar tantas explicaciones.

Poirot se había quedado en silencio. Imaginé que, igual que yo, veía con recelo aquella valoración tan poco honesta del asunto. Por muy famosa e imaginativa que fuera como escritora, pensé, no se daba cuenta de que su testimonio no tenía ningún valor, tras haber admitido la facilidad con la que mentía. Llegué a la conclusión de que debía de habérsele subido la fama a la cabeza. Estaba demasiado acostumbrada a ejercer como único árbitro de lo que decían, hacían y pensaban todos los personajes de una historia.

—¿Así que usted sospechaba que, como resultado de la noticia que pensaba comunicar durante la cena, alguien la asesinaría? —le preguntó Poirot.

—¡Ah, no! —Se rio, como si la idea le pareciera absurda.

—Entonces no lo comprendo. El señor Gathercole ha dicho...

—¡Basta ya! ¡Basta! —Lady Playford ahuyentó las palabras de Poirot con un gesto de la mano—. En lugar de bombardearme con preguntas, déjeme que le cuente algo. Me aseguraré de incluir todos los detalles relevantes, y además me esmeraré en disponerlos en el orden correcto.

Al frente de la habitación, el hombre del labio caído y el pelo rubio retiraba una silla y se sentaba en el lugar que tenía que ocupar el juez de instrucción. Me había equivocado, pues: el juez de instrucción debía de ser él, mientras que el otro hombre, el de la cabeza con forma de cacahuete, era otro funcionario. ¿Quién? ¿Y por qué había llegado con Conree y O'Dwyer? No era el médico forense, que por cierto no estaba presente, tal y como advertí en ese instante. Al forense lo había visto un momento cuando se marchaba de Lillieoak. Era un tipo desaliñado al que no paraban de caérsele cosas de los bolsillos y de un maletín de cuero muy maltrecho que llevaba en la mano.

Con la excepción de Brigid Marsh y Hatton, allí estaba Lillieoak al completo. Poirot y Athie Playford se hallaban sentados delante de mí, como ya he dicho. El resto de la gente estaba detrás: Claudia Playford y Randall Kimpton uno al lado del otro; Phyllis Chivers al otro lado de Claudia. Y Sophie Bourlet, junto a Kimpton. Harry y Dorro se habían sentado juntos en un banco de la última fila, y... Vaya, eso era peculiar. ¿Por qué Gathercole y Rolfe no se sentaban juntos? ¿Debían de haberse enemistado?

Luego caí en la cuenta: sí que estaban sentados juntos, o al menos tan juntos como era posible, considerando la enorme barriga de Rolfe. Desde mi asiento, no obstante, parecía como si se hubieran propuesto dejar la máxima separación posible entre los dos.

—Muy bien —le dijo Athie Playford a Poirot—. Se lo diré: aunque seguramente nos interrumpirán. Sí, le pedí a Michael que me hiciera el favor nada despreciable de ocultarse tras las cortinas de mi dormitorio durante toda la noche. Le pedí que renunciara a dormir una noche y tuvo la amabilidad de aceptar convertirse en mi protector sin dudarlo ni un instante. Pensaba que cabía la remota posibilidad de que alguien pudiera dejarse llevar por el pánico e intentara matarme mientras dormía. Por muy vieja que sea, todavía no estoy preparada para morir. Aunque solamente sea porque tengo una idea fabulosa para mi siguiente fardo. ¿Quiere que se la cuente? Todavía no he resuelto todos los detalles, pero está relacionada con un disfraz.

—Madame...

—Tiene que ser un disfraz que cubra la cara. Un velo, por ejemplo. En cualquier caso, alguien sospecha que tras el disfraz se esconde una determinada señora y eso levanta sospechas. Además, se ve también cómo otros se dejan la piel por...

—Madame, estoy seguro de que esa historia es fascinante, pero me interesa más la otra —dijo Poirot—. ¿Temía que ese atentado contra su vida procedería de alguien en concreto?

—Sí. Tenía un nombre en la cabeza. ¿No es evidente, para un gran detective como usted, la identidad de esa persona? ¡Haga un esfuerzo, Poirot! ¿Quiere una pista? Aunque estoy segura de que las dos me odian en estos momentos, ni Claudia ni Dorro me harían ningún daño. Respecto a Harry y a Randall..., bueno, a Harry no hay más que verlo, ¿no? Y a Randall le gusta demasiado ir contracorriente.

—¿Qué quiere decir? —preguntó Poirot.

—Ah... —Lady Playford suspiró—. Esto es agotador.

Pues que obtiene un placer inconmensurable diciendo, haciendo y preocupándose por cosas absolutamente ridículas. No puedo creer que no lo haya notado. Ataca la psicología porque sabe que usted confía mucho en ella. Su obra favorita de Shakespeare es *La vida y muerte del rey Juan*, y abandonó una carrera exitosa porque no soportaba estar cerca de los que creían que *Rey Lear* es una gran obra de arte. ¡Aunque en realidad lo sea! ¡Eso es incuestionable!

—¿Cree usted que el doctor Kimpton también lo piensa y simplemente finge estar en desacuerdo?

—No. Por eso resulta tan irritante. Es distinto a los demás hasta un punto que provoca frustración. Debería haberse puesto furioso conmigo por el testamento, aunque sólo fuera para defender los intereses de Claudia, pero por supuesto, ¡no lo estaba! Es rico, pero sería feliz del mismo modo si fuera pobre. Y sin embargo, en una ocasión recibió una felicitación navideña, una tarjeta normal y corriente sin ningún mensaje importante o interesante; la firma era ilegible, de manera que no podía saber de quién era, ni siquiera podía imaginarlo a partir del matasellos... bueno, pues eso sí fue un tormento para él. Lo vi desbordado, no le exagero. Recorrió todos sus círculos sociales y profesionales hasta que dio con el responsable.

—¿Y entonces se quedó satisfecho?

—Ah, sí. Pero lo que quiero decir es que una persona normal se habría limitado a levantar una ceja ante aquella rúbrica indescifrable y habría dicho: «Me parece que nunca lo sabré». Y lo habría dejado allí.

—¿Recuerda usted quién le mandó al doctor Kimpton esa felicitación navideña? —preguntó Poirot.

Lady Playford estalló en una carcajada.

—¡Ay, es usted maravilloso, Poirot! ¡Detective hasta el final! Pues sí, resulta que lo recuerdo con claridad, porque tuve la desvergüenza de robarle el nombre del pobre tipo y meterlo en el fardo que estaba escribiendo en esos momentos. Jowsey, Trevor Jowsey. Había sido profesor de Randall. No un maestro de escuela, sino uno de los que le enseñaron en la facultad de Medicina. Lo reinventé como David Jowsey, conductor de trenes de mercancías.

Al frente de la sala, el juez de instrucción se aclaró la garganta y pasó la mano por encima del montón de papeles que tenía delante. En cualquier momento empezaría la investigación judicial.

Lady Playford se inclinó para acercarse más a Poirot.

—Permítame que le cuente en un minuto el resto de mi idea —le susurró al oído—. Usted sabrá apreciarla más que nadie. Los malos sospechan que la persona disfrazada es la dama en cuestión. Shrimp y sus amigos la ayudan a ocultar su identidad e insisten en que es una mujer distinta. De hecho, la mujer disfrazada no es la señora que los demás creen, puesto que ésta se encuentra en un lugar seguro. Y Shrimp dice la verdad, pero con la intención de desorientar a quienes la buscan. ¿No le parece espléndida? Se puede insistir en que la verdad es cierta de un modo que parece que sea mentira.

—Ya veo que a la hora de tramar conspiraciones no tiene usted parangón —le dijo Poirot—. Dígame: ¿por qué un asesino, en una historia, podría querer a cualquier precio que la caja en la que yace el cuerpo del difunto durante el funeral pueda abrirse, en lugar de mantenerse cerrada?

—Ese planteamiento me parece fascinante —respondió ella con entusiasmo—. Lo primero que se me ocurre es que debería tener algo que ver con la cara, aunque nunca me quedo con la idea más inmediata. En lugar de eso hay que preguntarse: ¿qué conseguiría añadir todavía más interés?

Me planteé si aquello restaba probabilidades a que lady Playford fuera la mujer que Orville Rolfe había oído discutir con un hombre el día del asesinato. Por el tono de voz me pareció inocente, como si nunca hubiera pensado en el tema de la caja, y mucho menos si tenía que estar abierta o cerrada.

—¿De quién tenía que protegerla el señor Gathercole, lady Playford? —En ese momento, la voz de Poirot sonó bastante cortante.

—Pues de Joseph, por supuesto —dijo ella.

—¿Joseph Scotcher?

—Sí. Acababa de comunicarle que heredaría una inmensa fortuna cuando yo muriera.

—Pero...

—Pocas personas se lo dejarían todo a alguien a quien creyeran capaz de matarlas. ¿Es eso lo que está pensando?

Poirot admitió que sí.

—Tiene razón. —Lady Playford sonó complacida consigo misma.

—Pero también estoy pensando otras cosas. Como por ejemplo: ¿por qué tendría que querer matarla un moribundo? ¿Por el dinero? Eso no me convence, sobre todo teniendo en cuenta que lo disfrutaría durante poco tiempo y que estaría tan indispuesto que no podría aprovecharlo. Supongo que todas las necesidades del señor Scotcher relacionadas con su enfermedad estaban cubiertas, ¿no?

—Ah, sí. Me aseguré de que Joseph tenía lo mejor de todo. No escatimé recursos en ese sentido.

—¿Entonces qué otro motivo podría tener para matarla? ¿Para poder casarse rápidamente con Sophie Bourlet y convertirla en una viuda rica cuando él muriera?

—Estoy segura de que se divertirá intentando descubrirlo —respondió lady Playford.

—Es usted una narradora con talento. ¿No sería más divertido que me lo contara usted?

—Hay cosas sobre las que sólo me veré capaz de hablar cuando sepamos el resultado de la investigación, una vez que hayamos salido del juzgado.

Pude imaginar la frustración que debió de sentir Poirot,

210

puesto que yo también la experimenté. Ni él ni yo teníamos la autoridad necesaria para obligar a alguien a contarnos nada en contra de su voluntad. Conree tenía todo el poder en sus manos y no había manera alguna de saber si estaba planteando las preguntas adecuadas, aunque después de ver cómo se manejaba, temía que no fuera así.

Poirot no se dio por vencido tan fácilmente.

—Dígame un detalle más: ¿por qué no cerró con llave la puerta de su dormitorio, si temía que el señor Scotcher pudiera entrar para asesinarla? Tiene cerradura. Lo he comprobado.

—Después de la investigación se lo contaré con mucho gusto.

—¡Increíble!

—¿Qué es increíble? —preguntó lady Playford.

—Randall Kimpton dijo exactamente lo mismo, y Michael Gathercole también. Todos prometen hablar después de la investigación. ¿Por qué no antes?

—Esa pregunta es realmente absurda, Poirot. Si estuviera preparada para contestarla... ¡Ah! Parece que esto por fin va a empezar.

Tenía razón. El hombre del labio caído se presentó como el juez de instrucción, Thaddeus Coyle, y dio por iniciado el proceso judicial.

Escuchamos atentamente mientras se nos fueron revelando hechos de los que sólo algunos de nosotros estábamos al corriente. El hombre con la cabeza de cacahuete resultó ser el oficial jefe y representante de los forenses. Según nos dijeron, el desgreñado doctor Clouder no había podido asistir porque había extraviado las llaves de su automóvil.

Scotcher había muerto víctima de un envenenamiento por estricnina que, según el experto médico de la Garda, había ingerido entre las cinco y las siete y media de la tarde, dependiendo de la cantidad. Se estimaba que la muerte debía de haber tenido lugar entre las nueve y las nueve y media. Las pruebas sugerían que Scotcher fue trasladado al salón ya muerto, y que una vez allí le destrozaron la cabeza casi por completo con un garrote que pertenecía a la familia Playford y en el que se habían encontrado restos de sangre, tejido cerebral y fragmentos de cráneo.

El juez de instrucción escuchó la declaración de Sophie Bourlet, según la cual había visto cómo Claudia Playford infligía los daños a la cabeza de Scotcher, y acto seguido se le pidió al inspector Conree que presentara las pruebas dactilares. El garrote, según nos dijo con la barbilla apenas separada del pecho, estaba repleto de huellas, algunas de las cuales pertenecían a Claudia Playford. Sin embargo, también se habían encontrado huellas de Athelinda Playford, Frederick Hatton, Phyllis Chivers, Randall Kimpton y Harry Playford. Aquello tenía una explicación muy sencilla: el garrote era un adorno doméstico fácilmente accesible y muchos lo habían tocado en un momento u otro.

Entre los frascos que habían hallado en el dormitorio de Scotcher, sólo había uno completamente vacío y era ése, uno de color azul, el único que contenía rastros de estricnina, además de un remedio herbario inofensivo. El resto de frascos contenían un surtido de tónicos herbarios exentos de veneno.

Me sorprendió oír lo de los tónicos. Habría esperado que en la habitación de un moribundo hubiera frascos con varios brebajes químicos, pero tal vez Scotcher estaba demasiado acabado para que las medicinas convencionales tuvieran algún efecto beneficioso para él.

Sophie Bourlet testificó que el frasco azul estaba más bien lleno cuando le había administrado su contenido por última vez a Joseph. El juez de instrucción le preguntó cuándo había tenido lugar esa última dosis y ella respondió que había sido «ese mismo día, el día de su muerte».

Que le había dado dos cucharadas a las cinco en punto. Como siempre.

Aquello también me desconcertó. Creer en la eficacia de esos tónicos era una cosa, pero ¿por qué era tan importante la hora del día a la que una persona toma raíz de lavanda o tintura de eucalipto o lo que fuera que tomó?

En ese instante tuve un presentimiento, y más tarde Poirot me confesó que a él le había ocurrido lo mismo, si bien es obvio que, como habría dicho Randall Kimpton, su palabra no era ninguna prueba concluyente al respecto.

El juez de instrucción dictaminó que la causa de la muerte de Joseph Scotcher había sido el asesinato cometido por una o varias personas cuya identidad aún no se conocía. Acto seguido, en lugar de dar por terminada la investigación, se puso de pie y se aclaró la garganta.

—He de decir algo más que debe constar en el acta oficial levantada para este proceso. Tras haberme informado de todos los detalles de la investigación en curso que ha llevado a cabo el inspector Conree para dilucidar las circunstancias de la muerte del señor Scotcher, soy plenamente consciente de que uno de los aspectos más... misteriosos, si me permiten la expresión, del caso es el móvil que podría haber tenido alguien para acabar con la existencia de un hombre al que le quedaba tan poco tiempo de vida. Además, igual que el inspector Conree, he considerado la posibilidad de que un posible móvil para el asesinato haya sido el testamento nuevo de lady Playford, según el cual se nombraba al difunto señor Scotcher como único beneficiario. Por consiguiente, nos topamos con otro misterio: ¿por qué cambiar el testamento en beneficio de un moribundo? A la luz de todas estas preguntas sin respuesta y tras una larga y cuidadosa reflexión, he decidido que es mi deber hacer público un aspecto de este desafortunado asunto, puesto que tanto el inspector Conree como yo mismo creemos que podría ser relevante. No tiene nada que ver con la causa física de la muerte del señor Scotcher, pero podría demostrarse pertinente de todos modos. Puesto que no se trata, estrictamente hablando, de un aspecto médico sino de lo que creo que podríamos llamar un aspecto humano, he tomado la decisión de contárselo yo mismo en lugar de presentarlo adjunto al informe policial.

—A ver si lo dice de una vez —murmuró lady Playford con impaciencia.

Me pregunté si ella sabría de qué se trataba. La intuición me decía que sí. Sentí un picor incómodo por todo el cuerpo.

—Joseph Scotcher —dijo el juez de instrucción— no se estaba muriendo.

—¿Cómo? ¿Que no se estaba muriendo? ¿Qué ha querido decir con que no se estaba muriendo? —Ni que decir tiene que la primera en protestar fue Dorro—. Se referirá a que ya estaba muerto cuando lo golpearon, ¿no? Que después de haberse tragado el veneno, no se estaba muriendo sino que ya estaba muerto. ¿A qué se refiere exactamente?

—Dios mío, estaremos aquí hasta Navidad —murmuró Randall Kimpton.

—¡Silencio, por favor! —El juez de instrucción parecía más sorprendido que enojado. Quién sabe si Randall Kimpton era la primera persona que bromeaba durante una de sus investigaciones—. Yo presido el pleito y no quiero que nadie hable sin mi permiso. Voy a ser claro: hasta que se produjo la ingestión de estricnina, Joseph Scotcher no se estaba muriendo. No sufría la enfermedad de Bright ni ninguna otra afección renal o de cualquier otra índole.

—¡Eso no es cierto! —gritó Sophie Bourlet—. ¡El médico habría venido para comunicarlo en persona, si así fuera!

El señor Cacahuete se levantó para intervenir.

—Lo siento, pero es verdad. He leído el informe de la

autopsia que ha redactado el doctor Clouder y hemos tenido una larga conversación al respecto. Los riñones del señor Scotcher eran tan rollizos y sonrosados como los de cualquier persona sana.

—Por eso he dicho que no se trataba de un asunto médico —explicó el juez de instrucción—. Una cosa habría sido que hubiera tenido una enfermedad letal. Pero ante la ausencia de la enfermedad de Bright... Bueno, tratándose de alguien que le ha contado a todo el mundo que está a punto de morir de esa enfermedad, yo diría que el asunto tiene un cierto interés desde el punto de vista psicológico.

Me di la vuelta para inspeccionar la sala, justo a tiempo para ver a Randall Kimpton desdeñando con una mueca el hecho de que se hubiera mencionado una vez más la psicología. Nuestras miradas se cruzaron y me sonrió de un modo que cualquiera habría considerado excesivo. Parecía casi embelesado. La señal era clara: quería que supiera que él ya lo sabía, pero ¿era necesario demostrar tanto regocijo y satisfacción al respecto? Por supuesto, él había tenido muchas más probabilidades que yo de dar con la verdad: conocía a Scotcher desde hacía años, mientras que yo lo había conocido el mismo día de su muerte.

Y él no era el único que estaba al tanto, al parecer. Claudia tenía la misma mirada, una mezcla de triunfo y alivio: «Por fin se ha revelado la verdad —parecía estar diciendo—. Yo ya lo sabía».

Michael Gathercole se diría más culpable que victorioso. Me miró con cierto aire de disculpa. «Yo también lo sabía —era el mensaje—. Siento no habérselo contado.»

Sophie Bourlet permanecía sentada en silencio mientras las lágrimas le caían por las mejillas. Phyllis, Dorro, Harry y Orville Rolfe cacareaban entre sí como gallinas revueltas: «¿Cómo...? ¿Qué...? ¿Por qué...? Pero ¿qué demonios...?». Ninguno de ellos había sospechado ni por un instante que Scotcher no estuviese muriéndose.

Yo me quedé sentado, mudo de asombro, mientras las palabras del juez de instrucción iban resonando dentro de mi cabeza: «Joseph Scotcher no se estaba muriendo. No sufría la enfermedad de Bright ni ninguna otra afección renal o de otra índole».

Poirot, delante de mí, negaba con la cabeza mientras murmuraba para sí. Lady Playford se volvió para mirarme mientras yo observaba a los demás. Para ella tampoco había sido una sorpresa.

—Las personas son pequeños artefactos peculiares, Edward —me susurró lady Playford—. Mucho más peculiares que cualquier otra cosa en el mundo.

Tercera parte

Capítulo 24

Sophie profiere otra acusación

Tras la investigación judicial, Poirot y yo fuimos con Sophie Bourlet, el inspector Conree y el sargento O'Dwyer a la comisaría de la Garda de Ballygurteen. Mientras salíamos del juzgado de Clonakilty, Conree nos había informado de sus planes con la falta de encanto que le caracterizaba. Además, había dejado claro que esa vez sería él quien hiciera todas las preguntas, mientras que el resto de nosotros tenía prohibido hablar.

No hablar, al parecer, fue la estrategia de consenso. Frente al juzgado, nadie dijo nada, ni siquiera nos miramos entre nosotros. Yo tampoco abrí la boca, aunque dentro de mi cabeza los pensamientos nunca habían sonado a mayor volumen:

«Los riñones de Joseph Scotcher estaban sanos antes de que lo asesinaran. Sonrosados, inmaculados. Sin signos de la enfermedad de Bright o de cualquier otra que pudiera acabar con él. Sin embargo, me habían presentado a Scotcher como a un hombre a punto de enfrentarse a la muerte. Él mismo hablaba de su defunción inminente...».

¿Cómo era posible? ¿Por qué motivo querría un hombre sano fingir que se estaba muriendo? ¿Es que alguien había engañado a Scotcher a propósito? ¿Algún médico irresponsable o malintencionado? El nombre de Randall Kimpton me vino a la cabeza. Era médico y me lo podía imaginar siendo tanto irresponsable como malicioso. Pero no, él no pudo haber sido el médico de Scotcher. Kimpton vivía en Oxford, mientras que Scotcher estaba en Clonakilty.

No obstante, en todo aquello había algo que me inquietaba. Tenía la sensación de estar dando vueltas a su alrededor, pero sin terminar de verlo.

«Scotcher le había dicho a todo el mundo que estaba a punto de morir de una enfermedad. Resulta que al final muere envenenado con estricnina. Y luego su cabeza había acabado destrozada para indicar una tercera causa de muerte.»

¿De cuántas maneras tenía que morir Joseph Scotcher para complacer a...? ¿A quién? Esa pregunta me gustó mucho y decidí que tal vez sería útil planteármela de varias maneras, aunque no sabía cuáles. La presencia de Conree, O'Dwyer y Sophie Bourlet me irritó bastante. Lo único que quería era hablar con Poirot a solas. Habría dado uno de mis sonrosados riñones por saber lo que pensaba.

Ya en la comisaría de la Garda de Ballygurteen, Conree nos condujo hasta una habitación que estaba al fondo de un pasillo largo y estrecho y que me hizo pensar en un aula escolar nada más entrar en ella. Había sillas y una pizarra en la pared, lo único que faltaban eran los pupitres. Sobre el asiento de una de las sillas había un jarrón de vidrio polvoriento con unos tallos que llevaban mucho tiempo marchitos, atados con una cinta de color verde pálido. En el jarrón no había agua y los tallos no estaban rematados con flores. Las humedades habían manchado el techo de color marrón en uno de los rincones.

—¿Y bien? —Conree disparó la pregunta en dirección a Sophie Bourlet—. ¿Qué tiene que decir al respecto? Usted era la enfermera de la víctima, sin duda sabía que no le pasaba nada malo.

—Ese doctor Clouder es un hombre cruel —dijo Sophie con amargura—. ¡Es un mentiroso y un malvado! Según él, yo podría haber vivido una vida larga y feliz casada con Joseph, si no lo hubieran asesinado. ¿Qué beneficio cree usted que sacaría yo pensando de ese modo?

Tras el bigote, los labios de Poirot se estaban moviendo, aunque sin emitir sonido alguno. Supuse que no tardaría mucho en intervenir. Sería incapaz de evitarlo.

—El doctor Clouder no ha proferido ninguna mentira —dijo Conree—. Es usted, señorita Bourlet, la mentirosa.

—¡Monsieur Poirot, señor Catchpool, díganselo! Joseph se estaba muriendo de la enfermedad de Bright. A sus riñones les quedaba poco tiempo de vida. Debían de ser marrones, ajados y resecos. ¡Es imposible que fueran sonrosados!

—¿Pudo ver esos riñones marrones, ajados y resecos con sus propios ojos? —preguntó Conree.

—Sabe muy bien que no. ¿Cómo podría haberlos visto? No asistí a la autopsia.

—Entonces no tiene derecho a llamar mentiroso al doctor que llevó a cabo el estudio *post mortem*.

—¡Tengo todo el derecho! Joseph se estaba muriendo. ¡Sólo había que verlo! ¿Y usted? ¿Ha visto esos riñones rosados y sanos con sus propios ojos? No, claro que no.

—Pues resulta que sí —dijo Conree—. Clouder me avisó para que acudiera enseguida. Estaba a su lado mientras me los señalaba.

Sophie abrió la boca y luego la volvió a cerrar sin haber dicho ni una palabra.

—Su prometido era un mentiroso indecente, señorita Bourlet. Y usted también.

—Yo no soy una mentirosa, inspector —dijo la enfermera—. Y tampoco soy desalmada como usted. Por favor, siga diciendo lo que cree sin tener en cuenta mis sentimientos. No podría haber una manera más clara de demostrar la diferencia entre usted y yo.

—¿Cuánto tiempo hacía que ejercía usted como enfermera del señor Scotcher? —le preguntó Conree.

—Dos años.

—Y llevaba muriéndose todo ese tiempo, ¿no?

—No. Al principio existía esa posibilidad, pero... teníamos esperanza y rezábamos para que no sucediera. Luego, hace poco más de un año... —Sophie se tapó la boca con la mano.

—¿Hace poco más de un año? Dígame, ¿ha leído usted algo acerca de la enfermedad de Bright?

—Sí, claro. Todo lo que caía en mis manos. Quería encontrar la manera de ayudar a Joseph.

—¿Y se saltó la parte que explica cuánto tiempo tardan los enfermos en morir a partir del momento en el que entran en la fase terminal? ¡Si consiguen durar dos meses pueden considerarse afortunados! —Conree se volvió hacia donde estábamos Poirot y yo—. Caballeros, he leído las cartas de recomendación que la señorita Bourlet le hizo llegar a lady Playford cuando buscaba empleo. No me importa contarles que incluso parecían demasiado ejemplares, por lo que sospeché que las había falsificado.

—Eso es ridículo —dijo Sophie—. Es una calumnia.

Conree formó una pistola con el dedo índice y el pulgar.

—Ahora sé que me equivocaba al respecto —dijo—. Ordené a uno de los hombres que tengo en Dublín que hablara en persona con quienes la habían recomendado. Por eso sé que es usted una buena enfermera, de lo mejorcito que hay.

—Y por eso ha decidido premiarme sugiriendo que...

—¡A callar! —rugió Conree.

O'Dwyer murmuró algo casi inaudible. Sonó como si hubiera terminado con la palabra *hombre*.

—¿Tiene usted algo que decir? —le preguntó el inspector al sargento.

—Ah, no, en absoluto. Era sólo que se me había ocurrido... Pero no es importante.

—Suéltelo —ladró Conree.

Con una expresión en el rostro que sólo podría describirse como aterrorizada, O'Dwyer obedeció.

—Cuando yo era pequeño, mi hermano y yo solíamos pelearnos como ratas en un barril. Nuestra madre era capaz de ver cómo nos pegábamos puñetazos y patadas sin decirnos nada, pero si a uno de nosotros se le ocurría decirle al otro que se callara..., bueno, ¡se le ponía una cara! Para ella no había ninguna diferencia entre «a callar» y la peor de las obscenidades posibles. Señor, se lo juro, esto no tiene nada que ver con...

—Continúe —le ordenó Conree.

—Bueno, no queríamos que nos lavara la boca con jabón, pero igualmente queríamos poder decirle al otro que se callara cuando nos diera la gana, por lo que encontramos la manera de solucionarlo. Decíamos «Acallar el hambre, sin el hambre». Si mamá nos oía, fingíamos que sólo hablábamos sobre comer algo para matar el gusanillo. Pero los dos sabíamos lo que queríamos decir en realidad. «Acallar el hambre, sin el hambre» se queda en «A callar». Y al decirlo usted me ha hecho pensar en la coletilla, señor.

Por fin solté el aire que había estado conteniendo durante varios segundos.

Conree se comportó en todos los sentidos como si O'Dwyer no hubiera dicho nada. Se dirigió a Sophie de nuevo.

—Usted trasladaba a Scotcher en silla de ruedas sabiendo que podía caminar sin problemas. Le administraba medicinas que resulta que no eran ni medicinas ni nada...

—¡Yo no lo sabía! Los frascos los etiquetaba el médico que visitaba a Joseph en Oxford.

—¿En Oxford? —preguntó Conree, como si hubieran mencionado el planeta Marte.

—Era allí donde Joseph vivía antes de venir a Lillieoak —dijo Sophie.

—¿Y por qué no buscó un médico en Clonakilty cuando se trasladó aquí?

—Le gustaba ese médico de Oxford, lo conocía muy bien.

—¿Cómo se llamaba? —preguntó Conree.

—No... no lo sé —dijo Sophie—. A Joseph no le gustaba hablar sobre él.

—¡Claro! ¿Con qué frecuencia viajaba a Oxford para visitar a ese tipo?

—Una o dos veces al año.

—¿Y usted lo acompañaba?

—No, prefería ir solo.

—Por supuesto. Porque era un canalla mentiroso de la cabeza a los pies. —Conree levantó la barbilla como si cogiera impulso para que el impacto contra el pecho fuera mayor cuando la volviera a bajar de golpe—. Un moribundo que necesita una enfermera que lo mueva de una habitación a otra pero que se marcha a Oxford solo sin problemas para ver a un médico que no existe. El mismo médico que manda frascos etiquetados con mejunjes de hierbas que aparentan ser medicinas. ¿Y todavía niega que estaba usted al tanto de todo?

Sophie lo miró fijamente.

—Yo sabía y sé la verdad. Joseph se estaba muriendo de la enfermedad de Bright. No me habría mentido de ese modo.

—Le habría mentido y le mintió —replicó Conree—. De eso no hay ninguna duda. Y mintiéndome a mí está usted contribuyendo a que el asesino de Scotcher escape de la justicia.

—Todo lo contrario —dijo Sophie, levantándose—. Le conté que había visto a Claudia Playford golpeando la cabeza de Joseph con el garrote hasta que no quedó más que sangre y fragmentos de cráneo. Les conté enseguida quién lo había asesinado y sin embargo no la arrestaron. ¿Y ahora se pregunta por qué no confío en su médico? ¿Le parece que es una investigación impoluta? Casi siento lástima por usted.

Sophie se acercó poco a poco al inspector Conree.

—Si realmente quiere atrapar al asesino de Joseph, me escuchará cuando le diga esto por última vez, y luego usted y yo no tendremos nada más que decirnos: oí a Joseph hablando con Claudia Playford, cuando se suponía que ya debía de llevar una hora muerto, envenenado con estricnina. ¡Y no estaba muerto! ¡Estaba vivo! Le suplicó a Claudia que no lo matara cuando ella levantó el garrote por encima de su cabeza. No niego que pudieran encontrar estricnina en su cuerpo, pero el informe del doctor Clouder que leyeron durante la investigación no puede ser cierto. ¿Por qué confía en un hombre que ni siquiera es capaz de abotonarse la camisa como Dios manda, que lleva los zapatos desatados, al que se le caen las cosas de los bolsillos cuando anda?

Conree se volvió hacia O'Dwyer.

—Llévese a esta mentirosa —dijo.

Capítulo 25

Shrimp Seddon y la hija celosa

El viaje de vuelta en coche a Lillieoak no fue apacible. Iba sentado junto a Poirot y tenía delante a Sophie Bourlet. Había empezado a llover y el cielo de color gris pizarra oscurecía por momentos a medida que se acercaba el anochecer. No me importan las noches en Londres, apenas las percibo. Allí siempre tengo la sensación de que el siguiente amanecer ya se está preparando con cierta impaciencia. La sensación que tenía en Clonakilty era la contraria: aunque fuera a pleno día, tenía la sospecha de que la noche estaba a punto de caer sobre nosotros de forma inminente para ahogarnos en el momento más oportuno.

Poirot se retorcía nerviosamente a mi lado, sin parar de arreglarse la ropa y atusarse el bigote. Cada vez que el automóvil encontraba un bache en la carretera, se movía para restaurar la posición correcta de pelos que ni siquiera se habían meneado.

—Mademoiselle —dijo, al fin—. ¿Puedo hacerle una pregunta?

Sophie tardó unos segundos en salir del capullo de silencio en el que se había envuelto.

—¿De qué se trata, monsieur Poirot?

—No quisiera agravar la tristeza que siente, pero hay algo que me gustaría saber. ¿Cómo describiría usted su relación con mademoiselle Claudia?

—Bueno, deteriorada desde que la acusé de asesinato.

—¿Y antes? ¿Le caía bien? ¿Le caía usted bien a ella?

—Debería haber hecho primero la segunda pregunta. No tuve la oportunidad de decidir lo que sentía respecto a ella antes de notar el desprecio evidente que ella sentía por mí desde cualquier punto de vista. O sea que... a partir de ahí me costó tener un buen concepto de ella y tratarla con amabilidad.

—Tal como lo cuenta, parece como si lo hubiera intentado.

—Lo hice. Claudia tiene algunas cualidades admirables. Y resultaba incómodo vivir en una casa en la que alguien me detestaba. Siempre he creído firmemente que el mejor remedio cuando le caes mal a alguien consiste en demostrar una amabilidad y una generosidad impecables en todo momento. Casi siempre funciona.

—Pero ¿en el caso de Claudia no fue así?

—Sin duda alguna, no. Estaba decidida a despreciarme por principio.

—¿Qué principio? —preguntó Poirot.

—Lady Playford tenía un buen concepto de mí y no tardó en cogerme cariño. Las dos queríamos a Joseph y hablábamos mucho sobre cuál sería la mejor manera de cuidarlo. Eso reforzó el vínculo que nos unía.

—¿Y Claudia sentía celos?

—Creo que me veía como la hija buena de lady Playford que ella nunca había sido.

—¿A Claudia le caía bien Scotcher? —pregunté.

—Le gustaba tenerlo cerca, sí —dijo Sophie—. A él y a Randall Kimpton, a quien adora. De hecho, eran las dos únicas personas por las que ella demostró algún tipo de interés.

—¿Por qué cree usted que mademoiselle Claudia asesinó al señor Scotcher si, según dice, tanto disfrutaba de su presencia? —preguntó Poirot.

Sophie cerró los ojos con fuerza.

—Yo también me he hecho esa pregunta... ¡No se imagina la de veces que me lo he cuestionado! No se me ocurre ningún motivo por el que pudiera haberlo hecho. Parece como si no hubiera ninguna razón, aparte de esa tal Iris que mencionó. ¿Han descubierto algo sobre ella? ¿Sobre quién es y qué relación tenía con Joseph? Él no me había hablado de ella jamás.

—¿Cree que el hecho de que el señor Scotcher le hubiera pedido matrimonio a usted tiene algo que ver con esto? —dijo Poirot—. Sigo preguntándome por esos celos. Es un sentimiento de lo más peligroso.

—No. Claudia no estaba interesada en Joseph desde un punto de vista romántico, ni mucho menos. Randall Kimpton es para ella el sol, la luna y las estrellas. No le atrae ningún otro hombre. —Sophie se mordió el labio antes de continuar—. Esto sonará como si me estuviera contradiciendo, pero... no creo que Claudia me envidiara a mí. Creo que hacía todo lo posible para convencerse de que era a mí a quien envidiaba, pero sospecho que estaba celosa de una rival mucho más poderosa de lo que yo pudiera llegar a ser jamás.

—¿De quién? —preguntamos Poirot y yo al unísono.

—De Shrimp Seddon. La heroína detective de lady Playford. Sospecho que, cuando era niña, a Claudia le dolió que su madre se preocupara hasta tal punto por Shrimp y le dedicara tanto tiempo. Sólo hay que escuchar a lady Playford hablando sobre su obra para darse cuenta de que nada la entusiasma más que eso. Y Shrimp es lo suficientemente lista para ser ficticia, así que no está en las manos de Claudia la posibilidad de castigarla. Por eso necesita encontrar un sustituto: alguien a quien pueda infligir todo el dolor acumulado durante la infancia. Y creo que yo encajo muy bien en ese papel.

—Mademoiselle, me gustaría hacerle otra pregunta —dijo Poirot—. Por favor, ¿podría volver a describir para mí cómo descubrió el cuerpo de Joseph Scotcher? Lo que vio cuando volvió a la casa esa noche.

—Ya se lo he contado todo —dijo Sophie.

—Por favor.

—Entré. Oí gritos, eran un hombre y una mujer. Fui hacia el salón, me pareció que procedían de allí. Vi a Claudia y a Joseph. Él estaba arrodillado, suplicando que le perdonaran la vida.

Me recordé a mí mismo que ése era el mismo Joseph Scotcher que había muerto al menos una hora antes, envenenado con estricnina.

—Y Claudia dijo todas aquellas cosas acerca de Iris: «Esto debería haberlo hecho ella, pero no lo hizo y fuiste tú quien la mató a ella», o algo parecido. Y luego empecé a gritar, Claudia soltó el garrote y salió corriendo por la puerta de la biblioteca. ¿Por qué tengo que pasar por esto otra vez? Es horrible.

No pude evitar sentirme orgulloso cuando Poirot le hizo a Sophie una pregunta que me había oído plantear a mí.

—A Claudia Playford la vieron en el rellano del primer piso con Randall Kimpton, mademoiselle, cuando todo el mundo bajaba por las escaleras en respuesta a sus chillidos. Sólo se me ocurre un modo de que ella hubiera podido llegar allí, y es subiendo las escaleras corriendo muy deprisa, justo después de atacar al señor Scotcher, antes de que se abriese alguna puerta. ¿Por casualidad oyó usted los pasos de Claudia Playford corriendo escaleras arriba? Creo que la habría oído en el vestíbulo cuando salió de la biblioteca. Ese piso está alicatado, no hay alfombras ni moqueta. Tal vez se haya preguntado si la persona que asesinó al hombre al que usted amaba tenía previsto escapar. Eso podría haberla hecho más consciente de sus movimientos.

Los ojos de Sophie se movieron arriba y abajo mientras intentaba pensar.

—No —dijo, al fin—. No oí nada. Como usted ha dicho, Claudia debió de subir al piso de arriba corriendo, pero... no la oí. Sólo oía mis propios gritos.

Capítulo 26

Lo que Kimpton entiende por «saber»

En cuanto el coche se detuvo frente a Lillieoak, Sophie Bourlet salió disparada del vehículo rumbo a la casa como si Poirot y yo hubiéramos estado conspirando para encarcelarla contra su voluntad.

—Todo ha cambiado, Catchpool —dijo Poirot con un sonoro suspiro cuando el aire frío nos dio en la cara.

—En efecto. Los riñones estaban sanos y sonrosados. A ver quién sale de este atolladero.

—Hablando de salir... Por mucho que el inspector Conree nos haya dicho que quedamos al margen de la investigación, quería pedirle que no se marche de Lillieoak hasta que haya resuelto el caso. Junto a usted mis pensamientos fluyen con más facilidad. Si le sirve de ayuda, puedo hablar con Scotland Yard para que...

—No es necesario. Sí, me quedaré. —No le dije que había llamado por teléfono a mi jefe esa misma mañana, antes de la investigación, y que la mera mención del nombre de Hércules Poirot había bastado para conseguir el resultado deseado. No tenía ninguna intención de ir a ninguna parte mientras el caso de Joseph Scotcher siguiera por resolver.

—¡Yo lo resolveré, Catchpool! No tenga ninguna duda al respecto.

—No la tengo.

De hecho, tenía plena confianza en sus capacidades, la

misma confianza que tenía mi amigo belga en sí mismo y que contrastaba con la poca que me despertaba Conree.

—Este caso está lleno de aparentes contradicciones —dijo con un suspiro—. Scotcher se estaba muriendo de la enfermedad de Bright, ¡pero luego resulta que no! ¡Que no se estaba muriendo, que estaba sano! Scotcher fue apaleado hasta la muerte con un garrote, ¡pero en realidad no! Lo habían matado con veneno. Hay dos cosas sobre el señor Scotcher que primero creíamos que eran ciertas y, *eh bien*, las dos han resultado ser falsas.

Yo ni siquiera sabía lo que iba a decir hasta que las palabras salieron de mi boca:

—Iris Gillow... ¿y si ella es la clave de todo esto?

—¿Qué sabe acerca de ella? —preguntó Poirot.

—Sólo que Randall Kimpton debe contarnos quién es esa mujer. Porque me parece que es una parte vital de la historia.

—En realidad, no. —La voz sonó a nuestra espalda, cuando estábamos frente a la puerta de entrada a Lillieoak.

Me di la vuelta. Era Kimpton, que se acercaba a nosotros con las manos en los bolsillos de un largo abrigo gris.

—No niego que Iris sea importante, pero no es relevante. Hay una diferencia entre una cosa y la otra. ¿Qué les parece si entramos? Les dije que se lo contaría después de la investigación judicial y ya hemos perdido suficiente tiempo.

En el interior de la casa no había ninguna luz encendida; parecía como si hubiéramos entrado en una cueva.

—«Pues precisamente estaba pensando en ir a vuestro encuentro a través de las tenebrosidades de la noche» —dijo Kimpton con un tono de voz exasperado—. Si bien todavía no es de noche y estaría bien poder ver dónde ponemos los pies.

Ya en la biblioteca y con las luces encendidas, Poirot fue al grano.

—Doctor Kimpton, usted lo sabía, ¿cierto?

—¿Saber qué?

—Que el señor Scotcher no se estaba muriendo cuando fue asesinado. Que no sufría la enfermedad renal de Bright ni ninguna otra dolencia.

—Bueno…, eso depende de qué entiende usted por «saber».

Esperamos a que continuara hablando. Él, a su vez, parecía estar esperando a que interviniéramos nosotros, con su habitual sonrisa encantadora. Al cabo de unos segundos, cambió la expresión frunciendo el ceño.

—Tener la firme sospecha de algo no equivale a saberlo, cualquier detective podría confirmárselo —dijo—. Veo que no le interesa esa línea de indagación, por lo que es mejor dejarla. Sí, en el sentido que decía usted, lo sabía. No creí ni por un momento que el señor Scotcher se estuviera muriendo o que tuviera el más mínimo problema renal. Nunca lo creí.

—¿Y por qué no me lo contó de inmediato, monsieur?

—¿Quiere decir inmediatamente después de que asesinaran a Scotcher o inmediatamente después de su llegada a Lillieoak?

—La primera opción —dijo Poirot.

—Para no derrochar energía.

—¿Le importaría explicarme qué quiere decir con eso?

—No quería mantener una discusión o perder el tiempo intentando persuadirle —dijo Kimpton—. ¿Por qué tendría que haberme creído si le hubiera dicho que Scotcher no sufría ninguna enfermedad renal letal, que estaba tan sano como usted o como yo? La gente no suele animar a sus conocidos para que crean que están a punto de conocer a su creador cuando no es así. Yo sabía que si se lo contaba, usted acudiría a Athie para confirmarlo, o a Sophie, o a las dos, y sabía lo que ellas le dirían: que el mentiroso era yo. Y usted habría dicho: «Vamos, doctor Kimpton, se ha dejado llevar en exceso por la imaginación. No sea cruel. ¿Quién sería capaz de hacer algo semejante?», o cualquier otra cosa que viniera a decir eso mismo. Permítame que se lo diga, Poirot: siempre hay alguien dispuesto a hacer algo así, por muy inverosímil que pueda parecer. En cualquier caso, por suerte no tenemos que discutir al respecto porque ya se ha revelado la verdad. Aunque haya tardado.

—¿Y qué hay de mademoiselle Claudia? ¿Ella se creía la enfermedad de Scotcher?

—¿Claudia? —Kimpton se echó a reír—. En absoluto. Ni ella, ni Athie, ni Sophie, ni Hatton, ni cualquiera que tuviese dos dedos de frente.

—Sophie Bourlet insiste en que Scotcher se estaba muriendo —le dijo Poirot—. Acusa al forense de mentir acerca del estado de sus riñones. ¿Qué tiene que decir al respecto, doctor Kimpton?

—Que es una tontería. Como médico, le aseguro que ninguna enfermera, y créame cuando le digo que Sophie es muy buena como enfermera, podría haber pasado tanto tiempo atendiendo las necesidades de Scotcher sin descubrir la verdad del asunto. Usted no es médico ni científico, Poirot, eso está claro, por eso haré el esfuerzo de explicárselo: Scotcher hablaba mucho sobre la inminencia de su muerte y era delgado. Eso era lo único que tenía en común con un moribundo. Ni la debilidad ni el dolor evitaron en ningún momento que se mostrara agudo, considerado y encantador. Pregunte a cualquier médico o enfermera acerca de los pacientes que tienen a las puertas de la muerte y verá como, por lo general, entre sus prioridades no se encuentra la adulación de sus interlocutores. Sin embargo, en el caso de Scotcher sí. Siempre.

Kimpton apartó una silla de una mesa redonda y muy lustrosa y se sentó.

—Sophie Bourlet no es tonta —dijo—. Es astuta y perspicaz. Sabía que Scotcher era un impostor, pero eso no evitó que se enamorara de él. Y ahora miente para proteger la reputación de su amado.

—¿Y qué hay del vizconde Playford y su esposa? —preguntó Poirot.

—¿Harry y Dorro? Bueno, ellos sí debieron de creer a Scotcher, sin duda. Y me atrevería a decir que la zopenca de Phyllis también lo creía.

—No lo entiendo —dijo Poirot—. Si lady Playford sabía que el señor Scotcher la estaba engañando con tan poca vergüenza, ¿por qué no puso fin a sus servicios en Lillieoak?

—¡Ajá! Es muy buena, esa pregunta. Pero tiene que hacérsela a ella. Y sin duda me interesará saber la respuesta.

—¿Usted no se lo ha preguntado jamás? ¿Ni Claudia?

—No. Ninguno de los dos llegamos a mencionarlo.

—¿Por qué no?

—Cada uno tenía sus motivos. Le contaré primero los míos. Pensé mucho en el asunto y decidí que Athie era como mínimo tan inteligente como yo. Además, pasaba buena parte del día en compañía de Scotcher. Por consiguiente, estaba más que capacitada y tenía oportunidades de sobra para sospechar de él. Es más, estoy seguro de que lo hizo. Así pues, ¿qué sentido tenía decirle que yo compartía sus sospechas? Era evidente que había decidido no actuar al respecto, que quería conservar a Scotcher como empleado y seguir hablando sobre la enfermedad como si fuera real. Para mí, todo esto significaba que ella también era una mentirosa.

»Luego fue incluso más lejos: contrató a Sophie Bourlet para que atendiera las necesidades propias de la invalidez inexistente de Scotcher. ¡De ese modo casi se puso al mismo nivel que él respecto a la dimensión de sus falsedades! Pues no, yo no estaba dispuesto a cuestionarlo; al menos mientras no lo supiera con seguridad. Athie habría defendido a Scotcher hasta el final, se habría puesto en mi contra y eso habría disgustado terriblemente a Claudia. Le gusta mucho atacar a su madre, pero no se da cuenta de la influencia que Athie todavía ejerce sobre ella. No creo que llegara a casarse jamás con un hombre al que su madre viera con malos ojos.

—¿Y qué motivo tenía mademoiselle Claudia para no hablar con lady Playford acerca de las mentiras de Scotcher?

—Por pura competición —dijo Kimpton con una sonrisa—. Claudia compite siempre. Hay dos cosas que le encantan: el teatro y el poder. En eso, es una réplica exacta de Athie. Dejó caer las pistas suficientes para que Athie se diera cuenta de que lo sabía...

—¡Ajá! —exclamó Poirot con aire triunfal—. ¿O sea que Claudia lo sabía pero usted sólo lo sospechaba?

Kimpton soltó un suspiro de cansancio.

—Me decepciona usted, Poirot. ¿Cómo quiere que Claudia pudiera saberlo mejor que yo? Lo que ocurre es que ella tenía sus sospechas y las explotó al máximo. Imagine que Claudia se hubiera enfrentado a Scotcher un día durante el desayuno y le hubiera dicho: «¡Esa enfermedad suya es una mentira como la copa de un pino!», delante de Athie y del resto. ¿Qué habría ocurrido? Scotcher y los que habían colaborado en su engaño lo habrían negado, Claudia y yo habríamos insistido en que no nos lo creíamos y ahí habría terminado todo. No habría habido manera de resolver el asunto y se habría acabado el suspense implícito en cualquier conversación que pudiera tener lugar en Lillieoak, ya no quedaría ningún misterio capaz de animar un poco la monotonía de nuestras vidas. Y por encima de todo, a Claudia no le habría quedado margen para merodear de forma amenazadora por la casa, como si en cualquier momento pudiera irse de la lengua y provocar una escena tremenda. Tengo la impresión de que Athie temía que pudiera hacerlo algún día, y eso le confería un cierto poder. Mi queridísima adora el poder. ¿Lo comprende ahora, Poirot? ¿Usted, Catchpool? Supongo que nuestra forma de ser les debe de parecer muy extraña.

—No mucho más extraña que la de cualquier otra persona —dijo Poirot.

—Oh, yo no diría eso —replicó Kimpton. Hubo algo en el tono que adoptó que le dio un aire de advertencia a sus palabras—. Dígame: ¿había conocido alguna vez a un hombre que fingiera estar moribundo cuando en realidad estaba perfectamente sano?

—¿Que fingiera justamente eso? No, a ninguno.

—Ahí lo tiene, pues.

—Aunque sí conocí a un delincuente, hace muchos años, que evitaba jugar al ajedrez por todos los medios...

—A propósito, fuera quien fuese quien asesinara a Scotcher... —dijo Kimpton, interrumpiendo los recuerdos de Poirot—, la identidad de su asesino no explica el motivo de su muerte. Murió porque invitó a la muerte a entrar en su vida sin necesidad alguna. No puedo estar más convencido de ello. La muerte no había ido a por él, no lo había buscado; de momento, más bien lo estaba evitando, pero él no hacía más que menear el anzuelo frente a las fauces de la muerte con todas esas mentiras, y la parca había respondido arrebatándole la vida. Eso es lo que pienso.

—No es que suene muy científico —dijo Poirot.

—Tiene razón: no lo es —convino Kimpton—. Debe de quedar algo de ese estudiante de Shakespeare en mi interior. Y por si eso fuera poco, también está Iris. Ella es el motivo por el que cualquier opinión que yo pueda darle sobre Scotcher no será objetiva.

—¿Iris Gillow? —preguntó Poirot.

—Sí. —Kimpton se levantó y se acercó a la ventana una vez más—. Aunque se llamaba Iris Morphet cuando la conocí. ¿Quieren que les hable de ella?

Capítulo 27

La historia de Iris

—Conocí a Iris Morphet mientras estudiaba en Oxford. Fue entonces y allí donde conocí también a Joseph Scotcher. No puedo resistirme a la tentación de añadir, aunque sea un dato bastante irrelevante, que los conocí el mismo día, cuando ellos tardaron un tiempo en conocerse.

»¿Si desearía que nunca se hubieran conocido? ¡Ésa es una pregunta complicada! ¿Cómo se puede elegir entre el presente y lo que en algún momento fue un futuro posible? Es muy difícil.

»En la universidad, Scotcher y yo vivíamos en habitaciones adyacentes. Nos conocimos un día en el que salimos de nuestros cuartos al mismo tiempo, ¡como los autómatas de un viejo reloj de cuco alemán! Nos llevamos bien enseguida. Scotcher se obstinaba en halagarme y yo lo acepté con entusiasmo y con el egoísmo asqueroso que me caracterizaba por aquel entonces. Tenía la impresión de que lo mínimo que podía hacer era trabar amistad con él. A riesgo de sonar autocomplaciente... bueno, estaba claro que yo era justo lo que él quería ser: rico, guapo y seguro de mí mismo.

»Supongo que ustedes consideran que Joseph era atractivo, ¿verdad? Bello, quizá. En cualquier caso, tenía un aspecto demasiado delicado para un hombre. Y ustedes creen que era un tipo seguro de sí mismo, ¿no? Bueno, pues en esos días no lo era. ¡Era tímido como un ratón! Estaba pendiente de cada una de mis palabras. En su momento, me di cuenta de que, de hecho, muchas de las expresiones que utilizaba eran mías. Una vez oí cómo le contaba a un amigo común algo que le había sucedido en Sevenoaks, en Kent, cuando en realidad la anécdota me había ocurrido a mí, y no a él. Yo se la había contado y, creyendo que yo no lo oiría, volvió a contarla como si la hubiera vivido en primera persona.

»Pronto empecé a preguntarme si alguna de las cosas que le había oído decir sería cierta. ¿De veras había sido a su abuela a quien se le había caído una redecilla para el pelo en el cuenco de arroz con leche, o le había sucedido a la abuela de otro? ¿Fue la casa en la que Scotcher había vivido de pequeño la que se había inundado, o la del botones que en una ocasión había cargado con su maleta? ¿Y había sido una inundación u otra cosa? ¿Quién podía asegurarlo?

»¿Qué? No, nunca me enfrenté a él por eso. Ah, no lo sé. Me daba lástima, supongo. Tenía la esperanza de que en general dijera la verdad, que tal vez se hubiera dejado llevar en esa ocasión, me decía, porque la travesura que yo había protagonizado en Sevenoaks había sido espectacular.

»Y luego estaban los halagos. Escribí algo para mi tutor que dejó embelesado a Scotcher. Me pidió permiso para sacar copias, pagadas de su bolsillo, y poder compartirlo con su madre y su hermano, asegurando que les encantaría. A mí me parecía torpe y poco inspirado, pero al cabo de unas semanas Scotcher me dijo que su hermano lo había descrito como la mejor prosa que había leído jamás, por lo convincentes que eran los argumentos y la brillantez intelectual que demostraba...

»Caballeros, por favor, recuerden a este hermano de Scotcher, puesto que lo mencionaré de nuevo a su debido momento. Se llama Blake. Scotcher y él crecieron en Malmesbury, y Joseph era el mayor. Eso es todo lo que llegué a saber acerca del que se había convertido en mi mejor amigo en Oxford, una persona muy reticente a hablar de sí mismo y de su familia. Me transmitía la sensación de que no tenía sobre qué hablar y que se avergonzaba bastante de sus orígenes, aunque después de los muchos años que han pasado desde entonces, no recuerdo si me contó algo al respecto. Puede que mi imaginación haya rellenado los huecos.

»Más o menos dos meses después de conocerlo, Scotcher sacó el tema de su salud. Acababa de ver a un médico, o eso me dijo, y me anunció que tenía malas noticias: sufría algún tipo de problema en los riñones, un problema que podía llegar a causarle la muerte. ¡Les aseguro que me dio lástima! ¿Y a quién no le habría sucedido? Mientras tanto, yo estaba saliendo con una chica adorable llamada Iris Morphet...

»Se supone que les estoy hablando de ella y no de Scotcher, de hecho. El problema es que las historias románticas de los demás son muy aburridas, y el hombre que yo era en aquel momento tiene poco que ver con el que soy ahora. Además, me apetece mucho contarles la parte más emocionante de la historia. Pero primero hay que poner los cimientos.

»Yo estaba enamorado de Iris y ella lo estaba de mí. ¡No hace falta decir más! No tenía la belleza de Claudia ni gozaba de ese ingenio seductor que me parece tan irresistible, ni de su lengua afilada. Mi queridísima es una descarada, ¿verdad? ¡Adoro que lo sea! Iris, en cambio, era una buena chica, supongo; y muy cariñosa. Tenía unos labios gruesos y rojos que no necesitaban maquillaje, una piel inmaculada como la de una estatua de mármol y el pelo de un color rojo ardiente. Había algo en ella que me reconfortaba; era tranquila y serena, y al mismo tiempo era apasionada: como si hubiese capturado y domado el fuego. Para el joven Randall Kimpton, era la misma esencia de la feminidad. Una vez más, bastante distinta de Claudia.

»Estoy convencido de que Claudia sólo va disfrazada de joven atractiva, cuando en realidad es un cruel emperador romano, obsesionado por la venganza. Nunca está tan contenta como cuando decide que el mundo la ha tratado de forma injusta, algo que sucede todos los días, con la misma fiabilidad con la que el sol sale por el horizonte. Iris era distinta: agradecía cualquier sonrisa o palabra amable, casi nunca se enojaba o estaba de mal humor.

»Puede parecer extraño que yo sintiera atracción por dos mujeres tan distintas, aunque no estoy de acuerdo. Ya se sabe que los polos opuestos se atraen, pero además hay algo satisfactorio en el hecho de conocer la versión femenina de uno mismo. Claudia es, dicho de un modo simple, una versión de mí mismo a la que me gustaría deshonrar del modo placentero que ya conocemos. De verdad, ¿qué podría ser mejor que eso?

»¿Los escandalizo, caballeros? Les pido disculpas. Simplemente tengo debilidad por la verdad. Si algo es cierto, uno debería poder salir y decirlo en voz alta. Me importa un comino la virtud, al fin y al cabo, ¿quién puede determinar en qué consiste? En cambio, sin la verdad, todos nos vemos condenados a vivir envueltos por la oscuridad. Y toda esta charla sobre la verdad me obliga a volver a Scotcher.

»Las noticias con las que regresaba de la consulta médica eran cada vez peores. En Oxford, por aquel entonces ya había mucha gente al tanto del estado de sus riñones, pero no había nadie más allegado que yo, y tampoco había nadie más consciente de su evolución. ¿Qué? Ah, sí, él ya había visto a Iris varias veces, a esas alturas. Y soy injusto con ella cuando afirmo que yo era el más allegado a Scotcher. Iris demostró mucho más interés por sus deteriorados riñones que yo. Siempre estaba hablando de él, sobre nuestro pobre amigo enfermo, siempre le estaba llevando cosas para ayudarlo y le ofrecía sus consejos: tenía que ser estoico y optimista, pero al mismo tiempo debía ser práctico; tenía que asegurarse de divertirse y disfrutar de la vida, aunque tampoco demasiado; y así, *ad nauseam*. Llegó un punto en el que me harté de oír hablar acerca de los condenados riñones de Scotcher.

»Puesto que soy un tipo observador, no pude evitar darme cuenta de que pese a tener los riñones más maltrechos de esta bonita isla (aunque debería decir *esa* bonita isla, puesto que estoy hablando sobre Inglaterra) Scotcher jamás se vio obligado a abstenerse de hacer lo que más le apetecía. En cambio, su estado le impedía llevar a cabo las tareas más tediosas de la vida. No les aburriré con los detalles, basta con decir que aquello levantó mis sospechas hasta el punto de que decidí compartirlas con varios amigos y con un empleado de la universidad, de manera que enseguida advertí que la mayoría de la gente prefería no conocer una verdad incómoda. Además, ¿qué podía demostrar yo? Scotcher no se limitaba a halagarme a mí, lo hacía con todo el mundo, por lo que a nadie le apetecía pensar mal de él. Pensar mal..., ¡menuda ironía! La mayor parte de la gente no quería siquiera sopesar la posibilidad de que pudiese encontrarse perfectamente bien y estuviera siendo deshonesto. Preferían tomar a Joseph Scotcher por un enfermo y un santo.

»No le comenté nada de esto a Iris, lo que fue una tontería por mi parte, pero ella siempre insistía en que tenía que comportarme de un modo más dulce, más amable, más como era ella.

»Un día, seguí a Scotcher sin que él lo supiera cuando acudía a lo que me había dicho que era una de sus consultas médicas. No me sorprendió comprobar que ni siquiera se acercó a un consultorio u hospital. Lo que hizo fue encontrarse con la esposa del profesor..., bueno, no les

243

diré de qué facultad era para no causarle problemas a la dama en cuestión. El caso es que mientras se suponía que Scotcher estaba en la consulta de un doctor especialista en enfermedades renales, en realidad estuvo paseando por el jardín botánico, intercambiando confidencias con la esposa de otro.

»Ingenuo de mí, asumí que mientras estuviera ocupado con aquella mujer no se interesaría por Iris, pero me equivoqué. Yo todavía no le había propuesto matrimonio a Iris. Fui un tonto dejando pasar el tiempo mientras pensaba si debía hacerlo o no, a la espera de algún tipo de señal que me indicara que era la mujer adecuada para mí. ¡Imaginen mi asombro el día que me anunció que Joseph Scotcher le había propuesto matrimonio y ella lo había aceptado! Scotcher la necesitaba más que yo, me explicó entre lágrimas. Y yo era fuerte, mientras que él era débil.

»Se preguntarán si aproveché la ocasión para contarle mis sospechas. Pues no. No lo había hecho hasta entonces, y revelándoselo en ese momento, de repente, sólo habría conseguido que todo el mundo pusiera en duda mis motivos y mi honor. Iris habría pensado que yo estaba dispuesto a decir cualquier cosa para desacreditar a Scotcher y no quería rebajarme de ese modo. Como ya he dicho, no lo sabía con toda seguridad. ¿Y si me equivocaba? ¡Habría quedado como un zoquete de primera! No paraba de convencerme a mí mismo de que a nadie le gustaría contar una mentira de esas dimensiones.

»Para ser sincero, estaba tan enfadado con Iris que la idea de que fuese a casarse con un completo charlatán me pareció incluso divertida. Pensaba que ella y Scotcher se merecían el uno al otro.

»Scotcher se postró ante mí rogando clemencia. Sólo tenía que pedírselo, me dijo, y le diría a Iris que al final no podía casarse con ella, por muy enamorados que estuvieran. ¡Ja! ¡Pues lo obligué a demostrarlo! "Me gustaría que cancelaras tu compromiso y me devolvieras a mi chica", le dije. Deberían haber visto la cara que puso. Empezó a farfullar y me aseguró que, en cuanto me lo hubiera pensado, me daría cuenta de que jamás podría ser plenamente feliz con una mujer que me había traicionado. Y con mi mejor amigo, además.

»Tenía razón. Le dije que era libre de quedarse con Iris, y ella de quedarse con él. Por lo que a mí respecta, no quise saber nada más de ninguno de los dos y me aseguré de que así fuera. En lo sucesivo conseguí evitarlos, con la excepción de algún encuentro casual por la ciudad.

»Unos meses más tarde, recibí una carta de Iris en la que me contaba que había roto el compromiso con Scotcher, y que por supuesto no se permitía esperar que yo pudiera perdonarla y aceptarla de nuevo. Ni siquiera me molesté en responder. Me preguntaba si habría llegado a sospechar de él como lo había hecho yo. Su carta incluía una referencia sesgada a la confianza... bueno, tampoco recuerdo los detalles. Rompí aquella carta infernal en mil pedazos y los lancé al fuego.

»Poco después de recibir la carta de Iris, me llegó otra: ésta era del hermano menor de Scotcher, Blake, y me preguntaba si podíamos vernos. ¿Cómo iba a resistirme a ello? Sin duda, el hermano de nuestro hombre sabría si realmente estaba enfermo, pensé.

»Blake Scotcher sugirió que nos encontráramos en la taberna Turf. Yo me opuse a la elección, era un lugar terrible, y ofrecí como alternativa el café Queen's Lane. Él accedió y fijamos una fecha.

»No estoy seguro de cómo contarles lo que ocurrió a continuación. Es importante cómo se cuenta una historia, ¿verdad? A veces uno tiene que tomar una decisión al azar y confiar en que sea acertada.

»Pues bien, cuando llegué a la cita él ya estaba allí. Lo primero que pensé fue: "Se parecen mucho, aunque éste tiene la tez más oscura y un acento más tosco. No hay duda de que los dos comparten el mismo linaje, pero ¿por qué narices este hombre no se recorta la barba?". Se la había dejado crecer mucho, la tenía rojiza por el medio y gris por los extremos. ¡Parecía salida de una historia de piratas!

»Muy pronto me olvidé de su rostro excesivamente velludo cuando me contó que su hermano Joseph se estaba muriendo, y que lo que más deseaba en el mundo era que yo lo perdonara. Que no debería haber permitido que su amistad con Iris se desarrollara de la forma en que lo había hecho, sabiendo que era mía, o casi.

»Le pregunté si era por los riñones y su hermano me dijo que sí. Le pregunté cuánto tiempo de vida le quedaba y me respondió que unos meses. Un año a lo sumo.

»Puedo afirmar con toda sinceridad que por primera y última vez en mi vida no sabía qué hacer. Me di cuenta de que me había equivocado con Scotcher, tenía que haber cometido un error muy grave. Una cosa era la lealtad filial, pero sin duda ningún hombre de honor aceptaría contarle a un desconocido que su hermano se estaba muriendo si no era cierto.

»Pero espera (me dije a mí mismo): ésa era una opinión tan pobre como la que más. Si uno de los hermanos Scotcher podía ser un sinvergüenza, ¿qué me decía que el otro no podía estar cortado por el mismo patrón? Enseguida me di cuenta de que mi teoría no tenía el más mínimo sustento.

»Mientras yo sopesaba todo aquello, Blake Scotcher empezó a hablar más rápido. Es extraño, pensé.

»Estoy intentando contar la historia tal y como me sucedió a mí, pero es difícil. Aun así, lo intentaré.

»Era como si de repente Blake se hubiera puesto nervioso por algo, pero ¿qué podía haber sido? ¿Fue porque yo tardaba demasiado en reaccionar? ¿Fue porque él había acudido a la cita asumiendo que yo correría a arrodillarme junto al lecho de Scotcher, gritando "Todo está perdonado" y en cambio no mostraba la más mínima señal de ir a hacerlo?

»"Si no le apetece visitar a Joseph, ¿podría considerar al menos la posibilidad de escribirle una carta?", me preguntó Blake, cuya prisa parecía aumentar con cada palabra que pronunciaba. "No sabía si pedírselo, pero eso significaría mucho para él. Incluso si usted no se ve capaz de decirle que lo perdona: puede limitarse a desearle un plácido paso de este mundo al siguiente. Sólo si se siente cómodo haciéndolo, claro está. Mire, tome mi tarjeta. Puede mandarme la carta a mí y me aseguraré de que Joseph la reciba."

»Dicho esto, Blake Scotcher se marchó, si es que en algún momento estuvo allí. Y digo esto porque, por supuesto, no fue así.

»No me miren de ese modo, caballeros. Si se lo hubiera contado demasiado pronto, habría anulado el impacto dramático de la historia: quería que experimentaran el incidente igual que lo había hecho yo. Imaginen mi asombro cuando Blake Scotcher me tendió su tarjeta y la manga se le retiró un poco, lo justo para revelar una muñeca y un antebrazo que tenían un color distinto del que presentaban sus manos, su cuello y su rostro. La barba, la piel oscura y la voz tosca formaban parte de un disfraz bastante conseguido, pero cuando me senté a la mesa y revisé todo lo que había pasado quedé absolutamente convencido de que el hombre que se acababa de marchar del café Queen's Lane no era Blake Scotcher, sino su taimado hermano mayor: el Blake falso, que es como pienso en él desde entonces, con mucho afecto.

»Los ojos, el cuerpo huesudo, la forma del cuello... Sí, ¡no había duda de que era Scotcher! Joseph Scotcher. Lo habría sospechado mucho antes de no haber sido por el hecho de que sólo a un hombre entre mil podría ocurrírsele suplantar a su hermano para dotar de credibilidad al relato inventado de su fallecimiento inminente.

»Meses más tarde oí que Iris se había casado con un tipo llamado Gillow, Percival Gillow: un tipo infecto en todos los sentidos. Un borracho violento que nunca estuvo demasiado lejos de la indigencia. Sin duda alguna, Gillow había encontrado la manera de ganarse la compasión de Iris, igual que lo había conseguido Scotcher.

»Iris me escribió una vez más después de la boda para preguntarme si podíamos vernos. Me decía que tenía que hablar conmigo sobre algo. Una vez más, no respondí. Dos semanas más tarde, me enteré de que Iris había muerto. Había caído bajo las ruedas de un tren en Londres. Su marido estaba con ella en la escena del crimen. O del accidente, según la versión de Gillow. Se decía que había sido él quien la había empujado, aunque al final la policía decidió que no era posible resolver el caso. Hoy en día el señor Gillow está interno en el asilo para pobres de Abingdon, cerca de Oxford. ¡Estoy seguro de que es un lugar encantador!

»Bueno, con eso concluye esta triste historia. No creo que les haya pasado por alto que destaco especialmente como el sospechoso con más motivos para asesinar a Joseph Scotcher.

»Sin embargo, no lo hice. No fui yo quien asesinó a ese canalla. Ni tampoco Claudia, lo que significa que Sophie Bourlet mintió. En mi opinión, eso la convierte a ella en la principal sospechosa. Es una maldita casualidad, no obstante, que estuviera a punto de casarse con Scotcher y convertirse, a su debido tiempo, en una mujer increíblemente rica. Ahora que él ha fallecido, toda la herencia vuelve a manos de Harry y Claudia, y Sophie se quedará sin nada. Pero si es inocente, ¿entonces por qué mintió y acusó a Claudia?

»Un caso de lo más peculiar, eso es lo que es.

Capítulo 28

Un posible arresto

Al día siguiente, el inspector Conree y el sargento O'Dwyer llegaron a Lillieoak poco antes de las nueve de la mañana. Hatton nos anunció que nos esperaban a Poirot y a mí, aunque no en una habitación en la que pudiéramos hablar los cuatro, sino frente a la puerta de entrada a la casa. Al parecer, el inspector Conree pretendía que mantuviéramos la conversación delante del umbral.

—Estoy aquí para informarles a los dos, a modo de cortesía, que pronto llevaré a cabo un arresto con motivo del asesinato de Joseph Scotcher —nos dijo.

Poirot enderezó la espalda y dio un paso adelante. Conree se retiró mirándose los pies, como si quisiera comprobar que mantenía al centímetro la distancia deseada entre él y Poirot.

—¿Entonces piensa usted que Sophie Bourlet es la culpable de ese crimen? —preguntó Poirot.

—Así es —dijo Conree—. Desde el principio.

—Inspector, si me lo permite, quiero pedirle algo —dijo Poirot—. Creo firmemente que la enfermera es inocente. Espero saberlo con toda seguridad muy pronto, por lo que le rogaría...

—Quiere pedirme que no la arreste —dijo Conree.

—Sí. Al menos que no la arreste todavía.

—Si hubiera tenido la paciencia de escucharme en lugar de interrumpirme, sabría que no he venido para arrestar a la señorita Bourlet.

—¿Ah, no? —Poirot me miró, comprensiblemente desconcertado—. Acaba de decir que había venido para llevar a cabo un arresto, inspector. He asumido...

—Pues se ha equivocado. He venido para arrestar a la señorita Claudia Playford.

—¿Qué? —exclamé—. Pero si acaba de decir que sospechaba de Sophie Bourlet.

Conree asintió en dirección a O'Dwyer y éste intervino:

—No hay ninguna prueba que demuestre que la señorita Bourlet le hizo daño alguno a Scotcher. En el caso de la señorita Claudia, tenemos la prueba necesaria para llevar a cabo un arresto.

—¿Qué prueba? —farfulló Poirot—. ¡No hay ninguna prueba contra Claudia Playford!

Yo me quedé detrás de él, muy cerca, preparado para cogerlo antes de que cayera al suelo si le daba un síncope.

—Tenemos el testimonio de Sophie Bourlet, quien afirma haber visto a Claudia Playford golpeando la cabeza del señor Scotcher con el garrote y haber oído cómo la víctima suplicaba que le perdonara la vida —dijo O'Dwyer.

—*Nom d'un nom d'un nom!* —Poirot se dirigió a Conree—: Inspector, por favor, ¡explíqueme este disparate!

—No estoy obligado a darle explicaciones, señor Poirot. Soy el responsable de esta investigación y usted no es más que un invitado que estaba en la casa en el momento en el que tuvo lugar el asesinato. Y lo mismo puede aplicarse a su amigo Catchpool.

—Puede que Sophie presenciara los garrotazos —le dije a O'Dwyer—, pero ya sabemos que ésa no fue la causa de la muerte. Scotcher murió de un envenenamiento de estricnina al menos cuarenta minutos antes. Así que aunque Sophie Bourlet viera cómo Claudia Playford le destrozaba la cabeza...

—Inspector, se lo suplico —dijo Poirot—. Piense antes de actuar. ¿De veras le da igual arrestar a una mujer a la que considera inocente basándose en el testimonio de la mujer que usted mismo sospecha que es la auténtica asesina? ¡Me parece que nada podría tener menos sentido!

—Claudia Playford es hija del anterior vizconde y hermana del actual —dijo Conree.

—Así es. Y cuando vino a Lillieoak por primera vez, eso mismo le bastó como motivo para no arrestarla. Usted dijo: «No tengo intención alguna de arrestar a la hija del vizconde Guy Playford sólo porque una enfermera cualquiera haya proferido una disparatada acusación contra ella». ¡Y sin embargo ahora se propone hacer precisamente eso!

—La situación ha cambiado —dijo Conree—. Si arrestamos a Claudia Playford, empezarán a suceder cosas y pronto sabremos a quién estamos buscando. O'Dwyer coincide conmigo en que ésa será la mejor manera de proceder.

—Sí —confirmó el sargento—. Yo lo veo así: puede que Sophie Bourlet sea una mentirosa y una asesina, pero afirma haber visto a la señorita Claudia atacando al señor Scotcher con el garrote. Y nadie más ha dado un paso adelante para decir que vio a otra persona que no fuera Claudia Playford llevando a cabo aquel ataque brutal, ¿verdad? O sea que si alguien fue vista cometiendo el ataque fue la señorita Claudia. Espero que me estén comprendiendo.

—Sargento, yo espero más bien que no sea así —dijo Poirot. Se volvió hacia mí con una mirada cansada. Comprendí lo que quería de mí: que tomara las riendas del asunto. Podía ocuparme de aquello en su lugar. No hacía falta ninguna demostración de genialidad, tan sólo transmitir lo que ya debería haber sido evidente por pura lógica.

—Están ustedes a punto de cometer un grave error —les dije a los dos *gardai*—. Primero, asumen que la persona que asaltó a Scotcher con el garrote fue la misma persona que lo envenenó, aunque no hay motivo alguno para suponerlo. En un caso tan peculiar como éste, resulta imposible inferir algo semejante sin conocer el móvil. O los dos móviles, piénsenlo. ¿Por qué querría alguien ver a Scotcher muerto? ¿Y por qué, una vez muerto, alguien querría simular que había fallecido de otro modo, aporreado en lugar de envenenado? Podríamos estar hablando de dos personas distintas. ¡Yo diría que probablemente sucedió así! Y respecto a su comentario, O'Dwyer, el hecho de que Claudia Playford haya sido la única a la que han visto atacando a Scotcher en el salón con un garrote, bueno, ¡eso también podría servir para defender el argumento contrario!

»Mire, nadie más ha sido acusado de aporrear a Scotcher, ni de haber sido presuntamente sorprendido en el acto. Eso significa que cualquier otro podría haberlo o no haberlo hecho. Mientras tanto, Claudia Playford aparece en una historia en la que en efecto desempeña un papel, aunque sabemos que otras partes de esa misma historia son del todo falsas. Scotcher no podría haberle suplicado que le perdonara la vida, puesto que ya estaba muerto. Si el relato de Sophie es cierto, ¿cómo podría haber llegado Claudia Playford hasta el rellano que hay frente al estudio de lady Playford sin que nadie la viese corriendo escaleras arriba? ¿Por qué no había ni rastro de sangre en el camisón blanco que, según Sophie, llevaba puesto Claudia mientras atacaba a Scotcher?

Me detuve para recuperar el aliento antes de continuar.

—Claudia Playford, caballeros, es la única persona que aparece en una historia en la que ella aporrea a Scotcher, y que sabemos que está repleta de mentiras. ¿De verdad no se dan cuenta de que eso la convierte en la menos sospechosa de haber cometido el asesinato?

—Catchpool tiene razón, inspector —dijo Poirot con solemnidad—. Por favor, no lleven a cabo ese arresto. Sé muchas más cosas ahora que antes de la investigación, ¡las pequeñas células grises de Poirot no paran ni un momento!, pero todavía no he encajado todas las piezas. Necesito viajar a Inglaterra, tengo que hablar con algunas personas cuanto antes, y Catchpool también: durante mi ausencia, ha de hacerles unas cuantas preguntas urgentes a los que estaban en Lillieoak la noche del crimen.

»Cuando regrese a Clonakilty, si he tenido suerte durante el viaje, lo sabré todo. Por favor, inspector..., deme unos cuantos días, no arreste a nadie hasta que yo vuelva. Actuar sin un buen fundamento podría ser catastrófico.

—¿A Inglaterra? —gruñó Conree—. ¡De ninguna manera! ¡Se lo prohíbo!

A mí tampoco me había comentado nada sobre ese viaje a Inglaterra hasta ese instante. Me vi obligado a suponer que Poirot había progresado de algún modo en sus deliberaciones desde el día anterior. Y bueno, lo echaría de menos en Lillieoak, pero si era necesario que fuera, no me quedaba más remedio que seguir sin él durante unos días.

Poirot contraatacó dedicándole a Conree una sonrisa afilada.

—Inspector, ¿cuánto tiempo pretende usted seguir limitando nuestros movimientos? No creo que sospeche usted que yo, Hércules Poirot, pueda ser el asesino, ¿verdad? *Bien!* Sólo espero poder ayudarlo en este caso. ¡Pero si me ordena que no me vaya, no iré!

—Inspector Conree, lo siento pero tendré que llevarle la contraria, buen amigo —dije—. Si quiere viajar a Inglaterra, es que tiene un buen motivo para hacerlo. Poirot no es de los que se pasan el día corriendo de arriba abajo cansándose sin necesidad alguna. Prefiere resolver el caso que le ocupa en cada momento sentado en un cómodo sillón y pensando en ello con detenimiento. Se lo aseguro, no se le ocurriría viajar a Inglaterra si no fuera absolutamente necesario. Puesto que es demasiado educado para exponer los hechos, permitan que lo haga yo: si le impide que se marche, no podrá obtener una información vital. El asesinato de Joseph Scotcher quedará irresoluto y ustedes regresarán decepcionados a Dublín, donde sin duda tendrán que enfrentarse a la decepción todavía mayor que sentirán sus superiores. ¿Cree que considerarán sus esfuerzos de forma favorable cuando se enteren de que rechazó usted la ayuda de Hércules Poirot? ¿O prefiere regresar a Dublín con aire triunfal, pudiendo afirmar que gozó de la colaboración del gran detective belga y que en todo momento mantuvo la fe que había depositado en él?

Conree hundió la barbilla contra el cuello de la camisa.

—Muy bien —dijo al cabo de un segundo—. Puede ir, Poirot.

—*Merci,* inspector. —Mientras lo dijo, me miró con afecto.

Conree se fijó en la mirada.

—¡Pero no me venga llorando cuando fracase y terminemos arrestando a Claudia Playford por el asesinato! —dijo—. La táctica que ha utilizado hoy no es digna de usted, Poirot. Se lo advierto: no volverá a servirle conmigo.

—¿A qué táctica se refiere? —pregunté, con una formalidad deliberada—. No hemos utilizado más que el raciocinio y el sentido común.

—No tiene sentido discutir con él, Catchpool —murmuró Poirot cuando Conree y O'Dwyer volvieron a subir al coche que los había llevado hasta Lillieoak—. A un hombre que no puede recurrir a él en absoluto, el sentido común le parece la más deshonesta de las tácticas posibles.

Capítulo 29

El comedero

Al día siguiente, al atardecer, recibí una llamada telefónica.

—Soy yo, Catchpool. Su amigo Hércules Poirot.

—No era necesaria una presentación tan formal, Poirot. Le he reconocido la voz enseguida. Además, Hatton está inusitadamente locuaz y me ha avisado de que era usted cuando me ha dicho que me reclamaban al teléfono. ¿Cómo le va por Inglaterra?

—Mejor desde que me han cambiado la habitación del hotel por una más apropiada y tengo un *sirop* en la mano. La primera habitación que intentaron endosarme no tenía buenos acabados. Normalmente no me quejaría de un alojamiento desfavorable...

—Claro que no —dije, con una sonrisa—. Ya me imagino que no sería capaz de algo semejante.

—Pero después de salir del comedero, para mí era importante sentirme cómodo.

Ese coloquialismo desgastado combinado con el impecable acento europeo de Poirot me hizo reír. Pareció como si intentara comprobar si un tipo como él podía utilizarlo con más frecuencia.

—¿El comedero? ¿Se refiere al comedor para pobres? ¿Qué comedor, y qué demonios estaba haciendo usted allí?

—Eso se lo contaré enseguida. Pero primero me gustaría preguntarle qué está haciendo *usted*, Catchpool. ¿Qué ha hecho desde que me marché de Lillieoak?

—Yo. Bueno..., pues no mucho, la verdad. He dormido bastante bien esta tarde, después del almuerzo. Me ha sentado estupendamente. Aparte de eso... he intentado quedarme solo. No es que reine el buen humor por aquí, desde que usted no está presente para elevar los ánimos. ¿Cuándo volverá?

—¡Lo sabía! ¡Ya está bien de quedarse a solas! Tiene que hacer todo lo contrario. Encuentre ocasiones para iniciar charlas con la gente, también con el servicio. Hable, escuche y fíjese en lo que le dicen, en cada palabra. Las personas cuanto más hablan más se exponen. No puede desperdiciar la oportunidad, Catchpool. Yo no desaprovecho ni un momento. He estado hablando y escuchando.

—¿En el comedero, quiere decir?

—Sí. El de Abingdon, en Oxford. Está en el asilo en el que vive actualmente Percival Gillow, el viudo de Iris Gillow. He mantenido una conversación muy interesante con él acerca de la muerte de su esposa. En cuanto haya terminado en Oxford, puesto que aún tengo asuntos de los que ocuparme aquí, partiré hacia Malmesbury.

—¿Malmesbury? ¿Por qué demonios...?

—Es el lugar donde nació Thomas Hobbes. ¿Lo sabía, Catchpool? El autor de *Leviatán*.

Yo no lo sabía.

—¿Y qué tiene que ver el *Leviatán* con el asesinato de Joseph Scotcher? —pregunté.

—Nada en absoluto. Pero resulta que hay una obra literaria sobre la que se podría decir todo lo contrario. Vaya que sí.

—¿Qué quiere decir con eso, Poirot?

—Todo a su debido tiempo, *mon ami*. Primero déjeme que le hable sobre el señor Gillow.

Acerqué una silla al teléfono y me senté para escuchar la historia.

Por lo que me dijo, la presencia de un hombre con la clase y la elegancia de Poirot en el asilo para pobres le pareció a Percy Gillow tan cómica como a mí. Se había reído cuando aquel visitante tan peculiar había entrado en su estrecha habitación.

—No se ve mucha gente como usted por aquí. ¿No se habrá perdido? —le había dicho.

—He venido a hablar con usted, monsieur. Espero que no le importe.

—A mí no. A usted sí, en cambio. Miraba usted las paredes, ¿verdad? Les hace falta una capa de pintura. Hay poco espacio, aquí, pero no pasa nada. La comida es mejor que antes. Y nos llevan al cine una vez por semana. Seguro que eso no lo sabía, ¿a que no?

—Suena muy bien. Monsieur... ¿Se casó usted con una chica llamada Iris Morphet?

—Pues sí. —Gillow pareció agradablemente sorprendido al comprobar que, pese a ignorar las salidas que organizaba el asilo, Poirot conocía algo sobre él—. Estuve casado con ella, sí. Entonces era todo un caballero, como usted. No, ya sé que no se lo creerá, pero es cierto. Me adapto al lugar en el que me encuentro, ése es el secreto. Ésa es mi manera de vivir. Resulta extraño que me pregunte por Iris. Murió. De hecho, no quería casarse conmigo.

—¿Por qué dice que no quería casarse con usted?

—Porque quería a otro hombre: Randall Kimpton. Nunca olvidaré ese nombre. Lo echó a perder, se marchó con otro tío, uno que la engatusó con algún cuento, y luego no pudo recuperar al bueno. O sea que se buscó otro aún peor: ¡don Percival Gillow! —Mostró una amplia sonrisa que reveló unos dientes cascados y ennegrecidos antes de sacarse de un bolsillo una tabaquera con la tapa enjoyada.

Tenía las puntas de los dedos del mismo color que el contenido de la cajita.

—Conozco al doctor Kimpton —le dijo Poirot.

—Le ha hablado de mí, ¿no? ¿Y de Iris? ¿Por eso ha venido?

—El doctor Kimpton dijo que corría un rumor acerca de la muerte de Iris. Que no se cayó delante del tren por accidente.

—No era matasanos, por aquel entonces.

—¿Y sobre la muerte de Iris, señor Gillow? —dijo Poirot, armado de paciencia.

—No fue ningún accidente. Un asesinato, fue. ¿Eso le ha contado Kimpton?

—Sugiere que usted podría haber empujado a su esposa bajo las ruedas del tren.

—No, no fui yo. —Percy Gillow no se ofendió porque lo consideraran sospechoso de asesinato y siguió llenándose la nariz de rapé—. Una mujer vestida de hombre, fue. ¡Disfrazada! Se lo dije a la policía, pero al verme decidieron no escucharme. ¿Para qué escuchar lo que pudiera decirles un tipo como yo?

—Pero ¿vio cómo sucedió? ¿Vio cómo esa persona disfrazada empujaba a su mujer a la vía? —preguntó Poirot.

—No, señor. Yo lo que vi fue esto: vi que Iris se caía, eso lo primero. ¡Pum! ¡No pude hacer nada! Fue como si hubiera saltado hacia delante sin motivo. El tren se le echó encima y quedó triturada. —Gillow negó con la cabeza mientras sostenía en alto la tabaquera—. Esto me lo dio ella. Ese día no, cuidado. Pero no puedo mirarla sin pensar en ella. Tenía buen corazón, Iris. Y cerebro, también. Aunque no es que lo usara mucho, y nunca para elegir a los hombres. Yo siempre fui igual con las chicas. Éramos como dos gotas de agua, Iris y yo. Pero ella nunca se dio cuenta de que yo era su hombre ideal, ni siquiera cuando ya nos habíamos casado. Siempre quiso algo mejor.

—Ya veo. ¿Entonces vio cómo caía y luego...?

—Desvié la mirada. No quería ver lo que tenía delante, así que me giré y lo divisé. Bueno, supongo que debería decir que *la* divisé. Sombrero, traje. Barba. Roja en el centro y gris por los lados. Parecía una barba de pirata. No era un mal disfraz, pero a mí no me engañó.

—Una barba de pirata. Interesante... —murmuró Poirot.

—Se le cayó —dijo Gillow.

—¿A qué se refiere?

—A la barba. Mientras lo miraba, ¡se le cayó! Bueno, yo nunca me he dejado barba, pero no creo que se caigan así como así de la cara, si son de verdad. Entonces me di cuenta de que era una mujer disfrazada, ¿sabe? La pescó al vuelo y eso me pareció un claro signo de culpa. ¡Pero intente usted contarle algo así a la policía, después de haber bebido demasiada cerveza y sin tener oficio ni beneficio, cuando su mujer ha caído bajo las ruedas de un tren!

Poirot asintió, aunque le costaba imaginarse a sí mismo en unas circunstancias como aquéllas.

Capítulo 30

Más que afecto

En Lillieoak, lo primero que hice al día siguiente por la mañana, recordando que Poirot me había dicho que tenía que hablar y escuchar tanto como pudiera, fue ir en busca de lady Playford. Resultó que ella también me estaba buscando, y lo reclamó como mérito suyo cuando nuestros caminos se cruzaron.

—¡Edward! ¡Por fin le he encontrado! ¿Habló por teléfono con Poirot ayer por la noche? Supongo que no le contó cuándo pensaba volver a Lillieoak. Es extraño, apenas lo conozco, pero tengo la impresión de que es una de esas personas que consiguen que un lugar parezca peor cuando se marchan. ¿No le parece?

Llevaba puesto un largo kimono con un intrincado dibujo de color celeste, dorado y naranja. Era magnífico, pero al verlo sólo pude pensar en *El Mikado*. Claudia había comparado la trama de la opereta de Gilbert y Sullivan con el matrimonio que iba a celebrarse entre Sophie Bourlet y Joseph Scotcher y que, al final, resultó que no habría tenido que ser breve porque Scotcher no se estaba muriendo, aunque tampoco pudo ser largo porque lo habían asesinado.

Le dije a lady Playford que estaba a su disposición y que Poirot volvería tan pronto como le fuera posible.

—Eso espero, de lo contrario tendré que escribir su nombre en mi librito negro. —Me agarró del brazo y me

hizo pasar por el vestíbulo—. No es un libro de verdad,
existe sólo dentro de mi cabeza. ¡Así es como llamo a la
lista de personas que me han fallado y no merecen perdón! Uy, llevo un registro meticuloso. Haría bien en asegurarse de que su nombre nunca se añade a la lista, Edward.

—Consagraré mi vida a ello.

Ella respondió con una carcajada.

—¿Adónde vamos? —pregunté.

—Al salón.

Dejé de andar y me liberé de su brazo.

—¿Al salón?

—Sí. He pensado que podríamos hablar allí.

—Pero...

—¿Que es donde encontraron el cadáver de Joseph?

—Sí. —Una cosa era entrar allí con Randall Kimpton
para inspeccionar la mancha de sangre; no podríamos haber ido a ninguna otra parte. Lady Playford y yo, en cambio, podíamos charlar en cualquier otra habitación de Lillieoak.

—Ya han quitado la alfombra manchada —dijo—. Los
gardai me dieron permiso. Tengo bastante controlado a
Arthur Conree. Le dije que me parecía razonable que nos
negase el permiso y mencioné que se le daba de maravilla
prohibirnos respirar y cuánta razón llevaba tomando todas esas precauciones. Por supuesto, se volvió dócil como
un corderito. Así pues, ayer mandé que se encargaran de
la alfombra. No habrá ni rastro del asesinato en el salón, se
lo prometo.

—Ya veo.

Me miró con severidad.

—Es una habitación de mi casa, Edward. En ninguna
habitación de Lillieoak entra más luz por la mañana que
en ésa. No estoy dispuesta a permitir que se convierta en
un santuario consagrado a la muerte. Me apetece tan poco

como a usted sentarme allí esta mañana, pero debemos hacerlo, una y otra vez, hasta que dejemos de entrar a regañadientes.

—Ésa es la manera más inteligente de abordar el asunto —le dije, incapaz de discrepar.

—Además, ni siquiera fue allí donde asesinaron a Joseph.

La seguí hasta el salón esperando encontrar las tablas del suelo desnudas, pero resultó que habían extendido otra alfombra en el mismo lugar que la anterior: azul, verde y blanca, con un elaborado diseño de pájaros posados en árboles.

—Siéntese, Edward.

Lady Playford señaló la silla que había elegido para mí. Era la más lejana al lugar en el que había quedado la cabeza aplastada de Joseph Scotcher. Eso lo agradecí. Ella se acomodó en la *chaise longue*, frente a mí.

—Usted quiere hacerme muchas preguntas y a mí me gustaría contarle muchas cosas —dijo—. ¿Empiezo yo? Es sólo que, desde hace ya tiempo, tengo pensada una historia, la más emocionante que se me ha ocurrido hasta la fecha, y no podía compartirla con nadie. Ahora que Joseph ha muerto y la investigación ha confirmado lo que yo ya sabía mucho tiempo atrás, que no estaba enfermo y ni mucho menos se estaba muriendo, por fin puedo hablar de ello abiertamente. No tengo que esconder nada. ¡No sabe lo aliviada que me siento!

—Me lo imagino —dije, obediente.

—Pensaba que jamás podría llegar a contar esta historia —prosiguió lady Playford—. Había decidido proteger el buen nombre de Joseph, pero ahora que ha sido asesinado me siento obligada a contárselo todo. Si quiero ayudarlo a atrapar al asesino, no me queda otra opción. Dígame, Edward: ¿hasta qué punto recuerda usted la conversación que tuvo lugar la noche en la que mataron a Joseph?

—Creo que recuerdo la mayor parte de lo que se dijo.

—Bien. Entonces recordará que ofrecí una explicación para lo que podría haber parecido un acto extraordinario por mi parte. ¿Por qué tendría que desheredar a mis propios hijos y dejárselo todo a mi secretario? Se lo dije a Joseph delante de todos y más o menos con estas palabras, puesto que me había preparado el discurso: «Los mejores médicos saben que el aspecto psicológico tiene una profunda influencia en la parte física». Dije que quería darle a Joseph algo por lo que vivir: una inmensa fortuna, con la esperanza de que el inconsciente hiciera su trabajo y curara sus achaques físicos. ¿Se acuerda usted de eso?

—Sí.

—Bien. También dije que no pensaba seguir dándole carta blanca a los médicos de Joseph, y que tenía la intención de llevármelo al día siguiente para que lo viera el mío, que es el mejor entre los mejores. Esa parte es cierta: tengo un médico excelente. El resto, por mucho que me avergüence reconocerlo, era mentira. Para ser más precisa, *probablemente* era mentira. No sabía nada con seguridad. Ése era mi dilema, ¿comprende?

—No estoy seguro —admití.

—Bueno, era cierto que no quería seguir permitiendo que los médicos de Joseph continuaran actuando a su antojo. Eso suponiendo que hubiera médicos de verdad de por medio y no se tratara de otra de sus fantasías. Y sin duda lo habría llevado a ver a mi maravilloso doctor a la mañana siguiente si por la noche no hubiera tenido lugar el suceso que cambió las cosas, aunque tenía la sensación de que algo ocurriría. —Lady Playford hizo una mueca antes de proseguir—. Si bien, como es natural, no tenía ni idea de que asesinarían a Joseph. De haber sospechado que alguien lo mataría, nunca habría hecho nada de lo que hice: ni cambiar el testamento, ni anunciarlo durante la cena. Nunca me perdonaré haber cometido ese error. Es injustificable lo egoísta que llegué a ser al imaginar que podía prever cualquier consecuencia de mis actos.

—El asesino de Scotcher es el único responsable de su muerte —le dije.

Ella sonrió.

—Eso es palabrería. Pero al menos me consuela un poco, por lo que haré lo posible por creerla.

Esperé en silencio a que dijera algo más. Al final, suspiró como cuando un tren suelta una larga bocanada de vapor y dijo:

—No creía que Joseph se estuviera muriendo. Bueno, quizá sí durante poco tiempo después de que me lo dijera. Me quedé consternada, verdaderamente consternada. Le había tomado cariño enseguida. Más que cariño. Poco después de que llegara a Lillieoak, ya le agradecía al Señor de todo corazón que lo hubiera puesto en mi camino. ¿Tuvo la ocasión de hablar con él, Edward? Entonces sabrá lo que se sentía: como si nadie en el mundo fuera capaz de conocerte tan bien como él. Como si nadie se hubiera preocupado por ti tanto como él.

—Realmente parecía muy amable y considerado con los demás —dije.

—Sí, y también perspicaz —añadió lady Playford—. Cada vez que hablaba conmigo era como si usara una llave mágica para abrir mi mente y revelarme lo que estaba pensando, me mostraba una sabiduría que yo ignoraba poseer. Debería haberme opuesto de lleno a que alguien ocupara mi mente de ese modo, pero Joseph me comprendía demasiado bien. Como nadie lo había hecho jamás. ¡Y era tan ingenioso! Además, siempre resultaba de lo más divertido, la compañía más estimulante que se pueda imaginar. Cuando expresaba su opinión acerca de un asunto, y muchas de sus opiniones se habrían considerado dudosas para los gustos convencionales, no podía más que coincidir con él absolutamente. Siempre tenía la palabra justa para cada momento y sabía cómo decirla.

Aún no había terminado.

—Esto puede sonar fantasioso, Edward, pero a veces casi llegaba a creer que alguien me había quitado una parte del alma y la había utilizado para crear a Joseph. Tras su llegada a Lillieoak, apenas podía hablar con otra persona que no fuera él. Todos me parecían muy deprimentes, a su lado.

Lady Playford cambió de posición en la *chaise longue* y se sentó más erguida.

—Si le cuento todo esto es sólo para que pueda comprender lo que viene a continuación. Cuando Joseph me explicó por primera vez que estaba gravemente enfermo a causa de una dolencia renal, me sorprendí mucho. No había notado nada inapropiado, había estado desempeñando sus funciones sin demostrar malestar alguno. Me horrorizó oír que tal vez no sobreviviría. ¡Fue como un luto! No hay otra manera de describirlo. La idea de perderlo me parecía insoportable.

Se detuvo un segundo y cerró los ojos. Lo que no había sido más que un pensamiento se había convertido en realidad. Y si algo tenían las realidades, reflexioné, era que las asumíamos porque no teníamos otra opción.

—De inmediato, contraté para él a la mejor enfermera que pude encontrar: Sophie. Intenté convencerlo para que acudiera a mi médico, pero se negó en redondo. Cuando vino a verme con la noticia de que había llegado a la fase terminal de la enfermedad de Bright y que no viviría mucho más... Bueno, digamos que por aquel entonces ya tenía mis sospechas. Incluso de ese modo, a pesar de mis dudas, quedé conmovida por la aparente despreocupación de Joseph. Parecía como si sólo le importara consolarme. Me aseguró que era todo un luchador, que estaba decidido a quedarse conmigo tanto tiempo como pudiera. Y pensé:

«¿Cómo es posible que este moribundo sea tan altruista como para preocuparse más por mí que por sí mismo? ¡Debe de ser un santo!». Aunque me avergüenza admitirlo, supongo que en su momento debí de pensar: «¿Cómo he podido dudar de él? Una cosa es fingir que estás gravemente enfermo, pero no hay duda de que ninguna persona sana afirmaría que se está muriendo, sin esperanzas de encontrar una cura».

»El sentido común entró en juego poco después, por supuesto. Me di cuenta de que Joseph era capaz de comportarse como un santo y de pensar sobre todo en el efecto que su muerte tendría en mí porque sabía que no tenía ningún problema de salud sobre el que pudiera mantener una conversación.

—¿Cuándo empezó usted a sospechar que estaba mintiendo sobre su enfermedad? —pregunté.

—No creo que mintiera. Cuando yo he mentido (y lo he hecho en ocasiones, si me convenía, como cuando le conté a Edith Aldridge que le había mandado una carta de agradecimiento y que debía de haberse perdido en el correo), era mentira y lo sabía. Joseph, en mi opinión, no sabía que mentía, o no del mismo modo, al menos. Era como si se convenciera a sí mismo de que todo era cierto.

—¿Cree que él de verdad pensaba que estaba enfermo?

—No, no exactamente. Lo único que digo es que... Pienso que sus mentiras no surgían tanto de una decisión como de una compulsión. Debía de haber algo en la realidad de su vida o en él mismo que le parecía aberrante, por lo que se refugió en una ficción que le resultaba más soportable. Estoy segura de que hacía lo posible por creerla, para poder vivir de una forma más efectiva de acuerdo con ella. ¿Le parece que eso tiene sentido?

—Pues no mucho, no.

Lady Playford negó con la cabeza.

—A mí tampoco me lo parece. Pero creo que llegué a

conocer a Joseph mejor que nadie. Al verdadero Joseph, en la medida en que un hombre como él pueda describirse de ese modo, puesto que en muchos sentidos creo que parecía tan falso como cualquiera de las historias que nos contaba. Es posible que usted nunca haya conocido a alguien como él, Edward. De haber sido así, lo comprendería. Juraría que tenía la misma intención de engañar a los demás que de engañarse a sí mismo. Por eso no puedo juzgarlo con la dureza que merecería. La motivación surgía de algún tipo de necesidad psicológica profunda. Me encantaría discutirlo con Poirot, sé lo mucho que le interesa la psicología.

—¿Cuándo empezó a sospechar que Scotcher no estaba enfermo? —reformulé mi pregunta inicial.

—No sabría decírselo con exactitud, pero debió de ser dos o tres semanas después de que me hablara de su enfermedad. Canceló una cita con el médico por un motivo insignificante y eso me sorprendió, me pareció raro, teniendo en cuenta la naturaleza supuestamente delicada de su estado. Nunca dio la sensación de que estuviera enfermo. A raíz de mis observaciones sobre su conducta, me pareció tan sano como Harry, Randall o cualquier otro joven. Estaba increíblemente delgado, pero algunas personas son así y no se puede hacer nada al respecto, muchos comen como limas pero mantienen esa constitución de todos modos. Luego, en otra ocasión, Joseph se marchó a Inglaterra para que lo viera un médico especialista; al parecer tenía tanta experiencia que el largo viaje merecía la pena. Bueno, ¡aquello no sonó cierto en absoluto! ¿Por qué no acudía a un médico más cercano al que pudiera visitar más a menudo? ¿Por qué no venía nunca ningún médico a casa?

»No pude convencer a Joseph para que me dijera el nombre de ese inglés tan eminente, y cambiaba de tema cada vez que le preguntaba al respecto. Por pura casualidad, coincidió en Oxford con Claudia, puesto que había ido a visitar a unos amigos y a dedicarse a su actividad favorita: recordarle a Randall que nunca lo perdonaría y que no quería volver a verlo jamás. ¡Menuda tontería!

»El caso es que Claudia vio a Joseph a las tres y diez el día en el que se suponía que había ido al médico. En lugar de eso, estaba tomando una taza de té con una mujer cejijunta de pelo oscuro, según me contó Claudia. Realmente no hacía falta hacer algo tan feo, no cuesta tanto evitarlo. Era una mujer mucho mayor que Joseph. Oh, no se trataba de una cita, ni nada parecido. Claudia los vio juntos a través de una ventana del hotel Randolph. La mujer se estaba comiendo un panecillo de Chelsea.

—Y al saber que Scotcher se había encontrado con aquella mujer usted llegó a la conclusión de que... ¿Cuál fue su conclusión? ¿Qué importancia tenía respecto a su enfermedad?

—Pues que él había mencionado a qué hora tenía la cita con el médico: a las tres en punto. Tan sólo diez minutos más tarde ya estaba en el hotel Randolph. Y si lo que está pensando es: «¿Y si la cita con el médico se resolvió en cinco minutos y tardó sólo cinco más en llegar al hotel?», entonces usted me subestima. Cuando Claudia me alertó, puesto que el recepcionista del Randolph tuvo la amabilidad de permitirle utilizar el teléfono, le pedí que me pasara al director del hotel para poder interrogarlo. Enseguida me dijo que un tal Joseph Scotcher había reservado una mesa para tomar el té a las tres en punto.

—Ya entiendo. Es decir, que cuando Claudia lo vio con aquella mujer podemos asumir que se habían encontrado a las tres y ya llevaban diez minutos juntos.

—Exacto. Por supuesto, si Claudia lo hubiera visto con un hombre podría haberme preguntado si el médico de Joseph era tan excéntrico que insistía en atender a sus pacientes en hoteles de moda en lugar de hacerlo en su consulta, pero no cabía duda de que era una mujer. Lo que significa que Joseph me mintió acerca de su cita.

—Es sorprendente —dije—. Sabiendo el cariño que usted sentía por él, fue capaz de hacerle creer que pronto lo perdería debido a una enfermedad terrible... ¡y luego siguió adelante hasta el punto de confirmar esa falsedad!

—Fue sorprendente, pero no para mí —dijo lady Playford—. Mi reacción inicial, en cuanto me metí de una vez por todas en la cabeza que era poco probable que Joseph se estuviera muriendo o incluso enfermo..., bueno, tuve varias respuestas. Una de ellas fue un gran alivio: ¡no iba a perderlo! ¡Sobreviviría! —Los ojos se le llenaron de lágrimas—. Es insoportable pensar ahora en cómo me sentí entonces. Lo siento. —Se sacó un pañuelo del bolsillo del kimono y se secó las lágrimas.

—No tiene de qué disculparse —dije.

—Es usted muy amable, pero no soporto las demostraciones públicas de sentimentalismo. Prefiero analizar el asunto sin emociones. Así pues..., aparte de alegría y alivio, también me sentí de lo más desconcertada por la actitud de Joseph. ¿Por qué tenía que comportarse de ese modo tan extraordinario un hombre capaz de hacer que el mundo entero se postrara a sus pies? Estaba intrigada. Y agradecida de sentirme de ese modo.

—¿Agradecida?

—¿Le parece extraño? No soy más que una niña. Mis padres eran aburridos, demasiado tranquilos. Cuando era pequeña, si quería que sucediera algo interesante, tenía que ser yo quien lo inventara. Por eso convertí a mis ositos de peluche en villanos y a mis muñecas en heroínas y escenifiqué los dramas más asombrosos que pueda imaginar dentro de mi dormitorio, sin que nadie lo supiera. Desde entonces no he parado de inventar: personajes, dramas, misterios y romances. A medida que fue pasando el tiempo y me hice mayor, conocí a gente mucho más interesante que mis padres, pero jamás conocí a nadie más interesante que los personajes que yo misma había inventado. Hasta que...

Me pareció que quería que completara la frase.

—¿Hasta que conoció a Scotcher? —dije.

Ella asintió.

—Joseph era mucho más desconcertante que cualquier misterio que yo hubiera podido llegar a concebir. Ay, sí, le estuve muy agradecida. Y... bueno, todo aquello era bastante emocionante. ¡Decidí participar en el juego! Lo peculiar fue que Sophie decidió lo mismo. Se derrumbó al oír la farsa de la enfermedad porque se había enamorado de Joseph y no quería poner en evidencia sus mentiras. Igual que yo, Sophie quería protegerlo. Piense en el daño que habría sufrido la reputación de Joseph si la verdad hubiera salido a la luz.

—Muchos pensarían que Scotcher merecía todo el daño que pudieran hacerle —dije. Yo, entre ellos—. A propósito, Sophie Bourlet insiste en que ella creía que estaba enfermo, y que aún lo cree. Acusa al forense de haber mentido.

—Sophie no tiene el valor de confesar que participó en una farsa de esas dimensiones. Apuesto a que supo que su paciente era un impostor a la semana de llegar a Lillieoak. Pero bueno, jamás lo admitirá. La verdad le daña el orgullo, por eso insiste en lo contrario. Ha de tener en cuenta, Edward, que la inmensa mayoría de la gente tiende a evitar cualquier asunto que resulte demasiado conflictivo o peculiar. A casi todo el mundo le asusta la mayor parte de las cosas, ¡nunca lo olvide! Sólo los escritores y los artistas encajan bien las ambigüedades desconcertantes, igual que los que se inclinan por la investigación. Estoy segura de que a Hércules Poirot le fascinaría todo esto.

—¿Sophie Bourlet sabía que usted estaba al corriente del verdadero estado de salud de Scotcher? —pregunté.

—Para serle sincera, espero que creyese que yo vivía engañada —dijo lady Playford. En su rostro apareció una sonrisa traviesa que se desvaneció enseguida—. Al fin y al cabo, ¿por qué iba yo a gastarme dinero en una enfermera interna para un hombre sano?

Exacto, ¿por qué? No le pedí explicaciones al respecto. Lady Playford consideraba que me lo había explicado ya y, aunque creí todo cuanto me dijo, su razonamiento acerca del asunto nunca llegó a satisfacerme del todo. Su actitud me parecía una locura imperdonable.

—Claudia adivinó la verdad, por supuesto, y Randall también. Temía que sólo fuera una cuestión de tiempo antes de que uno de ellos estallara y lo vomitara todo de algún modo concebido especialmente para herir a Joseph en la medida de lo posible. La mofa sutil cada vez satisfacía menos a Claudia y sus pullas eran cada vez más afiladas. Ese temor fue el que me motivó a tramar ese plan tan brillante.

El rostro de lady Playford quedó arrugado en una mueca de angustia.

—Aunque de brillante no tenía nada. He sido una vieja vanidosa al pensar que podría tenerlo todo bajo control. Si no hubiera hecho ni dicho nada, Joseph aún estaría vivo.

—¿En qué consistía el plan? —le pregunté—. ¿O se trata sólo de lo que ya me ha contado, lo de que su médico visitara a Joseph?

—Ah, no, mi plan incluía muchas más cosas. Muchas, muchas más.

Nervioso e impaciente, le pedí que me contara el resto.

Capítulo 31

El plan de lady Playford»

—Catchpool, soy yo, Hércules Poirot.

—Nunca lo habría adivinado, amigo mío. Sobre todo teniendo en cuenta que ayer me llamó usted justo a la misma hora. Déjeme que lo adivine: ¿tiene un *sirop* en la mano?

—Ojalá. No, *mon ami*. Estoy en el hospital.

—Dios mío —exclamé a la vez que me levantaba de un brinco—. ¿Qué ha pasado? ¿Se encuentra bien? ¿En qué hospital? ¿En Oxford?

—*Oui*. Estoy esperando para poder ver a un médico muy eminente. Pero no se preocupe, amigo mío. No estoy aquí porque haya sufrido daño alguno. Sólo he venido para hacer unas cuantas preguntas.

—Bueno —sonreí aliviado—. ¿Acertaré si apuesto a que ese eminente doctor es un especialista en afecciones renales?

—Los riñones no le interesan más que cualquier otra parte del cuerpo humano.

—¡Ah! Entonces no es el médico de Scotcher. Si es que Scotcher llegó a tener un médico en algún momento —me apresuré a añadir. A veces el cerebro olvida lo que ha descubierto más recientemente y vuelve a algo que ya conocía antes de que se demostrara su falsedad.

—No he venido a hablar sobre Joseph Scotcher, sino sobre un asunto bien distinto —dijo Poirot—. Ah... ¡hola, doctor!

—¿Ya ha llegado el médico que esperaba?

—No, es otro el que ha entrado. Por favor, no se retire de la línea, Catchpool.

No llevábamos ni cinco minutos hablando y ya me había perdido con tanto médico. Esperaba estar en lo cierto al pensar que por ahora había tres: el de Scotcher (que podía existir o no), el que Poirot esperaba ver y el que acababa de entrar en la habitación en la que se encontraba Poirot.

Me limité a escuchar y esperar.

—Claro. Gracias, doctor —decía Poirot—. Ya le he pedido a la enfermera que le explicara que necesitaba hablar un buen rato con mi amigo Edward Catchpool, de Scotland Yard. Es una conversación privada, sí. ¿No podría utilizar usted algún otro despacho mientras tanto...? ¿Sí? Excelente. *Merci mille fois.*

—Poirot, ¿ha echado a patadas a un pobre hombre de su propio despacho?

—Eso no importa, Catchpool. Estoy impaciente por escuchar lo que pueda contarme.

—¿De verdad? —Suspiré. Aquello se las prometía difícil—. Antes de empezar, tengo que hacerle una pregunta. El hotel en el que se aloja en Oxford, ¿cómo se llama?

—Estoy en el Randolph.

—Es curioso. Tenía el presentimiento de que ésa sería la respuesta.

—¿Por qué? ¿Es importante?

—En la historia que estoy a punto de contarle aparece el hotel Randolph.

—Adelante —me apremió Poirot.

Empecé a resumirle todo lo que lady Playford me había contado, hasta que me detuve, frustrado.

—Pero, Poirot, le recomiendo que hable usted con ella personalmente. Tiene una manera de contar las historias que..., bueno, de algún modo sabe cómo conseguir que las palabras cobren vida y todo tenga sentido. En comparación, lo que le he contado yo es plano e incoloro.

—No se preocupe, *mon ami*. Ya me imaginaré cómo debe de haber transmitido los hechos lady Playford. Añadiré mentalmente los colores y los... bultos, para que no sea tan plano.

Dejé a un lado mis reservas y proseguí. Mi voz sonó bastante ronca cuando dije:

—... y luego le pregunté en qué consistía todo su plan, si se limitaba a llevar a Scotcher para que lo viera su médico. Y me dijo que no. Lo que me contó a continuación fue..., bueno, bastante extraordinario.

—Cuénteme —dijo Poirot con impaciencia.

—Bueno, mire. Resulta que Michael Gathercole ha pedido la plaza de secretario personal de lady Playford. De hecho, así es como él y Scotcher... Espere, déjeme pensar. Me pregunto si ése es el mejor lugar por el que empezar.

—¿Gathercole, el abogado? ¿Quiere convertirse en secretario de una novelista?

Mientras le proporcionaba a Poirot la información que deseaba, me sentía como si estuviera traduciendo de un idioma extranjero. Fue una sensación extraña, pero me habría resultado más sencillo interpretar el papel de lady Playford, como si estuviera sobre un escenario, y recitar la historia tal como ella me la había contado en lugar de volver a contarla con mis propias palabras. Por consiguiente, he decidido que cualquier lector de este relato debería beneficiarse de la mejor versión posible. El pobre Poirot tuvo que contentarse con una versión bastante menos natural.

—Ahora he de introducir a Michael Gathercole en la historia —me dijo lady Playford—. Es mi abogado, un abogado excelente, pero no siempre fue socio del mejor y más exclusivo bufete de Londres. Fui yo quien le pidió a Orville Rolfe que aceptara a Michael y se lo tomara en serio. Y Orville, cuyo bufete familiar, Rolfe e Hijos, se había encargado de los asuntos de mi padre y de mi marido, no me decepcionó.

»Conocí a Michael cuando me escribió para solicitar el puesto de secretario personal, en respuesta a mi anuncio. Por aquel entonces era un pasante mucho más cualificado y más inteligente de lo que requería su puesto de trabajo. Sin embargo, por falta de confianza en sí mismo, pretendía seguir siendo pasante el resto de sus días. Entonces fue cuando vio mi anuncio. Mis libros le habían gustado tanto de pequeño que no pudo resistir la tentación de solicitar el puesto. No es que quiera presumir, pero al ver su carta de solicitud quedaba claro que mis libros fueron lo único bueno que le pasó durante una infancia especialmente dura. Por supuesto, lo invité para una entrevista.

»Joseph Scotcher también solicitó la plaza para el mismo puesto. Su carta fue impecablemente educada, pero menos personal. Antes de conocerlos a los dos, estaba segura de que elegiría a Michael y no a Joseph, pero tampoco quería decidirme sin haberlos conocido en persona, así que les pedí que vinieran a Lillieoak para hacerles sendas entrevistas. Creo que los hice esperar demasiado tiempo, y quien no tiene perdón por eso es Hatton, ¡mecachis! Se negó en redondo a contarme algo ese día, hasta el punto que me puse cada vez más nerviosa, ya que imaginaba que tenía que ver con Michael o con Joseph. En ese caso, es evidente que me habría gustado saberlo antes de entrevistarlos.

»Al final resultó que no era más que la necesidad de ajustar todos los relojes, o lo que sea que se hace con los relojes, algo que estaba planificado para el día siguiente. Bueno, necesité media hora más o menos para recuperar la compostura después de eso. ¡Es que habría estrangulado con gusto a ese mayordomo! Pero bueno..., fue un retraso innecesario, y durante ese tiempo Michael y Joseph estuvieron sentados frente a mi estudio, charlando. Mucho rato. Enseguida comprenderá por qué esto es tan importante.

»Primero vi a Joseph. Bueno, no hay palabras para describir lo mucho que me impresionó. Todas y cada una de sus frases estaban llenas de referencias a las aventuras de Shrimp. Al parecer conocía toda mi obra al dedillo, hasta el más mínimo detalle, y tenía teorías al respecto. Fue como si hubiera hurgado en las profundidades de mi esencia creativa y hubiera visto cosas que ni siquiera yo había sido capaz de reconocer.

»O sea que elegí a Joseph. Cualquier lo habría elegido a él. Usted también, Edward. Era brillante, irresistible. Me dolió verme obligada a permitirle que saliera de casa. Quería tenerlo a mi lado desde ese mismo momento, pero por supuesto las formas y la apariencia tenían su importancia. Tenía que dejar que regresara a casa y ofrecerle una oportunidad justa a Michael, después de haberlo hecho venir a Clonakilty desde Londres.

»Siento decir que a Michael casi ni lo escuché, apenas le presté atención. Estaba nervioso y la primera impresión que me llevé no fue buena. Mi mente estaba demasiado ocupada, ya andaba pensando en la carta que le escribiría a Joseph. Ay, me da vergüenza admitirlo, pero ya lo había elegido antes incluso de que Michael entrase en la habitación. Michael es un hombre adorable y se merecía que lo tratara mejor de lo que lo hice. No es deslumbrante como Joseph, pero es de fiar. Muy bien, lo diré: es de fiar, a diferencia de Joseph.

»Le di el empleo de secretario a Joseph, mientras que Michael se llevó una especie de premio de consolación. Me daba lástima, por lo que hice llegar unas palabras a oídos de Orville Rolfe, como ya he dicho, y el resultado fue más que satisfactorio. En realidad, no volví a pensar en Michael Gathercole después de eso. Hasta que un día, unos años más tarde, le dije algo gracioso a Joseph que cualquiera que hubiese leído siquiera uno de mis libros de Shrimp habría comprendido sin problemas. Supongo que usted, Edward, no... ¿Ah? ¿De verdad? ¿Y por qué demonios no me lo había dicho? No importa, pero hagamos la prueba. Si le digo "tapón de botella de leche", ¿sabría usted a qué me refiero, aparte de a un auténtico tapón de botella de leche? ¡Exacto! ¿Lo ve? Claro que lo sabría. En cada uno de los libros de Shrimp aparece la broma del tapón de botella de leche. Sin embargo, quedó claro que Joseph no tenía ni la más remota idea de lo que le estaba diciendo, y eso me pareció extraño, porque habría jurado que había mencionado esa misma broma cuando lo entrevisté para el puesto.

»Quedé confundida. Para ponerlo a prueba, dejé caer dos o tres referencias más a mi obra, y en todos los casos me pareció bastante perdido. Entonces me di cuenta de que no había leído ninguno de mis libros, pese a que afirmaba haberlos leído todos, habérselos dejado a su familia, haber comprado más ejemplares, habérselos endosado a desconocidos por la calle y haber intentado iniciar una religión nueva utilizando los textos de Shrimp como sagradas escrituras. Estoy exagerando, pero no hasta el punto grotesco que podría parecer.

»Justo en el momento en el que me quedó claro el alcance del engaño de Joseph (el engaño sobre su relación con mis libros, además del que tenía que ver con su estado de salud) hubo algo más que me sorprendió. Afloró un recuerdo desde los recovecos más ocultos de mi cerebro. El comentario del "tapón de botella de leche" que me había hecho mientras entrevistaba a mis posibles secretarios no había sido fruto de mi imaginación. Lo había oído de verdad, pero no me lo había dicho Joseph. No, me lo había dicho Michael Gathercole. Por desgracia, yo había quedado tan encandilada con Joseph que le había atribuido erróneamente el comentario de Michael. Muy injusto por mi parte. Por supuesto, no fue deliberado. Pero me preocupó... y empecé a preguntarme si...

»Al día siguiente, escribí a Michael, le pedí que viniera a verme de nuevo y él accedió sin problemas. Lo acribillé a preguntas. En *Shrimp Seddon y el huevo pintado*, ¿cuál es el rasgo de carácter más importante según el padre de Shrimp? En *Shrimp Seddon y el casco del bombero*, ¿qué provoca un olor especial en la bufanda de la señora Oransky? Y así, durante un buen rato. Michael contestó correctamente todas y cada una de las preguntas. Luego le pregunté si recordaba algo de lo que habían hablado Joseph y él mientras esperaban juntos frente a mi estudio a que los llamara para la entrevista. Eso lo cohibió, pero insistí en que me lo contara. Y por fin salieron, aunque de forma menos elocuente respecto a como lo había presentado Joseph: eran las ideas de Michael, las teorías de Michael. Era Michael quien conocía al dedillo las aventuras de Shrimp. Joseph se había limitado a repetir lo que el otro aspirante al puesto había tenido la amabilidad de contarle mientras aguardaban a ser entrevistados.

»Me sentí fatal. Debe de estar pensando que tendría que haber echado a Joseph al instante, pero no quería hacerlo. Ni siquiera después de ese último hallazgo. Una vez más, Edward, se olvida de tener en cuenta la necesidad de saber. ¿Qué sentido tiene la vida sin un misterio por resolver? Por eso no paraba de preguntarme quién debía de ser ese joven tan deslumbrante. ¿De veras se llamaba Joseph Scotcher, o era otra persona, alguien completamente distinto? ¿Por qué pensaba que su vida sería mejor si se lo inventaba todo y no decía ni una sola verdad? Yo quería ayudarlo. Porque eso sí, había una cosa cierta acerca de Joseph: desde que se levantaba hasta que se acostaba, se pasaba el día pensando en maneras de hacerme feliz, de ayudarme, de entretenerme. Parecía su única preocupación. No, no estaba dispuesta a perder la fe en él.

»Aun así, primero tenía que compensar a Michael. Le dije que en lo sucesivo sería mi abogado. Otro bufete se había estado ocupando de mis asuntos, pero yo no sentía ningún tipo de apego por ninguno de sus integrantes y me apeteció cambiar. Cuando se enteró de la noticia, Orville Rolfe invitó a Michael a convertirse en su socio y crear un bufete nuevo. Así es como nació Gathercole & Rolfe y mi conciencia quedó en paz respecto a Michael. También decidí que sólo hablaría sobre mis nuevas ideas para Shrimp con Michael, y nunca con Joseph. Así es como resolví el asunto.

»Respecto a lo de ayudar a Joseph, mientras tanto... Eso costó mucho más. No quería acusarlo, revelar su engaño, exponerme a que se marchara de Lillieoak por miedo a ser descubierto. Lo que quería era que se sintiese completamente seguro conmigo... y eso implicaba fingir que le creía. Me costó decidirme sobre la mejor manera de ayudarlo, tenía que ser algo que permitiese salvar su imagen y no se me ocurría nada razonable o práctico, por lo que, desesperada, me pareció que la idea del testamento nuevo era mi última opción.

»No tenía ninguna intención de desheredar a Harry y a Claudia de forma permanente, claro está. Si todo hubiera sucedido como yo esperaba, habría dejado otro testamento más en cuanto me hubiera ocupado de la situación de Joseph. Mi plan para mi tercer y último testamento consistía en dividir mi patrimonio en tres partes iguales. Una para Harry, otra para Claudia y una tercera que deberían compartir Joseph y Michael Gathercole. Dorro se habría quejado mucho, es una ingrata, pero un tercio de mi patrimonio debería bastar para cualquiera. Además, ¡Harry y Dorro ni siquiera tienen hijos a los que mantener!

»El testamento en el que se lo dejaba todo a Joseph estaba pensado para que funcionara en dos sentidos posibles. Si Joseph se hallaba realmente enfermo, esperaba que la noticia de una herencia cuantiosa pudiera inducir a su inconsciente a convencer a su cuerpo para animarse un poco y durar así algo más de tiempo. ¿Y si no estaba enfermo? Bueno... ahí sí que se complicaban un tanto las cosas. No se preocupe, Edward, se lo explicaré de forma muy clara. Resulta que ésa es precisamente la crítica principal que se esgrime contra mis libros de Shrimp: que en ocasiones son demasiado enrevesados. ¡Tonterías! Quiero decir que si mis tramas fueran más simples, la gente adivinaría los desenlaces, ¿no? Y no se puede dejar que el lector lo adivine. Lo siento, pero no escribo para zopencos ni pienso hacerlo jamás. Escribo para los que son capaces de crecerse ante un reto intelectual.

»Formulé la trama que había pensado para Joseph del mismo modo que planifico mis libros. Crear es una habilidad como cualquier otra, y yo me considero una experta, después de tantos años de práctica. Veo que está impaciente por saber qué es lo que se me ocurrió. Pues se lo contaré...

»Primero, pensaba cambiar mi testamento y anunciárselo a todos. Ahora imagine a Joseph, después de haber extendido el falso rumor de que estaba a punto de morir de la enfermedad de Bright; imagínelo recibiendo la noticia. Digo que se lo he dejado todo a él y que al día siguiente me lo llevaré para que lo vea mi médico. Eso lo arrastraría a un estado de pánico, ¿no cree? No puede negarse, teniendo en cuenta las circunstancias: yo podría cambiar de opinión y no dejárselo todo, y no creo que quisiera exponerse a ello. Con los años me he dado cuenta de que las personas honestas y las deshonestas se comportan del mismo modo ante una gran cantidad de dinero y de propiedades. Y mi médico, sin lugar a dudas, le habría echado un vistazo y habría dicho: «Un espécimen delgado y sano». ¡Y el juego habría terminado! ¡Podía expulsarlo de Lillieoak, deshonrado! Por supuesto, no pensaba hacer algo semejante, aunque eso él no tenía por qué saberlo, ¿no? Él creía que sus mentirijillas me habían engañado a base de bien.

»Con la inminencia de la visita a mi médico al día siguiente, a Joseph sólo le quedaba una noche, apenas unas horas, para pensar en cómo salir del apuro en el que se había metido. Por lo que pude ver, tenía sólo dos formas de escapar. Podía intentar matarme o podía suplicarme clemencia y contármelo todo. ¿Qué? ¡Claro que lo habría perdonado! Se lo habría perdonado absolutamente todo. ¿Qué? ¡No! ¡No habría incluido a Joseph en mi librito negro, ni hablar! Si por fin hubiera decidido ser sincero conmigo, creo que podría haberlo curado, fuera lo que fuera lo que fallaba en su cabeza y le creaba esa necesidad de permitirse semejantes invenciones.

»¡Veo que no me pregunta si lo habría perdonado en el caso de que se hubiera metido en mi habitación con un trozo de cuerda de piano para intentar estrangularme! Pues sí, lo habría perdonado. Sin reservas. Todos somos capaces de cometer locuras, cuando nos vemos acorralados. Si Joseph hubiera estado lo bastante desesperado para recurrir al asesinato impulsado por la malicia de mi testamento nuevo, habría sido culpa mía. Sin embargo, no estaba preparada para que me asesinaran, por lo que le pedí a Michael Gathercole que se escondiera tras las cortinas de mi dormitorio esa noche, de manera que si Joseph hubiese intentado entrar para asfixiarme mientras dormía, Michael habría estado allí para detenerlo.

»Lo que debe comprender, Edward, es que Michael estaba allí, escondido en mi habitación, no sólo para salvarme a mí, sino también para salvar a Joseph. Sobre todo a Joseph, de hecho. Imagínese la escena: Michael salta desde detrás de las cortinas y se apodera del cuchillo o la pistola o lo que fuera que Joseph llevara encima. Yo me sentaría en la cama y Michael me contaría lo ocurrido.

¿Qué habría hecho Joseph, entonces, en cuanto lo hubieran sorprendido con las manos en la masa, intentando asesinarme? A su jefa, a su amiga. Tal vez en ese instante lo habría admitido todo y habría suplicado perdón y podría haberlo ayudado.

»¿Sabe? En condiciones normales, la gente que miente con la misma facilidad con la que respira nunca está dispuesta a admitirlo. Tiene una capacidad interminable de inventar nuevas mentiras para explicar las anteriores. No se trata de un problema moral, en mi opinión, sino de una enfermedad mental. Veo que no está de acuerdo, Edward, pero tengo razón y usted se equivoca. En cualquier caso... pensé que sorprender a Joseph con las manos en la masa, a punto de cometer un asesinato, tal vez sería la única manera de sonsacarle la verdad. Porque, ¿sabe?, en tal caso, quizá en cuanto lo acusaran de intento de homicidio habría optado por ofrecerme como factores atenuantes ese engaño mantenido durante tanto tiempo y la desesperación que sentiría por ocultarlo, porque asesinar es algo mucho más grave que mentir. Llegados a ese punto, tal vez estuviese dispuesto a decir cualquier cosa para convencerme de que no era sencillamente un simple cruel, ansioso por quedarse con mi fortuna cuanto antes. Y entonces, en cuanto hubiera admitido su verdadero problema, los dos podríamos haber afrontado juntos esa infelicidad que llevaba todos esos años atormentándolo. Con mi ayuda, Joseph Scotcher podría haberse convertido en el hombre que estaba destinado a ser. En cambio...

»Mi trama se demostró inadecuada, como ya sabemos. Nunca imaginé que alguien podría..., que alguien... asesinaría a mi querido Joseph.

»Debo decir, Edward, que no había previsto que usted me escucharía con tanta indolencia. ¿Es que no comprende que Joseph era como un mago para mí? Transformó mi vida entera utilizando nada más que palabras. Incluso su

283

gran mentira, en cuanto me topé con ella, me pareció la demostración de magia más impresionante que había visto jamás. Ah, está confundido. Bueno, le garantizo que me mirará como si fuera una lunática cuando se lo explique y ¿quién sabe? ¡Tal vez lo sea! Muy bien, pues: simplemente, Joseph había curado una enfermedad fatal para la que no había cura. Los especialistas en enfermedades renales más brillantes del mundo no habían sido capaces de encontrarla, pero Joseph Scotcher, mi fiel y prodigioso secretario, ¡él sí lo consiguió! ¿No lo ve? ¡Él curó la enfermedad de Bright que sufría simplemente no teniéndola!

»¡No! No es necesario que me explique que revelarse como un mentiroso no equivale a curar una enfermedad. Lo sé tan bien como usted. Tan sólo digo que el efecto que tuvo sobre mí fue que en un minuto pasé de sentir la angustia de saber que perdería a mi amado Joseph, ¡a enterarme de que no se estaba muriendo y estaba perfectamente sano! Fue como si hubiera curado una enfermedad fatal. Lo decía como metáfora, no como un resumen de lo sucedido.

»¡Fíjese en la cara de reproche con la que me mira, Edward! Me pregunto si está enfadado con Joseph por haberlo engañado también a usted, en el poco tiempo que tuvo para conocerlo. Por favor, intente comprenderlo: no le mintió, ni a mí tampoco, ni a nadie en concreto. Se limitó a... alterar la verdad, porque se sentía más cómodo de ese modo. Y ahora ya nunca podré llegar al fondo del asunto. Nunca comprenderé por qué lo hizo.

Capítulo 32

El caballo de carreras secuestrado

—¿La primera vez que sospeché de la falta de integridad y de decencia de Scotcher? —preguntó Michael Gathercole.

Había pasado un día. Los dos habíamos salido de Lillieoak y habíamos llegado hasta el hotel O'Donovan's, en Clonakilty. Fue un gran alivio poder sentarnos a tomar una taza de té en una habitación sin sentir en ningún momento la amenaza de caer en la emboscada de una Claudia agraviada o de una Dorro corroída por la inquietud.

El salón del O'Donovan's olía a humedad y estaba repleto de muebles viejos. Las cortinas habían perdido el color que habían tenido en otro tiempo, pero el té y los pasteles no podrían haber sido mejores. Sin miedo a que me tomen por exagerado: con gusto me habría sentado sobre una caja de madera para poder pasar una o dos horas disfrutando de una atmósfera agradable y relajada como ésa. Me di cuenta de que Gathercole se sentía igual: como si de repente le hubieran quitado de encima algo oscuro y pesado. Parecía más cómodo que de costumbre.

—Recuerdo el momento preciso —dijo—. Durante mucho tiempo, no le vi sentido. Ahora sí. Scotcher dijo algo acerca de uno de los libros de Shrimp y se equivocó en todos los detalles. Esto sucedió mientras esperábamos a que nos recibiera lady Playford. Dijo: «¿Cuál es el libro sobre el caballo de carreras secuestrado? No recuerdo el título».

Me pareció extraño, porque un minuto antes había dicho que conocía todos los libros de lady Playford al dedillo y yo le había respondido que yo también. Y el caso es que no hay ningún libro de Shrimp sobre un caballo de carreras secuestrado, así que debía de saber que yo lo sabría. Más tarde, me di cuenta de sus intenciones. Sabía que yo lo tomaría por un error, por muy inexplicable que pudiera parecerme. Ningún tipo civilizado se dirigiría a alguien a quien acaba de conocer para acusarlo de mentir. Y efectivamente, al principio lo achaqué a un error.

—¿O sea que se lo aclaró?

—Lo intenté, sí. Le dije que el único libro de Shrimp en el que aparecía un caballo, y además de forma anecdótica, era *Shrimp Seddon y el viaje alrededor del mundo*. El tipo del astillero, sir Cecil Devaux, tiene una yegua y Shrimp resuelve el misterio cuando se da cuenta de que el señor Brancatisano, de Italia, pronuncia de forma incorrecta el nombre de la yegua, *Llamarada*, y convierte la elle inicial en una ele, de manera que entre esto y la cadencia italiana lo hace sonar como La Amarada, el nombre de la compañía naval de sir Cecil, lo que provoca un montón de molestias y confusiones.

—¿Sabe? Creo que ése es uno de los libros de Shrimp que he leído —le dije.

—Es uno de los mejores.

—¿Hay un personaje detestable llamado Higgins, que termina cayendo al mar y desaparece para siempre?

—¡Exacto, ése es! —exclamó Gathercole con una sonrisa—. Bueno, ya veo que sabe usted más sobre los libros de lady Playford que Scotcher cuando lo conocí. Ahora me doy cuenta de que me hizo la pregunta sobre el caballo de carreras para sonsacarme información. Al corregirlo, y durante la charla que mantuvimos acto seguido, le proporcioné los detalles suficientes para que durante la entrevista con lady Playford él pudiera hacerse pasar por alguien que sabía más sobre Shrimp Seddon y sus proezas que cualquier otra persona del mundo. ¿Sabe usted qué me dijo después de que le contara todo eso de *Llamarada*, *La Amarada* y lord Cecil Devaux? Me dijo: «Ah, sí... claro». Entonces fue cuando sospeché por primera vez que no era un tipo raro con poca memoria, sino un bribón. Pero sólo fue una sospecha, como comprenderá. Sin embargo, un hombre honesto habría dicho: «Caramba, entonces iba muy desencaminado, ¿no? Me pregunto cómo puedo haberme equivocado de ese modo». El «claro» con el que me respondió Scotcher, en cambio, implicaba que lo sabía desde el principio y que simplemente necesitaba que se lo recordaran. ¡Tonterías! Nadie que haya leído *El viaje alrededor del mundo* se habría olvidado de ello como lo hizo él.

Gathercole parecía ansioso por seguir hablando, por lo que me limité a esperar. Una joven se nos acercó para preguntarnos si nos apetecía más té y le dije que sí.

—Para entonces ya era demasiado tarde. Ya le había contado a Scotcher demasiado sobre la obra de lady Playford y las ideas brillantes que tenía al respecto. Cuando llegó el momento de mi entrevista, ella apenas me preguntó nada. Me limité a quedarme sentado mientras me hablaba de Scotcher, de la perspicacia y la inteligencia que le había demostrado, porque se había dado cuenta de esto y lo otro acerca de las estructuras y la temática de las novelas. Ni que decir tiene que todo eran cosas que me había oído decir a mí una hora antes. ¿Ah, no lo he mencionado? Su entrevista duró una hora larga. Conmigo no perdió ni veinte minutos.

—Pero... ¿no le contó usted a lady Playford lo que había ocurrido? —pregunté.

—No. No me gusta hablar mal de los demás, pero nunca me he perdonado no haberla alertado al respecto, puesto que podría haber protegido a lady Playford de ese farsante. Aun así, me parece que no me habría escuchado, en cualquier caso.

—No lo creo, no —le aseguré.

—Bueno, de todos modos, el caso es que me despachó enseguida después de la entrevista y Scotcher se quedó con el puesto. Y luego, cuatro años más tarde, casi cinco, lady Playford me llamó y me dijo: «En su momento no te di una oportunidad justa, Michael. Ahora me doy cuenta. Me gustaría que fueras mi abogado y te encargaras de mis asuntos, ¡así te compensaré!». Yo quedé encantado, por supuesto. Ya lo había arreglado todo para que Orville Rolfe me diera trabajo, justo después de rechazarme como secretario.

—Sí, me lo dijo.

—Se lo debo todo. —Gathercole frunció el ceño—. Todo. Ese mismo día también me dijo que, aunque iba a ser su abogado y eso no tenía nada que ver con su obra, quería poner a prueba conmigo las historias de Shrimp que escribiera a partir de entonces. Conmigo y con nadie más. El énfasis con el que dijo «y nadie más» me hizo pensar que se estaba refiriendo a Scotcher. Y... bueno, ahora, tantos años después, sé qué quiso decir exactamente. «Tú eres mi número uno, Michael», eso es lo que me dijo. Y me parece que lo creía de verdad. Scotcher era su secretario, pero lady Playford no confiaba en él para hablar de sus libros. Nunca confió en él para eso.

Asentí mientras reparaba en lo importante que era aquello para Gathercole.

—Ese mismo día, me contó que Scotcher sufría la enfermedad de Bright, aunque me lo dijo de un modo de lo más inusual. En lugar de decir «Se está muriendo», me dijo «Joseph me ha dicho que se está muriendo».

—Quiso indicarle, sin decírselo de forma explícita, que no se lo creía.

—Sí, y siento decir que no pude reprimirme —dijo Gathercole—. Creerá que soy mezquino, pero estaba seguro de que aún no había leído ni una sola palabra de los libros que lady Playford había publicado, casi cinco años después de haberse convertido en su secretario. Podría habérselos leído todos nada más conseguir el empleo, pero no lo hizo. Prefirió engatusar a todo el mundo. Creo que se deleitaba en su engaño, aunque no tengo ninguna prueba de ello, simplemente me daba esa sensación. ¿Recuerda usted la cena, en la noche de su muerte, cuando le reveló el desenlace de *La dama del pino* a Poirot, quien no lo había leído?

—«Supino», y no «su pino» —dije—. ¿Cómo podría olvidarlo?

—¡Sólo eso ya debería ser prueba suficiente de que a Scotcher no le importaban un bledo los libros de lady Playford! Si a alguien le gustan las historias de misterio, no se dedica a revelar el desenlace con esa despreocupación. ¿Y el consejo que le dio a Poirot de que se leyera los libros en otro orden y no en el cronológico, porque así se parecería más a la vida real? No tengo ninguna prueba al respecto, pero a Joseph siempre se le ocurrían ideas fascinantes y teorías sobre los libros de Shrimp que no podían ser suyas. Tengo firmes sospechas de que las sacaba de las cartas y luego las destruía.

—¿Cartas dirigidas a lady Playford? —pregunté.

—Sí. Era su secretario, por lo que Joseph se encargaba de su correspondencia. Leía todas las cartas que le mandaban los lectores antes que ella. El editor le mandaba sacas llenas de cartas y Joseph se sumergía en ellas hasta que fingía encontrarse demasiado mal y Sophie debía relevarlo. Tengo la cruel hipótesis de que robaba las que más le interesaban, memorizaba las opiniones que contenían y luego quemaba los originales. Recuerdo que en una ocasión entré en la sala de estar y lo sorprendí lanzando un montón de papeles a la chimenea. Se sobresaltó y empezó a balbucear sobre algún tema más bien irrelevante.

—Ha dicho que no pudo reprimirse cuando lady Playford le habló acerca de la enfermedad presuntamente fatal de Scotcher —le recordé—. ¿Qué hizo?

—¿Que qué...? Ah, sí. Eso. Le dije: «Discúlpeme, lady Playford, pero ¿qué quiere decir con "Si Joseph muere"? ¿Se va a morir o no?».

—¿Y qué le respondió? —pregunté.

—Sonrió con tristeza y me dijo: «Ésa es la cuestión, Michael. Sin duda alguna, ésa es la cuestión».

Capítulo 33

Las dos cosas ciertas

Poirot regresó dos días más tarde, por la mañana. Yo me había quedado dormido y al final me había despertado al oír que alguien llamaba a la puerta de mi dormitorio. Me puse la bata y, al abrirla, me encontré a Poirot en el descansillo.

—¡Ha vuelto! Gracias a Dios.

Tuve la impresión de que quedaba enormemente complacido ante mi bienvenida.

—He vuelto, *mon ami, oui*. Y una vez más podremos hacer algún progreso. ¿Qué tiene que contarme desde nuestra última charla telefónica?

Le conté la conversación que había mantenido con Gathercole. Luego le pregunté si había encontrado lo que había ido a buscar a Malmesbury.

—Sí. Me he enterado de muchas cosas relevantes e interesantes, la mayor parte de las cuales ya las sospechaba. Vístase, *mon ami*. Le esperaré en la biblioteca, hablaremos allí. Me he olvidado el ejemplar del *Rey Juan*, de Shakespeare, que he estado leyendo.

—¿Por qué lo está leyendo?

La vida y muerte del rey Juan, ¿podía ser ésa la obra literaria a la que Poirot se había referido, la que creía relevante para explicar el asesinato de Scotcher?

—El doctor Kimpton lleva intentando que nos interesemos por ella desde que llegamos —dijo—. ¿No ha pensado en leerla usted también, durante mi ausencia?

—No. Si quería usted que lo hiciera, tendría que habérmelo pedido.

—No importa, *mon ami*. —Dicho esto, me dio la espalda y empezó a avanzar hacia las escaleras.

Me lavé y me vestí enseguida y me encontré con él en la biblioteca veinte minutos más tarde. Se había acomodado en un rincón de la sala, sentado en un sillón, con el ejemplar del *Rey Juan* encima de la mesita que tenía al lado.

—Bueno, aquí estoy —dije—. Dígame, pues: ¿qué lo llevó hasta Malmesbury?

—Es allí donde vive la madre de Scotcher. Con la ayuda de la policía local, al final pude encontrarla.

—¿Y qué aspecto tiene?

—Es interesante que me lo pregunte. Supongo que no esperaba que la madre de Scotcher fuera bonita, como un ángel delicado, ¿verdad? Porque no lo es. No era nada agradable para la vista. Además, era... —Poirot se señaló la parte superior de la nariz.

—¿Cejijunta? ¿Tenía una sola ceja larga sobre los ojos? —dije, en voz alta.

—Sí, como... ¡como un bigote que en lugar de estar bajo la nariz estuviera encima! —Poirot parecía encantado de haber encontrado la descripción perfecta. No pude evitar sonreír—. ¿Cómo lo sabía, *mon ami*?

Le conté el detalle que había olvidado mencionar por teléfono: que la mujer que Claudia Playford había visto acompañando a Scotcher en el hotel Randolph al parecer tenía las cejas fundidas en una sola.

Poirot levantó las manos de repente.

—¿No le pedí que me lo contara todo? ¿Y va y se deja esta parte de la historia? *Sacré tonnerre!*

—Fue sin querer —le dije, puesto que no estaba dispuesto a sentirme negligente cuando no había hecho más que cooperar en todo momento—. Usted me ocultó a sabiendas el motivo por el que estaba en el hospital o quién era ese médico tan ilustre. A propósito, ¿cuántos pacientes murieron en los pasillos después de que usted se apoderara de ese despacho para hablar conmigo durante una hora?

—¿Murieron? —Poirot frunció el ceño, desconcertado—. No murió nadie. Bueno, he descubierto unas cuantas cosas importantes. Se las cuento: Blake Scotcher, el hermano menor de Joseph. Es real.

—¿Entonces no fue Joseph Scotcher disfrazado quien se encontró con Randall Kimpton en el café de Queen's Lane? —pregunté.

—Al contrario, estoy seguro de que era Joseph. Y si me equivoco... bien, en cualquier caso quien se citó con el doctor Kimpton no fue Blake Scotcher, el hijo menor de Ethel Scotcher, de Malmesbury.

—¿Cómo puede estar tan seguro?

—Porque murió a los seis años de edad. Víctima de la gripe.

—¡Dios mío!

—Tras haber perdido ya a un hijo, la señora Scotcher ha quedado destrozada con la pérdida del otro. Y todavía empeora más las cosas el hecho de que se sienta culpable de haber desatendido a Joseph cuando era pequeño, según me dijo. Él siempre parecía sano y feliz, mientras que su hermano Blake era un chico enfermizo y necesitaba sus atenciones. Sufría un achaque tras otro.

—¡Caramba!

—*Oui.* ¡Y eso que según el doctor Kimpton la psicología no puede demostrar nada!

—¿Algo más sobre la señora Scotcher?

—No. Pero sí algunos detalles interesantes de otro lado. Fui al Balliol College de Oxford, donde estudiaron tanto Kimpton como Scotcher; donde se conocieron, de hecho. ¿Sabía que antes de que Scotcher ocupara el puesto de secretario de lady Playford era lo que podría denominarse un «estudioso de Shakespeare»?

—¿Qué? ¿Igual que Kimpton antes de que decidiera estudiar Medicina?

—*Précisément*. Muchos en el Balliol recuerdan bien a los dos jóvenes. La opinión general es que Scotcher idolatraba a Kimpton. Y que trataba de emularlo.

O sea que Phyllis se había equivocado respecto a la trayectoria de esa imitación: había asumido que el hombre al que amaba era, por así decirlo, el original, mientras que Randall Kimpton era el imitador. Sin embargo, en realidad había sido al revés.

—Puede que ése sea el motivo por el que Kimpton decidió cambiar de rumbo y pasarse a la medicina —dije—. Sobre todo si tenemos en cuenta que Scotcher se quedó con Iris; frente a las mismísimas narices de Kimpton, además. ¿Y si eso tuvo más que ver con Kimpton que con Iris?

—¿Quiere decir que a Scotcher no le gustaba tanto la chica como la idea de convertirse en Randall Kimpton? ¿Que no podía ser alguien que no fuera él mismo, pero tener a Iris a su lado lo ayudó a creer lo contrario?

—Algo por el estilo, sí. Si Scotcher quería a Iris sólo porque había sido la pareja de Kimpton, y si se convirtió en un estudioso de Shakespeare sólo porque Kimpton lo era, eso debió de enfurecer a Kimpton. Nadie soportaría que lo imitasen de ese modo. Y esa historia de Kimpton sobre que había dejado de estudiar a Shakespeare porque otros especialistas en el campo le recriminaban que el *Rey Juan* le gustara más que cualquier otra obra... siempre me pareció un soberano disparate.

»Pero Scotcher podría haberlo seguido también en los estudios de Medicina, *non*? Y tal vez lo habría hecho, si no se le hubiera ocurrido algo mejor. En cuanto Iris quedó, por así decirlo, descartada, Kimpton desplazó su atención romántica hacia la esplendorosa mademoiselle Claudia Playford, distante y aparentemente inalcanzable, hija de un vizconde y de una novelista famosa. Kimpton se esfuerza y por fin consigue convencerla para que se convierta en su prometida, para que se case con él. Scotcher, que se mueve por los mismos círculos de Oxford, ve que Kimpton ha logrado ganarse el corazón de esa joven belleza. Y la suerte quiere que al mismo tiempo la madre de Claudia, la escritora, ponga un anuncio para encontrar un secretario... Oh, sí, eso resulta mucho más atractivo para Scotcher que la idea de convertirse en médico. Y hablando de médicos... —Poirot dejó de hablar y negó con la cabeza.

—¿Piensa contármelo de una vez?

—Cuando hablamos por teléfono, usted dijo que Scotcher tal vez ni siquiera tuviese médico. Bueno, no se hallaba enfermo ni moribundo, pero mientras vivió en Oxford estuvo en la lista de pacientes de un médico. Fui a ver a ese hombre a su casa y lo que me contó resultó fascinante. Me aclaró un montón de cosas. Sólo hay un problema: esto que veo tan claro... por desgracia también es imposible.

—Por favor, explíquese —dije sin demasiadas esperanzas.

—No es el momento de dar explicaciones, Catchpool. Ahora Poirot debe concentrarse. Y le recomiendo que usted haga lo mismo.

—¿Qué es lo que ve tan claro, y qué parte le parece imposible? Por el amor de Dios, Poirot, ¿en qué me está pidiendo que me concentre?

Me sorprendió comprobar que me respondía de buena gana.

—¿Cómo pueden encajar todas esas piezas? Sophie Bourlet jura que Joseph Scotcher estaba vivo, que lo oyó suplicar que le perdonara la vida, hasta el momento en el que Claudia Playford lo atacó con un garrote en el salón. Sin embargo, la investigación judicial concluyó que la causa de la muerte fue un envenenamiento, y que se produjo previamente. Y Kimpton y Claudia nos dicen que estaban juntos en el piso de arriba cuando tuvo lugar el apaleamiento. Además, Brigid, la cocinera, los vio juntos en el rellano del primer piso cuando todos corrimos abajo en respuesta a los gritos de Sophie. Pero... si mi teoría sobre quién mató a Scotcher es correcta, entonces Sophie debe de estar diciendo la verdad sobre lo que vio en el salón esa noche. No tendría motivos para lo contrario.

—Por favor, cuénteme su teoría —le rogué.

—Déjeme terminar, Catchpool. Si mi teoría sobre quién mató a Scotcher y por qué lo hizo es correcta, entonces también tiene sentido que Claudia le destrozara la cabeza con el garrote a un Scotcher que ya estaría muerto.

—¿Sí?

—*Oui.*

—¿Quiere decir que quería que durante el funeral la caja estuviera cerrada por algún motivo?

—En absoluto. El funeral resulta irrelevante. Pero bueno, sí, tiene todo el sentido que mademoiselle Claudia aporreara el cadáver de Scotcher. Lo que no tiene sentido, sin embargo, es que Scotcher, que para entonces ya debería estar muerto debido a la estricnina, ¡al parecer estaba vivito y coleando! ¿Quién está mintiendo, pues? ¿Sophie Bourlet? No, no lo creo. ¿Claudia Playford? ¡No! Si Scotcher hubiera estado vivo en el salón, no habría tenido motivos para aporrearle la cabeza con el garrote, así que no lo habría hecho.

—Si hubiera dicho todo eso en griego antiguo y hubiera alterado el orden de las palabras, no me habría resultado más incomprensible —le dije.

Me puse de pie, me acerqué a la ventana y la abrí. La panorámica del césped rodeado de árboles me tranquilizó. Me di cuenta de que no se puede mirar fijamente y durante mucho tiempo los ojos verdes siempre alertas de Hércules Poirot sin empezar a sentir un cierto vahído.

Pensé en ello unos momentos antes de hablar.

—Por lo poco que acierto a comprender del asunto... parece como si estuviera sugiriendo que se cree lo que dice Sophie Bourlet, pero también lo que dice Claudia Playford. ¿Es así?

—Sí, creo a la enfermera Sophie. Pero también las conclusiones de la investigación judicial.

—En ese caso, parece bastante evidente que... —Hice una pausa, mientras me preguntaba cómo podía expresar con palabras lo que se me pasaba por la cabeza—. Cuando se sabe que dos cosas son ciertas, y esas dos cosas parecen contradecirse..., en lugar de pensar que una de ellas no es cierta, ¿no deberíamos preguntarnos si hay un tercer factor, en el que todavía no hemos caído, que permita que las dos cosas ciertas puedan serlo al mismo tiempo?

Me dio la impresión de que Poirot apretaba los dientes tras el bigote.

—Buena idea, Catchpool, pero por desgracia no puede ser cierto que Joseph Scotcher estuviera vivo y muerto al mismo tiempo cuando lo atacaron con el garrote.

—Por supuesto que no. Las dos verdades en apariencia irreconciliables que tenía en la cabeza eran, número uno: que Sophie Bourlet dice la verdad, algo de lo que usted está convencido; y número dos: que Claudia Playford no tenía motivo alguno para aporrear la cabeza de Scotcher con un garrote hasta convertirla en papilla si él aún no estaba muerto.

—¡Catchpool! —gritó Poirot tan de repente que di un respingo.

—¿Sí? ¿Se encuentra bien?

—Silencio. ¡Cierre esa ventana! Venga y siéntese aquí. —De pronto parecía muy inquieto.

Regresé a mi silla como me había ordenado, con la esperanza de que mis palabras no hubieran sido demasiado directas.

Nos quedamos sentados en silencio durante casi cinco

minutos. De vez en cuando, Poirot murmuraba algo inaudible. Habría jurado que en una ocasión lo oí susurrar «Acallar el hambre, sin el hambre», pero no me lo confirmó.

Me limité a esperar. Fue bastante agotador. Cuando yo ya no podía más, Poirot se levantó, se me acercó, me agarró la cabeza con las dos manos y me besó en la coronilla.

—*Mon ami*, sin saber cómo aplicar esa sugerencia suya, ¡ha resuelto usted el enigma que tenía en la cabeza! Estoy en deuda con usted, más de lo que podría llegar a expresar. ¡Al fin Poirot ve clara toda la trama!

—Muy bien, ¿no? —dije, sin inmutarme.

—Pero si me permite una pequeña crítica... lo que no entiendo, no entiendo en absoluto, es que haya podido plantear la situación de ese modo sin ver lo que está tan claro. ¡No importa! Tenemos que darnos prisa. ¡Dígale al inspector Conree que Hércules Poirot está preparado! Y luego vaya a buscar a Sophie Bourlet y tráigala al salón, tan pronto como sea posible. ¡Dese prisa, Catchpool!

Capítulo 34

Móvil y oportunidad

T res horas más tarde, el sargento O'Dwyer y yo conseguimos reunir a todo el mundo en la sala de estar. La reunión fue tensa y desabrida, incluso antes de que Poirot iniciara los procedimientos. El inspector Conree estaba furioso porque le habían quitado el liderazgo. Había abandonado ese proyecto a largo plazo que consistía en erosionarse la barbilla y permitió que la cabeza le colgara de lado, en un ángulo que habría hecho pensar que tenía el cuello roto a los que no estuvieran familiarizados con sus gestos.

Aparte de Conree, O'Dwyer, Poirot y yo, los otros congregados en la habitación fueron lady Playford, Harry y Dorro, Randall Kimpton y Claudia, Michael Gathercole y Orville Rolfe, Sophie Bourlet, Hatton, la criada Phyllis y la cocinera Brigid, que fue la primera en hablar.

—¿Qué es todo este jaleo? —preguntó, mirándonos a todos por turnos—. ¡Yo no me paso el día sentada sin hacer nada! ¡Que la comida no se cocina sola! Espero que nadie piense que puedo perder el tiempo como si nada, porque no es verdad. ¿Se quieren morir de hambre o qué? Pues si no quieren, dejen que me vaya. —Sus brazos musculosos parecían listos para impulsarla desde la silla en cualquier momento.

—Bailaré desnuda frente al Palacio de Buckingham si no has cocinado el almuerzo y la cena entre las cinco y las ocho de la mañana, Brigid —replicó Claudia—. Vamos, admítelo.

—¡Oh! Sé buena y convéncela de que no es así, Brigid —bromeó Kimpton, guiñándole un ojo a la cocinera, quien respondió con un resoplido de desaprobación—. Mientras tanto, a ver si consigo que me contraten como jardinero jefe de Su Majestad.

—Damas y caballeros. —Al frente de la habitación, Poirot hizo una leve reverencia—. No los retendré más tiempo del que sea estrictamente necesario. Doctor Kimpton, le agradecería que se abstuviera de interrumpirme. Lo que tengo que decirles es importante.

—No lo dudo, amigo —dijo Kimpton—. Sólo unas palabras en mi defensa, antes de que empiece: si tenemos en cuenta cualquier definición razonable de *interrumpir*, no le he interrumpido. Cuando he hablado, usted aún no había dicho nada ni había solicitado la completa atención de nadie. Creo que tengo... —Kimpton hizo el gesto de contar las cabezas de los asistentes— catorce testigos que corroborarán mi afirmación en caso necesario. Pero dicho esto, hable usted, Poirot. Confío en que será capaz de arrojar luz sobre el caso del asesinato de Joseph Scotcher.

—Ésa es mi intención, y el motivo por el que estamos aquí.

Durante todo ese intercambio, yo permanecí de pie junto a Poirot, frente a la chimenea apagada, deseando haber sabido de antemano lo que estaba a punto de decir.

—No es ni mucho menos el primer asesinato que investigo —empezó a decir—. Sin embargo, es uno de los más simples que he encontrado. He estado lidiando con un montón de preguntas y resulta que la solución al enigma es increíblemente simple. Casi alarmante, de tan simple que es.

—No se puede decir que nos encontremos en posición de afirmar si estamos o no de acuerdo —dijo Claudia—.

¿Por qué no nos cuenta qué ha descubierto, para que luego podamos decidir si es simple o complicado?

—No lo interrumpas, queridísima —murmuró Randall Kimpton.

—¿Simple, Poirot? —La voz de lady Playford llegó desde el fondo de la habitación, donde ocupaba un asiento junto al ventanal—. ¿Un hombre con la cabeza destrozada a garrotazos y que luego resulta que murió envenenado? ¿A eso lo llama usted un caso simple?

—Sí, lady Playford. Desde un punto de vista conceptual y teórico, se trató de un crimen bien orquestado y... sí, me vería obligado a decir que incluso elegante. La realidad fue bastante distinta. El asesino tuvo que adaptarse a circunstancias cambiantes y giros inesperados. No todo sucedió según lo planeado, pero de haber sido así... —El rostro de Poirot adquirió una expresión grave—. Cuando la maldad está bien orquestada, el peligro es grande. Sin duda es mayor.

Me estremecí. Ojalá Hatton o Phyllis hubieran pensado en encender el fuego. El día era frío, el más frío que habíamos tenido en mucho tiempo.

—Ante cualquier asesinato deben tenerse en cuenta el móvil y la oportunidad —dijo Poirot—. Empecemos con la oportunidad, puesto que se trata de la parte más sencilla. Cabría pensar que, aparte del inspector Conree, del sargento O'Dwyer y de Catchpool, cualquiera de los presentes en esta sala podría haber asesinado a Joseph Scotcher. Por ahora, dejaremos de lado el apaleamiento que tuvo lugar en el salón, ya volveremos más tarde a eso. Primero nos ocuparemos del asesinato en sí mismo. Sabemos que se encontraron rastros de estricnina en el frasco azul de la habitación de Scotcher, y sabemos que, en presencia de Sophie Bourlet, Scotcher se tomaba la supuesta medicina que contenía ese frasco a las cinco en punto cada día, incluido el día en que murió. Su muerte la causó un envenenamiento por estricnina, como ya nos explicaron tras la investigación.

Algunos de los presentes murmuraron palabras de asentimiento.

—Al margen de las tres excepciones que he mencionado, no hay ninguno entre ustedes que no pudiera haber entrado en la habitación de Scotcher antes de las cinco en punto ese día para verter la estricnina dentro del frasco azul —dijo Poirot—. Por lo tanto, pasemos al móvil. La mayoría de ustedes tenían un motivo u otro para desear la muerte a Scotcher. Si me lo permite, vizconde Playford, empezaré por usted.

—¿Qué? —Harry levantó la mirada, aparentemente confundido. Enseguida reaccionó y recuperó la compostura—. Claro, sí. Estoy con usted, amigo. Adelante, sí. Será un placer.

—Como sexto vizconde Playford de Clonakilty, es obvio que usted esperaba heredar de forma natural una parte del patrimonio de su madre. Lo esperaba como lo haría cualquier hijo. Puede que ya estuviera descontento con las condiciones de la última voluntad de su difunto padre. Su esposa lo estaba, al menos. Una noche, durante la cena, se entera de que no le corresponderá nada de nada, de que ha sido reemplazado por Joseph Scotcher. Pero si él no estuviera, en cambio...

—¡Por supuesto que Harry esperaba la parte que en justicia le corresponde! —dijo Dorro—. ¿Verdad, Harry? ¿Qué hijo no lo esperaría?

—Y usted, madame, como esposa del vizconde Playford, también lo esperaba. —Poirot le sonrió—. Los bienes del marido son bienes de la esposa. Eso le da, asimismo, un móvil para el asesinato. Yo sugeriría que su móvil difiere bastante del de su marido, no obstante. En su caso, el testamento nuevo es el principio y el fin: el miedo a la pobreza, a un futuro incierto, a la necesidad de ver que el dinero acabará en sus manos. No se trata del mismo móvil que para su marido.

—¿No? ¡Vaya! —exclamó Harry. Tanto él como Dorro parecían sorprendidos—. ¡Dígalo de una vez, pues! ¿Cuál era mi móvil para querer librarme del pobre Scotcher?

—Usted sabía cómo reaccionaría su esposa si Scotcher hubiera sobrevivido —le dijo Poirot—. Sabía lo mucho que se habría amargado y obsesionado. Temía que no le hablara de otra cosa más que del testamento nuevo y de los apuros que pasarían como consecuencia de ello. Estaría condenado a escuchar lo insatisfecha que se sentía durante el resto de su vida, sin dinero que gastar en distracciones placenteras.

Dorro se puso de pie.

—¿Cómo se atreve a hablar de mí de ese modo? Harry, haz algo. ¡Eso son tonterías! Si el veneno lo pusieron antes de las cinco... bueno, Harry y yo no supimos lo del testamento nuevo hasta la cena, ¡y nos la sirvieron a las siete!

—Por favor, siéntese, madame. Tiene toda la razón, pero recuerde que sólo estoy hablando del móvil.

—¡Gracias por admitir que tengo razón, por lo menos! —Dorro parecía furiosa, en absoluto agradecida.

Poirot se dirigió a Harry, con quien era mucho más sencillo tratar en todos los aspectos.

—Vizconde Playford, me he limitado a demostrar que tanto usted como su esposa tenían un móvil. Sin embargo, no asesinaron a Joseph Scotcher. Ninguno de los dos.

—¡Magnífico! —asintió Harry. Alargó la mano y le dio unas palmaditas en la rodilla a Dorro mientras soltaba una sonora carcajada—. ¡Qué bien!

—Mademoiselle Claudia... —dijo Poirot.

—¿Me toca a mí? Qué emocionante.

—Pese a su compromiso con el doctor Kimpton, la alteración del testamento de su madre sería, en mi opinión, un móvil suficiente también para usted. Quizá no necesite el

dinero o las tierras, pero a usted le preocupan las injusti-
cias. Considera injusto que su hermano heredara el título
de su padre. ¿Por qué no lo heredó usted, si era la hija mayor? Y luego se entera de que Joseph Scotcher estaba a
punto de quedarse con algo a lo que también consideraba
que tenía derecho...

—No hace falta que continúe. —Claudia lo interrumpió
con voz aburrida—. Por supuesto que tenía un móvil,
¡cualquiera sería capaz de verlo! Pero debería haber matado a mi madre, y no a Joseph. Al fin y al cabo, no era
culpa de Scotcher. La culpa es algo que debería adminis-
trarse de forma muy precisa, ¿no le parece?

—En mi opinión, uno debería ser preciso en todo —dijo
Kimpton.

—Asimismo, está el pequeño detalle de la ejecución
—dijo Claudia—. ¡Oh! —rio—. No me refería a ese tipo de
ejecución, la mortal. Me refería a llevar a cabo los planes.
Ningún asesinato que yo pudiera llegar a planear implicaría envenenamiento y apaleamiento. Quienquiera que sea
el responsable sólo consiguió montar un buen jaleo. Ha
sido toda una chapuza, en mi opinión.

—¡Miente! —Sophie Bourlet escupió las palabras—. ¡La
vi con el garrote en la mano!

—Dios. ¿De verdad tenemos que discutir sobre esto
una vez más? —Claudia levantó la mirada hacia el techo—. Yo no maté a Joseph. Dígaselo usted, Poirot, por el
amor de Dios. —Dirigiéndose a Sophie de nuevo, prosiguió—: Su compañía me parecía de lo más encantadora,
ya lo sabes. Y estoy demasiado preocupada por mi propia supervivencia para ir matando a la gente de una manera en que puedan descubrirme. Si alguna vez decido
matar a alguien (y más vale que deje de fantasear o me
sentiré tentada de hacerlo, porque hay demasiada gente
que lo merece), me aseguraré de que no se sospecha de
mí ni un segundo. Si eso no fuera posible, dejaría vivir al

desdichado, por mucho que me doliera demostrar tanta piedad.

—¡Así se habla, queridísima! —exclamó Kimpton entre aplausos.

Michael Gathercole apartó la mirada, asqueado.

—Claudia Playford no asesinó a Joseph Scotcher —dijo Poirot—. Por lo que pasamos a Randall Kimpton.

—¡Ajá! Soy todo oídos —dijo Kimpton.

—Usted, monsieur, es con diferencia quien más motivos tenía para asesinar a Scotcher, y todos muy buenos. Scotcher le robó a su primer amor, Iris Morphet. Y ahora estaba a punto de robarle, como ya sabe, todo el patrimonio de lady Playford. ¡Qué injusto! ¡Su futura esposa, por la que usted demuestra tanta devoción, completamente repudiada! Ése ya habría sido un móvil suficiente por sí mismo, incluso en el caso de que no hubiera sucedido el asunto de Iris Morphet.

—De sobra —convino Kimpton.

—Pero hablemos un poco más sobre Iris —dijo Poirot—. Ella lo dejó para casarse con Scotcher, según me contó, pero en realidad no llegaron al altar. En lugar de eso, la relación que Iris mantuvo con Scotcher terminó. Podemos especular acerca del cómo y el porqué de ese desenlace, pero tampoco lo sabemos con seguridad. Lo único que sabemos es que lamentó la decisión, aunque demasiado tarde. Usted no quiso volver a aceptarla.

—¿La habría aceptado usted, en mi lugar? ¿Una mujer que ya me ha dejado en una ocasión por un hombre muy inferior a mí? ¿Un hombre que me imitaba, que intentaba replicar mis peculiaridades para ser más popular? No veo qué espera conseguir en esa línea, Poirot. No tengo nada más que decir acerca de Iris. Pensaba que íbamos a hablar sobre mis excelentes motivos para asesinar a Scotcher.

Eso es justo lo que trato de hacer, *mon ami*. Por favor, tenga paciencia. Tras verse rechazada por usted, Iris se casó con Percival Gillow, un hombre sin posibles y de carácter cuestionable. Al año de casados, ella murió. Cayó bajo las ruedas de un tren, según me contó usted mismo.

—Es correcto —confirmó Kimpton enérgicamente.

Poirot se apartó de mi lado y empezó a caminar por la habitación mientras hablaba.

—Con astucia, con ingenio, me contó usted dos cosas, una detrás de la otra: que el señor Gillow era un personaje despreciable, y que la policía no pudo demostrar que fuera él quien empujó a su esposa bajo un tren. Usted quería que yo pensara que si alguien empujó a Iris, ése fue su marido. Que la muerte de Iris había sido un asesinato cometido por Percival Gillow, o bien un accidente. Pero eso no es lo que usted cree en realidad.

—¿En serio? —dijo Kimpton con una sonrisa. Parecía como si intentara simular indiferencia, pero a mí no me convenció en absoluto.

—Doctor Kimpton, recuerde que he estado en Inglaterra. He hablado con mucha gente, incluida la policía que investigó la muerte de Iris Gillow. Me hablaron sobre las visitas que usted les hizo para convencerlos de que fue Joseph Scotcher quien asesinó a Iris, porque ella había descubierto que no estaba enfermo y se había enfrentado a él con sus indagaciones. Temió que lo revelara y por eso la asesinó. Eso era lo que usted sospechaba y todavía sospecha hoy en día, ¿verdad?

—Muy bien. Sí, así es. O sea que ha conocido al inspector Thomas Blakemore, ¿no? Y él debe de haberle contado que no había ninguna prueba de nada, de ahí el veredicto de la investigación: muerte accidental.

—Tengo una pregunta más para usted, doctor Kimpton —dijo Poirot—. Si cree que Scotcher asesinó a Iris, ¿por qué me animó a sospechar de Percival Gillow?

—¿No es capaz de descubrirlo usted solo, Poirot? Creí que su pericia psicológica le permitiría dar enseguida con la solución de un enigma tan sencillo. ¿No? Muy bien, pues se lo contaré yo. En Oxford, cuando era un joven lleno de energía y con una buena dosis de optimismo al respecto de la gente y de qué pasta estaba hecha, intenté convencer a todos esos idiotas confiados que creían todo lo que les contaba Scotcher. No podía estar más seguro de que Scotcher era un mentiroso y de que fingía su enfermedad, de que no sufría de ningún mal físico, así que se lo conté al resto sin más. ¡Fue como si me hicieran el vacío! Scotcher se esforzó tanto en convencer a todo el mundo de que estaba enfermo como yo de lo contrario. Consiguió que unos cuantos conocidos de cierta influencia en Oxford se reunieran con su falso médico, del mismo modo que me había invitado a mí a conocer a su falso hermano. En ambos casos, esos personajes inexistentes los interpretó Scotcher disfrazado: con barba y la piel más oscura. Al menos hasta las muñecas.

—Randall, ¿por qué demonios no había oído esta historia antes? —preguntó lady Playford.

—Escúchame y sabrás por qué —le dijo Kimpton—. Entre ellos, entre Scotcher y ese médico ficticio, lograron que me convirtiera en alguien extremadamente impopular en Oxford. A mí no me gusta ser impopular, y no soporto que me dejen como a un tonto. Eso es lo que ocurrió, y por un motivo muy simple: porque la gente no se molesta en escuchar a los que plantean escenarios desagradables; prefieren limitarse a oír cumplidos dorados. Nadie quería creer que Joseph Scotcher, tan amable y altruista, a quien todos adoraban porque no recibían más que halagos a cambio, los engañaría de un modo tan ruin. Por eso no me creyeron. ¡Así de fácil! «Nadie haría algo así», murmuraban. Y fueron lo bastante estúpidos para convencerse de sus propios clichés.

»Al cabo de poco tiempo me di cuenta de que no me interesaba continuar con mi campaña para revelar la verdad, para que se reconocieran mis sospechas —prosiguió Kimpton—. Soy un hombre de gran determinación, Poirot, y después de eso decidí no intentar convencer a nadie más de la falsedad de Scotcher. Había tratado de alertar a la gente de su verdadera naturaleza y había fracasado. Amén. Me da igual que a Scotcher le vaya bien, como si lo parte un rayo, pensé, y con ello me lavé las manos al respecto. Athie, me has preguntado por qué no me has oído contar las historias de Scotcher. Ahí lo tienes. Ni siquiera se las conté a Claudia. Tampoco hacía falta, ella sola ya se dio cuenta de la verdad, en cuanto Scotcher anunció en Lillieoak que corría el riesgo de perder la vida a causa de esa terrible enfermedad y luego, más adelante, cuando empezó a hablar de una muerte inminente. Sólo un tonto se habría creído esa invalidez fingida, y mi queridísima no es tonta ni mucho menos.

»Me contó sus sospechas. Por supuesto, admití que las compartía, aunque no le conté toda la historia en ese momento. Permití que creyera que yo apenas empezaba a sospechar de él, igual que ella.

»Tú, Athie, eres tan avispada como tu hija. Día tras día, no había signos visibles de que Scotcher sufriera algún tipo de enfermedad. Sólo contábamos con su palabra al respecto. "Me siento débil. Necesito descansar." ¡Cualquiera puede decir esas cosas! Pero ¿le pegó usted una patada en el trasero para que regresara a la calle, que es donde debía estar?

—No —dijo lady Playford con orgullo.

—No. En lugar de eso, contrató a una enfermera para que lo cuidara —dijo Kimpton—. Y alteró su testamento en beneficio del farsante. Así de poderoso era el hechizo con el que embelesó a tanta gente. Lejos de oponerse a sus mentiras, usted decidió participar en el juego que él había propuesto. ¡Ah, y mire que jugó con ganas! Era portentoso observarlo, y también bastante repugnante.

Kimpton se dirigió a Poirot.

—Permití que usted llegara a la conclusión de que yo sospechaba que Percy Gillow había asesinado a Iris porque si le hubiera sugerido que había sido Scotcher, habría regresado al mismo lugar en el que me encontraba tantos años atrás en Oxford: intentando convencer al resto de que era una alimaña. Me habría dicho usted: «Pero, Kimpton, el hecho de que él mintiera sobre una enfermedad letal no lo convierte en un asesino». La perspectiva de mantener esa discusión me pareció agotadora, lo siento, así que opté por una salida fácil. Sabía que no tendría problemas para convencerlo de que un holgazán como Percy Gillow podría haber asesinado a su esposa. Esperaba que tal vez se atrevería a investigarlo usted mismo y que acabaría resolviendo si fue Joseph Scotcher quien asesinó a Iris. Si alguien puede demostrarlo, ése es usted.

—No sé si alguien podría demostrarlo tantos años después —respondió Poirot—. Si ésa es la prueba definitiva que usted espera para...

—Las pruebas definitivas son las únicas pruebas que valen —dijo Kimpton con firmeza—. ¿Puedo contarle algo? Antes de rendirme, intenté recopilar todo lo que pudiera servir como prueba. Contraté a un tipo como usted, Poirot: un detective. Le pagué para que siguiera a Scotcher unas semanas. Durante ese tiempo, Scotcher no se acercó a un solo miembro de la comunidad médica, aunque siguió contándome que iba al médico una y otra vez. Podría haber trasladado esa información a los conocidos que compartía con Scotcher, pero ¿sabe qué habrían dicho? Que el malo de la obra era yo por haber hecho que un sabueso siguiera a mi amigo, o al que había sido mi amigo. Habrían sugerido que el detective a quien yo había contratado podría haberme dado información incorrecta, o que Scotcher tal vez no había visto a su médico durante ese período de tiempo en concreto, pero que eso no significaba que no estuviera gravemente enfermo. ¡Lo que, por supuesto, es cierto! ¡Es indiscutible! Un tipo puede encontrarse ante las puertas de la muerte y seguir mintiendo acerca de sus visitas al médico. Entonces fue cuando caí en la cuenta de que podía gastarme centenares de libras y contratar a todos los detectives privados del mundo sin llegar a reunir jamás las pruebas necesarias para convencer a nadie, ni siquiera para saberlo con toda seguridad yo mismo.

—Volviendo a sus posibles móviles para matar a Joseph Scotcher —dijo Poirot—, parece que debemos añadir dos más a la lista: no sólo la venganza por haberle robado a Iris, sino también la venganza por haberla asesinado y por haberle vencido. Las mentiras de Scotcher engañaron a todo el mundo. Sus intentos de diseminar la verdad se toparon con una acogida hostil.

—Espere —dijo Kimpton—. No, lo siento. Le prohíbo que añada la venganza por el asesinato de Iris a la lista. ¡Poirot, me temo que no me conoce en absoluto! No me permitiría asesinar a nadie para vengar un acto que alguien podría o no haber cometido. Da igual lo fundadas que fueran mis sospechas. Esa incertidumbre no es suficiente. Nunca es suficiente. Ya he intentado dejarle muy claro que yo no sabía que Scotcher había mentido acerca de su enfermedad, tan sólo lo sospechaba.

Poirot asintió.

—Muy bien. Pero no existe ese factor de incertidumbre en el siguiente móvil de la lista: Joseph Scotcher, ese hombre del que tanto desconfiaba y sospechaba, se negó a dejarle en paz. Como ya le he dicho, he estado en Oxford. He descubierto que, igual que usted, antes de que se pasara a la medicina y antes de que él viniera a Lillieoak a trabajar para lady Playford, Scotcher estudiaba literatura; Shakespeare, en concreto. ¿Cuál fue el verdadero motivo por el que abandonó su vocación y entró en el campo de la medicina, doctor Kimpton? Scotcher estaba decidido a copiárselo todo, a arrebatárselo todo, a intentar ser usted en la medida de lo posible. Por eso usted decidió que él se quedaría con Shakespeare mientras usted seguía una carrera completamente distinta: una carrera en la que creía que Scotcher no podría atreverse a seguirle. Un hombre sano que afirmaba estar muriéndose sin duda no elegiría acercarse a la profesión médica. ¿Fue ése su razonamiento?

—En absoluto —dijo Kimpton—. Pero, de todos modos, ¿no es espléndida esa manera tan pulcra de hacer encajar las piezas hasta que el argumento parezca posible? No, puedo afirmar con toda rotundidad que, cuando me decidí por la carrera de Medicina, en ningún momento intervino la idea de quitarme de encima a Scotcher.

—De todos modos, debió de desear librarse de él —dijo Poirot—. Después de Iris, conocer a Claudia fue como empezar de nuevo para usted. Conocer a su familia, la familia de la que esperaba formar parte un día, cuando se casara con ella..., ¡para que luego llegara ni más ni menos que Joseph Scotcher, quien de repente se convierte en el nuevo secretario de lady Playford! En ese instante se da cuenta de que vaya donde vaya, haga lo que haga, él le seguirá. ¡Tendrá que contemplar cómo la gente lo adula y se cree sus mentiras! Volverá a suceder lo mismo que en Oxford. Yo diría que ése es un móvil excelente para cometer un asesinato, doctor Kimpton.

—Tiene razón —convino Kimpton—. Ese punto se lo lleva usted, Poirot. ¿Está llevando la cuenta? ¿Cuántos móviles tengo ya en total?

—El número no importa. Esto no es un juego de mesa.

—Supongo que no, pero... bueno, no puedo evitar sentirme culpable por haber acaparado la atención durante tanto tiempo. Sobre todo teniendo en cuenta que yo no maté a ese tipo.

Lady Playford, en el fondo de la sala, se puso de pie.

—Me disgusta muchísimo oír cómo trata a Joseph de

farsante y charlatán, Poirot —dijo—. ¿Y encima quiere hacernos creer que deseaba ser un estudioso de Shakespeare sólo para parecerse a Randall? ¿Es que nadie se da cuenta de que el pobre hombre estaba gravemente enfermo? Y no me refiero a una enfermedad física, claro, sino mental. No está bien aplicar los estándares morales habituales a alguien con los problemas que presentaba Joseph.

—Qué oportuno —dijo Kimpton.

—Permítanme que sigamos adelante —dijo Poirot—. El doctor Kimpton tenía muchos motivos para matar a Scotcher; y además eran muy convincentes, más que los de cualquier otra persona en esta habitación. Pero recuerden que también es un hombre de ciencia que ha aprendido a aplicar la disciplina y el autocontrol. Cualquier otro tipo de hombre que se encontrara en su posición podría haber sucumbido a una pasión vengativa y cometido el asesinato. Pero Randall Kimpton no. No sucumbió cuando Iris Morphet lo abandonó para marcharse con Scotcher ni en ninguna otra ocasión desde entonces. Su orgullo no le permitiría perder el control de ese modo. ¡Jamás!

Kimpton rio.

—Poirot, retiro cualquier comentario insultante que haya podido hacer sobre sus métodos. Mire lo que le digo, ¡larga vida a la psicología!

—Así pues... —Poirot echó una ojeada a la habitación—. Sigamos...

Capítulo 35

Todos pudieron, pero nadie lo hizo

—Aquí hay tres personas que no tenían motivos para matar a Joseph Scotcher: el señor Hatton, la señora Brigid Marsh y el señor Orville Rolfe. A ellos podemos descartarlos.

—¿Destarqué? —preguntó Brigid—. Hable en cristiano, ¿quiere?

—Lo que quiero decir, madame, es que usted no mató al señor Scotcher.

—Y usted cree que llenarme los oídos con tonterías durante horas sólo para contarme lo que ya sé de sobra me ayudará a preparar la cena de esta noche, ¿no? En lugar de contarnos lo que no ocurrió, ¡cuéntenos lo que sí sucedió! Lo único que ha dicho hasta ahora es que..., bueno, ¡es como si yo encargara carne para diez comidas que no tuviera intención de cocinar!

—Brigid, no le hables de ese modo a monsieur Poirot —dijo lady Playford. Su voz tenía cierto aire distraído, como si anduviese con la cabeza en otra parte y la reprimenda estuviera más relacionada con una cuestión de formas que con otra cosa.

—¡Déjenme volver a mi sopa de guisantes y jamón, pues! —replicó, airada—. ¿Les sorprende que me vuelen cosas de la cocina, si no puedo estar ahí en todo este tiempo? —Lo dijo mirándome directamente a mí, como si me culpara más que a cualquier otro. Me pregunté por qué, mientras recordaba la anécdota sobre su sobrino y los caramelos robados... En esa ocasión también me había parecido que se enfadaba conmigo. ¿Era posible que sospechara que yo le había robado uno de sus utensilios de cocina? Pero ¿por qué, si yo no había hecho nada parecido?

—A continuación, pasemos a Sophie Bourlet y Phyllis Chivers —dijo Poirot.

—¿Yo? —Phyllis parecía horrorizada—. ¿Para qué quiere usted hablar de mí? ¡Yo no he hecho nada!

Sophie se había acurrucado y había quedado hecha un ovillo sobre su silla, aunque sin protestar.

—El móvil de mademoiselle Phyllis está claro: mientras escuchaba tras la puerta del comedor, oyó cómo el señor Scotcher le proponía matrimonio a su enfermera, Sophie. La envidia es un sentimiento poderoso que fácilmente puede acabar en asesinato.

—¡Yo no lo hice, lo juro! —Phyllis se puso de pie, aferrada a su falda—. ¡Nunca he matado a nadie! ¡De haberlo hecho, la habría matado a ella, y no a él!

—En efecto —dijo Poirot—. Me ha quitado las palabras de la boca. Es cien veces más probable que una mujer celosa mate a su rival en el amor que al hombre, que al fin y al cabo es el preciado objeto de ese amor. Phyllis Chivers no asesinó a Joseph Scotcher. Y respecto a Sophie Bourlet, ¿qué móvil podría haber tenido? Amaba a Scotcher, eso es innegable. Me di cuenta de ello desde el primer momento en el que los vi juntos. Pero tal vez el hecho de saber que moriría pronto, o de creer que así sería...

—Sophie sabía que Joseph estaba tan sano como cualquiera de nosotros —lo interrumpió Claudia—. Es absurdo que continúe fingiendo, como si pensara que aún puede salvar su reputación a estas alturas.

Sophie parecía petrificada. Sin embargo, permanecía en silencio.

—Al saber que el hombre al que amaba estaba a punto de morir a causa de una enfermedad terrible, o al saber que se pasaría el resto de la vida fingiendo que se estaba muriendo y obligándola, por tanto, a participar en esa farsa insoportable, Sophie Bourlet podría haberse sentido infeliz hasta el punto de recurrir al asesinato como solución a sus problemas —dijo Poirot—. También es posible que Sophie lo amara hasta tal punto que se hubiera sentido traicionada al saber que él le mentía y hubiera querido acabar con la vida de Scotcher.

—Ninguna de esas dos teorías me parecen excesivamente probables —dijo Randall Kimpton—. Son demasiado vagas. Y sin embargo, tuvo que ser Sophie quien lo hizo. De lo contrario, ¿por qué habría de mentir acerca de Claudia, el garrote y todo eso?

—Ninguna teoría suena creíble, doctor Kimpton, porque Sophie Bourlet no asesinó a Joseph Scotcher.

—¿Qué? —dijo Kimpton, mirando a Claudia—. Vamos, amigo, tuvo que ser ella.

—Si no ha sido ella, ¿entonces quién? —dijo Claudia, indignada.

Sophie se levantó. Ese día, por primera vez desde la muerte de Scotcher, se había arreglado. Se había cepillado el pelo y se lo había recogido. Se parecía un poco a la Sophie de antes.

—He de confesar algo —dijo—. Perdone por la interrupción, señor Poirot. Debería habérselo contado enseguida. ¡Ojalá lo hubiera hecho! Pero no lo hice, como tampoco lo conté en la comisaría de la Garda de Ballygurteen; ni hace un rato, en el salón, durante el experimento...

—¿Experimento? —dijo lady Playford, como si la palabra fuera una obscenidad que habría esperado no llegar a oír jamás en su propia casa.

—Les contaré lo del experimento más tarde —anunció Poirot—. Continúe, por favor —le dijo a Sophie.

Ella se puso de pie con la espalda completamente erguida y las manos entrelazadas. Su comportamiento recordaba al de una colegiala aplicada a la que acaban de pedirle que interprete un solo en un concierto.

—He mentido acerca de algo importante. Y soy consciente de que algunos de ustedes pensarán que si he mentido una vez, puedo volver a hacerlo cien veces más, pero les aseguro que soy una persona sincera. No me gustan las mentiras. Sin embargo, a veces... Bueno, en esta ocasión, el pánico se apoderó de mí e hice un cálculo que ha resultado ser desastroso.

—¿De qué demonios estás hablando, criatura extraña? —dijo Kimpton.

—¿Quiere que cuente yo la historia? —sugirió Poirot—. Supongo que se refiere al salto de cama blanco de Claudia Playford, ¿no es así?

Sophie se quedó boquiabierta. No podía creer lo que acababa de oír.

—¿Cómo lo sabe? ¡No puede saberlo!

—Poirot lo sabe, mademoiselle. Una de las primeras cosas que le pregunté fue qué llevaba puesto Claudia Playford cuando la vio golpeándole la cabeza a Joseph Scotcher con el garrote. Me dijo que vestía un salto de cama blanco por encima del camisón. Yo sabía que eso no era cierto. Llevaba el salto de cama blanco cuando bajó las escaleras tras oír sus gritos, cuando vimos el cuerpo de Scotcher en el salón. Yo vi el salto de cama y no tenía ni la más mínima mancha de sangre. Siempre advierto las imperfecciones en la ropa. «Por consiguiente», me dije a mí mismo, «Sophie miente: bien sobre que ha visto a Claudia Playford atacando a Scotcher con el garrote, o bien sobre la ropa que vestía cuando lo hizo».

—La vi hacerlo —susurró Sophie—. Apostaría la vida a que la vi.

—La vio, sí —convino Poirot—. Llevaba puesto el vestido verde con el que había bajado a cenar, *n'est-ce pas?* Sin embargo, usted sabía que cuando Claudia reapareció en el salón en respuesta a sus gritos, vestía un salto de cama blanco. No fue capaz de explicarse cómo habría tenido tiempo de subir al primer piso, cambiarse de ropa y ocultar un vestido manchado de sangre antes de bajar de nuevo. Así que mintió.

—¡No tenía sentido! —dijo Sophie—. ¿Cómo era posible que Claudia llevara puesto un vestido verde para atacar a Joseph en el salón y un minuto después estuviera en el vestíbulo con un camisón y un salto de cama blancos? Lo único que ocurrió entre un momento y otro fue que chillé. Y poco después la gente empezó a bajar al salón. No tuvo tiempo, ése era el problema. Sabía que si decía que la había visto con el vestido verde puesto golpeando a Joseph, me tomarían por una mentirosa.

—De manera que, para evitar parecer una mentirosa, lo que hizo fue actuar como tal —dijo Poirot—. Me he topado con ese fenómeno en muchas ocasiones. No importa. Añadió un detalle falso, pero si lo obviamos, nos quedamos con lo mismo de antes. Si me lo permite, sargento O'Dwyer, es parecido a su «Acallar el hambre, sin el hambre». Quitamos ese hambre tan poco convincente que usted y su hermano incluían sólo para no tener problemas, y nos queda el verdadero mensaje: «A callar».

—Poirot, ¿de qué diantres está hablando? —preguntó lady Playford—. ¿Qué es ese hambre tan poco convincente, y qué tiene que ver el hermano de O'Dwyer con todo esto?

—Da igual, no es importante. Sólo quería decir que en cuanto eliminamos la ornamentación que Sophie Bourlet añadió a la historia, nos queda el verdadero mensaje que quería comunicarnos: que vio dos cosas que, juntas, parecían imposibles.

—Perdone —dijo Claudia en voz alta—. ¿Por qué, si se me permite preguntarlo, podría querer yo destrozarle la cabeza a un cadáver? Quiero decir que todo esto es muy emocionante, pero deberíamos recordar la necesidad de añadir un poco de rigor a la mezcla de vez en cuando.

—Siento haber mentido —dijo Sophie—. Ojalá hubiera sabido..., pero todavía no habíamos hecho el experimento.

—¿Cuál es ese bendito experimento? —preguntó Kimpton—. Se me está esfumando la paciencia a toda velocidad, lo siento. Poirot, si Sophie no mató a Scotcher, ¿entonces quién lo asesinó?

—Todo a su debido tiempo, doctor Kimpton. Michael Gathercole. —Poirot se dirigió al abogado—. Usted ha envidiado a Joseph Scotcher desde que lady Playford lo contrató como secretario. Usted también quería el empleo, pero se lo llevó él. Todavía peor fue el hecho de que Scotcher utilizara sus conocimientos sobre las historias de misterio de lady Playford para ganarse el favor de la autora. O sea que usted podría haberlo matado llevado por esa envidia. O podría haber tenido un móvil más altruista, puesto que en mi opinión es usted un hombre de buen corazón que se preocupa por los demás. Podría haber matado a Scotcher para proteger a lady Playford. Usted sabía qué tipo de hombre era y tenía la impresión de que ella no se daba cuenta. Parecía como si no advirtiera el peligro que suponía dejar que un hombre como él se quedara en Lillieoak, en el corazón de su hogar y su familia.

Gathercole suspiró.

—Ese hombre era una amenaza —dijo—. Lo siento, lady... Athie. Eso es lo que pienso. Habría dado cualquier cosa por ver cómo se marchaba de aquí.

Lady Playford había empalidecido.

—¿Qué me estás diciendo, Michael? ¿Que lo mataste tú?

—¿Qué? —Gathercole parecía confundido—. ¡No! Claro que no. No he hecho nada malo. Monsieur Poirot...

—No se preocupe, monsieur. Es cierto: el señor Gathercole no mató a Joseph Scotcher.

—¡Bueno, es un alivio oír eso! —dijo lady Playford—. Sin embargo, Poirot, la única que queda soy yo. —Parecía decepcionada, como si hubiera comprado entradas para el estreno de una obra de teatro que al final hubiera resultado ser un fiasco.

—Tiene razón, lady Playford. Usted, la protectora y defensora de Joseph Scotcher, la que alza la voz en su favor cuando el resto calla.

Athie Playford suspiró.

—Es usted un tipo astuto, Poirot. Un embustero, en realidad. Ya veo en qué consiste su juego. Ahora hablará de todo lo que hice por Joseph, de cómo lo adoraba más allá de cualquier motivo racional y de lo desamparada que me siento ahora que ha muerto. Y lo hará con el tono de voz perfecto para que todos piensen que tiene preparado un «pero» enorme. «Pero lo mató porque...» Aunque no hay ninguno, ¿verdad? De sobra sabe que no soy yo quien lo asesinó. Al menos, espero que así sea.

Por un momento, pareció indecisa.

—Le invité a venir, igual que a Catchpool, porque había leído que habían resuelto de forma brillante el caso de los asesinatos del hotel Bloxham de Londres. Me dijeron que eran los mejores. Como ya sabe, temía que alguien atentara contra mi vida...

—¿Tu vida? —Dorro saltó enseguida al oír esas palabras—. Pero si Scotcher fue el que...

—Dorro, no hace falta que me cuentes que fue a Joseph, y no a mí, a quien asesinaron. Soy más que consciente de ello. —Lady Playford respiró hondo. Dirigiéndose a Poirot y a mí, prosiguió—: Esperaba que, en caso de que surgiera la oportunidad, Joseph me lo contaría todo en lugar de arriesgarse a matarme mientras dos de los mejores detectives de Inglaterra pasaban la noche en Lillieoak. El hecho de que Michael se quedara tras la cortina no fue la única medida de seguridad que tomé; ustedes dos eran importantes por ese motivo.

—¡Athie, exijo una explicación! —gritó Dorro—. ¿Qué cortina? ¿Qué Michael? ¿Señor Gathercole?

—¡A callar, Dorro! —dijo su suegra. Con una leve sonrisa, lady Playford añadió—: Con hambre o sin hambre, tú misma.

—Lady Playford, usted idolatraba a Scotcher —dijo

Poirot—. Creo que incluso habría dado la vida por él. Lo amaba usted más que a ninguno de sus dos hijos, y más que a su fiel amigo y abogado, el señor Gathercole.

Me esforcé en contener el fastidio que sentía. Scotcher estaba muerto, y por consiguiente halagarlo no tenía ningún sentido. ¿Es que a Poirot no le importaba lo que pudieran sentir los vivos, la armonía o la falta de ésta en las relaciones que se establecerían entre ellos en lo sucesivo? Resolver asesinatos estaba muy bien, pero no era necesario explicar a los miembros de una familia a la que le sobraban los problemas lo poco que se preocupaban los unos por los otros.

—Lady Playford, si fuesen a desterrarla a perpetuidad a un lugar remoto y pudiera llevarse sólo a una persona, usted hubiese elegido a Joseph Scotcher —prosiguió—. Y sin embargo, es usted una mujer inteligente. Se daba cuenta de que le mentía a diario y de que se aprovechaba de su generosidad. Una mujer como usted, orgullosa, poderosa, acostumbrada a escribir libros en los que todos los villanos y sinvergüenzas reciben severos castigos..., ¿una mujer así permitiría que la constante falta de honradez de Scotcher saliera impune?

Athie Playford hizo un gesto de desdén con la mano.

—Vamos, Poirot —dijo—. Estoy segura de que no hace falta que le cuente que la vida real no es tan clara y diáfana como la ficción. En la vida real, la mujer orgullosa que sobre el papel, ¡dos veces al año sin falta!, encierra a los malos en la cárcel para que se pudran dentro de una celda amaba a un joven brillante que le mentía a diario sin tapujos, ¡y ella ni siquiera elevó un murmullo de protesta! No se podría escribir una historia con ese argumento. No convencería a nadie.

—Dice usted que la vida no es tan clara y ordenada como la ficción, y en general tiene razón —convino Poirot—. Pero en el caso del asesinato de Joseph Scotcher, o al menos en su concepción, había más orden y claridad de lo que cualquiera de ustedes, aparte del asesino, podrían llegar a imaginar.

Capítulo 36

El experimento

—*B*on. Ahora se lo contaré, para que puedan maravillarse como lo he hecho yo ante la pulcritud del asesinato de Joseph Scotcher.

»Scotcher cometió un asesinato: el de Iris Gillow. ¿Cuál fue el móvil? Es evidente: ella sospechaba que él se había inventado su enfermedad. No me diga, doctor Kimpton, que no puedo demostrar que Scotcher asesinó a Iris, o que su móvil era el que describo. Todavía no he dicho todo lo que tengo que decir al respecto. Esperen a oír la prueba, aunque sin duda la encontrarán circunstancial cuando la escuchen.

»Durante mucho tiempo, Scotcher salió indemne del asesinato. Nadie fue capaz de demostrar que empujara a Iris Gillow bajo las ruedas de un tren. Sin embargo, se reencontró con el crimen, y de un modo gratamente ordenado, además. Miren, el móvil que indujo al asesinato de Joseph Scotcher fue exactamente el mismo que el del asesinato de Iris Gillow. Lo diré una vez más: Iris fue asesinada porque sospechaba que Scotcher en realidad no se estaba muriendo. Y Joseph Scotcher fue asesinado por el mismo motivo: porque su asesino sospechaba que en realidad no se estaba muriendo. ¡Las piezas no podrían haber encajado mejor! Scotcher fue asesinado por el mismo motivo por el que, unos años antes, él mismo había cometido un asesinato. Simplemente se encontró en un lado distinto del móvil en cada caso: la primera vez, fue el sujeto del asesinato, mientras que en la segunda fue el objeto.

—No, no, no —protestó Kimpton—. Ése es un razonamiento de pacotilla, Poirot. De entrada, ¿cómo es posible que el hecho de sospechar que Scotcher no se estaba muriendo pueda constituir el móvil para asesinarlo? Muchos de nosotros lo sospechábamos y no lo matamos.

Poirot sonrió, pero no respondió nada.

—Y respecto a la idea de que Scotcher matara a Iris porque ella creía que él no se estaba muriendo..., una vez más, muchos de nosotros no lo creíamos, pero Scotcher decidió matar a Iris y no a mí, por ejemplo.

—Ésa es una observación interesante, doctor —admitió Poirot—. No puedo estar seguro, pero creo que a Scotcher debía de parecerle que Iris Gillow era una amenaza mucho mayor que usted. Ya ha dicho que no conseguía convencer a nadie en Oxford para que lo creyeran, y que al final dejó de intentarlo. Imagine, pues, si Iris hubiera dado un paso al frente respaldando su teoría.

—Muy bien. Ésa es buena —dijo Kimpton—. De haber sido la bondadosa de Iris y no el despiadado Randall quien lo decía, sin duda mucha más gente se habría dignado a prestar atención. Pero oiga, lo que ha dicho antes acerca del móvil para el asesinato de Scotcher...

—Ahora les explicaré el experimento al que se refería Sophie Bourlet —dijo Poirot—. Ya han oído lo que ha dicho sobre el problema del tiempo: ¡es un enigma imposible, al parecer! Desde su punto de vista, y asumiendo que nos esté diciendo la verdad, lo que sucedió fue esto: vio a Claudia Playford con el mismo vestido verde que había llevado puesto durante esa noche, golpeando la cabeza de Joseph Scotcher con el garrote. Sophie comenzó a chillar, y en ese momento Claudia soltó el garrote y huyó a la carrera por la puerta que da a la biblioteca. Muy poco después, empezamos a bajar todos para ver qué había motivado aquellos gritos. Una de esas personas era Claudia, ¡pero llevaba puestos un camisón y un salto de cama blancos!

»Cuando oí por primera vez que ésa había sido la presunta secuencia de los acontecimientos, tuve la misma sensación que Sophie Bourlet: "Sin duda, es imposible". Piensen, amigos míos, en el tiempo que se tardaría sólo en atravesar la biblioteca y llegar hasta las escaleras para subir al primer piso.

»Catchpool y yo estábamos hablando en el piso de arriba cuando Sophie Bourlet empezó a gritar. Ya ven que Catchpool tiene las piernas largas. Yo, pobre de mí, no me muevo con tanta soltura, pero él sí y comenzó a moverse en cuanto arrancaron los chillidos. Mientras bajaba, no se cruzó con Claudia Playford enfundada en un vestido verde manchado de sangre. Sin embargo, si mi teoría era correcta, ¡y estaba seguro de que lo era!, tendría que haber ocurrido justamente eso. El problema, el misterio, era de gran magnitud. Y cuando al fin me he dado cuenta de que sólo podía haber una explicación, he organizado un experimento para demostrarla.

»Sophie Bourlet nos había contado en primera instancia que antes había oído una discusión entre Claudia Playford y Scotcher en la que se había mencionado a una mujer llamada Iris. Luego Sophie había visto cómo Claudia empezaba a golpear a Scotcher con el garrote y fue ahí cuando se puso a chillar. Basándome en lo que había deducido, en la que me parecía la única solución posible al misterio, sospeché que el recuerdo que Sophie guardaba del incidente podría haber quedado distorsionado por el impacto y el dolor. Simplemente podía haber sucedido de un modo distinto a lo que nos había contado. Pero ¿cómo podía impactar en su memoria, una vez más, de modo que se corrigiera a sí misma?

—Si me lo permite —lo interrumpió Kimpton—, cuando dice «impactar en su memoria de modo que se corrigiera a sí misma», ¿en realidad se refiere a «darle a la mentirosa la oportunidad de que cuente la verdad sin quedar en evidencia»?

Poirot lo ignoró.

—El experimento ha consistido en lo siguiente. Sophie se hallaba frente al salón. A petición mía, se ha puesto el sombrero y el abrigo para poder recrear con exactitud los hechos. Entonces Catchpool y yo hemos reproducido la discusión que habían mantenido Claudia y Scotcher la misma noche del asesinato. Catchpool ha interpretado el papel de Scotcher, y yo, el de Claudia.

—Debería haberme dado el papel a mí —dijo Claudia—. Sé interpretar el papel de Claudia Playford mejor que nadie. Mucho mejor que un vejestorio de bigote ridículo, ni que decir tiene. ¡Menuda impertinencia!

—Yo he sostenido el garrote —prosiguió Poirot—. Catchpool me suplicaba que le perdonara la vida: «¡Para, para! ¡Por favor, Claudia! No tienes que...». Y yo le he respondido: «Esto es lo que debería haber hecho Iris, pero era demasiado débil. Te dejó vivir y fuiste tú quien la mató a ella». Las palabras exactas que Sophie nos dijo que había oído. Luego he levantado el garrote, lo he descargado con fuerza y me he detenido a pocos centímetros de la cabeza de Catchpool. En ese punto, me he vuelto para mirar a Sophie. Tal como esperaba, ella estaba negando con la cabeza enérgicamente. «No», me ha dicho. «No, no ocurrió así.» Mademoiselle, quizá podría usted contarnos cómo sucedió en realidad. Damas y caballeros: lo que están a punto de oír es la verdad. Por favor, presten atención.

—Me había equivocado en todo —dijo Sophie—. De repente encajaron las piezas y me di cuenta de que lo que había sucedido distaba mucho de lo que le había contado a la policía y a mí misma y... bueno, lo que me había creído. La discusión no tuvo lugar antes del apaleamiento. Dije que sucedió en ese orden porque así lo creía, ¡pero me equivocaba! Puesto que soy una persona más bien pulcra, me dediqué a reordenar los acontecimientos dentro de mi memoria. La verdad es que Claudia estaba aporreando la cabeza de Joseph con esa... cosa desde el primer momento. ¡Ya estaba sucediendo! Llegué cuando casi había acabado. Ese ataque tan violento se estaba produciendo al mismo tiempo que tenía lugar la discusión. ¡Y Joseph ya tenía la cabeza casi destruida! Lo que significa...

Sophie miró a Poirot con aire de indefensión y éste tomó el relevo.

—Lo que significa que el hombre que aparentemente estaba rogando que le perdonaran la vida, el que gritaba «¡Para, para! ¡Por favor, Claudia! No tienes que...» no podía ser Joseph Scotcher. Como ya sabemos, él ya había muerto por envenenamiento de estricnina y nadie podía demostrar tanta elocuencia con el cráneo machacado. Por consiguiente... la voz que oyó Sophie pertenecía a otro hombre, a alguien que le pedía a Claudia que desistiera. Este hombre no quería que ella continuara reduciendo a puré a un Joseph Scotcher que ya estaba muerto.

—¿Otro hombre? —La voz de Kimpton sonó airada cuando formuló la pregunta—. ¿Qué otro hombre? ¿Está intentando insinuar que Claudia está enamorada de otro hombre?

—Yo no he mencionado el amor —dijo Poirot.

—No seas absurdo, Randall —le dijo Claudia—. ¿Enamorada? Cariño, aceleraría el paso si viera que un objeto pesado está a punto de caer encima de ti para evitarlo, pero no lo haría por nadie más. Y lo sabes.

—Sophie Bourlet cometió otro error —dijo Poirot.

—Sí, puso estricnina en el frasco azul de la supuesta medicina de Scotcher —rio Kimpton. Al parecer había recuperado el buen humor al ver que Claudia había apaciguado sus dudas—. Y acabará en la horca por ello. ¿Verdad, Poirot?

—En absoluto. Como ya he dicho claramente, Sophie Bourlet no asesinó a Joseph Scotcher.

—Sí, pero ha dicho eso mismo de todos nosotros, y alguien tiene que haberlo hecho —señaló Kimpton.

—Todavía no ha dicho nada acerca de mí —dijo lady Playford con voz apenada—. Yo no lo hice, por supuesto. Y me temo que se me rompería el corazón sin remedio si alguien llegara a insinuar que sí.

—Usted, lady Playford, es inocente —le dijo Poirot.

—Gracias, Poirot. Así es.

—¡Poirot, esto es demasiado! —exclamó Kimpton.

—Exigimos saberlo de inmediato —dijo Dorro Playford.

—Y yo estoy intentando contárselo. ¿Puedo continuar? *Merci*. El otro error de Sophie Bourlet fue imaginar que sus gritos comenzaron en el momento en el que Claudia Playford empezó a golpear a Scotcher con el garrote. ¡No fue así! Recuerden que hemos quedado en que Claudia ya estaba apaleando a Scotcher cuando Sophie apareció y vio lo que ocurría en el salón, y la discusión con el otro hombre se estaba produciendo al mismo tiempo. Da la casualidad de que Sophie no vio a ese hombre. Creo que quedó oculto entre las sombras de la biblioteca. Sophie no recuerda si la puerta entre la biblioteca y el salón estaba cerrada o abierta. Yo creo que debía de estar abierta.

»Espero que todos reparen en que si Sophie hubiera empezado a chillar nada más ver el apaleamiento como nos dijo al principio, no habría podido oír la discusión por encima del ruido que estaba haciendo, lo bastante potente para despertar a una legión de muertos, si se me permite expresarlo de ese modo.

»He aquí lo que ocurrió: Sophie presenció, atónita, cómo Claudia Playford le destrozaba el cráneo a Scotcher con el garrote. Al mismo tiempo, escuchó la discusión entre Claudia y un hombre que quedaba oculto en la biblioteca, aunque podía ver lo que sucedía en el salón. Luego Claudia detectó la presencia de Sophie y salió corriendo, y es de suponer que el hombre también. Mientras ellos llegaban al pie de las escaleras, Sophie se quedó mirando la cabeza destrozada y el cuerpo retorcido de su amado, horrorizada. Pasaron unos minutos; es imposible calcular el tiempo con precisión cuando se acaba de sufrir un impacto extremo. Claudia y el tipo con el que había discutido subieron las escaleras y tuvieron ocasión de esconderse antes de que nadie pudiera verlos. En ese instante, Sophie volvió en sí, como si acabara de despertar de una pesadilla. Pero en realidad la pesadilla acababa de empezar. Se dio cuenta de que lo que estaba tendido frente a ella no era ninguna aparición, ni un sueño, sino que era horrible y trágicamente real. Entonces sí empezó a chillar. Mientras tanto, Claudia se estaba cambiando el vestido verde por el camisón y el salto de cama blancos.

»Cuando el sargento O'Dwyer ha llegado hoy a Lillieoak, le he preguntado si alguno de los *gardai* que registraron la casa y los jardines encontró un vestido verde con manchas de sangre, pero no fue así. El paradero del vestido que llevaba puesto Claudia Playford mientras atacaba a Scotcher sigue siendo un misterio.

—Ahora lo recuerdo con claridad —dijo Sophie, con lágrimas en los ojos—. No comprendo por qué no lo recordé enseguida. Tenía frío, mucho frío a pesar de que llevaba puesto el abrigo y el sombrero y estaba dentro de la casa. Me sentía como si hubiera caído en un túnel largo y oscuro, aunque transcurría hacia abajo en lugar de hacerlo a lo largo, de manera que no podría haber sido un túnel de verdad. Era oscuro y silencioso, y yo estaba sola... sola pensando en Joseph y en cómo había estado diciendo la verdad en todo momento porque había dicho que estaba a punto de morir y ya estaba muerto, aunque no podía estarlo, porque aquello no podía ser real. ¡No estaba dispuesta a permitir que fuera real! Mientras pensaba en todo eso, no chillaba. Comencé a chillar porque al cabo de un rato el silencio empezó a asustarme.

—Vamos, ya está bien, ¿no? —dijo Claudia con impaciencia—. Nada de esto nos explica quién mató a Joseph ni por qué lo mató. ¿Iremos más rápido si admito que es cierto? Sí, estaba en el salón. Y sí, fui yo quien golpeó la cabeza del pobre Scotcher. ¿Satisfechos?

—¿Qué? —Kimpton parecía horrorizado—. Queridísima, ¿qué quieres decir?

—Pero yo no maté a Joseph. ¿O sí, Poirot?

—*Non*. No fue usted, mademoiselle.

—Entonces ¿quién? —Kimpton se puso en pie de un brinco, furioso—. Por todos los santos...

—Lo hizo usted, doctor Kimpton, lo sabe a la perfección. Usted asesinó a Joseph Scotcher.

—¿Yo? ¡Ja! Bobadas, amigo. No hace ni media hora ha dicho que no fui yo, ¿se acuerda? ¿O es que le falla la memoria como a Sophie?

—Todos tenemos recuerdos imperfectos, monsieur. Aunque Hércules Poirot menos que la mayoría de la gente. Su afirmación no es precisa. Yo he dicho que tenía muchos móviles entre los que elegir, y que otro en su situación podría haber sucumbido a una pasión vengativa y cometido el asesinato. Luego he dicho que usted no. Que usted no sucumbió. Y es cierto: usted no se dejó llevar por un apasionamiento que pudiera describirse de ese modo. Este crimen, el asesinato de Joseph Scotcher, lleva años planeado. Ha sido racional, meticulosamente planificado, regido por la lógica. Incluso podría decirse que ha sido... científico.

—Todo lo bueno, ¿eh? ¡Debo de ser un asesino muy listo!

—Requirió mucho trabajo y disciplina por su parte —dijo Poirot—. De hecho, ya que hemos estado utilizando esta palabra, podríamos decir que ha sido un experimento.

Kimpton se sentó de nuevo.

—Yo no estoy convencido en absoluto —dijo—. Todavía no. No obstante, siento curiosidad y me gustaría oír más.

Creo que a mí me habría costado mantener ese nivel de caballerosidad si el que está considerado como el mejor detective del mundo me acusara de haber asesinado a un hombre. A menos que de algún modo supiera que se trata de un farol. Sin embargo, Kimpton no era de los que muestran sus debilidades en público.

—Ya he leído varias veces su obra preferida: *La vida y muerte del rey Juan* —le dijo Poirot—. Me ha parecido fascinante. Me ha ayudado a encontrar el camino correcto y a ver la luz.

—Me alegro de que la experiencia fuera tan provechosa —dijo Kimpton.

—¿Sabe? Lo mirara como lo mirara, no le veía sentido a la discusión sobre el funeral que escuchó Orville Rolfe. Al parecer la cuestión controvertida era si se podría abrir la caja o no.

—Así es —confirmó Orville Rolfe.

—*Bon*. Un día pensaba en los numerosos móviles que tenía el doctor Kimpton, el sospechoso que conocía a Scotcher desde hacía más tiempo, para cometer el asesinato. Entonces recordé algo a lo que no había prestado suficiente atención en su momento. Durante la cena, cuando Scotcher se había mostrado débil y tembloroso tras la impactante noticia del cambio de testamento de lady Playford, Kimpton le pasó su copa de agua a Sophie Bourlet para que Scotcher pudiera beber de ella. Damas y caballeros, ¿por qué tendría que haberlo hecho, cuando Scotcher tenía su propia copa de agua y además aún debía de estar llena o casi llena? Todos teníamos las copas llenas de agua cuando nos sentamos a la mesa. Acababan de servir los entrantes cuando lady Playford dio la noticia, y el primer plato fue sopa. La sopa es líquida; nadie bebe grandes cantidades de agua mientras la toma.

—¡Caramba! —exclamó Harry Playford, tan fuera de lugar como si una cebra hubiera entrado paseando alegremente en la sala de estar. Nadie le hizo caso, aparte de Dorro, que lo instó a guardar silencio.

Poirot prosiguió.

—Randall Kimpton es un hombre extremadamente inteligente. Es capaz de pensar y actuar a la velocidad del rayo. Llevaba años planeando el asesinato de Joseph Scotcher, intentando que se cumplieran las condiciones ideales para cometerlo. De repente, por pura casualidad, se encontró rodeado de gente que deseaba que Scotcher muriera pronto. Kimpton no tenía conocimiento previo de los planes de lady Playford, pero ésta alteró el testamento en favor de Scotcher, le dejó todo cuanto poseía. ¿A qué policía le costaría creer, entonces, que Harry o Dorro Playford pensarían en asesinar a Scotcher para hacerse inmensamente ricos? ¿O que Michael Gathercole podría asesinar a Scotcher llevado por los celos, o para contrarrestar la insensatez de lady Playford?

»Kimpton supo ver enseguida que ése era el momento adecuado. Por eso, mientras todo el mundo se fijaba en Scotcher o en lady Playford, los protagonistas del drama, Kimpton se metió la mano en el bolsillo con discreción y sacó la estricnina que guardaba en un pequeño vial, supongo. ¿Por qué siempre llevaba veneno encima? No lo sé, pero puedo adivinarlo: si lo llevaba siempre encima, nadie podría descubrirlo, de golpe y por accidente, entre sus pertenencias.

»Por debajo de la mesa, abrió el contenedor en el que guardaba el veneno. Lo ocultó dentro del puño cerrado, echó la estricnina en su copa de agua sin que nadie se diera cuenta con un movimiento sutil, imagino, mientras con la otra se aseguraba de apartar la copa de la vista de los demás y se la pasaba a Sophie para que se la diera a Scotcher.

—Pero... ¡oh! —exclamé, sin poder evitarlo.

—¿Qué ocurre, Catchpool? —preguntó Poirot.

—La estricnina tiene un sabor amargo, creo. ¿Se acuerdan de que Scotcher dijo «Oh, qué amargo» después de que Dorro dijera algo sobre que no tardaría en pudrirse bajo tierra? ¿Y que, justo a continuación, Dorro dijo «Bueno, es que estoy amargada»?

—Hace bien recordando esa conversación, *mon ami*. En efecto, Scotcher no solía criticar directamente a los demás. Todo lo contrario: era un experto halagando a cualquiera que se cruzara en su camino. Por tanto, ¿es más probable que se refiriera a las palabras de Dorro, o al agua que acababa de beber, cuando exclamó «¡Oh, qué amargo!»? —Sin esperar respuesta, Poirot prosiguió—: Estoy seguro de que se refería al agua: al sabor amargo que había dejado la estricnina en el agua.

»Y ahora, volvamos al *Rey Juan*, de Shakespeare, que el doctor Kimpton cita con tanta profusión. Cuando todos bajamos corriendo al salón y encontramos el cadáver de Joseph Scotcher, el doctor Kimpton dijo unas palabras. Tal vez alguno de ustedes pudo oírlas, como me pasó a mí. Parecían el final de una cita: "... de la cual una mano endemoniada había arrancado y robado la joya". Supuse que era de *La vida y muerte del rey Juan*, como todas las citas del doctor Kimpton. Y tenía razón. No sólo eso, sino que además sospechaba que me faltaba el principio de la cita. El doctor Kimpton la había murmurado, pero no acerté a comprenderlo. La cita completa reza: "Le han hallado muerto y tendido en la calle, caja vacía de la cual una mano endemoniada había arrancado y robado la joya".

»Una caja vacía, damas y caballeros. ¿No lo ven? La caja a la que se hace referencia no es un ataúd, ¡sino el mismísimo cuerpo humano!

No recordaba haber visto a Poirot más entusiasmado que en ese momento. Yo estaba bastante confundido. Si bien comprendía lo que acababa de exponer, no acertaba a ver la relación que podía guardar con nada más.

—Fue Randall Kimpton el hombre al que Orville Rolfe oyó discutiendo sobre abrir o no la caja —dijo Poirot—. Discutía con Claudia Playford. El señor Rolfe oyó que un hombre insistía en que alguien tenía que morir. Luego dijo «Abrir la caja: es la única manera», y la mujer no estaba de acuerdo. El propio Joseph Scotcher, el cuerpo de Joseph Scotcher, era la caja a la que se refería el doctor Kimpton. Utilizó la palabra como se utilizaba en *La vida y muerte del rey Juan,* como metáfora para el cuerpo humano. Y lo que quiso decir de forma más general fue esto: que sólo había una manera de establecer con absoluta certeza, la única que le interesaba a Randall Kimpton, si Scotcher había mentido o había dicho la verdad al afirmar que padecía la enfermedad renal de Bright. Sólo había una manera, damas y caballeros..., abriendo la caja, su cuerpo, convirtiéndolo en sujeto de una muerte sospechosa para que fuera necesario practicarle una autopsia. Una necropsia era lo único que permitiría que un médico inspeccionara el interior del cuerpo de Joseph Scotcher y afirmara que el difunto tenía unos riñones sanos. Y de hecho, eso es lo que ocurrió, siguiendo el plan del doctor Kimpton.

Pensé en el gesto satisfecho de Kimpton ante los resultados de la investigación, cuando el forense reveló la verdad acerca de Scotcher. Lo malinterpreté, pensé que tan sólo estaba satisfecho de haber sabido algo antes que yo. Entonces lo comprendí: según sus estándares de lo que constituye una prueba, no lo había sabido con seguridad hasta el momento en el que lo dijo el forense: «riñones sanos y sonrosados».

—El doctor Kimpton estaba prácticamente seguro de que Scotcher era un mentiroso —dijo Poirot—. Llevaba muchos años viviendo con esa certeza casi absoluta. Sin embargo, como el hombre inteligente que era, sabía que en la ciencia y la medicina se producen anomalías. La mayor parte de quienes sufren insuficiencia renal no duran tanto como Scotcher (pero sobre todo no se están muriendo y al cabo de unos años vuelven a estar muriéndose otra vez), aunque pueden producirse remisiones, cambios de diagnóstico, así que nunca puede excluirse del todo la anomalía que parece saltarse la regla y, ¿quién sabe?, quizá haya otra causa científica para esta anomalía.

»Randall Kimpton sabía algunas cosas sin lugar a dudas. Sabía que Scotcher le había arrebatado a Iris, que lo había seguido en los estudios de Shakespeare y luego hasta el núcleo de la familia Playford, y que llegó a instalarse en Lillieoak, el hogar de la mujer con la que Kimpton tenía previsto casarse. Creía también que Scotcher había asesinado a Iris Gillow cuando ella había empezado a sospechar de ese falso estado de salud. Kimpton lo creía, pero no podía demostrarlo. Como tampoco podía demostrar que Scotcher había fingido ser su difunto hermano Blake en el café de Queen's Lane, para poder contar las mismas mentiras acerca de su salud utilizando otra identidad. Aquello estaba volviendo loco a Kimpton, que cada vez se hallaba más obsesionado con Scotcher, del mismo modo que Scotcher lo había estado siempre con él. Kimpton sospechaba que Scotcher se había inventado el fallo renal para despertar la compasión de Iris y que ésta picara el anzuelo. Quería saber si estaba en lo cierto. Ese deseo era tan apremiante que se convirtió, más que en un deseo, en una necesidad. *Necesitaba* resolver el misterio de Joseph Scotcher. Necesitaba saber, probablemente por encima de todo, si Scotcher había asesinado a Iris o no. Al fin y al cabo, si por alguna casualidad remota Scotcher hubiera estado diciendo la verdad acerca de su enfermedad, seguramente no habría tenido motivos para asesinar a Iris, ya que ésta no podría revelar sus mentiras. ¡Puesto que no habría mentiras que revelar!

»Al final se dio cuenta: jamás sería capaz de comprender plenamente la historia de su propia vida a menos que supiera la verdad sobre el estado de salud de Joseph Scotcher. ¿Y cómo decidió responder a esa conclusión? Se lo diré: Randall Kimpton se lanzó con determinación a descubrir la verdad, a despejar cualquier atisbo de duda. Y sólo había un modo de conseguirlo: con una autopsia. Bajo ninguna otra circunstancia podría inspeccionarse el interior del cuerpo de alguien y ver si tenía los riñones sonrosados como los de cualquier persona sana, o marrones, secos y ajados. Por consiguiente... la muerte de Joseph Scotcher era necesaria para saberlo.

Dorro Playford resopló con impaciencia.

—¡No comprendo lo que está diciendo! No puede estar diciendo que...

—Lo estoy diciendo, madame: no fue un exceso de emoción lo que impulsó a Randall Kimpton a asesinar a Joseph Scotcher. No fueron los celos, la rabia o la sed de venganza, aunque imagino que todos esos sentimientos deben de haber atormentado mucho al doctor a lo largo de los años, cada vez que pensaba en el asunto de Joseph Scotcher. Pero ninguno de esos sentimientos es el motivo por el que lo mató. Este asesinato era un experimento científico. Era una investigación, quería saber, demostrar hechos. Para decirlo de la forma más simple posible, lo asesinó para justificar la autopsia.

Capítulo 37

Poirot gana con todas las de la ley

Aunque no tengo forma de demostrarlo, unos segundos después de que Poirot lo hubiera dicho lo vi todo claro. Un asesinato para justificar la autopsia. Para justificar la necropsia. Es extraño que un crimen tan monstruoso pueda resumirse en tan pocas palabras, ¿no?

Una conclusión tras otra fueron inundando mi mente. Por supuesto; ¿cómo no me había dado cuenta? Kimpton, el hombre de ciencia, el hombre que ridiculizaba la psicología y valoraba los hechos y las pruebas por encima de todo lo demás. Todo encajaba.

Ninguno de los que estábamos en la habitación se movió ni habló durante unos momentos. Luego Poirot se dirigió a Kimpton.

—No dejó los estudios de Shakespeare porque sus colegas consideraran que su obra favorita era inaceptable —dijo—. Ni porque Scotcher se hubiera entrometido en su especialidad. No, usted eligió la carrera de Medicina porque ya había formulado lo que creía que era un plan brillante: se formaría como médico. La obsesión que sentía por Scotcher era tan fuerte que ni siquiera le importó cuántos años le supondría. Conseguiría una posición, en la medida de lo posible, que le permitiese efectuar autopsias en casos de muertes sospechosas, e intentaría llevar a cabo esa actividad muy cerca de donde viviera Joseph Scotcher. Lo asesinaría cerca de su casa tras urdir una coartada in-

335

quebrantable, y a su debido tiempo Scotcher terminaría en su mesa de autopsias, listo para que usted pudiera abrirlo en canal y revelar así la verdad. Abrir su cuerpo era esencial para su experimento, y ¿cuánto más satisfactorio si pudiera llevar a cabo ese procedimiento usted mismo?

»Al principio su plan progresó conforme a lo trazado, y en pocos años se convirtió usted en el forense preferido de la policía en el distrito de Oxford, que es donde vivía Scotcher. Luego, de repente, todo se torció, ¿verdad? Su nueva amada, Claudia Playford, con la que acababa de prometerse, le dijo que Scotcher vendría a vivir y a trabajar aquí, en Lillieoak. Debió de montar usted en cólera.

—Muy bien, amigo —respondió Kimpton—. ¿Ahora es cuando tengo que confirmar que mi estado psicológico encaja con lo que ha descrito? Así es. En efecto, llegado ese punto me puse furioso. Si alguien puede convertir la psicología en ciencia, ése es usted, Poirot.

—¡Randall, te está acusando de asesinato! —dijo Claudia—. ¿Por qué no lo niegas?

—No, queridísima. Lo siento, pero es así. Poirot ha ganado con todas las de la ley y no pienso privarlo de su victoria.

—¿Que no? Pues yo lo haría. —Claudia miró a Poirot con frialdad—. Tiene razón cuando describe a Randall como un hombre con talento y determinación. Sin embargo, por mucha decisión que demuestre, jamás encontrará un hombre más determinado que la más determinada de las mujeres. Yo jamás dejaría de intentar salir impune de una acusación de asesinato, si hubiera cometido uno. ¡Jamás!

—No creo que Poirot haya terminado, queridísima. Aunque, ya que has sacado el tema..., por mucho que me disguste tener que discrepar de mi divina amada, yo tengo una idea distinta de lo que significa salir impune de algo.

A pesar de las expresiones de cariño que utilizaba, la

voz de Kimpton sonó tan dura como lo era la expresión de su rostro en aquel momento. Me di cuenta de que sus ojos ya no emitían destellos como de costumbre. En lugar de eso, los tenía muy abiertos, con una expresión salvaje que parecía haberse instalado de forma permanente.

—Por favor, créanme cuando les digo que no me falta determinación —dijo—. Pero prefiero afrontar los hechos. Un asesinato del que alguien consigue salir impune es aquel cuya resolución se demuestra imposible. Es limpia y perfectamente esquiva. Nadie sospecha quién es el verdadero culpable, ni siquiera el indómito Hércules Poirot. El asesino enseguida queda descartado como posible culpable y permanece inmune a las sospechas y a la culpabilidad. Ése es el asesinato que yo planeé. En el instante en que Poirot me acusa, me doy cuenta de que ha sido una verdadera chapuza. Tal vez podría salvar la vida intentando convencerlos de algo, pero mi plan ha fracasado. Por consiguiente, prefiero elegir la otra posibilidad limpia y perfecta que me queda: una confesión completa. ¿Quieren saber si asesiné a Joseph Scotcher? Pues sí. Lo hice.

—Doctor Kimpton, tenía usted razón cuando dijo que yo no había terminado —dijo Poirot, que aún no tenía intención de cederle el protagonismo a nadie—. ¿Por dónde iba? Ah, sí: había llegado hasta el problema que tuvo usted que afrontar cuando Scotcher se convirtió en el secretario de lady Playford. Si ya no iba a vivir en Oxford, ¿cómo podría asesinarlo y asegurarse de llevar a cabo la autopsia usted mismo?

—Eso fue lo que pensé al principio —dijo Kimpton—. Me quedé abatido durante un tiempo, de eso no hay duda.

—Y ése fue el motivo por el que rompió su compromiso con Claudia —me oí decir: pensaba en voz alta. Poirot no me había dado permiso para hablar, pero decidí que tendría que transigir de todos modos—. Claudia, usted me dijo que la primera vez que Kimpton y usted se comprometieron, él empezó a dudar de si realmente deseaba casarse con usted. Y eso llevó a una separación. Ocurrió hace cinco, casi seis años, según me dijo. Joseph Scotcher llevaba seis años viviendo y trabajando en Lillieoak.

Me volví hacia Kimpton antes de continuar.

—Esas dudas que tenía sobre si debía casarse con Claudia respondían a la noticia de que Scotcher había conseguido el empleo de secretario particular de lady Playford, supongo.

—Tiene toda la razón —admitió Kimpton con un tono frío y cortés al mismo tiempo—. Me puse furioso al saber que Scotcher había conseguido colarse en Lillieoak. ¡Me quedé de piedra! Y por varios motivos. ¿Cómo podría yo, forense de la policía de Oxford, llevar a cabo la autopsia de Scotcher si de repente pasaba a vivir en Clonakilty? Después de todo lo que había planeado, de toda mi formación médica... ¡Aún me entraron más ganas de asesinar a ese canalla! Pero tanto como eso, lo que quería era ponerlo en evidencia. Él no supo nada sobre mi plan hasta el final de sus días, ¿sabe?, pero sí se había enterado de que me había comprometido con mi queridísima. Incluso después de Iris, después de todo lo que me había hecho ya entonces, seguía intentando implantarse en un territorio que era legítimamente mío y que no debería haber tenido nada que ver con él.

»Yo no sabía si quería meterse en Lillieoak para enfurecerme o sólo para estar cerca de mí. Seguía oyendo entre mis amistades de Oxford que él aún me describía como su mejor amigo, a pesar de que yo llevaba años evitándolo. En cualquier caso, eso es irrelevante. Había tiempo de sobra para matarlo y abrirlo en canal sobre mi mesa, ya fuera en Oxford o en Clonakilty. Sabía que podría conseguir un empleo en el condado de Cork, si lo deseaba, puesto que se ha demostrado que soy el mejor de mi especialidad, pero mientras tanto estaba decidido a hacerle sufrir. Si cortaba mi compromiso con Claudia, pensé, de repente quedaría cortada la conexión entre Lillieoak y yo, y Scotcher tendría que aceptar el hecho de que se había tomado un montón de molestias por ningún motivo en absoluto.

Kimpton apretó los puños sobre su regazo.

—Fui un idiota, un imbécil. Eso es lo que ocurre cuando permitimos que los impulsos emocionales nos muevan a la acción en lugar de actuar según una lógica sólida. Lamenté mi precipitación enseguida. Me di cuenta de que, una vez más, había permitido que Scotcher me apartara de la mujer a la que amaba. Nadie, damas y caballeros, puede hacerle eso a Randall Kimpton y vivir para contarlo. Seguro que todos estaremos de acuerdo en que la victoria final es mía.

—Su definición de victoria es de lo más inusual —dijo Poirot.

—Todas mis definiciones resultan inusuales —replicó Kimpton—. Soy una persona inusual. ¿Por dónde iba? Ah, sí. Bueno, me arrodillé y le supliqué a mi divina amada que me aceptara de nuevo.

—Y yo lo rechacé —dijo Claudia—. Tuve el gran placer de rechazarlo.

—Pero sí aceptaste mantener correspondencia para discutir el tema de mi vileza y tu infalibilidad, queridísima. —Kimpton se volvió hacia Poirot—. Gracias a las cartas de Claudia, descubrí que Scotcher había vuelto a Oxford al menos en una ocasión. No habría costado inducirle a hacerlo de nuevo. Sospechaba que matarlo en Oxford como tenía planeado sería lo más simple: apenas constituía un reto. O podía mudarme al condado de Cork, congraciarme con la policía y la comunidad médica local... Ésa sería una buena manera de convencer a Claudia: demostrando mi clara disposición a abandonar mi mundo para estar cerca de ella, agradeciendo hasta la más mínima muestra de atención que se dignara a tener conmigo.

»Por supuesto, todos saben ya que mi queridísima tuvo la enorme generosidad de concederme una segunda oportunidad. —Kimpton le dedicó una mirada cariñosa a Claudia, pero ella apartó la vista—. El día fatídico, hasta el momento en el que vertí el veneno en la copa de agua, todo fueron dudas sobre dónde viviríamos Claudia y yo cuando nos hubiéramos casado y sobre dónde mataría a Scotcher. Si tenía que ser en Oxford, donde ya sabía cómo funcionaba el sistema, o en Clonakilty. Ya me perdonará, inspector Conree, pero imaginaba que aquí los *gardai* sólo serían capaces de resolver un asesinato si el culpable se esposaba a la verja de la comisaría y se dedicaba a gritar "He sido yo" de sol a sol.

»No, el mayor problema que tuve que afrontar no fue la elección entre Inglaterra y el condado de Cork. Creo que fue el mismo dilema aburrido de siempre al que se enfrenta cualquier asesino potencial: cómo hacerlo con garantías de que no me atrapasen. Creía que mi plan era espléndido, siempre lo pensé, pero la diferencia entre infalible y casi infalible es demasiado importante. Ya sabe hasta qué punto me desagrada la incertidumbre, Poirot. Y sin embargo, por mucho que me avergüence reconocerlo, no las tenía todas conmigo, no podía garantizar que lograse matar a Scotcher y evitar que me detuvieran. Así pues... no había ninguna fecha fijada ni había decidido el lugar.

—Y luego, durante la cena de lo que usted ha llamado «el día fatídico», *quelle bonne chance!* —Poirot retomó el relato—. Lady Playford anuncia la modificación de su testamento y de repente surgen un montón de sospechosos para el asesinato, si por algún motivo Scotcher muriera esa misma noche. ¡No habría encontrado jamás una ocasión mejor que ésa! Llevaba el veneno encima, como siempre, por lo que actuó con presteza.

—Así es —convino Kimpton—. Aquí está, pensé, lo

que he estado buscando, esa capa extra de seguridad que me permitirá salir indemne. ¿Quién sospechará del hombre más rico de la casa, entre tantos desheredados que quedarán perjudicados? Bueno, «¡Cuántas veces la vista de los instrumentos de las malas acciones basta para cometerlas!». ¡No tiene mérito adivinar de dónde sale esa cita, Poirot! Pensé que tal vez no podría llevar a cabo la autopsia personalmente, pero daba igual. Sin duda me informarían de los resultados y recibiría la respuesta definitiva que necesitaba. Se revelarían los resultados de la investigación y yo podría estar presente. A veces uno tiene que adaptarse a las circunstancias, ¿no cree?

—Sí —dijo Poirot—. Y tras haberse adaptado, usted continuó pensando de la manera más astuta posible.

—Es usted demasiado amable. Fui un temerario, un imprudente. Cometí un grave error. Después de haberlo planeado tan bien, cometer el crimen delante de tantos testigos fue una verdadera locura.

—Fue usted astuto —insistió Poirot—. La estricnina tarda varias horas en hacer efecto. ¿Quién sabe cuántas? ¿Quién podría saber la cantidad que llegó a verter en la copa de agua? Más tarde, esa misma noche, se aseguró de meter algo de estricnina en el frasco azul que Scotcher tenía en el dormitorio para luego vaciarlo. Sabía que de ese modo daría la impresión de que el asesino había desechado la medicina envenenada para ocultar pruebas. Como consecuencia, todos creímos que Scotcher había ingerido la medicina a las cinco en punto, cuando Sophie Bourlet le administró el tónico. De repente, cualquiera podría haberlo matado... o eso parecía.

—Si algo soy, es ingenioso —murmuró Kimpton, aunque había perdido parte del buen humor inicial.

—No, doctor Kimpton. En este caso, no fue usted ingenioso, sino ingenuo. Como ya ha dicho, de repente cualquiera podría haber envenenado a Scotcher si el veneno ya se hallaba en el frasco azul antes de las cinco de la tarde... pero ¿quién habría tenido un móvil para matarlo, antes de las cinco en punto? Sólo usted: ¡el hombre al que Joseph Scotcher había robado su primer amor! El testamento nuevo de lady Playford no se anunció hasta la hora de la cena. Las pruebas engañosas sobre la hora de la muerte lo convirtieron en el único sospechoso posible.

—¡Bobadas! —exclamó Kimpton enseguida—. ¡No son más que tonterías! Cualquiera podría haber sabido que Athie iba a modificar el testamento antes de que lo anunciara, ya fuera de forma honesta o deshonesta. Ella podría habérselo contado a alguien, con lo que le gustan los secretos: son mucho más divertidos cuando se comparten que cuando nadie más los sabe. O el asesino podría haber conseguido la información de un modo ilícito. Athie llevaba semanas planeando el modo de anunciarlo, sin duda alguna. Tal vez meses, incluso. Estaba seguro de que el testamento nuevo seguiría siendo el móvil más probable. Aun en el caso de que no hubiera sido así, tampoco me pareció que tuviera muchas opciones. Como ya ha indicado, Poirot, ¡Scotcher les había dicho a todos que el agua que había bebido era amarga! Cierto, Dorro pensó que ese comentario iba dirigido a ella, pero eso no consiguió que me sintiera seguro en absoluto. Lo ha dicho usted mismo, amigo: habían servido agua en todas las copas antes de que nos sentáramos a la mesa. ¿Por qué tenía que darle yo la mía a Scotcher cuando él tenía la suya? ¡Y todos vieron cómo lo hacía! Temía que, a su debido tiempo, alguno de ustedes se acordara de ese detalle y lo relacionara con el comentario sobre el sabor amargo de Scotcher. A mí me pareció que saltaba a la vista que..., bueno, que había sido yo. Que yo era el culpable.

Kimpton suspiró antes de proseguir.

—Supongo que el hecho de saberme culpable, si bien con la esperanza de que no fuera tan evidente para los demás, me llevó a tomar algunas precauciones. Cuando creí que todo el mundo se había retirado a dormir (bueno, todos aparte de Poirot, que estaba roncando en una silla en el pasillo por un motivo que no acertaba a comprender, pero de todos modos estaba tan profundamente dormido que me pareció que no iba a despertarse con facilidad), vertí veneno en el frasco azul, sabiendo que era el tónico que tomaba cada día a las cinco de la tarde. Luego hice desaparecer mi copa de agua de la mesa de la cena, de manera que nadie pudiera encontrar rastros de veneno en ella. Bajé a buscarla en la cocina, la rompí y enterré los fragmentos cerca de un montón de cristales rotos y de los restos de un tarro de mermelada que había visto en el invernadero de naranjos.

—¡Así que fue usted quien me robó la copa! —exclamó Brigid Marsh en voz alta, sobresaltándonos a todos—. Habría jurado que había sido el señor Catchpool. —Lo sorprendente fue que mientras lo decía me fulminó con la mirada a mí, y no a Kimpton.

Fue ahí cuando lo comprendí: la cocinera se había dado cuenta de que faltaba una copa y, por algún motivo que sólo ella conocía, decidió que me la había llevado a la habitación para poder beber agua durante la noche. Todo porque tengo los labios secos, una descripción que rebatiría con fervor cuando fuera menester. Mis labios eran perfectamente normales.

Sin duda alguna, Brigid había registrado mi habitación y, al no haber encontrado la copa que le faltaba, decidió que se me debía de haber roto y que debía de haberla ocultado en algún lugar. De ahí la anécdota sobre el sobrino ladrón que había roto un cuenco mientras robaba unos caramelos.

Poirot se dirigió a Kimpton con severidad.

—Tal vez yo estuviera roncando, pero no todos se habían retirado a dormir, doctor. Catchpool se hallaba en el jardín, buscando al señor Gathercole y a mademoiselle Sophie, puesto que en esos momentos no sabíamos dónde estaban. Tanto él como ellos podrían haber regresado en cualquier instante. De hecho, los tres volvieron un rato más tarde a la casa. Eso significa que tres personas podrían haberlo sorprendido saliendo de la habitación de Scotcher, o camino del invernadero de naranjos para tirar la copa. No es usted tan listo como cree.

—Eso es evidente. —Kimpton levantó las manos—. En cambio, usted es un hombre mucho más listo de lo que yo imaginaba. Lo de la caja..., bueno, ¡eso sí que ha sido ingenioso!

—Así es —convino Poirot—. Y muchas cosas empezaron a encajar en mi mente en cuanto supe el verdadero significado de la metáfora de la «caja abierta», lo que significaba en el *Rey Juan* —dijo—. Si la «caja» era una persona, me pregunté, ¿qué significado tenía en la discusión que había oído el señor Rolfe? Les diré lo que significaba. Significaba que la discusión la mantuvieron Randall Kimpton y Claudia Playford. Ella se enteró de que Kimpton planeaba asesinar a Scotcher algún día y, tal vez temiendo que las cosas pudieran salir mal, intentó disuadirlo. Y él dijo: «Abrir la caja: es la única manera». En otras palabras: «Tengo que asesinar a Scotcher si lo que quiero es vivir feliz». Ella respondió: «No, no es necesario que lo hagas».

—Y yo tenía razón —dijo Claudia—. Las cosas ya se habían torcido, tres días antes, para ser exactos. Yo había encontrado la estricnina. Randall se había quitado la chaqueta de forma descuidada y el maldito frasco se le cayó del bolsillo. Antes de eso, yo vivía tan feliz a espaldas de ese plan tan demencial. Si me lo hubiera dicho, se habría beneficiado de mi opinión mucho antes. Y mi opinión era que todo aquello era una locura, digna de un colegial desquiciado.

—Mira que fue mala suerte que el veneno se me cayera

del bolsillo —dijo Kimpton—. No quería que supieras nada sobre esto, queridísima. Lo habría conseguido, si no lo hubieras descubierto, ¿sabes?

—Cuando le pregunté a Randall qué había en el frasco, me mintió —le dijo Claudia a Poirot—. Se notaba que estaba mintiendo, por lo que le dejé muy claro que no podía engatusarme tan fácilmente y lo obligué a contarme la verdad. Y al final salió: Iris Gillow, cuyo apellido de soltera era Morphet. Oxford. Las primeras mentiras de Joseph acerca de su enfermedad terminal, muchos años antes. La suplantación de su propio hermano, para reforzar la farsa que había creado. Y, por supuesto, el plan de Randall para cometer el crimen perfecto.

»Lo que me contó me dejó asustada, y miren que eso no es nada fácil. No quería que Randall arriesgara el pescuezo y, además, ¡es que no había ninguna necesidad de hacer todo aquello! ¡Era más que evidente que Joseph no se estaba muriendo! ¡No hacía falta cometer un asesinato para demostrarlo!

—No conseguí hacerle entender la necesidad de una prueba, Poirot —dijo Kimpton—. Por eso me alegro tanto de que usted lo haya comprendido.

—Estaba muerta de preocupación y fui algo descuidada —dijo Claudia con gravedad—. ¿Cómo pude cometer la estupidez de discutirlo dentro de la casa, cuando podían oírnos? Bueno, es evidente que alguien nos oyó: ¡Orville Rolfe! Pensé que utilizar la metáfora de abrir la caja sería lo bastante discreto, pero me equivoqué. Todo es culpa mía, Randall.

—No, queridísima. La culpa es sólo mía. Si el plan hubiera sido tan perfecto como debería haber sido, no me habría pasado casi dos años llevando un vial de veneno encima. O al menos me lo habría guardado en un bolsillo más seguro.

—Mademoiselle Claudia, durante la cena, ¿vio usted lo

que el doctor Kimpton hizo con la copa de agua antes de pasársela a Sophie Bourlet, para que ésta se la diera a Scotcher? Supongo que usted sabía que él llevaba el veneno oculto en la ropa.

—Lo sabía, pero no. No vi que hubiera echado el veneno en el agua.

—Entonces ¿cuándo descubrió que había envenenado al señor Scotcher? —le preguntó Poirot.

—Más tarde, esa misma noche. Después de la cena, y después de que el aparato digestivo de Orville Rolfe hubiera causado todo ese alboroto, Randall y yo nos retiramos a dormir. De inmediato me confesó lo que había hecho con la copa de agua. Me dijo que a esas alturas Joseph ya debía de haber muerto, y que por la mañana encontrarían su cadáver, por lo que Randall tenía que deshacerse de la copa en cuestión. Tenía una marca en el tallo, me dijo, así que podría identificarla sin problemas. También tenía que meter estricnina en uno de los frascos de esas supuestas medicinas que Joseph guardaba en su dormitorio. De ese modo, todos creerían que el envenenamiento había tenido lugar mucho antes.

Claudia se puso de pie y se acercó al lugar en el que estaba sentada lady Playford.

—Estaba absolutamente furiosa, madre —dijo—. No me había limitado a sugerirle a Randall que abandonara la idea de asesinar a Joseph. Le había prohibido que lo hiciera, ese mismo día, además. ¡Y me había desobedecido! ¡Todo por una miserable autopsia que no nos diría nada que no supiéramos ya! Por eso se arriesgó a bajar a la cocina y dejarme sola. Muy bien, pues, pensé. ¡Le voy a demostrar que el futuro marido de Claudia Playford no puede esperar desobedecerla y salir airoso de ello! Le dije que se encargara de robar la copa de agua y envenenar el frasco y todo eso. Una vez que se hubo marchado, fui tras él y bajé las escaleras a hurtadillas. Oí que cerraba la puerta del dormitorio de Joseph al cabo de unos minutos, tras haber vertido el veneno en el frasco azul. A juzgar por el sonido más lejano de sus pasos, supuse que a continuación había acudido a la cocina para buscar la copa. Confié que podría entrar en la habitación de Joseph y no encontraría a nadie más ahí dentro.

»Bueno, ¡no me miren todos como si no pudieran imaginar lo que ocurrió acto seguido! Es evidente que ya estaba muerto. Listo para pudrirse bajo tierra, como dirías tú, Dorro. Lo senté en la silla de ruedas, lo llevé hasta el salón, lo tiré al suelo y utilicé ese garrote tan feo de papá para asegurarme de frustrar los planes de Randall. ¿Me había desafiado por esa estúpida necesidad obsesiva de abrir la caja que era el cuerpo de Joseph Scotcher? ¡Muy bien! Pues yo lo castigaría consiguiendo que la causa de la muerte fuera tan obvia que no hubiera necesidad alguna de llevar a cabo una autopsia. De ese modo, Randall se vería privado de lo que más deseaba y aprendería a escucharme mejor la próxima vez.

Claudia hizo una pausa para recuperar la compostura.

—No me di cuenta de que una muerte sospechosa siempre da lugar a una autopsia. Randall me lo dijo más tarde, cuando ya nos habíamos reconciliado. ¡Porque sí, nos besamos e hicimos las paces! Le dejé bien claro que, aunque todavía lo amaba, jamás lo perdonaría. No se me da muy bien eso de perdonar a la gente. En cualquier caso, ése es el motivo por el que le destrocé el cráneo a un hombre que ya estaba muerto. ¿Y sabe qué, Poirot? Me encantó hacerlo, disfruté apaleando la cabeza de Joseph de ese modo ¡porque estaba furiosa! Furiosa con Randall por esa fijación que tenía con Joseph y esa estúpida demostración que tanto ansiaba desde hacía años; y también con Joseph, por causar tantos problemas con sus innecesarias y estúpidas mentiras. Pero por encima de todo estaba furiosa conmigo misma: por lo mucho que amaba a Randall y lo fascinada que estaba con Joseph, ¡cuando había quedado más que claro que estaba mucho mejor sin ninguno de los dos!

—No sabes cuánto me hieren tus palabras, queridísima —dijo Kimpton con un suspiro. Por una vez, no sonó ni autocomplaciente ni resuelto.

—¿Qué sucedió cuando se hubo librado de la copa y hubo metido veneno en el frasco azul? —le preguntó Poirot.

—Regresé a mi dormitorio. Esperaba encontrar allí a Claudia, pero se había esfumado. La busqué por todas partes hasta que di con ella frente al cadáver de Scotcher, en el salón; le golpeaba la cabeza hasta convertirla en puré y le gritaba al mismo tiempo. Le supliqué que parara, eso fue lo que oyó Sophie. Sí, yo estaba en la biblioteca, con la puerta abierta. No me atreví a acercarme. Ah, y no fue la sangre y los sesos lo que me repelió. Se reirá, Poirot, pero fue entonces (cuando vi a Claudia atacando a Scotcher con el garrote, toda esa sangre derramada y el hecho de que ella le estuviera hablando, ¡le estaba hablando a un muerto!) cuando me di cuenta de que mi plan se había ido al traste. Y temí que de un modo irreparable, además. Me quedé quieto, contemplando la escena, sin poder moverme ni para acercarme ni para huir de ella. Fue el peor momento de mi vida. «Esto hay que arreglarlo de algún modo», pensé. «Debemos ocultar cualquier rastro.» ¡No había demostrado tanta prudencia y tanto control sobre mis instintos durante tantos años para que luego acusaran a mi amada de asesinato! A continuación oí el sonido de una puerta que se cerraba y comprendí que había alguien más por ahí. —Kimpton miró con frialdad a Sophie Bourlet, como si fuera ella y no él mismo el responsable del apuro en el que se encontraba.

—Poirot, tiene que contarnos cómo lo descubrió —dijo lady Playford—. Comprendo lo que nos ha contado sobre el *Rey Juan* y la referencia a la caja, pero ¿de verdad le bastó con eso para atar cabos?

—No, eso no lo fue todo —le dijo Poirot—. Encontré un médico en Oxford que años atrás había atendido a Joseph Scotcher. Me facilitó información muy interesante. Que él supiera, Scotcher siempre había gozado de buena salud, eso para empezar. Luego, que Iris Gillow había acudido a verlo sólo dos días antes de morir. Había querido saber si Scotcher realmente sufría una enfermedad renal debilitante que acabaría matándolo algún día. El médico le dijo, como corresponde, que no podía revelar ese tipo de información. Luego se había puesto en contacto con Scotcher para preguntarle si sabía por qué una joven le había hecho una consulta tan peculiar como aquélla. Dos días más tarde, Iris Gillow estaba muerta. La asesinó Scotcher, ataviado con la misma barba postiza que había utilizado para hacerse pasar por Blake Scotcher ante Randall Kimpton.

»También fui a un hospital y hablé con otro médico, un tal doctor Jowsey. Me facilitó algunos detalles de su formación médica, doctor Kimpton. Recuerda que el primer día usted le preguntó sobre la diferencia, en términos visuales, entre un riñón sano y un riñón enfermo, y si mediante una autopsia un médico podría distinguir entre esas dos opciones con facilidad. Le sorprendió que le hubiera hecho una pregunta tan poco corriente. También es digno de mención el momento en el que usted decidió abandonar el estudio de las obras de Shakespeare para dedicarse a la medicina. Empezó a interesarse al respecto dos semanas después de la muerte de Iris. Ése fue el detonante que despertó en usted la necesidad de saber la verdad acerca de la salud de Scotcher.

»Y poco más —dijo Poirot—. Antes de que termine, no obstante, debo decir que mi amigo Catchpool me fue de gran ayuda a este respecto. ¿Saben?, había algo que no encajaba, por mucho que el resto tuviera sentido: ¿cómo era posible que Joseph Scotcher estuviese al mismo tiempo muerto por culpa del veneno y vivo para suplicarle a Clau-

dia que le perdonara la vida en el salón? Fue ahí cuando
Catchpool me sugirió algo muy útil. ¡Me aconsejó que encontrara el tercer factor, el que conseguiría que las dos cosas que sabíamos que eran ciertas no fuesen, además, ex-
cluyentes! Si Scotcher estaba muerto y Sophie Bourlet
había oído de todos modos lo que afirmaba haber oído...
¡en tal caso es obvio que el hombre al que oyó hablar no
era Scotcher! Con eso, todas las piezas encajaron en su lugar y todo apuntó a que Randall Kimpton había sido el
asesino. Sólo hay un punto que aún no comprendo. Tal
vez el doctor Kimpton...

—Preguntad y se os responderá —dijo Kimpton—. Y
no, no es una cita de ningún libro. Supongo que se refiere
al vestido verde, ¿no? ¿Quiere saber adónde fue a parar?

—A mí también me gustaría saberlo —dijo Claudia en
voz baja—. Era mi vestido favorito.

—Estoy bastante orgulloso de mí mismo respecto al
modo en que resolví el tema de esconder el vestido —dijo
Kimpton—. Estaba lleno de sangre y en la casa había agen-
tes de la Garda por todas partes, registrándolo todo. Luego
el destino me sonrió y se me ocurrió una idea de lo más
inspirada, el único lugar en el que estaba seguro de que no
miraría nadie.

—¿Y cuál era? —preguntó Poirot.

—La desastrosa bolsa de cuero de aquel forense todavía más desastroso, Clouder —dijo Kimpton—. El mismo
médico que no sabía dónde había dejado las llaves del coche y por eso no pudo asistir a la investigación. Los *gardai*
no habrían registrado las pertenencias de su propio forense y, en efecto, no lo hicieron. Hice jirones el vestido y
lo oculté en el fondo de la bolsa de Clouder. Cuando vi
todo lo que llevaba ahí dentro, supe que no era muy probable que vertiera todo el contenido encima de la mesa
para ordenarlo en un futuro próximo. ¡Esa bolsa era un
verdadero santuario de detritos y putrefacción! Estoy se-

guro de que los jirones verdes manchados de sangre todavía siguen ahí dentro. Y ahí se quedarán durante años, a menos que usted ordene que alguien los recupere, inspector Conree.

Conree le mostró los dientes a Kimpton, aunque sin decir nada.

—Eso debería de habérseme ocurrido a mí —murmuró Poirot—. La bolsa del forense, claro. ¿Dónde si no?

Kimpton sacó un pequeño frasco del bolsillo de la chaqueta, le quitó el tapón y lo vació de un trago.

—Si algo le resulta útil, es mejor no quedarse corto. Es un consejo para usted, Poirot. Siempre es mejor llevar uno o dos de más.

Solté una exclamación sofocada y oí que los demás reaccionaban del mismo modo. A Gathercole lo recorrió un escalofrío y lady Playford soltó un gañido desde el fondo de la habitación.

—¡No! —gritó Dorro—. ¡Oh, es horrible! No puedo soportarlo. Seguro que puede hacerse algo para que... —No llegó a terminar la frase.

—Una vez más, te rindes —le dijo Claudia a Kimpton en voz baja—. Tú mismo. Pero vamos al piso de arriba, cariño. Nos lo permite, ¿verdad, Poirot? Seguro que podemos ahorrarles otro espectáculo dantesco.

—Deja que suba yo solo, queridísima.

—No pienso hacerlo —dijo Claudia.

—Randall, antes de que te vayas... —empezó a decir lady Playford, con voz temblorosa—, me gustaría decir que... Bueno, sólo que es bastante peculiar y fascinante lo diferentes que somos las personas. Para ti, el misterio de Joseph Scotcher ha quedado resuelto, mientras que para mí lo que has hecho evitará que llegue a resolverlo jamás. Los que nos molestamos en fijarnos ya nos dimos cuenta de que Joseph no decía la verdad sobre su salud. Lo que no sabíamos era por qué mentía, o si podía hacerse algo al respecto. A mí me importaba un comino si tenía los riñones oscuros y arrugados, rosados y rollizos, ¡o morados y con franjas amarillas! Yo quería descubrir cuáles eran sus anhelos y sus temores, sus amores y sus pérdidas. Si bajo todas aquellas mentiras había un corazón honesto esperando el momento de servir para algo bueno. Gracias a ti, me resultará imposible llegar a descubrir nada de eso. Y no es que pretenda que te sientas todavía peor, es sólo que no comprendo cómo una persona es capaz de llegar tan lejos para demostrar algo que no es ni interesante ni importante.

Al parecer, Kimpton se detuvo a pensar en ello.

—Sí —dijo al cabo de unos momentos—. Sí, comprendo que lo veas de ese modo. Yo lo veía de un modo muy distinto. Sin duda alguna, ése es el motivo por el que tú disfrutas inventando historias y yo prefiero establecer pruebas. Lamento decir que aún pienso que mi propuesta es la clara ganadora. Al fin y al cabo, si no es necesario aportar pruebas consistentes, cualquiera puede pedirnos que nos creamos algo, y ninguna historia es mejor que las demás. —Se volvió hacia Claudia—. Vámonos, queridísima.

Y cogidos de la mano, salieron de la habitación.

Epílogo

A la mañana siguiente, Poirot y yo esperamos fuera de la casa a que nos recogiera el coche. Costaba creer que estábamos a punto de marcharnos de Lillieoak. Hice un comentario al respecto, pero no recibí respuesta.

—¿Poirot? ¿Se encuentra bien?

—Estoy pensando.

—Parece serio, sea lo que sea.

—No especialmente. Sin embargo, me resulta interesante.

—¿Y de qué se trata?

—Nos invitaron a Lillieoak, a usted y a mí, como si fuéramos una póliza de seguros. Lady Playford creía que nadie se atrevería a cometer un asesinato si Hércules Poirot rondaba por la casa. Nadie sería tan estúpido. Pero alguien se atrevió: Randall Kimpton cometió la estupidez de intentarlo. Y ahora está muerto. No le habría costado nada esperar. ¡Al cabo de una semana, Poirot se habría marchado! Al cabo de una semana, la obsesión de abrir la caja cerrada que era el cuerpo de Joseph Scotcher seguiría ahí, y tan fuerte como siempre. ¿Por qué Kimpton decidió no esperar?

—Vio la oportunidad y tomó una decisión precipitada. —Fruncí el ceño—. Poirot, lo dice casi como si deseara que se hubiese salido con la suya.

—No sea ridículo, Catchpool. Me alegro de que este crimen no haya quedado impune, por supuesto, pero... no me gustó que me subestimara. Que no decidiera al instante que no podía cometer un asesinato frente a las mismísimas narices de Hércules Poirot... ¿Es que no había oído las historias de mis logros? Creo que sí y, aun así, no le impresionaron. Se burlaba de mis métodos...

—Poirot —dije, con un tono de voz firme. Me di cuenta de que los asesinos no eran los únicos que tendían a presentar una conducta obsesiva.

—¿Sí, *mon ami*?

—Randall Kimpton está muerto. Puede sonar pueril decirlo de ese modo, pero... usted ha ganado y él ha perdido.

Poirot sonrió y me dio unas palmaditas en el brazo.

—Gracias, Catchpool. No es nada pueril, tiene toda la razón: he ganado. Y él ha perdido.

Se me ocurrió entonces que había otros perdedores, otros que lo merecían menos que Kimpton y que me preocupaban más que él. Tal vez me equivocaba al sentirme de ese modo, pero no podía evitar pensar que, más allá de las mentiras que hubiera contado y de los actos terribles que hubiera cometido, Joseph Scotcher había intentado ser un buen hombre y tal vez algún día lo habría conseguido. Había conocido al esplendoroso Randall Kimpton en Oxford, lo había admirado, lo había imitado, le había robado a su amada, lo había seguido en los estudios de Shakespeare y luego hasta el seno de la familia Playford. Pero en ningún momento había pretendido emular el egoísmo de Kimpton, su característica más cruel, la facilidad con la que despreciaba las opiniones y los sentimientos ajenos.

No me gustaba pensar que, según apuntaban todos los indicios, Scotcher había asesinado a Iris Gillow. Las palabras amables que me dirigió en la sala de estar, mientras esperábamos para la cena la noche de su muerte, fueron las más consideradas y beneficiosas que me habían dedicado. En toda mi vida. Y aunque sabía que aquello no era excusa alguna para un asesino, para mí tampoco era algo trivial.

—Supongo que mientras aguardamos a que llegue el coche podríamos distraernos discutiendo la cuestión que ha quedado sin respuesta —dijo Poirot.

—No estaba al tanto de que quedara algo por resolver —le dije.

—¿Por qué Scotcher le propuso matrimonio a Sophie Bourlet justo después de enterarse de que lady Playford había cambiado el testamento?

—Ah, sí. Supongo que tiene razón. Y no sé la respuesta.

—Me abstuve de añadir «Y usted, sin duda, tampoco». Hércules Poirot no se merecía que lo subestimaran de nuevo tan pronto, y menos aún que lo hiciese un buen amigo.

—Tengo unas cuantas teorías —dijo—. Una es que se dio cuenta de que corría el riesgo de que lo asesinaran mientras fuese el único beneficiario del testamento de lady Playford. Creyó que tal vez volvería a cambiarlo si podía hacerla enfurecer o darle celos, o ambas cosas. Comprometiéndose con su enfermera, pensó que conseguiría ese efecto.

—De algún modo, dudo que fuera ése el motivo —dije.

—Probemos con una teoría más simple, pues: Scotcher quería castigar a lady Playford. Ella le había causado serios problemas al modificar el testamento. Temía que alguno de los que estaban en Lillieoak revelara la farsa y culpó a lady Playford de ello. Al elegir ese momento para declararle su amor a Sophie Bourlet en lugar de demostrarle gratitud a lady Playford, priva a su benefactora de lo que ésta más desea: su atención. De repente, ella deja de ser la persona por la que más se preocupa de toda la casa.

—Es más probable que la primera teoría, pero sigue sin convencerme demasiado —dije—. A ver qué le parece ésta, puestos a especular: Scotcher le propuso matrimonio a Sophie para asegurarse de que ella guardaba silencio en el asunto de su enfermedad fingida. Previamente, la había halagado del mismo modo que había halagado a Phyllis, y a Sophie le bastaba con aquello. Pero si ella sabía que Scotcher en realidad no se estaba muriendo, como no podía ser de otro modo, y de pronto se entera de que lady Playford le deja todos sus bienes materiales al pobre y enfermo Joseph Scotcher... bueno, una chica decente como Sophie tal vez se sentiría obligada a revelar la verdad. Las excentricidades de Scotcher tal vez empezarían a parecerle más bien un fraude más serio. Recuerde que lady Playford no le había confesado a nadie que conocía la verdad. Fingía vivir engañada por la historia de la enfermedad de Bright.

—O sea que Scotcher podría haber pensado que proponerle matrimonio a Sophie era la única manera de asegurarse su lealtad y su discreción —dijo Poirot—. Sí, es una buena teoría. Pero al fin y al cabo, prefiero otra. Prefiero pensar que Joseph Scotcher amaba a Sophie Bourlet.

—¿Eso cuenta como teoría? Era la explicación oficial, a fin de cuentas.

Poirot ignoró mi pregunta.

—El miedo a quedar como un mentiroso, o que pudiera matarlo alguien que no quisiera ver cómo heredaba la finca de Lillieoak, impactó a Scotcher hasta el punto de conseguir que se comportara de un modo más genuino que de costumbre. Amaba a esa mujer que lo aceptó sin más con todas sus mentiras, que hacía todo su trabajo para lady Playford sin quejarse, cuando podría haberlo hecho él sin problemas. Tal vez llevaba mucho tiempo amando a Sophie, pero en realidad nunca se lo había confesado. Era más sencillo para él limitarse a decir cosas que no eran reales. Hasta esa noche. Luego, en un momento de crisis, le pareció importante declararle su amor.

—Es usted un sentimental, Poirot —dije con una sonrisa. Y quizá yo también lo era. No podía negar que en ese instante sentí un profundo afecto por mi amigo belga.

—¡Edward!

Oí la voz de Gathercole y me di la vuelta. Andaba con grandes zancadas hacia nosotros.

—Temí que ya se hubieran marchado —dijo.

—No. Todavía no.

En ese momento, lady Playford salió corriendo ataviada con su kimono. Estaba pálida y parecía más vieja y menuda de lo que habría dicho que era. Sonreía como una loca.

—¡Poirot! ¡No se atreva a escapar sin que yo lo atrape primero! Tengo una consulta sobre mi siguiente fardo, y Michael no sirve para nada, hoy. ¿Verdad, Michael? Está completamente disperso. Poirot, ¿se acuerda de la trama del disfraz que le comenté? ¡Escuche qué idea tan genial se me ha ocurrido! ¿Qué le parece si no se trata de un disfraz, sino de una desfiguración, una desfiguración facial? Nada que ver con la nariz, ¿eh? ¡Nada de eso! Las narices ya tienen un papel predominante en el fardo actual y no soporto repetirme. ¿Y si se trata de un labio leporino corregido? O... ¡oh! ¡O creado! Sí, eso me gusta. ¿Por qué querría alguien desfigurar a una persona con un labio leporino? ¿Y realmente quiero que todos mis libros surjan de una idea quirúrgica? No lo creo. Y por supuesto, tampoco se trata de ir alarmando a los lectores, que al fin y al cabo son niños. Creo que la gente mima demasiado a los niños, ¿usted no? A veces pasan cosas horribles con las caras y, en realidad, tal vez cuanto antes lo aprendan los niños, mejor.

Gathercole y yo intercambiamos una sonrisa y nos apartamos un poco.

—Le envidio, va de regreso a Londres —me dijo el abogado—. Me temo que lady Playford no es ella misma. Aunque finge serlo, eso sí.

—Y con locuacidad —convine—. ¿Cuánto se quedará usted en Lillieoak?

—No lo sé. Quiero quedarme para vigilar de cerca algunos asuntos durante un tiempo. Claudia, por ejemplo... No creo que lady Playford cuide mucho de ella. Y viceversa. Me gustaría ayudarlas a las dos, si es posible.

Nos intercambiamos las tarjetas y nos dimos un apretón de manos. El automóvil llegó mientras lady Playford seguía hablando.

—Vaya, eso es realmente ingenioso. Muy ingenioso. Ya veo que no me quedará más remedio que dedicarle este fardo a usted, Poirot.

Se dirigió a mí cuando el conductor abrió la puerta del coche.

—Adiós, Edward, y gracias. Siento haberlo decepcionado.

—No lo ha hecho.

—Sí, sí que lo hice. Cuando resultó que no era yo la culpable del asesinato.

—Nunca creí que lo fuera, lady Playford.

—Me temo que sí. Usted fue el único. —Por un momento, me pareció que se entristecía hasta un punto indescriptible, aunque enseguida reapareció aquella sonrisa enloquecida—. Me pareció divertido, y bastante halagador —dijo con una voz aguda y crispada—. Puede admitirlo, ¿sabe? No me ofenderé lo más mínimo y no tiene por qué sentirse culpable de ello. Estoy segura de que su vida es intachable. Demasiado intachable, incluso. —Me agarró un brazo—. Soy vieja, pero si fuera joven como usted, me dedicaría a vivir sin que me importara lo que los demás pensasen sobre mí. Eso lo ha notado usted en mí, me he dado cuenta. Por eso sospechó que yo era la asesina. ¿Lo ve? —Sus ojos refulgieron con una extraña forma de poder.

Yo ni lo veía ni quería verlo. Me sonó todo muy rebuscado.

—Lady Playford, le aseguro que...

—Oh, bueno, no importa ya. —Con un gesto de la mano apartó mis palabras para que cupieran las suyas—. Edward, ¿puedo pedirle algo? Si le parece bien, algún día me gustaría hacerlo aparecer en uno de mis libros.

AGRADECIMIENTOS

Estoy enormemente agradecida a los siguientes equipos de personas brillantes, entregadas e inspiradoras:

James Prichard, Mathew Prichard, Hilary Strong, Christina Macphail, Julia Wilde, Lydia Stone, Nikki White y todo el personal de Agatha Christie Limited; David Brawn, Kate Elton, Laura Di Guiseppe, Sarah Hodgson, Fliss Denham y todo el personal de HarperCollins UK; Dan Mallory, Kaitlin Harri, Jennifer Hart, Kathryn Gordon, Danielle Bartlett, Liate Stehlik, Margaux Weisman y el equipo de William Morrow; Peter Straus y Matthew Turner de Rogers, Coleridge & White.

Gracias también a todos mis editores internacionales de Poirot, demasiados para poder mencionarlos, pero es gracias a ellos que esta novela llegará a los lectores de todo el mundo. Estoy muy agradecida también a todos los que disfrutaron leyendo *Los crímenes del monograma* y me escribieron cartas, correos electrónicos o tuits para contármelo. Gracias, Adele Geras, Chris Gribble y John Curran, quienes leyeron borradores preliminares y/o discutieron primeras ideas y aportaron comentarios que me ayudaron muchísimo. Gracias a Rupert Beale, por sus conocimientos sobre tratamientos renales, y a Guy Martland por su disposición a discutir sobre probabilidades médicas conmigo. Gracias a Adrian Poole por compartir sus conocimientos sobre *La vida y muerte del rey Juan*, de Shakespeare, y a Morgan White por recopilar todo lo que necesitaba saber sobre Irlanda en 1929.

Un enorme agradecimiento a Jamie Bernthal, quien me ayudó de todas las maneras posibles desde el inicio hasta el fin. Sin él, este libro habría sido peor, menos divertido de escribir y —algo todavía más preocupante— ¡no tendríamos un plano de la planta de Lillieoak!

Como siempre, agradezco el apoyo de Dan, Phoebe y Guy Jones, mi increíble familia. Y por último, si bien no menos importante, gracias a mi perro, *Brewster*, quien utilizó a uno de mis personajes para sugerir que en Lillieoak debería haber un perro. Seguramente cree que es el protagonista de este Poirot. Es un vanidoso. (De hecho, esa frase fue el título provisional de *Ataúd cerrado* durante varios meses, aunque en segunda persona.)

ÍNDICE

TERCERA PARTE